rororo

ro
ro
ro

CHRISTOPHER ZIMMER

Der Sohn der Drachen

ROWOHLT TASCHENBUCH VERLAG

Veröffentlicht im Rowohlt Taschenbuch Verlag,
Reinbek bei Hamburg, April 2004

Umschlaggestaltung any.way, Barbara Hanke
Umschlagillustration Daniela Chudzinski
Satz Minion PostScript, PageMaker
Pinkuin Satz und Datentechnik, Berlin
Druck und Bindung C. H. Beck, Nördlingen
Printed in Germany
ISBN 3 499 21265 x

Die Schreibweise entspricht den Regeln
der neuen Rechtschreibung.

Ich danke
Mareike, Anja und Fabian
für ihre Geduld
und Hellmut
für seine unverwüstliche
Neugier

TEIL EINS

Das Turnier

Jeder Muskel seines Körpers schmerzte. Er fühlte sich schwer und kraftlos. Von weit her war der Klang einer Fanfare zu hören, doch er rührte sich nicht. Er hatte die Zügel locker um den Sattelknauf geschlungen und blickte müde auf den Hals seines Pferdes, das den Kopf erschöpft hängen ließ. In diesem Augenblick hätte er ein Felsblock sein können, ein Reiterstandbild aus einer längst vergangenen Zeit.

«Herr?» Wulf fuhr auf. Hatte er geschlafen? Geträumt?

«Herr?» Er erkannte die Stimme des Knappen, die ihn sanft aus seinen Träumen riss. Mühsam hob er den Kopf und ließ den Blick umherschweifen. Es fiel ihm schwer, seine Umgebung wahrzunehmen. Ein Schleier schien über allem zu liegen. Nur allmählich lösten sich Formen aus dem Nebel, der seine Augen trübte. Der zerwühlte Sand der Kampfbahn, die Fahnen, die im Wind schlugen, die Gesichter der Menge, die unwillige Rufe ausstießen und doch zugleich vor Begierde glühten. Am Horizont senkte sich die Sonne als gewaltiges Rund, und die lang gestreckten, dunklen Wolkenbänder erschienen wie ferne Berge. Scharf zeichnete sich eine schwarze Gestalt vor diesem feurigen Ball ab. Jetzt erst entdeckte Wulf sie am anderen Ende des Platzes. Eine wilde Bedrohung ging von ihr aus.

Schrilles Wiehern zerriss den Nebel. Wieder erklang eine Fanfare, die das Erscheinen des neuen Herausforderers verkündete. Wulf schien es, als würde er vom Grunde eines tiefen Sees unendlich langsam an die Oberfläche steigen. Endlich durchbrach er den Spiegel des Wassers und holte tief Luft, als hätte er zu lange nicht mehr geatmet.

«Der Schwarze Ritter, Herr!», hörte er seinen Knappen sagen. «Er kommt spät.»

Wulf nickte wortlos. Er hörte das aufgeregte Murmeln der Menge, das Murren über den neuen Gegner, der erst jetzt erschienen war, da das Turnier seinem Ende entgegenging. Er spürte die fragenden Blicke, die ihn trafen. Sein Knappe sprach laut aus, was viele denken mochten: «Wollt Ihr Euch wirklich stellen? Niemand kann dies von Euch verlangen. Es ist schlecht gehandelt, Euch erst jetzt herauszufordern, nachdem Ihr schon so viele Kämpfe bestritten habt und ohne selbst auch nur ein einziges Mal angetreten zu sein. Er weiß nur zu gut, wie müde Ihr sein müsst.»

Wulf blickte auf die Flächen seiner Hände, die aufgerissen waren. Dann rieb er sie langsam gegeneinander und sah dem Schwarzen Ritter entgegen, der sein Pferd über den Platz trieb und es nur wenige Meter von ihm entfernt scharf anhielt. Das Visier des Gegners war geschlossen, doch Wulf spürte den berechnenden Blick, der seine Stärke einzuschätzen versuchte.

Kein Wort fiel. Schweigend saßen sie einander auf ihren Streitrössern gegenüber. Die Stille breitete sich von ihnen wie in Wellen aus und brachte die Menge zum Verstummen. Selbst der Wind schien sich zu legen, und die Fahnen rollten sich um die Masten.

Wulf sah, wie der Schwarze Ritter einen Handschuh auszog. Noch schien er zu zögern, doch dann lachte er hämisch und schleuderte ihn vor Wulfs Pferd auf den Boden. Gleich darauf riss er sein Ross herum und jagte an das entgegengesetzte Ende des Platzes zurück.

Die Menge seufzte auf, als der Handschuh fiel. Wulf machte eine kaum sichtbare Bewegung mit dem Kopf. Widerstrebend hob der Knappe den Handschuh auf und gab ihn seinem Herrn, der ihn unter den Sattelgurt schob. «Die Lanze!», befahl er dem Knappen. Der reichte sie ihm und meinte halblaut: «Es ist die letzte, die wir haben, Herr. Nicht Eure beste.» Doch Wulf streifte wortlos seine Handschuhe über, schloss mit einer knappen Bewegung das Visier seines Helms und umfasste den Schaft der Lanze mit festem Griff. Dann richtete er sich auf, und sein mächtiger Körper schien sich mit einer Kraft zu füllen, die alle überraschte. Woher nahm er diese Stärke? Waren die vielen Kämpfe denn spurlos an ihm vorübergegangen? Hatte er nicht einen Herausforderer nach dem anderen in den Sand geworfen, nicht so mancher Hieb mit dem Schwert ihn selber getroffen?

Der Schwarze Ritter schien unsicher zu werden, als Wulf sein Pferd antrieb und ohne Anzeichen von Schwäche in die Schranken ritt. Hatte er alle getäuscht? Doch jetzt waren solche Gedanken müßig. Der Herausforderer würde sich dem Kampf, den er selbst gewollt hatte, stellen müssen. Entschlossen senkte er die Lanze und lenkte sein Pferd an die ihm zugewiesene Seite der Schranke, die die Bahnen der Gegner trennte.

Ein scharfer Fanfarenklang brachte die Menge erneut zum Schweigen. Für einen Augenblick war nichts zu hören als das Schnauben und Stampfen der Pferde, die erst wild auf der Stelle traten und dann, angespornt von ihren Reitern, donnernd über den Platz jagten. Wieder hoben sich die Stimmen der Zuschauer wie zu einem Schrei, der seinen Höhepunkt erreichte, als die Streiter aufeinander prallten. Die Lanzen zerbarsten, der Schwarze Ritter wurde vom Pferd gerissen und stürzte zu Boden. Doch auch seine Lanze hatte getroffen. Unter der Wucht des Aufpralls brach Wulfs Pferd in die Knie und schleuderte seinen Reiter in den Sand.

Als der Staub sich senkte, lagen beide Kämpfer reglos auf dem Boden, und entsetzte Stimmen riefen Wulfs Namen. Doch da begannen sich die Ritter wieder zu regen, und Erleichterung machte sich breit. Mühsam richteten sich beide auf. Knappen liefen herbei und befreiten die Kämpfer von ihren schweren Rüstungen und Helmen. Dann zogen sich die Helfer eilig zurück und gaben den Kampfplatz wieder frei. Schon sprang der Schwarze Ritter über die Schranke und trat Wulf mit blankem Schwert entgegen. Kurz nur umkreisten die Gegner einander und maßen sich mit Blicken, dann trafen die Schwerter klirrend aufeinander.

Der Kampf wogte hin und her, ohne dass einer der Gegner die Oberhand gewinnen konnte. Doch endlich schien der schwere Tag seinen Tribut von Wulf zu fordern. Obwohl er dem Schwarzen Ritter an Körpergröße überlegen war und diesen um mehr als einen Kopf überragte, war es doch bald nur noch sein Gegner, der unentwegt angriff und eine um die andere überraschende Finte anzubringen wusste. Wulfs Bewegungen wurden langsamer, und er konnte die Schläge seines Gegners kaum noch abwehren. Der Schweiß grub tiefe Rinnen in sein verstaubtes Gesicht, und das Haar hing ihm wirr in die Stirn. Immer hilfloser schien er den Angriffen des Schwarzen Ritters ausgesetzt zu sein, der frech mit ihm spielte, ihn tänzelnd umkreiste und seine Überlegenheit genoss.

Plötzlich strauchelte Wulf und gab sich einen Augenblick lang eine gefährliche Blöße. Doch anstatt diese Gelegenheit zu nützen und zuzuschlagen, trieb der Schwarze Ritter seinen Spott mit ihm und stieß ihn auflachend mit der flachen Hand vor die Brust, sodass Wulf rücklings in den Sand stürzte. Doch sein Übermut wurde sogleich bestraft, denn noch im Fallen umklammerte Wulf das Schwertblatt seines Gegners und zog den Überrumpelten mit sich zu Boden. Mit einer seitlichen Drehung brachte er den Schwertarm des Schwarzen Ritters unter sich, und nun war es ein Leichtes für ihn, diesem die Waffe aus der Hand zu winden. Rasch sprang er auf die Füße und setzte dem Wehrlosen dessen eigenes Schwert an die Kehle.

Begeisterte Rufe erklangen, und die Menge ließ den Sieger hochleben. Wulf reichte seinem Gegner die Hand und zog ihn auf die Füße. Mit gesenktem Haupt musste dieser seine Niederlage eingestehen. Beschämt folgte er Wulf zur Tribüne, auf der der König mit seinem Gefolge dem Kampf beigewohnt hatte. Unter dem Hofstaat erblickten sie die Tochter des Königs, die dem Sieger entgegenlächelte. Schön umrahmte der weiche Fall des Schleiers ihr helles Gesicht, und ihre Hände hielten den Pokal mit Wein bereit, den sie dem Sieger reichen würde, damit dieser, selber nun König des Turniers, ihn zu Ehren seines Königs leeren mochte.

Doch da zerriss ein Entsetzensschrei den festlichen Augenblick. Ein Name wurde gerufen, bei dem alle erbleichten. «Grendel! Rettet euch, Grendel kommt!»

Ein gewaltiges Brüllen erklang, das die Erde erzittern ließ. Stampfende Schritte näherten sich, die den Wachturm am Ende des Turnierplatzes schwanken ließen. Schon war die riesenhafte, schreckliche Gestalt zu sehen, die wie kein anderes Wesen Furcht und Entsetzen einzuflößen vermochte. Hässlich wie die Nacht, abstoßend, grausam und mit Klauen bewehrt, denen nichts standzuhalten vermochte. Aus dem weit aufgerissenen Maul, in dem entsetzliche Reißzähne staken, folgten lodernde Flammen und beißender, giftig gelber Qualm einander in rascher Folge.

Schon hatte das Ungeheuer den Wehrturm erreicht, und sein peitschender Schwanz ließ ihn mit einem donnernden Schlag zerbersten. Mit einem Schrei stürzte der Wächter des Turms in die Tiefe, und nur einem heubeladenen Karren hatte er sein armseliges Leben zu verdanken.

«Der Drache! Grendel, Grendel!», schrie ein jeder und wandte sich in wilder Flucht ab. Auch Wulf schien wie vor Schreck erstarrt. Noch hielt es ihn an seinem Platz, und er ragte wie ein Fels aus dem Strom der Fliehenden. Doch was hatte er diesem Ungeheuer entgegenzusetzen?

Wieder ein Schrei unter vielen Schreien. Doch dieser ließ Wulf aufhorchen. Suchend blickte er sich um, und er entdeckte die Tochter des Königs, deren Mantel sich zwischen zwei Balken der Tribüne verklemmt hatte und sie an der Flucht hinderte. Doch nicht nur Wulf hatte den Hilferuf der Prinzessin gehört. Mit gewaltigen Schritten näherte sich der Drache und streckte seine entsetzlichen Klauen nach dem vermeintlich hilflosen Opfer aus. Nur wenige Schritte trennten ihn noch von ihr. Schreckensbleich richtete sich die Prinzessin auf und wandte sich dem todbringenden Ungeheuer zu, unfähig, sich zu bewegen oder auch nur einen Laut von sich zu geben. Sie schien verloren.

Da flog etwas Dunkles durch die Luft und traf Grendels mächtigen Schädel. Nichts, was mehr gewesen wäre als eine lästige Fliege, aber doch etwas, was den dumpfen Sinn des Drachen reizte, ihn von seinem Opfer ablenkte und mit glühenden Augen nach dem Verwegenen suchen ließ, der es wagte, sich ihm entgegenzustellen. Und er sah Wulf, der so groß unter den Menschen war und doch nur zwergenhaft vor der turmhohen Gestalt des Drachen. Dieser da also hatte es gewagt, ihm den zerborstenen Rest seiner Lanze an den Kopf zu werfen, dieser elende Wurm! Der Drache warf rasch noch einen begehrlichen Blick auf die Prinzessin. Doch sie war ihm sicher. Sie konnte warten. Also wandte er sich Wulf zu, der ihm mit nichts anderem als seinem vom Kampf schartig gewordenen Schwert entgegentrat.

Schaurig leckten die Flammen aus dem Maul des Drachen dem Ritter entgegen, und ihr Schein mischte sich mit dem Flackern der Fackeln, die gerade erst entzündet worden waren, und den grellen Lichterkegeln der Scheinwerfer. Die letzten Strahlen der Sonne erloschen am Horizont, und die Wolkengebirge versanken im Dunkel der Nacht. Dies war die Stunde des Unheils, des Schreckens, Grendels Stunde. Dies war die Zeit, in der er seine Opfer holte, in der er sein entsetzliches Mahl hielt. Hunger und Gier trieben ihn aus der Tiefe und dem wabernden Dunst seiner Höhle, und nach nichts gelüstete es ihn so sehr wie nach dem Fleisch der Menschen. Und diesem Scheusal stellte sich Wulf jetzt in den Weg. Fassungslos verfolgte die Prinzessin das grausame Schauspiel, dessen Ausgang über ihr Schicksal entscheiden würde. Weitab sah man die Menge, die sich zwischen den Zelten drängte, jederzeit bereit, sich davonzumachen, wenn Wulfs Untergang, der so gewiss schien, besiegelt war.

Langsam und bedrohlich näherte sich das Ungeheuer. Schon musste Wulf seinen feurigen Atem fühlen, schon den ekligen Gestank verspüren, der ihm aus dem Rachen entgegenwehte. Doch was war das? Wulf wandte sich ab, rannte davon. Er, der doch so tapfer gewesen schien, ergriff nun auch die Flucht und überließ die Tochter des Königs ihrem fürchterlichen Los. War Grendels Anblick, war die erstickende Nähe des riesenhaften Körpers zu viel für ihn gewesen?

Brüllend folgte der Drache dem Flüchtenden. Bei den kümmerlichen Resten des zerstörten Wachturms hatte er ihn beinahe eingeholt. Doch da warf sich Wulf mit einem weiten Satz in den Schutz der Trümmer und entging nur knapp Grendels Klauen. Erbost richtete sich der Drache auf und setzte mit einem gewaltigen Feuerstoß aus seinem Maul die Balken des eingestürzten Turms in Brand. Dies musste

Wulfs Ende sein. Unwillentlich entfuhr der Prinzessin ein Schrei. Hätte sie es doch besser unterlassen! Vielleicht wäre noch Rettung für sie gewesen. Doch Grendel hatte sie gehört und erinnerte sich an sein Opfer. Das Ungeheuer warf sich herum und richtete seinen glühenden Blick auf die Schreckensbleiche.

In diesem Augenblick tauchte Wulf aus den brennenden Trümmern auf. Katzengleich kletterte er an den Resten der Turmleiter, die wie durch ein Wunder stehen geblieben war, empor und sprang von der obersten Sprosse mit einem gewaltigen Satz in den Nacken des Drachen. Grendel fuhr herum und peitschte mit seinen mächtigen, aber zu kurzen Vorderbeinen durch die Luft. Doch er konnte den eigenen Nacken nicht erreichen und so den Angreifer nicht packen. Schon saß Wulf auf dem Hals des Drachen wie im Sattel eines Pferdes und stieß sein Schwert, dessen Griff er mit beiden Händen gepackt hatte, so tief in das Haupt des Drachen, dass die Spitze des Schwertes zwischen den Flammen des geöffneten Rachens sichtbar wurde.

Ein verzweifeltes und ersticktes Brüllen drang aus dem Schlund des Ungeheuers. Wieder und wieder stieß Wulf sein Schwert bis zum Heft in Grendels schuppigen Leib, und das Blut schoss in Strömen zur Erde. Endlich konnte sich der Drache nicht mehr auf den Beinen halten. Zitternd und röchelnd verlor er das Gleichgewicht und stürzte schwer auf die Seite. Geschickt löste sich Wulf vom fallenden Untier und nutzte den Schwung, um außer Reichweite des aufschlagenden Körpers zu gelangen. Ein letztes Keuchen drang aus dem Rachen des tödlich verwundeten Ungeheuers, und ein mächtiger Blutschwall folgte, der Grendels Flammen für immer auslöschte.

Zögernd und furchtsam näherte sich die Menge. Besonders Vorwitzige wagten es schließlich, den gewaltigen Leib des Untiers mit Füßen zu treten, bis sich endlich jeder davon überzeugt hatte, dass der Drache tot war und die Gefahr besiegt. Im Triumph hoben sie Wulf auf ihre Schultern und trugen ihn zur Tribüne zurück, wo ihn die Prinzessin glücklich in die Arme schloss. Der Jubel nahm kein Ende. Musikanten, die ihre Instrumente eilig herbeigeholt hatten, spielten zu Fest und Tanz auf. Und unter die begeisterten Rufe der Geretteten und die aufbrausende Musik, die von gewaltigen Lautsprechern übertragen wurde, mischten sich der anhaltende Applaus und die Bravorufe der Zuschauer, die es bald nicht mehr auf ihren Plätzen hielt. Das Klatschen fand mehr und mehr zum Gleichtakt, und die Besucher dankten den Schaustellern mit einer Standing Ovation für ihre Darbietungen.

Der König trat vor und hob die Hände. Doch es dauerte lange, bis endlich Ruhe einkehrte. Ein Knappe reichte ihm ein Mikrophon, und es gelang ihm, sich Gehör zu verschaffen: «Sehr geehrtes Publikum. Erlauben Sie mir, Ihnen im Namen aller Darstellerinnen und Darsteller dieses Abends zu danken. Zu danken für Ihre Aufmerksamkeit, Ihre Begeisterungsfähigkeit und Ihren Applaus. Sie bestärken uns in unseren Anstrengungen, das Vergangene lebendig zu erhalten und immer wieder neu als Abenteuer erstehen zu lassen, als ein Abenteuer, das so wirklich und so heutig ist wie die Zeit, in der wir alle leben. Und wenn es Ihnen tatsächlich so gefallen hat, wie Ihr Applaus es zu verraten scheint, kommen Sie wieder und vor allem empfehlen Sie uns und unsere Show weiter. Wir freuen uns auf Sie und auf all Ihre Freunde und Bekannten. Doch noch ist der Abend für Sie nicht vorbei. Das Fest hat gerade erst begonnen. Wir laden Sie herzlich ein, mit uns zu feiern, mit Essen und Trinken, mit Musik und Gauklern. So wie es in alten Zeiten die Ritter verstanden, Gelage zu feiern, die Geschichte machten, so wollen wir auch mit Ihnen ein Fest feiern, von dem Sie noch lange erzählen werden. Seien Sie willkommen und kommen Sie nach dem Fest gut nach Haus. Wir, die Groupe de Tarascon, danken Ihnen.»

«**H**abt ihr gesehen, wie der Wächter vom Turm gefallen ist? Genau in den Heuwagen. Das war verdammt knapp. Aber einfach klasse gemacht. Und der Drache! Wie echt der ausgesehen hat. Und das Feuer! Mann, das war doch spitze! Das Röcheln am Schluss war einfach super. Wie im Kino! Und dieser Wulf … der kann kämpfen! So muss das gewesen sein. Im Mittelalter, mein ich. Das sah doch richtig echt aus. Aber warum eigentlich Wulf? Komischer Name. Und Grendel. Das versteh ich nicht. Das klingt nicht so toll. Sag doch, Papa. Du weißt das doch sicher.»

«Aber Florin, du hast ja noch gar nichts gegessen», mahnte ihn seine Mutter. «Dein Essen wird doch kalt. Schmeckt es dir denn nicht?»

Florin blickte verdutzt auf seinen Teller. Tatsächlich, noch keinen Bissen. Er hatte es gar nicht gemerkt. Sein Vater lachte und strich durch den wilden Haarschopf über Florins glühendem Gesicht. «Kein Wunder», sagte er. «Nach all der Aufregung. Aber jetzt iss trotzdem was, und dann kannst du ja noch ein bisschen herumlaufen und dir alles ansehen.»

Das ließ sich Florin nicht zweimal sagen. Außerdem schmeckte das Essen richtig abenteuerlich. Ritterspießchen mit Stücken von einem halben Ochsen, der über einem gewaltigen Feuer briet. Und dass der Kartoffelsalat ein ganz normaler Kartoffelsalat war, störte gar nicht. «Aber Wulf und Grendel?», fragte er wieder mit vollem Mund.

«Hast du denn die Geschichte vergessen, die ich dir erzählt habe?», fragte sein Vater. «Du weißt doch, von Beowulf, der den Drachen Grendel besiegt hat.»

Stimmte. Natürlich hatte Florin sie nicht vergessen, aber er hatte die Geschichte, die ja nur eine Sage war, einfach nicht mit dem zusammengebracht, was er an diesem Nachmittag gesehen hatte. Das war schon komisch, aber irgendwie passte es doch und machte alles noch ... Florin suchte nach einem passenden Wort. Ja, märchenhafter, aber zugleich auch wirklicher.

Dann schluckte er einen Bissen zu hastig runter, und seine nächste Frage ging beinahe in Husten unter. «Und ... Kr-Krupp de ... Taskon, was ... bedeutet ...?»

Sein Vater klopfte ihm kräftig auf den Rücken, bis Florin wieder zu Atem kam. «Nicht Krupp de Taskon. Groupe de Tarascon. Als hätten wir nicht seit Tagen davon gesprochen. Das bedeutet, dass sich die Truppe der Cascadeure nach der französischen Stadt Tarascon nennt. Und bevor du wieder Fragen stellst, die verraten, dass du seit Tagen Tomaten auf den Ohren gehabt haben musst, erkläre ich's dir. Die Stadt Tarascon heißt Tarascon nach dem Drachen Tarasque, den einst die heilige Martha besiegt hat. Und …»

«… Cascadeure sind Männer, die als Doubles oder auch Stuntmen beim Film arbeiten und die gefährlichen Sachen machen, für die die Stars zu teuer sind. Oder eben Ritterkämpfe nachmachen wie die … Groupe de Tarascon. So viele Tomaten waren's auch wieder nicht», sagte Florin und lächelte verschmitzt.

«Nun verschwinde bloß, du Schlaumeier», sagte sein Vater lachend. Auch seine Mutter und das Ehepaar Schneider, mit dem sie an einem der langen Holztische saßen, fielen in das Lachen ein. «Aber komm nicht zu spät wieder», rief ihm seine Mutter noch nach, als sich Florin aus der Bank schlängelte und davonschoss.

Dann war alles um ihn herum nur noch leuchtend, farbig und schlug ihn in Bann. Wie an einem unsichtbaren Faden wurde Florin von Wunder zu Wunder gezogen, vorbei an den Feuern und Fackeln, dem Lachen der vielen Menschen, die sich dicht auf den Bänken zusammendrängten, den Ständen, an denen die herrlichsten Dinge angeboten wurden, die Papa zwar immer Ramsch und Kitsch nannte, aber die deshalb nicht weniger verlockend waren: Plastikdrachen und Ritter auf Pferden, ganze Ausrüstungen mit Schwert, Schild und Helm aus Plastik und jede Menge Süßigkeiten, aber auch ganz anderes, Schreibfedern, Siegellack, geheimnisvolle Pergamentrollen mit Schatzplänen, Verhängnis bringenden Versprechungen oder Glück verheißenden Prophezeiungen. Und auf den Plätzen zwischen den Ständen scharten sich die Schaulustigen um den Schwertschlucker aus dem Morgenland, den Zauberer, der die Geheimnisse Afrikas und des Orients kannte, die Wahrsagerin, die Karten schlug und in jeder Linie der Hand eine Geschichte fand, um den Gaukler, der sich und die Zuschauer zum Besten hielt, um den Jongleur, die Seiltänzer und den Moritatensänger, der schauerliche Balladen von verlorenen Seelen sang, die alle am Galgen endeten, und um den Mann mit dem Bären, der nur unwillig brummend Kunststücke vorführte und dabei mit schmalen, bösen Augen nach Florin schielte.

Plötzlich stockte Florin der Atem. Er hatte den langen Walter in der Menge entdeckt, zusammen mit den Haller-Brüdern. Mit einem Schlag verflog der Zauber, und Florin dachte nur noch an die Schule und den Pausenhof und an die Angst vor den Größeren, die ihn foppten und quälten und Floh nannten, weil er der Kleinste und Schwächste war. Er versuchte sich zwischen zwei Männern hindurchzuzwängen, um den dreien aus dem Weg zu gehen. Doch als einer der Männer laut schimpfte, weil Florin ihm in der Hast auf den Fuß trat, hatten sie ihn schon entdeckt. «Floh! Flöhchen!», hörte er sie rufen. Blind vor Schreck drängte sich Florin durch die Menge. Doch plötzlich lief er direkt in den langen Walter hinein, und hinter Florin tauchten die Haller-Brüder auf.

«Wen haben wir denn da?», fragte Walter, legte ihm die Hände scheinbar freundlich auf die Schultern, beugte sich übertrieben tief zu Florin herab und feixte ihm ins Gesicht.

«Der Floh. Wie kommst du denn hierher? Sicher bist du dem Bären aus dem Fell gesprungen.» Florin hörte die Haller-Brüder hinter sich meckernd lachen, und dabei drängten sie sich dicht an ihn heran und versperrten ihm den Fluchtweg.

Walter richtete sich auf und blickte sich suchend um. «Das arme Waisenkind», meinte er. «Hat sein Zuhause verloren. Am besten, wir setzen ihn zurück ins schöne warme Bärennest.» Er packte Florin am Ohr und zog ihn durch die Menge, dicht gefolgt von den Haller-Brüdern. Nach wenigen Schritten hatten sie den Platz mit dem Tanzbären erreicht. Die Leute wichen zur Seite, und Walter stieß den zitternden Florin vor sich her auf den freien Platz. Erstaunt wandte sich der Bärenführer ihnen zu und fragte mit schnarrender Stimme: «Was soll werden das, mes copains? Was ihr mir bringen da?»

«Bärenfutter», sagte Walter frech, und die Umstehenden lachten laut.

«So, so, Futter für mein Bär», brummte der Bärenführer und neigte sich ganz dicht über Florin. Entsetzt sah dieser, dass der Mann anstelle des rechten Auges nur eine tiefe Narbe hatte. Florin keuchte und zuckte zusammen, als der Mann seinen Arm befühlte. «Mais oui, du würdest sein gewiss eine Leckerbissen für mein groß Liebling. Dünn, aber schmackhaft.»

Doch plötzlich sah Florin, dass der Mann ihm mit seinem gesunden Auge zuzwinkerte. Dann richtete er sich auf und fasste Florin bei der Schulter, als wollte er ihn dem Bären zum Fraß vorwerfen. Aber stattdessen zog er heftig an der Leine, die am Nasenring des Bären hing, und lenkte das aufbrüllende Tier gegen Walter und die Haller-Brüder. Diese wichen in Panik zurück, stolperten über ihre eigenen Füße und purzelten unter dem Gelächter und Spott der Zuschauer wild übereinander.

Der Bärenführer neigte sich zu Florins Ohr hinab und flüsterte: «Nun, so lauf, mon garçon. Vite, schnell!» Und er gab Florin einen Stoß, dass dieser zwischen den Umstehenden hindurchschoss.

Florin machte, dass er davonkam. Doch es war nicht leicht für ihn, sich einen Weg im dichten Gedränge zu bahnen. Schon hörte er hinter sich wieder die Stimmen seiner Verfolger, die ihre Wut sicher an ihm auslassen würden. Wohin?

Vor ihm tauchten Zelte auf. Florin erreichte eine dunkle Gasse, die zwischen den Zelten hindurchführte. Hier gab es keine Fackeln und keine Stände. Leer und verlassen, nur vom Streulicht des Festes erhellt, lag die Gasse vor ihm. Florin rannte zwischen den Zelten hindurch. Dann blieb er stehen und lauschte. «Floh, Flöhchen!», hörte er wieder. Verzweifelt sah er sich um. Da, ein Spalt zwischen zwei Zeltbahnen! Rasch zwängte sich Florin zwischen die schweren Stoffe und kauerte sich auf den Boden. Gott sei Dank, er war so schmal, dass keine Ausbuchtung in der Zeltbahn ihn verriet.

Schon hörte er die Schritte seiner Verfolger und ihre Stimmen, die drohend nach ihm riefen. Dann blieben sie stehen, direkt vor dem Zelt, in dem Florin steckte. Hatten sie ihn entdeckt?

«Was jetzt?», hörte er einen der Haller-Brüder fragen.

«Nichts», antwortete Walter. «Wir gehen schön gemütlich zum Fest zurück.»

«Aber morgen in der Schule …»

«Kommt gar nicht in Frage, du Hohlkopf», meinte Walter. «Wir tun morgen und die ganze Woche so, als sei gar nichts gewesen. Wir lassen den Floh schön schmoren. Er soll sich ruhig in Sicherheit wiegen. Sonst verpfeift er uns noch beim Rektor. Aber nächste Woche, im Ferienlager, dann … kapiert?» Die Haller-Brüder lachten gemein. «Los jetzt, kommt!», sagte Walter, und die drei entfernten sich in Richtung des lärmenden Festes.

Als sie fort waren, kroch Florin aus seinem Versteck. Dann blieb er still im Schatten des Zeltes sitzen und lauschte auf das frohe Treiben. Er fühlte sich elend, und Tränen füllten seine Augen. Auf einmal kam er sich ausgeschlossen vor, von allem Hellen und Festlichen. Das Glücksgefühl, das ihn an diesem Nachmittag erfüllt hatte und das ihn all seine Ängste hatte vergessen lassen, war verflogen. Dunkel lagen die Schultage vor den Ferien vor ihm und als übergroße Drohung das Ferienlager. Eine Woche! Eine ganze Woche, die er den Quälereien seiner Mitschüler ausgeliefert sein würde.

Schritte erklangen. Florin drückte sich ängstlich tiefer in den Schatten des Zeltes. Hatten sie es sich doch anders überlegt? Wollten sie nicht bis zum Ferienlager warten? Er hatte nicht einmal mehr die Kraft, sich wieder zu verstecken. Es gab ja doch keinen Ausweg für ihn.

Doch es waren nicht Walter und die Haller-Brüder, die die dunkle Gasse entlangkamen. Im schwachen Licht erkannte er den Mann, der den Beowulf gespielt hatte, und neben ihm die junge Frau, die er als Königstochter gesehen hatte. Beide trugen noch ihre Kostüme.

«Nein, Suna», sagte der Mann gerade. «Du weißt, dass es

nicht geht. Jeder hat seine feste Aufgabe bei uns, und jeder dient auf seine Weise unserer Sache.»

«Aber ich kann kämpfen», erwiderte die Frau, die er Suna genannt hatte, wütend. «Ich habe es satt, diese Frauenkleider tragen zu müssen. Du weißt, dass ich gut bin, besser als die meisten anderen. Warum bin ich denn zum Schwert erzogen worden, wenn ich es nicht führen darf?» – «Suna, bitte», sagte der Mann wieder ernst. «Du bist ein Teil des Bildes, das uns vor neugierigen Blicken schützt. Zerstöre es nicht durch falschen Ehrgeiz.»

«Es ist kein falscher Ehrgeiz», widersetzte sich die junge Frau, und es klang beinahe verzweifelt, «ich ...»

Doch weiter kam sie nicht. Eine Gestalt trat aus einer Seitengasse.

«Na, van Smitten», begrüßte ihn der Mann, der den Beowulf dargestellt hatte. «Wie geht es unserem Patienten?»

«Jämmerlich», antwortete der andere. «Noch ein Kampf, und die ganze Mechanik ist zum Teufel. Du hast's leicht, Wulf, du brauchst ja nur alles kurz und klein zu schlagen. Aber unsereins muss dieses Drachenvieh dann wieder mühsam Stück für Stück zusammensetzen.»

Doch Wulf schlug ihm so kräftig auf die Schulter, dass van Smitten beinah in die Knie ging, und meinte gutmütig: «Das sagst du doch jedes Mal. Und doch hast du ihn immer wieder hingekriegt.»

«Mag sein, mag sein», brummte van Smitten und rieb sich die Schulter, «aber nicht wenn du auch noch mich zu Schrott haust. Nein, im Ernst, Wulf, es wird Zeit, dass dies alles ein Ende hat.»

«Vielleicht wird das gar nicht mehr so lange dauern», meinte Wulf nachdenklich.

«Hoffentlich», sagte van Smitten. «Na, dann gute Nacht. Ich werd mal gehen und noch ein paar Schräubchen zusammensuchen.»

Die beiden sahen ihm nach, bis er im Dunkel verschwand. «Meinst du wirklich, dass wir den Weg gefunden haben?», sagte Suna.

«Ja», antwortete Wulf. «Aber sprich nicht mehr davon. Wer weiß, ob nicht selbst Zelte Ohren haben.»

Plötzlich wurde eine Stoffbahn am gegenüberliegenden Zelt zurückgeschlagen, und ein hoher Schatten erschien im grellen Licht, das in das Dunkel schnitt und Florin blendete. Undeutlich sah er einen alten Mann. Florin konnte sich nicht erinnern, ihn beim Schauspiel der Groupe de Tarascon gesehen zu haben, und doch war auch er wie ein Ritter gekleidet. Das Licht spiegelte sich auf den Ringen seines Kettenhemds und den Verzierungen seines Schwertgehänges.

Sein Blick fiel auf das Schwert, das der alte Mann offen in der Hand hielt. Doch war es wirklich ein Schwert? Die Klinge schien zu brennen. Noch nie zuvor hatte Florin ein solch helles Licht gesehen. Geblendet schloss er die Augen, doch selbst mit geschlossenen Augen sah er die Form des Schwertes noch vor sich. Und er spürte eine sonderbare Sehnsucht, das Schwert wieder zu sehen. Doch als er die Augen öffnete, war das Licht verschwunden, und er sah nichts als ein altes, unscheinbares Schwert, das nicht einmal von besonders großem Wert zu sein schien. Er musste sich getäuscht haben. Es war wohl eine Lichtspiegelung gewesen. Aber wie war das möglich gewesen? Das Schwert war matt und glanzlos. Wie sollte sich je ein Licht in ihm so hell spiegeln können?

Die Zeltbahn schloss sich, und es wurde wieder dunkel. Ohne dass er es bemerkt hatte, waren die beiden ins Zelt getreten. Der dicke Stoff ließ keinen Laut nach draußen dringen.

Die Gedanken jagten durch Florins Kopf. Er war verwirrt. So viel Sonderbares und Unverständliches hatte er mit angehört. Seltsamerweise wiederholte er in sich immer wieder denselben Satz: ‹Er heißt wirklich Wulf›, ohne dass er begriff, warum dies so wichtig zu sein schien.

Plötzlich schrak er auf. Wie lange war er weg gewesen? Er sah auf seine Armbanduhr. Weit über eine Stunde! Na, das würde ein Donnerwetter geben! Hoffentlich suchten seine Eltern nicht schon nach ihm. Er wusste doch, wie sehr seine Mutter sich um ihn Sorgen machte.

Er sprang auf und rannte zum Fest zurück. Für einen Moment sah er sich ängstlich nach Walter und den Haller-Brüdern um. Tatsächlich hatte er die drei bald entdeckt. Doch als Walter ihn sah, machte er nur eine übertriebene Verbeugung und grinste. Also stimmte es. Schonzeit. Dafür würde er dann im Ferienlager sein blaues Wunder erleben.

Florin eilte an den Tisch der Eltern zurück. Ein Glück, sie unterhielten sich so prächtig mit den Schneiders, dass sie nicht gemerkt hatten, wie viel Zeit vergangen war. Erst eine Stunde später brachen sie auf und fuhren nach Hause. Florin kuschelte sich auf dem Rücksitz des Autos in die Ecke, und während er die vertrauten Stimmen seiner Eltern hörte, die glücklich und zufrieden miteinander redeten, hing sein Blick am Licht der Scheinwerfer, die sich über das dunkle Band der Straße bis weit in die Nacht hinaustasteten. Und auch in diesem Licht einer ganz anderen Zeit, fern von Rittern und Drachen und ohne Geheimnisse, sah er doch nur wieder die Form des Schwertes, die sich unauslöschlich in ihn eingebrannt hatte.

Sehr geehrter Herr Mangold.

Wie Sie sicher in den letzten Tagen feststellen konnten, zeigen sich bei unserem Sohn Florin Symptome, die auf eine allgemeine Schwächung der Widerstandskraft hindeuten. Schwindelgefühl, Unwohlsein, Nasenbluten und zuweilen leichtes Fieber. Auch seine zunehmende Konzentrationsschwäche und seine sich verschlechternden Leistungen in der Schule scheinen ein Hinweis darauf zu sein. Aus diesem Grunde halte ich eine Teilnahme am Ferienlager für nicht ratsam und bitte Sie deshalb, unseren Sohn Florin davon zu dispensieren. Ich denke, dass es mit etwas Ruhe und einer speziellen Ernährung möglich sein sollte, Florin bis zum Ende der Ferien wieder so weit zu kräftigen, dass er dem Unterricht ohne Schwierigkeiten folgen kann. Sollten Sie noch Fragen haben, so können Sie mich in meiner Praxis anrufen, wobei ich allerdings gerade in den kommenden Tagen sehr viel außer Haus und deshalb nicht leicht zu erreichen sein werde.

Mit bestem Dank für Ihr Verständnis verbleibe ich mit freundlichen Grüßen

Dr. med. Hans Ricksdorf

PS: In der Beilage sende ich Ihnen der Form halber ein von mir erstelltes ärztliches Attest.

Dreimal hatte Florin den Brief auf der Schreibmaschine seines Vaters getippt, bevor er fehlerlos war und so aussah wie all die anderen Briefe, die er heimlich gelesen hatte, um die richtigen Worte zu finden. Auch die Unterschrift war gelungen. Genau so unleserlich wie die seines Vaters. Und das Arztzeugnis war eine Meisterleistung. Fremdwörter, Abkürzungen und alles wieder schön unleserlich. Das mit dem Telefonanruf und dem Schwer-erreichbar-Sein war natürlich ein Risiko gewesen. Aber Mangold hatte es geschluckt. Florin wusste, dass sein Lehrer viel von seinem Vater hielt. Schließlich waren er und seine ganze Familie Patienten bei Florins Vater.

Florin hatte den Brief gut vorbereitet. Blass war er schon immer gewesen, und so hatte sein Klassenlehrer an seine Klagen über Schwindelgefühl und Unwohlsein geglaubt. Und die Noten waren tatsächlich schlechter geworden. Mangold konnte ja nicht wissen, dass Florin absichtlich schlechtere Arbeiten abgab, um vor den anderen nicht als Streber dazustehen. Nur das mit dem Nasenbluten war nicht so leicht gewesen und hatte ganz schön wehgetan. Aber es hatte gewirkt, und selbst Walter und die Haller-Brüder hatten sich nicht getraut, ihn deswegen aufzuziehen. Wahrscheinlich hatten sie ein schlechtes Gewissen bekommen.

Nun war es so weit. Der letzte Schultag lag hinter ihm. Noch dieses Wochenende und dann ... Florin biss sich auf die Lippen. Nur nicht schwach werden, dachte er. Denk an den langen Walter und die Haller-Brüder. Du weißt genau, was dich im Lager erwartet hätte. Nur dass er seine Eltern anschwindeln musste, tat ihm weh bei dieser Sache.

Aber er hatte doch keine andere Wahl! Er konnte doch niemandem erzählen, dass er Angst hatte, in die Schule zu gehen, dass er sich vor dem Lager fürchtete, dass die anderen ihn quälten. Das würde doch alles nur noch schlimmer machen. Wenn rauskam, dass er mit seinen Eltern geredet hatte und die mit der Schule, dann ... Florin konnte sich nur zu gut vorstellen, was dann passieren würde. Keiner der anderen würde ihn mehr für voll nehmen. Er würde als Feigling, als Petze gelten.

Dabei wollte er doch gerne stark und tapfer sein. So wie ... ja, so wie dieser Wulf. So einer müsste er sein können. Aber in der Schule würde er das nie lernen. Nur bei ... der Groupe de Tarascon. Und Florin dachte an das Gespräch am Mittagstisch, am Tag nachdem sie das Turnier besucht hatten.

«Es gibt keine besseren Cascadeure als die Groupe de Tarascon», hatte sein Vater gesagt. «Wo immer sie auch auftreten, sind ihre Shows ausverkauft. Man sagt von ihnen, dass sie bessere Ritter seien, als es die Ritter früher jemals waren. Und dass sie die Kunst des Schwertkampfes wieder belebt haben. Wir haben großes Glück, dass sie ausgerechnet bei uns ihr Winterquartier aufgeschlagen haben. Sonst wären wir kaum in den Genuss ihrer Darbietungen gekommen.»

«Was heißt Winterquartier?», hatte Florin gefragt.

«Weißt du, die Truppe ist fast das ganze Jahr unterwegs, von Ort zu Ort, wie ein Zirkus. Und wie ein Zirkus machen sie im Winter irgendwo Halt und … na ja, sie ruhen sich eben aus. Reparieren ihre Zelte und Geräte …»

«Zum Beispiel den Drachen», hatte Florin gemeint.

«Ja, zum Beispiel den Drachen», hatte sein Vater gesagt. «Und natürlich trainieren sie auch. Damit die Schwerter nicht rosten», hatte er hinzugefügt und gelacht.

Ob dieser Wulf das gemeint hatte, als er sagte, dass es bald ein Ende haben würde? Aber was hatten die Worte der Prinzessin zu bedeuten? Dass sie den Weg gefunden hätten! Florin wusste keine Antwort auf diese Fragen und hatte weiter seinem Vater zugehört.

«Es gibt eine Menge Geschichten und Gerüchte über die Groupe de Tarascon. Dass ihre Mitglieder von echten Drachenrittern abstammen sollen, zum Beispiel. Aber das ist natürlich bloß ein guter Werbegag. Obwohl …»

«Obwohl, obwohl», hatte seine Mutter gesagt und gelächelt. «Dieses Obwohl kenne ich gut. Da träumt der große Hans mal wieder von Rittern und Drachen. Und Prinzessinnen?»

«Ihr wisst doch, dass nur Ihr meine Königin seid», hatte sein Vater würdevoll gesagt. Dann war er aufgesprungen, hatte sich vor der Mutter hingekniet und ihr den Rocksaum geküsst. Und die Mutter hatte ihn an den Ohren gefasst und gelacht und ihn geküsst. Florin hatte zwar etwas verlegen auf seinen Teller geblickt und im Essen herumgestochert, aber eigentlich freute es ihn, dass sich seine Eltern so gern hatten und so viel Spaß miteinander trieben.

Sein Vater hatte sich gesetzt und den Faden wieder aufgenommen. «Obwohl dieser Alte etwas komisch sein soll.»

«Welcher Alte?», hatte Florin neugierig gefragt.

«Konrad von Wartenberg», hatte sein Vater geantwortet. «Der Mann, der die Groupe de Tarascon vor etlichen Jahren gegründet hat. Es heißt von ihm, dass er den ganzen Tag wie ein Ritter gekleidet herumläuft. Na ja, nicht ganz richtig im Oberstübchen wahrscheinlich.»

«Dann würdet ihr beide euch ja prächtig verstehen», hatte seine Mutter den Vater geneckt.

Florin ging zum Fenster seines Zimmers und sah hinaus, über den Garten, die Straße entlang, die von Hohstetten durch Felder und Wiesen bis zur Drachenschlucht führte und dann Richtung Osten weiterlief. Ausgerechnet Drachenschlucht! Ein besseres Winterlager hätte sich die Groupe de Tarascon wirklich nicht aussuchen können. Seltsam, dass ihm die Bedeutung des Wortes erst jetzt bewusst geworden war. All die Jahre zuvor war es für ihn nur ein Name gewesen.

«Florin!», rief seine Mutter. «Frühstück!»

Er lief die Treppe runter und setzte sich an den Tisch.

«Du siehst blass aus», meinte seine Mutter. «Fühlst du dich nicht gut?»

«Ach, lass ihn doch», sagte sein Vater. «Er ist doch immer ein wenig zu blass. Das ist das Wachstum. Wart nur, bis er wieder aus dem Lager zurückkommt. Die frische Bergluft und das Zusammensein mit Gleichaltrigen werden ihm gut tun. Stimmt doch, Florin, oder?»

Florin nickte nur stumm und schob schnell einen großen

Bissen in den Mund, um nicht antworten zu müssen. Jetzt kam der schwerste Teil. Dagegen war der Brief an Mangold ein Kinderspiel gewesen.

«Papa?»

«Hmm», brummte der Vater über den Rand der Zeitung hinweg.

«Wenn ich im Lager bin, dann werdet ihr mich doch sicher manchmal anrufen, nicht wahr?»

Sein Vater senkte die Zeitung ein wenig, warf Florins Mutter einen Blick zu und sah ihn dann nachdenklich an. «Ja», meinte er und musterte Florins Gesicht aufmerksam. «Das hatten wir schon vor.»

Florin spürte, dass seine Ohren heiß wurden. Sie mussten jetzt schon so leuchten wie zwei Sonnen. Aber er nahm seinen ganzen Mut zusammen und sagte leise: «Könnt ihr diesmal auch nicht anrufen?»

«Warum denn?», fragte seine Mutter, und es klang erschrocken.

«Weil ...», antwortete Florin mit belegter Stimme. «Weil die anderen ... wenn ihr mich anruft ...»

Sein Vater faltete die Zeitung zusammen und legte sie auf den Tisch. Dann sah er Florin ruhig in die Augen und fragte: «Machen die anderen sich über dich lustig?»

Florin nickte nur.

«Und du meinst, wenn wir dich anrufen, dann würden die andern denken, dass du Heimweh hast, und dich damit aufziehen?»

Wieder nickte Florin.

«Willst du das denn wirklich?», fragte sein Vater wieder.

«Ja, ich glaube schon», antwortete Florin.

«Aber ich nicht», sagte seine Mutter. «Mir ist das gar nicht recht. Eine Woche lang, ohne zu wissen, wie es dir geht. Das kommt gar nicht in Frage.»

Florin wurde blass. Alles im Eimer! Jetzt würde alles rauskommen. Jetzt steckte er wirklich in der Klemme. Der Lehrer hatte schließlich den Brief schon bekommen. Ins Lager konnte er nicht mehr – und nun das.

«Ich weiß nicht», meinte da sein Vater. «Ich kann Florin ganz gut verstehen. Und außerdem, wenn wirklich was nicht in Ordnung ist, ich meine, wenn es ihm nicht gut geht, dann wird man uns schon benachrichtigen. Wir müssen uns also keine Sorgen machen. Es sind doch nur ein paar Tage. Am nächsten Sonntag ist er wieder zu Hause.» Dann wandte er sich an Florin und sagte: «Aber du versprichst, dass du gut auf dich aufpasst und keinen Blödsinn anstellst. Nein, versprich es nicht mir, versprich es deiner Mutter.»

Florin wusste nicht, ob er vor Erleichterung aufatmen oder vor Scham im Boden versinken sollte. Sein Gesicht wurde abwechselnd rot und blass, als er seiner Mutter versprach, keinen Blödsinn anzustellen. So ganz falsch ist das ja nicht, versuchte er sich selbst zu beruhigen. Schließlich war das, was er vorhatte, in seinen Augen kein Blödsinn.

«Und ich nehm den Bus», sagte er noch rasch. «Ihr müsst mich auch nicht mal zum Bahnhof fahren.»

Sein Vater schüttelte lachend den Kopf und meinte: «Na, du hast dir ja wirklich allerhand in den Kopf gesetzt. Nimm dir bloß nicht zu viel vor.» Dann sah er Florins Mutter an und fragte: «Einverstanden?»

Florin sah, dass seine Mutter Tränen in den Augen hatte. Aber sie sagte nur: «Wenn du meinst, dass es richtig ist? Also meinetwegen, ja.»

Der Samstag und der Sonntag vergingen nach diesem Ja wie im Flug. Florin half freiwillig in Haus und Garten und räumte sein Zimmer so gut auf, dass selbst seine Mutter staunte. Er wollte zeigen, dass es ihm ernst war und dass sie ihm vertrauen konnten. Doch heimlich bereitete er alles für den Montag vor.

Dann war es so weit. Am Montagmorgen begleiteten ihn die Eltern bis zur Bushaltestelle, und sein Vater trug ihm den schweren Rucksack ein Stück weit. Dann umarmten ihn die Eltern zum Abschied, Florin lud sich den Rucksack auf und stieg ein. Er fand einen Platz ganz hinten im Bus und winkte seinen Eltern zu, als der Bus abfuhr. Bald wurden sie immer kleiner und kleiner und Florin spürte, wie in seinem Hals ein dicker Kloß wuchs. Aber er schluckte die Tränen runter und machte es sich bequem. Zwei Haltestellen weiter stieg Herr Schneider ein. Der hatte ihm gerade noch gefehlt.

«Na, wohin des Weges zu so früher Stund?», fragte Herr Schneider gut gelaunt.

«Ins Ferienlager», antwortete Florin.

«Und deine Eltern begleiten dich nicht zum Bahnhof?», fragte Herr Schneider.

«Ich bin doch kein Kleinkind mehr», erwiderte Florin.

Herr Schneider sah ihn erstaunt an. Dann lachte er und meinte: «Du hast Recht. Hups, da ist meine Haltestelle schon. Also dann, viel Spaß im Lager, junger Mann.»

Florin sah Herrn Schneider aussteigen und bald in der

Ferne verschwinden, als der Bus weiterfuhr. Vielleicht gar nicht so schlecht, diese Begegnung. Sicher würde Herr Schneider seinen Eltern erzählen, was Florin gesagt hatte. Und das müsste seine Eltern ja eigentlich beruhigen.

Eine halbe Stunde später hielt der Bus am Bahnhof. Florin stieg aus und ging in die Bahnhofshalle. Er brauchte nicht zu fürchten, jemandem aus seiner Klasse zu begegnen. Der Zug war nämlich bereits vor einer Stunde abgefahren. Eine kleine Flunkerei mehr vor seinen Eltern, die nötig gewesen war. Florin setzte sich in einer Ecke der Bahnhofshalle auf eine Bank und öffnete seinen großen Rucksack. Obenauf lag sein kleiner Rucksack, den er vorsorglich mitgenommen hatte. Für Wanderungen, hatte er seiner Mutter gesagt, als sie sich über den kleinen Sack gewundert hatte.

Die wichtigsten Sachen waren bald umgepackt. Ein Hemd zum Wechseln, frische Unterwäsche und seine Überlebensausrüstung: Taschenmesser, Bindfaden, Taschenlampe, Feuerzeug, der kleine Verbandskasten und noch ein paar andere Dinge, von denen Florin glaubte, dass er sie brauchen würde. Und natürlich sein Notvorrat. Seine Mutter hatte sich sogar gefreut, als er so viel mitgenommen hatte, angeblich für die Reise. Getrocknete Äpfel, belegte Brote, was zu trinken, eine große Schokolade.

So, das war alles. Feste Schuhe, Jeans und eine Windjacke hatte er schon an und für alle Fälle einen warmen Pullover im Rucksack. Er schloss den großen Rucksack und ging zur Gepäckaufbewahrung.

«Wie lange bewahren Sie den Rucksack auf?», fragte er den Schalterbeamten.

«Wie lang soll's denn sein?», fragte der zurück.

«Eine Woche.»

«Kein Problem», sagte der Beamte. «Hier hast du deinen Gepäckschein. Zahlen musst du vor dem Abholen an der Kasse.»

Nun, bis jetzt war alles gut gegangen und so abgelaufen, wie Florin es geplant hatte. Er verließ den Bahnhof und stieg in einen anderen Bus, von dem er wusste, dass er bis zu einem beliebten Ausflugsziel fuhr, der so genannten Eulenburg, oberhalb der Drachenschlucht.

Während der Bus ihn wieder aus der Stadt und über Land fuhr, spürte Florin sein Herz bis in den Hals schlagen. War es richtig, was er vorhatte? War es nicht eine verrückte, idiotische Idee? Wie konnte er hoffen, dass ihn die Groupe de Tarascon bei sich aufnehmen würde? Warum sollten sie ausgerechnet ihn zum Ritter ausbilden?

Ich muss es einfach versuchen, dachte Florin. Was hab ich schon zu verlieren? Wenn es nicht klappt, kann ich mich ja eine Woche versteckt halten und dann nach Hause gehen, als wäre nichts gewesen. Auf jeden Fall will ich in der Nähe des Winterlagers bleiben und alles beobachten, wenn sie mich schon nicht wollen.

Aber warum eigentlich nicht? Die können doch sicher jemanden brauchen, der die Ställe putzt oder sonst hilft. Ich bin ja bereit, alles zu machen. Und wenn ich das erst mal darf, dann vielleicht eines Tages als Knappe … den Eltern die Wahrheit sagen … und dann ein Cascadeur, ein Ritter … na, die werden staunen … da soll der lange Walter erst mal was zu sagen wagen … und diese Haller-Brüder …

Florin träumte vor sich hin, bis ihn die Stimme des Busfahrers aufscheuchte. «Wir sind da, Junge», rief er. «Bist du sicher, dass du hier aussteigen willst? Ist ein bisschen einsam heute hier oben.»

«Doch, doch», beeilte sich Florin zu sagen. «Das ist schon richtig so. Meine Eltern kommen zu Fuß nach. Mir war das zu weit, darum hab ich den Bus genommen.»

«Ach so», meinte der Fahrer. «Na, dann noch einen schönen Tag.»

Florin stieg aus und wartete, bis der Bus davongefahren war. Dann sah er sich um. Es war wirklich ziemlich einsam hier oben. Der Wind pfiff über die Lichtung, und ab und zu wehte etwas kalte Asche aus der öffentlichen Feuerstelle. Zum Glück war der Wind noch nicht zu kalt. Der Winter ließ noch etwas auf sich warten. Florin ging zur Aussichtsplattform und blickte über die Landschaft. Die Eulenburg lag am südlichen Rand eines weit gezogenen Rings von Hügeln, die einen tiefen Talkessel umschlossen. Das Ganze sah mit dem Flickenmuster aus Wäldern, Feldern und Wiesen wie eine große, bemalte Suppenschüssel aus, die ein Riese hier vergessen zu haben schien. Sein Vater hatte mal erzählt, dass dieser Talkessel für die Geologen ein Rätsel sei. Man hätte bisher noch keine richtige Erklärung für seine Entstehung gefunden. Es sei ein ungewöhnlicher Talkessel, anders als alles andere in diesem Land.

Florin ertappte sich dabei, dass er nur an diese Dinge dachte, weil er seinen Aufbruch hinauszögern wollte. Was kümmerte ihn die Entstehung dieses Talkessels? Er war ja schließlich nicht in der Schule. Gott sei Dank!

Er wandte sich entschlossen um und stieg den Hügel weiter hinauf, bis er die Ruine erreichte, die diesem Ausflugsort seinen Namen gegeben hatte. Es sollte ja einst eine Raubritterburg gewesen sein. Viel war davon nicht mehr zu sehen. Ein paar alte Mauern und ein zerfallener Turm mit einigen wenigen erhaltenen Schießscharten.

Florin machte keine Rast, sondern ging hinter der Burg den Hügel gleich wieder ein Stück weit hinab. Bald stand er am Rand eines steilen, mit knorrigen Bäumen bedeckten Abhangs. Unter ihm lag die Drachenschlucht.

Florin lehnte sich schwer atmend an einen breiten Stamm und rutschte an diesem abwärts, bis er zwischen zwei großen Wurzeln saß. Der Abstieg war anstrengender gewesen, als er gedacht hatte. Er war ganz verschwitzt und fror ein wenig. Der Wind in dieser schattigen Schlucht war kühler als oben auf dem Hügel.

Er holte seine Vorräte aus dem Rucksack, aß ein belegtes Brot und ein paar getrocknete Apfelringe und trank einen Schluck aus seiner Feldflasche. Langsam wurde ihm wieder wärmer, und seine überanstrengten Beine hörten auf zu zittern. Jetzt fühlte er sich wieder besser, und der kleine Anflug von Mutlosigkeit, der ihn überfallen hatte, löste sich auf.

Der Platz, an dem er saß, war günstig. Selber von einem Busch verdeckt, konnte er weit in die Schlucht blicken und hatte eine gute Sicht auf das Lager der Cascadeure. Kaum eine Menschenseele war zu sehen. Nur hin und wieder eine Frau, die etwas von einem Zelt in ein anderes trug. Von den Cascadeuren war weit und breit nichts zu entdecken.

Schade!, dachte Florin, der gehofft hatte, die Cascadeure beim Üben beobachten zu können. «Na, was soll's», murmelte er leise vor sich hin, «schließlich bin ich nicht nur zum Gucken gekommen. Wenn alles gut geht, krieg ich noch mehr als genug zu sehen.»

Er blickte nachdenklich auf die Zelte, die in geordneten Reihen aufgebaut waren. Am südlichen Ausgang der Schlucht, die sich dort beträchtlich erweiterte, waren deutlich die Tribüne und der Turnierplatz zu sehen. Die Fahnen flatterten nur schwach im Wind, und beim Wehrturm erhoben sich zuweilen kleine Aschewolken in die Luft. Der Anblick war fast ein bisschen trostlos. Und unwirklich. Als hätte dort nie ein Kampf zwischen Rittern und gegen einen Drachen stattgefunden. Die leeren Stände und kalten Feuerstellen mahnten kaum noch an das festliche Treiben am Ende des Turniers.

Jetzt fiel ihm auf, dass eines der Zelte sehr viel größer war als alle anderen. Es stand am Rand des Zeltlagers, ganz nahe bei den Felsen. Wahrscheinlich ein Versammlungszelt, dachte Florin. Bei den Büschen zwischen dem Zelt und den Felsen müsste ich mich fürs Erste eigentlich ganz gut verstecken können. Da geht wohl keiner so bald durch. Erst mal die Lage auskundschaften. Vielleicht find ich ja den Richtigen, mit dem ich reden kann.

Rasch verstaute er die Reste seiner Mahlzeit und warf sich

den Rucksack über. Dann glitt er das letzte Stück des Abhangs hinunter und schlich sich an den Büschen entlang um das Zeltlager, bis er hinter dem großen lang gestreckten Zelt angekommen war.

Plötzlich hörte er undeutlich viele Stimmen aus dem Zelt. Es musste tatsächlich eine Versammlung darin stattfinden. Neugierig presste Florin sein Ohr an die Leinwand, aber die Worte wurden von dem schweren Stoff so gedämpft, dass er nichts verstehen konnte.

Florin huschte an der Zeltwand entlang und entdeckte schließlich eine Stelle, an der zwei Stoffbahnen mit Riemen zusammengebunden waren. Vorsichtig löste er drei der Riemen, bis die Öffnung groß genug für ihn war, um hindurchzuschlüpfen. Noch ein letztes Mal blickte er sich um, dann kroch er in das Dunkel hinter der Zeltwand.

Das Erste, was er spürte, waren Stoffe, die ihm gespenstisch über Gesicht und Hals strichen. Irgendetwas hing hier von oben herab. Langsam gewöhnte er sich an das schummrige Halblicht, und er erkannte eine große Zahl von Kostümen, die anscheinend hier in einem abgesonderten Teil des Zeltes aufbewahrt wurden. Etwas weiter weg entdeckte er sogar ganze Ritterrüstungen, die von hohen Ständern aufrecht gehalten wurden. Und Waffen aller Art! Schwerter, Lanzen, Schilde, Äxte, stachlige Kugeln, die mit Ketten an einem Griff befestigt waren. Eine richtige Waffenkammer. Florins Herz schlug heftig vor Freude über den herrlichen Anblick und zugleich vor Angst, ertappt zu werden.

Langsam arbeitete er sich zwischen den Kostümen durch und achtete darauf, dass keine Verzierungen aus Metall aneinander schlugen. Schließlich erreichte er einen dichten Samtvorhang. Neben dem federgeschmückten Kostüm eines reichen Edelmanns fand er einen Spalt, durch den er in das Innere des großen Zeltes blicken konnte.

Tatsächlich waren hier viele Männer versammelt, die in kleinen Gruppen beieinander standen und aufgeregt miteinander sprachen. Und alle trugen Ritterkostüme. Es kam Florin so vor, als würde er eine Theaterprobe sehen. Oder wenigstens die Darsteller kurz vor der Probe, denn viel außer Rumstehen und Reden taten sie nicht. Wahrscheinlich warteten sie noch darauf, dass es losging.

Florin zählte über zwanzig Männer. Er schnappte auch ein paar Brocken von dem auf, was sie sagten. Er hörte Worte wie ‹den Drachen gesehen› und ‹hat das Warten ein Ende› und anderes mehr, dessen Sinn er nicht verstand. Und je länger es dauerte, desto unwirklicher kam ihm das, was er sah, vor, denn niemand schien eine Rolle zu spielen. Alle benahmen sich ganz natürlich, und es machte den Eindruck, als wären die altertümlichen Gewänder, die Kettenhemden, Schwerter und Helme, die sie trugen, gar keine Kostüme, sondern ihre vertraute, alltägliche Kleidung. Es war nur ein Gefühl, das Florin dies sagte, aber es war so ein Gefühl wie in einem Traum, in dem man auch ganz genau weiß, dass eine Sache sich so und nicht anders verhält.

Auf einmal kam Bewegung in die Versammlung. Die Männer nahmen auf einfachen Holzbänken Platz, und nun sah Florin an der Stirnseite des Zeltes ein roh gezimmertes Podest mit einem ausladenden, reich geschnitzten Sessel darauf. An der Zeltwand über dem Sessel hing ein Wappenschild, und Florin sog heftig die Luft ein, als er darauf das brennende Schwert erkannte, das er damals in der Nacht gesehen hatte. Ein Drache wand sich um das Schwert. Aus seinem weit aufgerissenen Rachen kam eine Flamme heraus, die sich an der Spitze des Schwertes mit dessen Feuer verband.

Für einen Augenblick schloss Florin die Augen. Vor ihm erschien wieder das Licht des Schwertes, das er gesehen hatte. Und auf einmal wurde ihm klar, dass es der Anblick dieses Schwertes gewesen war, der ihn hierher geführt hatte. Dass er all das, was er getan hatte, um hierher zu gelangen, nur getan hatte, weil sich ihm dieser Anblick unauslöschlich eingebrannt hatte und weil etwas in ihm war, was sich danach gesehnt hatte, dieses Schwert wieder zu sehen. Koste es, was es wolle. Und etwas Dunkles machte sich in ihm breit, stieg ihm bis in den Hals und raubte ihm den Atem. Der Gedanke, nicht freiwillig gehandelt zu haben, sondern von einer unbekannten Macht angetrieben worden zu sein, machte ihm Angst.

In diesem Augenblick verstummten die Stimmen im Zelt, und Florin öffnete die Augen. Drei Neuankömmlinge hatten das Zelt betreten. Florin erkannte den alten, hoch gewachsenen Mann, den sein Vater Konrad von Wartenberg genannt hatte, und neben ihm Wulf und die junge Frau, die Suna hieß. Alle drei waren ebenfalls wie Ritter gekleidet. Auch Suna. Diesmal trug sie nicht mehr die ihr so verhassten Frauenkleider. Voll Bewunderung verfolgte Florin sie mit seinen Blicken. Wie selbstverständlich sie diese Kleidung und ihr Schwert trug. Wie unbefangen sie sich unter all den

Männern bewegte. Als wäre sie eine von ihnen. Hatte sie nicht gesagt, dass sie zum Schwert erzogen worden sei? Wer war sie? Und wer waren all diese Männer?

Inzwischen hatte der alte Mann auf dem Sessel Platz genommen. Wie ein König aus alter Zeit wirkte er auf Florin. Ein streitbarer König, der sein Schwert stets bei sich trug. Wulf und Suna blieben zu Seiten des Sessels stehen.

Dann war es lange still. Der alte Mann blickte auf den Knauf seines Schwertes, das er mit beiden Händen schräg vor sich hielt und dessen Spitze er in den Holzboden gerammt hatte. Es schien beinahe so, als ob er schliefe. Doch niemand sprach ein Wort. Alle warteten geduldig. Als der Alte zu sprechen begann, geschah dies so leise, dass Florin seine Worte kaum verstehen konnte. Aber schon bald schlugen ihn diese Worte in Bann, und die Stimme des Alten wurde in ihm lauter als der Widerhall eherner Glocken.

«Ich war jung, und ich hatte nichts. Nichts als meinen Namen, der von vergangener Größe kündete, und als ein Wappen, dessen ich mich in meiner Armut schämen musste. Konrad von Wartenberg! Was nützte mir dieser hochtrabende Name? Und was meine Träume? Und was mein Ehrgeiz?

Nun, dieser trieb mich an. Ich war arm, arm wie eine Kirchenmaus. Elternlos und ohne Verwandte. Aber ich sparte mir jeden Bissen vom Munde ab, um Bücher auszuleihen, die ich in meiner verlausten, kalten Kammer las, und ich nahm jede noch so schmutzige Arbeit an, um wenigstens in meiner freien Zeit lernen zu können. Ich habe Tote gewaschen, Schweine ausgenommen, den Unrat meiner Heimatstadt aus der Kanalisation gekratzt. Ich stank. Meine Kleider fielen mir vom Leib. Die Arbeit ätzte mir die Haut von den Händen.

Aber ich kämpfte mich empor. Bald einmal war ich als Schreiber angestellt, nachdem ich endlich in sauberer Kleidung vorsprechen konnte. Zum ersten Mal konnte ich mich satt essen und die Bücher kaufen, nach denen ich begehrte. Ich stieg weiter auf, wurde Gehilfe in einer Anwaltskanzlei und besuchte abends Vorlesungen an der Universität. Und ich wurde das, was man einen gemachten Mann nennt, zum ersten Mal würdig, den Namen zu tragen, den mir meine Geburt verliehen hatte.

Bald fünfzig Jahre ist es nun her, dass ich das alte Stadtmuseum betrat. Selten fand ein Mensch in diese Räume, in denen die Zeugnisse der Vergangenheit verwahrlosten. Fünfzig Jahre ist es her, dass ich mich in den Abstellraum verirrte, in dem Gegenstände lagerten, die nicht der Beachtung wert zu sein schienen. Aber hatte ich mich wirklich nur verirrt?»

Einen Augenblick verstummte der Alte, und seine grauen Augen wanderten forschend über die Gesichter seiner Zuhörer. Dann sah er wieder auf den Knauf seines Schwertes und fuhr fort:

«Nun, ich will mich nicht damit aufhalten, ob dies Schicksal, Fügung oder nur Zufall zu nennen ist. Was es auch immer gewesen sein mag, es führte mich zu dem Schwert, das ich nun in meiner Hand halte, zu dem Schwert, dessen Flamme meine Seele verbrannte und die verborgenen Pfade meiner Träume ans Licht hob.»

Florin zuckte zusammen. Das Schwert, das flammende

Schwert!, dachte er. Es ist kein Traum. Ich habe es gesehen. Und nicht nur ich.

«Es ist wahr, ich habe dieses Schwert an mich genommen. Wer hätte es vermisst? Niemand. Es wäre eines Tages wohl eingeschmolzen worden. Aber ich nahm es, denn ich fühlte, dass es mein Eigentum war.

Unscheinbar war es ohne die Flamme, die sogleich wieder erlosch. Doch nicht in mir. Dort brannte sie weiter und leuchtete mir auf meinem Weg, der nun auf einmal deutlich vor mir lag. Was ich auch tat, es hatte nun einen Sinn gewonnen. Und ich machte mich auf, mir meinen Namen zu verdienen.

Das Glück war mir gewogen. Ich spekulierte an den Börsen der Welt, und alles, was ich begann, trug reiche Früchte. Bald schon erlaubten es mir meine Geldmittel, mich nur noch meinen Nachforschungen zu widmen.

Und ich wurde fündig. Es gelang mir, die Geschichte meiner Familie bis weit in die Vergangenheit aufzudecken. Nicht lange, und ich stieß auf den Drachenorden, den König Sigmund von Ungarn im Jahre 1408 gründete. Und auf Namen, die mir seltsam vertraut waren, als hätte ich sie schon einmal gehört oder als würden diese Namen sich mit dem Schicksal meiner Familie verbinden.

Doch ich forschte weiter, zurück in die Tiefen der Vergangenheit. Ich ging den alten Sagen nach, die viele für Märchen halten und nicht für mehr, auch wenn weise Männer oft genug an die verborgenen Wahrheiten in diesen Märchen gemahnt haben. Ich aber fand in diesen Märchen die Bilder meiner Träume wieder, und ich erkannte die Wahrheit in ihnen. Und darum will ich euch heute noch einmal, wie in der Zeit, in der ich euch zusammengerufen habe, ein wahres Märchen erzählen.»

Atemlos lauschte Florin den Worten des alten Mannes. Und doch hätte er sich am liebsten die Ohren zugehalten oder wäre am besten gleich davongelaufen. Denn die Worte schienen in ihm etwas Verborgenes wachzurufen. Die Geschichte des alten Mannes war auch seine Geschichte. Er spürte es, deutlich und beängstigend, ohne den Grund dafür zu begreifen. Auf einmal bereute er es, hierher gekommen zu sein. Doch seine Reue kam zu spät. Jedes Wort des Ritters war eine neue Fessel. Widerstrebend und hilflos musste er es geschehen lassen, dass die Erzählung ihn wie mit Stricken band. Selbst das Unglaubliche, das er nun hörte, konnte ihn nicht aus diesem Bann befreien.

«Lang ist es her, dass Drachen in der Welt der Menschen lebten. Weit zurück reichen die Berichte von ihren Untaten. In vielen Teilen der Erde finden sich Überlieferungen aus dieser Zeit, sei es in den Schriften des chinesischen Kaiserreichs, sei es auf den Reliefs von Assur und Babylon oder auch auf den Tempeln der Maya und Azteken in den Dschungeln Südamerikas, ja, selbst in den Ländern Europas waren sie heimisch und haben unauslöschliche Spuren in den Erinnerungen, Sagen und Märchen hinterlassen.

Doch wer glaubt heute noch daran, dass es sie wirklich gegeben hat? Wer schenkt den Berichten wirklich Glauben und geht ihnen nach? Wer forscht danach, wo die Drachen geblieben sind? Und warum es sie heute nicht mehr gibt?

Nun, es heißt, dass es oftmals die Aufgabe von Rittern und

Drachentötern gewesen ist, die Menschheit von der Geißel der Drachenplage zu befreien. Wer kennt nicht die Geschichten vom heiligen Georg, von Siegfried, von Beowulf und vielen anderen mehr? So muss es wohl gewesen sein. Durch die Schwerter dieser Helden wurde diese Art ausgelöscht. Doch ist es wirklich so? Warum wurde dann so viel später, nachdem schon lange keine Rede mehr von Drachen war, durch Sigmund von Ungarn der Drachenorden gegründet?

Oh, zweifellos, es gibt für alles eine einfache Erklärung. Es heißt, dass der Drache nur ein Symbol sei, dass der Orden nur als politisches Bündnis gegründet wurde und um Kräfte zu binden, die der Verteidigung der Christenheit dienen sollten. Nicht das Schwert, sondern das Kreuz ging diesem Orden voran. Und der Drache stand für den Satan, für die heidnischen Feinde des Christentums, für das Böse dieser Welt. Warum hätte ich daran zweifeln sollen? Was hätte ich anderes sein können als ein Narr vor denen, die die Geschichte aufgezeichnet hatten und auf alles eine Antwort wussten?

Aber ich hatte die Flamme des Schwertes gesehen, und ich hatte meine Träume, deren Bilder nicht zu der scheinbaren Wahrheit passten, die in den Geschichtsbüchern stand. Also suchte ich weiter. Ich reiste durch die Welt, forschte in Bibliotheken, Archiven, Klöstern und Privatsammlungen, bis ich endlich auf alte Aufzeichnungen stieß, die andere Wahrheiten verkündeten, Wahrheiten, die in Handschriften zu finden waren, die nicht aufbewahrt worden waren, weil sie für wertvoll angesehen wurden, sondern weil sie so unbeachtet geblieben waren, dass man vergessen hatte, sie dem Feuer zu übergeben. Und man überließ sie mir, dem Sonderling, zu dem ich in den Augen meiner Zeitgenossen geworden war, ohne mehr zu verlangen als das Vergnügen, mich zu verspotten.

Alt ist das Geschlecht derer von Wartenberg, und alt das Wappen, das das flammende Schwert und den Drachen trägt. Alt waren auch die Aufzeichnungen des Wartenbergers, die mir in die Hände fielen. Und wie sehr bestärkten mich die Geheimnisse, die sie preisgaben, in meiner Suche nach den Bildern meiner Träume.

Sie waren nicht ausgelöscht worden. Die Drachen lebten. Nicht in dieser Welt, sondern in einer anderen Welt, fern und nah zugleich. Nie hatte ein Mensch diese andere Welt betreten, aber das Wissen um sie war den Drachen einst entrissen und von Generation zu Generation weitergegeben worden. Es gab ein Tor zu dieser Welt, und dieses galt es zu finden. Von dort waren die Drachen in grauer Vorzeit gekommen, und sie hatten gewaltige Schätze mit sich genommen, Schätze, für die sie Menschen gemordet, Städte zerstört und ganze Landstriche verwüstet hatten. Wer aber das Tor finden würde, der würde diese Schätze erobern können und unserer Welt die Herrlichkeiten wiedergeben, die ihr einst so blutig genommen worden sind.

Lange suchten die Nachfahren der Drachenritter, die das Geheimnis der Drachen hüteten, vereinzelt und jeder nur auf seinen eigenen Vorteil bedacht, nach dem Tor zu dieser Welt. Doch es gelang ihnen nicht. Nur mit vereinten Kräften konnten sie, wenn überhaupt, ihr Ziel erreichen. Ende des 14. Jahrhunderts schlossen sie sich zusammen, und es gelang ihnen, König Sigmund von Ungarn, den späteren Kaiser des

Heiligen Römischen Reiches, für sich zu gewinnen. Oh, nicht mit der Wahrheit, dafür waren sie zu klug, zu vorsichtig auch. Wie leicht hätte man ihnen vorgeworfen, mit dem Teufel im Bunde zu stehen, wenn ihre wahren Gründe ans Licht gekommen wären. Doch als politisches Bündnis, im Zeichen des Kreuzes, im Dienste der Christenheit konnte die Gemeinschaft gelten und bestehen. Der Drachenorden verlieh ihnen Macht und Einfluss und diente ihren Zusammenkünften als sicherer Deckmantel. Und er hatte lange Bestand, auch unter Sigmunds Nachfolgern, hießen sie nun Albrecht, Friedrich oder Matthias Corvinus.

Doch die Zeit verging, ohne dass sie das Tor fanden. Krieg, Pest, Unruhen und der Lauf der Zeit zerstreuten den Bund, und die Erinnerung an die Suche nach der Welt der Drachen verblasste. Und endlich suchte niemand mehr nach dem verborgenen Tor.

Konnte ich dieser Geschichte, die ich in den alten Aufzeichnungen fand, denn Glauben schenken? Gab es irgendeinen Beweis für sie?

Ja, es gab ihn. Denn ich fand auch Berichte über die Schwerter der Drachenritter. Sie waren unscheinbar und hatten doch eine Eigenschaft an sich, die sie von allen anderen Waffen unterschied und sie weit über alle Kostbarkeiten erhob. Wer immer aus dem Stamm der Drachenritter hervorging, dem war es gegeben, solch ein Schwert im Glanz seiner Flamme zu sehen, und die Flamme brannte sich in den ein, der sie sah und zeichnete ihn.» Florin schüttelte den Kopf, als wollte er versuchen, aus diesem Traum, in dem er sich befinden musste, aufzuwachen. Er, ein Nachfahre der Drachenritter! Das war doch einfach … verrückt. Er war ein Schwächling, ein Angsthase. Was hatte er mit den Helden der Vergangenheit oder auch nur mit diesen Männern zu tun, die er vor sich sah und die so taten, als wären sie wirkliche Ritter? Es war alles nicht wahr! Es konnte nicht wahr sein! Wieder wäre er am liebsten davongerannt, aber zugleich wusste er doch, dass er nicht gehen konnte, dass er den Worten des alten Mannes, des Wartenbergers, weiter zuhören musste.

«Ich hatte das Schwert gesehen. Ich hatte die Flamme gesehen, und die Flamme brannte weiter in mir. Ich wusste nun, dass es das Tor gab, dass die Welt der Drachen existieren musste. Und ich wollte sie finden, mochte auch niemand vor mir sie je gefunden haben.

Doch ich war allein, und schon einmal hatten die Drachenritter versagt, weil sie allein nach dem Tor gesucht hatten. Ich musste den alten Bund wieder aufleben lassen. Ich musste andere Drachenritter um mich scharen.

So machte ich mich auf die Suche und habe euch, die Nachfahren der Drachenritter, gefunden. Elektriker wart ihr, Bäcker, Lehrer, Bankbeamte oder Bauern. Manche von euch lagen in der Gosse. Aber alle hattet ihr dieselben Träume, und alle habt ihr das Schwert erkannt, als ich euch gefunden hatte, nachdem die Namen der Vergangenheit mich wie an Fäden durch eure Ahnenreihen bis zu euch geführt hatten. Gemeinsam wurden wir die Groupe de Tarascon. Und wieder einmal machten sich die Drachenritter unter einem Deckmantel auf die Suche nach dem verborgenen Tor. Was hätte auch eine bessere Tarnung sein können als Ritter, die Ritter spielten?

Aber wir, die Tarasker, wussten wenig. Nicht mehr, als dass es das Tor, als dass es die Welt der Drachen geben musste. Doch wo? Seit Jahrzehnten streifen wir durch die Lande, und niemals hätten wir das Tor gefunden, wenn nicht der Drache selbst es uns gezeigt hätte. Ist es Schicksal, Fügung oder wieder nur ein Zufall?

Fragen wir nicht danach! Ihr habt ihn alle gesehen. Es gibt keinen Zweifel mehr, und bald werden wir aufbrechen und nicht nur Schätze, sondern auch eine Welt erobern, in der wir sein können, was wir wirklich sind. Eine Welt, in der wir unser wahres Gesicht vor niemandem mehr verbergen müssen.

Noch hat sie keinen Namen. Wenn es ihn je gegeben hat, so ist er verloren gegangen. Aber heute, am Tag unserer größten Hoffnung, will ich dieser Welt einen Namen geben.

Ein alter babylonischer Mythos erzählt vom Gott Marduk, der Tiamat, die Göttin des Meeres, besiegte und aus ihr den Himmel und die Erde schuf. An der Seite Tiamats kämpften Drachen, die Marduk sich nach gewonnener Schlacht untertan machte. Es ist nur ein Bild, doch eines, das mir wert geworden ist. So will ich dieses Bild für uns neu deuten.

Gaia, die Erde, ist die Welt, in der wir Erdgebundenen leben. Tiamat aber wollen wir die Welt nennen, in der die geflügelten Drachen leben. Wie einst Marduk werden wir ausziehen, um uns die Drachen untertan zu machen. Und Tiamat wird unsere neue Heimat sein.»

Der Alte erhob sich, und eine ungeheure Kraft ging von ihm aus, die selbst die Luft unter Spannung zu setzen schien. Er hob sein Schwert und rief: «Tarasker, seid ihr bereit, mir zu folgen? Seid ihr bereit, das Gelübde der Drachenritter zu erfüllen und Tiamat zu erobern? Im Zeichen des flammenden Schwertes!»

Die Ritter sprangen von ihren Sitzen und zogen die Schwerter. Keiner sprach ein Wort. Schweigend leisteten sie ihren Eid, aber Florin konnte ihre Entschlossenheit spüren wie ein schweres Gewicht, das sich auf seine Brust legte und ihn beinahe erstickte. Am liebsten wäre er aufgesprungen, um sich diesem Eid anzuschließen. Ihm war heiß geworden. Es war ihm, als würde sein Blut kochen. Vor seinen weit aufgerissenen Augen sah er das flammende Schwert.

Florin schwankte, und da passierte es. Eine der Federn des Kostüms, das neben ihm hing, kitzelte ihn an der Nase. Er hob rasch die Hand an die Nase, um das Niesen zu unterdrücken. Aber es war zu spät. Mitten in dieses lastende Schweigen hinein, mitten in die drückende Last des Eides der Drachenritter platzte sein Niesen. Und wie ein Mann fuhren alle Anwesenden herum und blickten auf den Samtvorhang, hinter dem sich Florin verbarg.

Das Niesen hatte ihn verraten, aber es hatte ihn auch aus seiner Betäubung gerissen. Wie ein Wiesel schlängelte sich Florin durch die herabhängenden Kostüme und strebte dem rettenden Ausgang zu. Hinter sich hörte er die erstaunten Rufe und Flüche der Ritter, die den Vorhang aufrissen und nach dem Störenfried suchten, der sie belauscht haben musste.

Florin hatte nur noch einen einzigen Gedanken: Fort! Fort von hier! Nur weit weg von all dem, was er gehört und gesehen hatte. Weit weg von den Worten des alten Mannes, die ihn verwirrt und erschreckt hatten. Er wusste kaum noch, wer er war oder wo er war. Ob er träumte oder wachte. Und wenn es ein Traum war, so musste es ein Albtraum sein. Einer, in dem dunkle Worte auf ihn eindrangen und drohende Gestalten ihn verfolgten.

Da, das Licht! Die Öffnung in der Zeltwand! Rasch kroch Florin hindurch und sprang auf. Verzweifelt blickte er sich um. Wohin? Nicht zum Ausgang der Schlucht, nicht zum Turnierplatz. Auf freiem Feld würden sie ihn gleich einholen. Nein, am besten dorthin zurück, von wo er gekommen war. Vielleicht würde es ihm gelingen, seine Verfolger im Wald abzuschütteln. Vielleicht fand sich dort sogar ein sicheres Versteck.

Er rannte an der Zeltwand entlang und dann, in der Deckung der Büsche, um das Zeltlager herum zum Nordende der Schlucht. Hinter sich hörte er die Rufe der Ritter, die ausschwärmten und überall nach ihm suchten. Florin erreichte einen hoch gelegenen, großen Felsblock. Für einen Augenblick machte er Halt und versuchte zu Atem zu kommen. Vorsichtig hielt er Ausschau nach seinen Verfolgern und sah sie unter sich zwischen den Zelten und in Richtung des Turnierplatzes laufen. Noch suchten sie ihn nicht in dieser Richtung. Wahrscheinlich glaubten sie, dass er von Süden gekommen sei, von dorther, von wo normalerweise die Zuschauer kamen. Aber es würde sicher nicht lange dauern, bis sie ihren Irrtum erkannten. Und sie würden so lange suchen, bis sie ihn fanden. Da war sich Florin ganz sicher. Er hatte zu viel gehört. Zu viel, was nicht für seine Ohren bestimmt gewesen war.

Florin sah sich um. Ob er es schaffen konnte, den Abhang hinaufzuklettern? Doch wie? Der Abstieg war schon kaum zu schaffen gewesen. Er hatte ja nie damit gerechnet, auf diesem Weg zurückkehren zu müssen. Nein, unmöglich.

Da entdeckte er auf einmal, nicht weit von seinem Versteck entfernt, einen ausgetretenen Pfad, der zwischen den Büschen und Bäumen in Richtung Norden verschwand. Wohin mochte dieser Pfad führen? War dies ein Ausweg? Er musste es versuchen. Er hatte keine andere Wahl.

Geduckt hastete er im Schutz des Unterholzes weiter, bis er zwischen den Büschen auf den Pfad stieß. Hier konnte man ihn vom Zeltlager aus nicht sehen. Er richtete sich auf und lief auf dem Pfad tiefer in den Wald und die Schlucht hinein.

Nach kurzer Zeit endete der Pfad, und Florin sah vor sich den Eingang zu einer großen Höhle. Lange Efeuranken hingen zu Seiten des Höhlentors oder lagen in Haufen am Boden, als wären sie abgeschnitten worden, um den Eingang zur Höhle frei zu machen. Er zögerte. Sollte er wirklich da hineingehen? Würde er nicht in der Falle sitzen? Aber vielleicht war es ein gutes Versteck.

Hinter sich hörte er Zweige brechen. Stimmen und Schritte näherten sich. Also suchten sie ihn schon in dieser Richtung. Es gab keinen anderen Weg. Nur noch den Weg in die Höhle. Und Florin lief weiter, hinein in das feuchte Dunkel der Höhle.

Es war später Nachmittag. Nur noch spärliches Licht fiel unter die Felsen, und Florin musste aufpassen, dass er nicht stolperte und stürzte. Wohin mochte die Höhle führen? Hatte sie überhaupt einen Ausgang?

Auf einmal stand Florin vor einer hohen Öffnung in der Felswand. Rasch schlüpfte er hinein und sah vor sich einen langen Gang, der von Fackeln erhellt wurde, die in regelmäßigen Abständen mit Eisenringen an den Wänden befestigt waren. Wo war er? Und was war dies für ein Gang? Warum hatte er noch nie von dieser Höhle gehört? War der Eingang zur Höhle hinter Efeu verborgen gewesen? Aber warum hatten die Ritter die Höhle dann gefunden? Warum überhaupt hier gesucht? Florin erinnerte sich an die Worte des Wartenbergers. War dies das Tor, das der Drache ihnen gezeigt hatte? Stand er schon am Eingang zu einer anderen Welt? Nein, nein, es konnte nicht wahr sein! Es war alles Unsinn.

Wieder hörte er seine Verfolger. Sie konnten nicht mehr weit sein. Schon schallten ihre Stimmen durch den Gang. Florin rannte weiter, tiefer und tiefer in den Gang hinein, der sich langsam senkte, als wollte er ihn ins Innere der Erde führen. Der Gang machte oft scharfe Windungen, und der Boden war schlüpfrig. Florin keuchte vor Anstrengung und unter der Last der Felsmassen, die sich spürbar auf ihn legte.

Plötzlich waren da noch andere Stimmen. Stimmen, die ihm entgegenkamen und die sich mit dem Hall der Stimmen kreuzten, die ihm folgten. Florin blieb stehen. Ja, jetzt hörte er auch Schritte, die sich ihm aus der Tiefe näherten. Er saß in der Falle. Verzweifelt blickte er sich um. Da, der Spalt in den Felsen! Er war nur schmal, aber vielleicht passte er hinein. Rasch zwängte sich Florin in den Spalt, der so tief war, dass er ganz in seinem Schatten verschwand.

Es war keinen Augenblick zu früh. Schon hasteten zwei Männer an ihm vorbei, und Florin hörte sie keuchend sagen: «Bist du sicher, dass es richtig ist, ihn allein zu lassen?» – «Du hast doch gehört, dass da was nicht stimmt. Besser, wir sehen nach. Außerdem hat er sich schon lange nicht mehr gerührt. Wahrscheinlich schläft er.» Dann waren sie hinter einer Biegung verschwunden. Gespenstisch hallten ihre Stimmen und Schritte und die der anderen Verfolger.

Florin schlüpfte aus dem Spalt und rannte weiter, den Weg entlang, den die beiden Männer gekommen waren. Von wem hatten sie gesprochen? Wer schlief unten? Würde er nur einem dritten Ritter in die Arme laufen?

Doch er lief weiter. Er wusste nicht, was er sonst hätte tun sollen. Wenn überhaupt noch irgendein Ausweg zu finden war, dann vielleicht da unten. Und wenn nicht, so hatte er es wenigstens versucht. Er war noch nicht bereit, einfach aufzugeben.

Plötzlich, hinter einer letzten Biegung, endete der Gang, und eine gewaltige Höhle öffnete sich vor ihm, deren Decke im schwachen Licht der beiden Fackeln, die am Eingang befestigt waren, nicht zu sehen war. In einer Nische beim Eingang entdeckte Florin ein paar leere Flaschen und Reste einer Mahlzeit. Hier mussten die beiden Männer gewesen sein. Warum? Und wo war der Dritte, von dem sie gesprochen hatten?

Vorsichtig betrat Florin die Höhle und blickte sich ängstlich um. Aber er konnte niemanden sehen. Vielleicht war der dritte Mann erwacht und hatte einen anderen Gang genommen. Wenn dies stimmte, dann musste es noch andere Wege geben. Wege, die ihn vielleicht aus den Felsen herausführen konnten.

Florin versuchte, das Dunkel der Höhle mit seinen Blicken zu durchdringen. Die beiden Fackeln flackerten in einem eisigen Wind, der ihm aus der Höhle entgegenwehte. Ihr Licht warf schwankende Flecken auf die Felswände. An einer Stelle weiter hinten waren sonderbare Spiegelungen zu sehen, die sich Florin nicht erklären konnte. Es schienen keine Kristalle zu sein, denn es war eine größere Fläche, die den Schein der Fackeln zurückwarf.

Aber er war nicht hierher gekommen, um die Wunder dieser Höhle zu bestaunen. Er musste einen anderen Gang finden. Florin zog eine der Fackeln heraus und schritt rasch durch die Höhle, immer auf der Suche nach der rettenden Öffnung in der Felswand, nach einem Gang, der ihn ins Freie führen konnte.

Eine Weile, die ihm endlos lang erschien, irrte er durch das Dunkel. Es roch seltsam in dieser Höhle, und je länger Florin hier war, desto unbehaglicher wurde ihm, als würde im Dunkeln eine unbekannte Gefahr lauern. Er hatte das unangenehme Gefühl, beobachtet zu werden. Er bemühte sich, die Beklemmung abzuschütteln, und suchte verbissen weiter. Noch tauchten keine Verfolger hinter ihm auf. Waren sie unsicher geworden, als die beiden Männer ihnen entgegengekommen waren, ohne Florin angetroffen zu haben? Aber selbst wenn, lange würden die beiden nicht mehr auf sich warten lassen, sondern an den Eingang der Höhle zurückkehren.

Wieder einmal näherte sich Florin der Höhlenwand und stand auf einmal vor einer großen, spiegelnden Fläche, in der das Licht seiner Fackel wie in Spiegelglas zu sehen war. Neugierig trat er näher und berührte die Fläche. Sie war hart, undurchdringlich und schwarz wie Marmor. Kein Riss war zu sehen, keine Adern durchzogen den Stein. Und seine Hand, die über den kühlen Stein glitt, spürte keine Unebenheiten. Es war, als wäre dieser Spiegel von einer unbekannten Kraft vollkommen glatt geschliffen worden. Nur eines war seltsam und unerklärlich. Das Licht seiner Fackel spiegelte sich in dem Stein. Sonst aber nichts. Sich selber konnte Florin nicht in dem Spiegel sehen, nicht einmal seine Hand, die den Stein berührte.

Florin trat einige Schritte zurück und sah an dem blanken Fels empor. Vom Rand der spiegelnden Fläche aus zogen sich breite schwarze Adern von demselben marmornen Glanz durch die Felsen. Adern, die sich wie ein Strahlenkranz um den dunklen Spiegel legten und in feinen Spitzen endeten.

Wie gebannt stand Florin vor diesem Anblick und hatte die Verfolger ganz vergessen. Dann aber verflog der Zauber. Doch es war nicht der Gedanke an seine Verfolger oder der Gedanke an den rettenden Ausweg, der ihn von diesem Anblick losriss, es war etwas anderes, ein Gefühl wachsender Bedrohung. Auf einmal wurde ihm bewusst, dass er nicht allein in dieser Höhle war, dass etwas anderes da war, etwas Großes, Furchterregendes, etwas, was eine eisige Angst in ihm wachsen ließ. Als würde er in einen dunklen, unbeleuchteten Keller hinabsteigen und fühlen, wie sich in den Schatten pelzige, schleimige, entsetzliche Gestalten zu regen begannen, die sich ihm näherten, ihn berührten und packten.

Ein heißer Atem traf ihn von hinten, und etwas Gewaltiges scharrte über die Felsen. Etwas, was ganz dicht hinter ihm sein musste. Etwas, was sich ihm zielstrebig und bedrohlich näherte. Florin wagte nicht, sich zu rühren. Sein Atem ging stoßweise. Die Fackel in seiner Hand schwankte und drohte zu Boden zu fallen.

In diesem Augenblick erklang ein tiefes, kehliges Zischen. Gegen seinen Willen begann Florin sich langsam umzudrehen, bis er diesem Etwas gegenüberstand. Und es war, als würde sein Denken zu Eis erstarren. Sein Herzschlag stockte, und leise Schluchzer brachen aus seiner Kehle hervor.

Er sah es und sah es doch nicht, weil er es nicht sehen wollte. Nicht den gewaltigen, geifernden Rachen, nicht den ungeheuren, stachligen Schädel mit den langen Hörnern und den glühenden, riesigen Katzenaugen, nicht den riesenhaften, schuppigen Leib, der im Dunkeln versank, und die mächtigen, säulenartigen Beine mit den krallenbewehrten Klauen und nicht die gigantischen Schwingen, die den weiten Raum der Höhle auszufüllen schienen und die Luft aufwirbelten. Er wusste es und wollte es doch nicht wissen, nicht, dass dies ein Drache war, schrecklicher als alles, was seine Phantasie sich hätte ausmalen können, nicht, dass die Männer diesen Drachen bewacht haben mussten, nicht, dass er hier war, hilflos und ausgeliefert, nicht, dass die mächtigen Kiefer dieses Rachens sich gleich um ihn schließen und die entsetzlichen Zähne ihn zerreißen würden. Er wollte nichts wissen, nichts sehen, nichts mehr sein und nichts mehr wollen. Er wollte sich nur noch fallen lassen in irgendetwas Schützendes, in dem es dunkel und warm war und in dem alles vergessen und vergeben war. Wie in den Armen seiner Mutter und dem warmen Geruch seines Vaters.

Dann geschah es. Quälend langsam, wie in Zeitlupe. Der Drache machte einen Satz auf ihn zu. Mit einer letzten, abwehrenden Bewegung stolperte Florin rückwärts, blieb mit einem Fuß an einem Stein hängen und fiel. Er drehte sich und fing sich mit den Händen auf. Die Fackel glitt ihm aus der Hand und flog in einem Bogen auf den schwarzen Spiegel zu. Ihre Flamme berührte den Spiegel und setzte ihn in Brand. Wie ein Feuermeer loderte die dunkle Fläche auf und schickte brennende Strahlen durch die Felsen. Dann erlosch das Feuer, und Florin erblickte dort, wo der Spiegel gewesen war, eine sonnenbeschienene Landschaft, Bäume um eine Lichtung und eine blühende Wiese, deren Gräser und Blumen im Wind einer unbekannten Welt schwankten. Über sich sah er den Drachen wie einen nicht enden wollenden Schatten dahinziehen und in dieses herrliche Bild hineinschweben. Und hinter dem gewaltigen Untier schloss sich der Spiegel, verschwanden das Licht und die Landschaft, war wieder nichts anderes als der undurchdringliche schwarze Glanz der marmornen, glatten Fläche, an deren Fuß sich der schwelende Schein der verlöschenden Fackel spiegelte.

TEIL ZWEI

Das Tor

Dunkel war es und kalt. Das Licht einer fernen Fackel warf zitternde Schatten. Florin spürte den harten Boden unter seinen Knien. Vor sich sah er den dunklen, matt glänzenden Spiegel. Aber er nahm nichts von all dem wirklich wahr. Er erinnerte sich an nichts mehr. Nicht daran, wie er hierher gekommen war, und nicht an das, was geschehen war. Seine Augen blickten leer und in eine Ferne, die sich irgendwo hinter der dunklen, spiegelnden Fläche verbarg.

Schritte hallten durch den Fels. Stimmen näherten sich. Dann stockten die Schritte, und die Stimmen brachen ab. Und wurden auf einmal lauter, wie die Schritte, die durch die Dunkelheit auf ihn zustürzten. Ein Mann kniete sich vor ihn hin, fasste ihn hart an den Schultern und sprach auf ihn ein. Florin konnte jedes Wort hören. Klar und deutlich. Aber er verstand den Sinn nicht. Die Worte hatten keine Verbindung zueinander, kamen daher wie Splitter, aus denen sich kein Bild formen konnte.

«Was – tust – du – hier? Wie – kommst – du – hierher?»

Dann ein entsetzter Schrei: «Staken!»

Der Mann vor ihm sprang auf und fragte: «Was – ist?»

«Er – ist – weg!»

Der Mann ballte die Fäuste und knurrte: «Verdammt!»

Der andere Mann kam näher, packte Florin und drehte ihn halb zu sich um: «Wo – ist – er? Was – hast – du – gesehn?»

«Warte! So – erfährst – du – nichts. Sieh – dir – den – Jungen – doch – an!»

Die harte Faust, die ihn gepackt hatte, ließ los, und ein zweites Gesicht tauchte vor ihm auf, das ihm in die Augen sah. «Du – hast – Recht», sagte das Gesicht.

«Hol – die – andern! Rasch!»

Der zweite Mann rannte davon. Der andere ging suchend durch die Höhle. Schließlich kam er wieder zum dunklen Spiegel zurück und hob nachdenklich den Rest der abgebrannten Fackel auf. Er warf einen fragenden Blick auf Florin, dann seufzte er und entfernte sich. Doch gleich darauf kehrte er zurück und hüllte Florin in eine warme Decke.

«Armer – Junge», sagte er mit freundlicher Stimme. «Das – war – wohl – ein – bisschen – zu – viel – für – dich.»

Noch immer konnte Florin nicht begreifen, was der Mann zu ihm sagte. Aber er spürte die Freundlichkeit in seiner Stimme und die warme Decke. Langsam zog sich die Kälte aus ihm zurück, und er fühlte sich schwer und müde.

Eine Weile herrschte Stille. Der Mann rührte sich nicht. Wartend stand er vor Florin. Dann näherten sich viele Schritte, und Florin sah aus den Augenwinkeln, wie eine Gruppe von Männern in die Höhle drängte. Allen voran ein alter, hoch gewachsener Mann.

Schon waren sie bei ihnen, und die Stimmen, die durcheinander wirbelten, schwirrten um Florin wie ein Schwarm wild gewordener Bienen. Da hob der alte Mann eine Hand, und die Stimmen verstummten.

«Es – ist – meine – Schuld», sagte der Mann, der bei Florin gewartet hatte. «Ich – hätte – meinen – Posten – nie – verlassen – dürfen. Jetzt – ist – alles – verdorben. Ich ...» Der alte Mann brachte ihn mit einem Blick zum Schweigen und sagte: «Verdorben? Das – glaube – ich – nicht. Vielleicht – bringt – uns – dieser – Fehler – den – Schlüssel – den – wir – vergeblich – gesucht – haben. Wulf – sieh – nach – dem –Jungen!»

Ein Gesicht, das Florin bekannt vorkam, tauchte vor ihm auf. Die Augen waren grau und blickten ihn mild an. Florin fühlte sich geborgen und sicher. Der Mann lächelte und nickte, als hätte er verstanden. Dann hob er Florin auf seine Arme und sagte: «Schlaf – Junge.»

Und auch wenn Florin nicht einmal diese einfachen Worte verstand, so erreichte ihn doch diesmal ihr Sinn. Seine Augen schlossen sich, und er fiel in eine tiefe, traumlose Dunkelheit.

Als er erwachte, sah er über sich die Decke eines Zeltes, und er fühlte Kissen unter seinem Kopf und Decken, unter denen er lag. Eine flackernde Öllampe, die an einer Zeltstange hing, spendete ein warmes, wohltuendes Licht. Wo war er? Und warum war er hier?

Florin wandte den Kopf und erblickte eine alte Frau, die neben seinem Bett auf einem einfachen Hocker saß und ihn freundlich anlächelte. «Hallo», sagte sie leise.

Es war Florin so, als würden seine Gedanken gemeinsam mit ihm erst jetzt wieder erwachen. Erinnerungen wurden durch das Gesicht der alten Frau geweckt. An das Turnier. An das Fest danach. Er hatte dieses Gesicht schon einmal gesehen. Nur kurz. Es war … ja, es war das Gesicht der Wahrsagerin, die den Leuten die Karten gelegt und aus der Hand gelesen hatte. Doch damals war sie wie eine Zigeunerin gekleidet gewesen, mit großen goldenen Ringen an den Ohren und allerlei Schmuck und Flitter an ihren Kleidern und ihrem Kopftuch. Von all dem war nichts mehr zu sehen. Nun trug sie ein einfaches Gewand, das sonderbar altertümlich erschien.

«Ich heiße Isa», sagte die alte Frau lächelnd. «Und du?»

Florin wollte antworten, aber es kam kein Ton aus seiner Kehle.

«Warte», sagte die Frau, hob seinen Kopf mit einer Hand an und führte mit der anderen eine Tasse an seine Lippen. Florin zuckte zurück. Da lachte die Frau und meinte: «Keine Angst. Das ist kein Hexentrank. Nur Kräutertee. Der wird dir gut tun. Na, trink schon!»

Florin trank gehorsam. Die Wärme des Tees strömte durch seinen Hals und breitete sich wohltuend in seinem Magen aus. Die Frau ließ seinen Kopf wieder auf das Kissen sinken. Florin räusperte sich und sagte heiser: «Florin. Ich heiße Florin.»

«Sehr schön», meinte die alte Frau. «Siehst du? Es hat gewirkt. Und ganz ohne Zauberei.»

«Wo bin ich?», fragte Florin.

Die Frau antwortete nicht sogleich. Sie sah ihm forschend in die Augen. Schließlich nickte sie und meinte: «Du müsstest es eigentlich wissen. Erinnerst du dich an nichts mehr?»

«Doch, an Ihr Gesicht», antwortete Florin. «Sie sind die Wahrsagerin.»

«Gut erinnert», sagte die Frau. «Aber bitte sag nicht Sie zu mir und nenn mich Isa. Das macht das Reden viel leichter.»

Florin nickte.

«Du hast also unsere Show gesehen?», meinte Isa.

«Ja … Isa», antwortete Florin. «Ich bin mit meinen Eltern hierher gekommen. Vor … vor …» Er stockte. Es fiel ihm schwer, sich daran zu erinnern, wie lange dies her war. Was war überhaupt für ein Tag heute? Hatte er lange geschlafen?

«Es ist Montagabend», sagte Isa, die seine Gedanken zu erraten schien. «An was für einem Wochentag wart ihr hier?»

«Am Dienstag», antwortete Florin. «Ja, jetzt weiß ich es wieder. Am Dienstag in der Woche vor den Schulferien. Also letzte Woche. Heute hat ja das Lager …»

Florin biss sich auf die Lippen. Jetzt hatte er sich verplappert. Isa lächelte und setzte dann eine gespielt strenge Miene auf. «Sieh an, sieh an», sagte sie, «da haben wir doch tatsächlich einen Ausreißer bei uns.»

Florin spürte, wie er rot wurde. Isa sah ihn wieder nachdenklich an. Dann fragte sie: «Du hättest also heute ins Ferienlager fahren sollen? Aber du bist nicht mitgefahren. Stimmt's?»

Florin nickte.

«Und deine Eltern? Wissen die das?»

Florin schüttelte den Kopf.

Isa schwieg einen Augenblick, dann beugte sie sich über Florins Gesicht, sah ihm ernst in die Augen und sagte: «Erzähle!»

Und Florin erzählte alles. Es war eine Erleichterung für ihn, sein Geheimnis mit jemandem teilen zu können. Er erzählte von dem Turnier, dem Fest, vom langen Walter und den Haller-Brüdern, von seiner Angst, von dem gefälschten Brief an seinen Klassenlehrer, von seinem Weg bis zum Lager der Groupe de Tarascon und von seinem Wunsch, hier zu bleiben und eines Tages einer von ihnen zu werden. Dann, als er an den Punkt seiner Erzählung kam, an dem er sich in das große Versammlungszelt geschlichen und die Ritter belauscht hatte, stockte er und scheute sich weiterzusprechen.

Isa richtete sich auf. Dann nahm sie seine Hand in ihre Hand und sagte: «Ich weiß, es ist schwer für dich. Du traust dich nicht, mehr zu erzählen. Nicht nur weil du dich schämst, sondern auch weil du Angst hast. Du hast vieles gehört und erlebt, was dich erschreckt haben muss. Aber glaub mir, es ist besser für dich, wenn du darüber sprichst. Wenn du schweigst, können deine Erlebnisse für dich wirklich gefährlich werden. Ich will dir gerne dabei helfen. Also, du hast gehört, was im großen Zelt gesprochen wurde?»

Florin nickte, und stockend berichtete er Isa von allem, was er von der Versammlung der Ritter erfahren hatte. Nur eines getraute er sich nicht, Isa einzugestehen. Dass auch er das flammende Schwert gesehen hatte, damals in der Nacht nach dem Turnier. Würde sie ihn nicht auslachen, wenn er behauptete, ein Nachfahre der Drachenritter zu sein? Er, Florin, der vor allem und jedem so leicht Angst hatte? Nein, das sollte niemand erfahren. Zu schrecklich wäre es gewesen, wenn auch Isa sich über ihn lustig gemacht hätte.

«Und dann?», fragte Isa. «Was geschah, als du davongelaufen bist?»

Florin fuhr fort, seine Erlebnisse zu schildern. Die Flucht durch den Wald, der Gang in den Felsen, die Begegnung mit den beiden Männern, vor denen er sich gerade noch verstecken konnte, und dann die dunkle Höhle und …

Wieder verstummte Florin. Doch diesmal war es nackte Angst, die ihm die Kehle zuschnürte. Zu schrecklich war die Erinnerung an das Erlebte. Er konnte nicht weitererzählen. Es ging einfach nicht. Tränen traten ihm in die Augen.

Isa seufzte und drückte seine Hand. Doch sie schwieg und ließ Florin Zeit, sich wieder zu beruhigen. Schließlich sagte sie: «Du weißt, dass das, was du getan hast, nicht richtig war. Du hast unser Lager unerlaubt betreten, und es war auch nicht recht, die Versammlung zu belauschen. Aber das ist noch nicht alles, was du angerichtet hast. Du warst in der Höhle, und durch dein Erscheinen sind die Dinge dort in Bewegung geraten. Und vielleicht hast du damit etwas zerstört, was für die Tarasker von unschätzbarem Wert ist. Aber du kannst es wieder gutmachen. Es ist sehr, sehr wichtig für uns zu erfahren, was in der Höhle geschehen ist. Doch dafür brauchen wir deine Hilfe. Du willst uns doch sicher helfen und deinen Fehler wieder gutmachen, Florin, nicht wahr?» Isa sah ihm eindringlich in die Augen.

Florin wurde blass, aber dennoch nickte er. Isa atmete erleichtert auf. Doch zugleich spürte Florin, dass sie mit sich selbst nicht zufrieden war, dass es ihr nicht recht war, ihn so zu bedrängen und die Wahrheit aus ihm herauszuholen. Doch ihre Zweifel wurden nur für einen kurzen Augenblick spürbar. Rasch gewann sie ihre Fassung wieder und sagte: «Gut, dann versuch es. Versuche, dich zu erinnern.»

Florin spürte, dass seine Lippen zitterten, als er wieder zu sprechen begann. Doch er wollte seine Fehler so gerne ungeschehen machen. Er wünschte so sehr, dass ihm Isa und die Tarasker nicht böse waren. Also erzählte er. Stockend und mit heiserer Stimme tastete er sich Schritt für Schritt durch seine Erinnerungen. Und wieder sah er die dunkle Höhle vor sich und das Licht der Fackel, das sich in der marmornen Fläche spiegelte, in der er selber doch nicht zu sehen gewesen war. Noch einmal durchlebte er das Entsetzen, das er empfunden hatte, als er spürte, dass er nicht allein in der Höhle war, dass etwas ungeheuer Großes hinter ihm war, nach dem er sich umgedreht hatte und das sich auf ihn gestürzt hatte. Er sah sich rückwärts stolpern und fallen, und er sah noch einmal die Fackel, die durch die Luft flog und den Spiegel in Brand setzte. Dann erloschen die Flammen, und wieder öffnete sich vor ihm die taghelle Landschaft, in die hinein der riesige Schatten des Drachen über ihn hinwegschwebte. Und hinter diesem schloss sich der dunkle Spiegel, und die Landschaft versank, und nichts blieb als das schwelende Licht der verlöschenden Fackel.

Endlich war alles gesagt, und Florin schwieg erschöpft. Isa legte ihm die Hand über die Augen und sagte mit sanfter Stimme: «Schlaf jetzt. Du hast alles gesagt, was wir wissen müssen. Du bist uns nichts mehr schuldig.» Und Florin schlief ein.

Geräusche drangen in seinen Schlaf und machten ihn unruhig. Metall schlug auf Metall, Hufe stampften über die Erde, Rufe ertönten. Florin schlug die Augen auf und setzte sich erschrocken auf. Er fühlte eine wilde Bewegung, die sich um das Zelt wie um das Auge eines Sturms zu drehen schien.

Wie spät mochte es sein? Rasch blickte er auf seine Armbanduhr. Kurz vor Mitternacht. Er hatte erst wenige Stunden geschlafen. Wenn es wirklich noch Montag war. Wieder sah Florin auf seine Uhr. Zum Glück hatte sie auch eine Datumsanzeige. Es war tatsächlich noch derselbe Tag.

Außer ihm war niemand im Zelt. Isa hatte ihn verlassen. Der Docht der Öllampe war heruntergedreht und warf nur einen schwachen rötlichen Schein. Florin schlüpfte unter seinen Decken hervor und sah sich nach seinen Kleidern um. Schließlich fand er sie im Halbdunkel sorgfältig zusammengelegt auf einem Stuhl, unter dem auch seine Schuhe standen und an dem sein Rucksack hing. Obwohl ihm etwas schwindlig war, zog er sich rasch an. Dann schlich er sich zum Eingang des Zeltes und spähte vorsichtig hinaus.

Es war wirklich mitten in der Nacht. Aber draußen herrschte eine Betriebsamkeit wie am helllichten Tag. Vor dem Zelt befand sich ein großer, weiter Platz. Zahlreiche Fackeln und große Feuer brannten, in deren flackerndem Licht sich Florin ein erstaunlicher Anblick bot.

Das ganze Lager schien auf den Beinen zu sein. Pferde wurden gesattelt, Waffen zusammengetragen, gefüllte Säcke und Schläuche auf Lasttieren befestigt. Wenn Florin nicht gewusst hätte, wo er sich befand und wer die Tarasker waren, so hätte er gedacht, einen Film zu sehen, in dem eine Schar von bis an die Zähne bewaffneten Reitern sich zum Aufbruch bereitmachte. Aber dies war kein Film, sondern Wirklichkeit. Wirkliche Reiter und ein wirklicher Aufbruch. Was hatten sie vor?

Doch sogleich wusste er die Antwort. Das Tor!, dachte er. Hatte es sich nicht vor seinen Augen geöffnet? War nicht der Drache darin verschwunden? Wohin sonst hätten die Tarasker aufbrechen sollen? Doch was war hinter diesem Tor? Was hatte er dort gesehen? Dumme Frage!, dachte Florin. Natürlich diese andere Welt, von der der alte Mann gesprochen hatte. Die Welt der Drachen. Dieses Ti… Tiamat, ja, Tiamat hatte er es genannt.

Aber das war doch nicht möglich! Florin konnte es nicht glauben, und die Vorbereitungen, die er sah, kamen ihm unsinnig und verrückt vor. Aber hatte er nicht selbst den Drachen gesehen? Das war kein Traum gewesen, sondern entsetzliche Wirklichkeit, an die er auch jetzt nur mit Schaudern denken konnte. Und … hatte er nicht das flammende Schwert gesehen, dessen Licht noch immer in ihm brannte und das ihn mit einer sonderbaren, unstillbaren Sehnsucht erfüllte? Der Sehnsucht danach, dass all dies wahr sein sollte, dass dieses scheinbare Märchen Wirklichkeit war.

Niemand schien ihn zu beachten. Was sollte er tun? Hier bleiben? Sich davonstehlen? Die Gelegenheit schien günstig. Und war es nicht besser zu verschwinden? Er hatte zu viel gehört und gesehen. Wer wusste denn, was die Tarasker mit ihm vorhatten? Es konnte doch nichts Gutes sein.

Florin holte rasch seinen Rucksack, dann schlüpfte er aus

dem Zelt und hielt sich, so gut es ging, im Schatten. Langsam arbeitete er sich zur südlichen Seite des Platzes vor. Diesmal würde er das Zeltlager besser auf dem normalen Weg verlassen. Und dann am liebsten gleich nach Hause. Alles war schlimmer, als den Eltern die Wahrheit sagen zu müssen. Er wollte einfach nur nach Hause, an den einzigen Ort, der ihm vertraut war und sicher erschien.

Plötzlich stutzte er. War da nicht ein Schatten gewesen, der ihm folgte? Florin sah sich ängstlich um. Dann atmete er erleichtert auf. Da war nichts. Wahrscheinlich hatte ihn das flackernde Licht getäuscht. Er schlich sich weiter und hatte bald eine enge Gasse zwischen einigen kleineren Zelten erreicht, die verlassen dalag. Glücklich huschte er in den Gang hinein.

«Na, Floh, wo soll's denn hingehen?»

Florin zuckte zusammen. Nicht nur weil vor ihm auf einmal die junge Frau stand, die Suna genannt worden war, sondern auch weil ihn der Name Floh wie ein Schlag traf. Nicht einmal hier blieb er davon verschont. Sogar an diesem Ort, der so anders als alles war, was er bisher gekannt hatte, holte ihn dieser Name ein. Warum sagte diese Suna das? Warum tat sie ihm weh?

Florin leckte sich über die trockenen Lippen und starrte Suna ängstlich an. Scheinbar gelassen stand sie vor ihm. Wie alle anderen Ritter trug sie hohe Stiefel und ein Kettenhemd. Sie hatte das Schwert gezogen und schlug mit der Klinge spielerisch auf den Handschuh ihrer linken Hand. Dann trat sie einen Schritt vor und berührte mit der Schwertspitze Florins Brust. «Marsch, zurück ins Körbchen!», sagte sie verächtlich. «Du glaubst doch nicht wirklich, dass wir dich aus den Augen und davonfliegen lassen?»

Florin drehte sich folgsam um und ging, gefolgt von Suna, auf den Platz zurück. Dort stießen sie auf Wulf.

«Wollte er davonlaufen?», fragte dieser Suna.

«Ja», antwortete sie. «Aber wie du siehst, Vater, habe ich ein Auge auf ihn gehabt.»

«Das ist gut», meinte Wulf. «Das ist sehr gut. Ich habe mit deinem Großvater gesprochen, Suna», fuhr er fort. «Er ist auch der Meinung, dass man den Jungen nicht aus den Augen lassen darf. Er weiß zu viel. Er muss bei uns bleiben, wenigstens so lange, bis wir unser Ziel erreicht haben. Du wirst ihn also bewachen, bis wir zurück sind.» Florin sah, dass Suna, die neben ihn getreten war, erbleichte. «Das meinst du nicht im Ernst, Vater!», stieß sie hervor. «Ich komme mit. Ich werde auf keinen Fall hier bleiben. Großmutter und die anderen Frauen können ohne Hilfe auf den Jungen aufpassen.»

Wulf wich ihrem Blick aus und sah zu Boden. «Es ist beschlossene Sache», sagte er zögernd. «Deine Aufgabe wird es sein, hier zu wachen. Du kennst deinen Großvater. Er hat seine Meinung noch nie geändert.»

«Und ist das auch deine Meinung?», fragte Suna mit zitternder Stimme.

Wulf blickte sie lange an, und Florin sah die Zuneigung und Sorge in seinen Augen. «Ja», sagte er schließlich.

«Aber warum?», rief Suna verzweifelt. «Warum denn? Ich kann kämpfen. Ich kann reiten. Ich habe oft Stärke und Mut bewiesen. Das weißt du doch. Bist du nicht immer stolz auf mich gewesen? Warum dann?»

«Ich … ich habe deiner Mutter versprochen, dich nicht in Gefahr zu bringen», antwortete Wulf. «Du wirst uns ja folgen. Später, wenn wir gesiegt haben.»

«Wie kann eine Mutter, die ich nie gekannt habe, das Recht haben, über mein Leben zu bestimmen?», begehrte Suna wütend auf.

Wulf zuckte zusammen und sah sie mit Augen an, unter deren Trauer und Schmerz Suna den Blick senkte. «Ich weiß, dass du deine Mutter nie gesehen hast», sagte er mit rauer Stimme. «Aber als sie nach deiner Geburt im Sterben lag, hat sie mich gebeten, ihr dieses Versprechen zu geben. Gibt ihr das Leben, das sie für dich gegeben hat, wirklich nicht das Recht, mir die Sorge für dein Leben aufzutragen, Suna?»

Suna sah auf, und ihre Augen standen voll Tränen. Dann wandte sie sich heftig ab und lief davon. Wulf holte tief Luft und sah dann auf Florin hinab. «Es scheint dein Los zu sein, Dinge zu hören, die nicht für dich bestimmt sind. Komm jetzt!» Wortlos folgte ihm Florin in sein Zelt zurück.

«Und was machen wir jetzt mit dir?», fragte Wulf und sah ihn stirnrunzelnd an. «Du hast gehört, was ich gesagt habe. Du wirst bei uns bleiben müssen, bis alles vorbei ist. So Leid es mir tut. Immerhin hast du dir diese Suppe ja selbst eingebrockt. Aber du brauchst keine Angst zu haben. Wir wollen dir nichts Böses tun. Wir müssen nur sicher sein, dass du nicht noch mehr Schaden anrichten kannst.»

Wulf kniete sich vor ihm nieder und sagte: «Ich habe aber das Gefühl, dass du ein Junge bist, dessen Wort etwas gilt. Natürlich werden wir dich bewachen lassen, aber wenn du versprichst, nicht wieder davonzulaufen, werden wir dir keine Fesseln anlegen müssen. Versprichst du es?»

Florins Gesicht strahlte vor Freude. Wulfs Worte taten ihm wohl. Und es waren die Worte eines richtigen Ritters. Er nickte heftig und hoffte, dass seine Stimme fest klang, als er sagte: «Ja, ich verspreche es. Ehrenwort!»

Wulf erhob sich. «Gut», sagte er und zog den Handschuh von seiner Rechten, «gib mir deine Hand darauf.»

Florin legte seine kleine Hand in die große, raue Hand des hoch gewachsenen Mannes, der ihm plötzlich so vorkam wie eine Gestalt aus längst vergangener Zeit, die aus der Welt der Sagen und Legenden, die sich sonst nur in Büchern fand, in die Wirklichkeit gekommen war. Der feste Händedruck tat ein bisschen weh, aber er erfüllte Florin auch mit Stolz.

Wulf blickte ihn anerkennend an und sagte: «Du bist ein erstaunlicher kleiner Kerl. Ich habe das Gefühl, dass mehr in dir steckt, als man vermuten sollte, ja, wahrscheinlich mehr, als du selber weißt. Aber jetzt muss ich gehen. Falls du noch schlafen kannst, wünsche ich dir eine gute Nacht.»

Als Wulf gegangen war, warf sich Florin aufs Bett und begrub das Gesicht im Kissen. Am liebsten hätte er gejubelt. Egal, was alles passiert war, egal, wie schrecklich alles gewesen war, und egal, was noch mit ihm passieren mochte … das, was Wulf zu ihm gesagt hatte, konnte ihm keiner nehmen, kein langer Walter und keine Haller-Brüder oder wie auch immer die Quälgeister heißen mochten.

Plötzlich spürte er eine Bewegung. Jemand hatte das Zelt betreten. Florin hob den Kopf und sah Isa, die ihn freundlich anlächelte. Sie trug ein Tablett, das sie neben seinem Bett auf einem Hocker abstellte.

«Ich dachte mir, dass du vielleicht Hunger haben könntest», meinte sie. «Vermutlich hast du schon eine ganze Weile nichts mehr gegessen.»

Jetzt, beim Anblick des Obstes und der Brote, die Isa gebracht hatte, fühlte Florin erst, wie hungrig er tatsächlich war. So ließ er sich nicht zweimal bitten, und bald aß er wie ein junger, ausgehungerter Wolf.

Isa sah ihm schweigend zu und schenkte ihm warmen Tee nach, als er die erste Tasse durstig ausgetrunken hatte. Als Florin schließlich satt war, sah er auf, und erst jetzt bemerkte er die Sorge auf Isas Gesicht. Was sie wohl bedrücken mochte? Dann dachte Florin an die Vorbereitungen der Ritter, die bald aufbrechen würden. In eine fremde, unbekannte Welt. Eine Welt voller Gefahren sicherlich. Er musste es ja wissen. Er hatte den Drachen gesehen. Und er war sich sicher, dass er solch einem Ungeheuer nie wieder in seinem Leben begegnen wollte. Einmal war mehr als genug gewesen.

«Sie … du machst dir Sorgen um die … die …?» Florin wusste nicht, wie er die Drachenritter nennen sollte.

«Sag ruhig Tarasker zu ihnen, wie wir alle», meinte Isa. «Ich bin es nicht anders gewohnt. Ja, ich mache mir Sorgen um sie. Große Sorgen. Und nicht nur wegen der Drachen.»

Florin verstand nicht, was sie damit sagen wollte, und fragte: «Bist du schon lange bei den Taraskern?»

Isa lachte leise. «Das kann man wohl sagen», seufzte sie. «Gewissermaßen von Beginn an.» Und als Florin sie erstaunt ansah, sagte sie schlicht: «Nun, das ist kein Wunder.

Ich heiße Isa von Wartenberg, geborene Tafur. Konrad von Wartenberg ist mein Mann, Wulf mein Sohn und Suna meine Enkeltochter. Damit ist die Familie auch schon fast komplett, und das sollte deine Frage beantworten.»

Florin sah sie bewundernd an. Und wie um sie zu trösten, meinte er: «Wenigstens geht Suna nicht mit.»

«Nein?», fragte Isa erstaunt. «Das ist das erste Mal, dass ich davon höre. Ich habe das Gefühl, dass du nicht nur viel gehört hast, was nicht für deine Ohren bestimmt war, sondern dass ich mich in Zukunft am besten an dich wende, wenn ich erfahren will, was hinter meinem Rücken geschieht.» Und als Florin beschämt schwieg, meinte sie: «Das war nur ein Scherz. Was du da sagst, ist auf jeden Fall eine willkommene Nachricht. Wenigstens in dieser Sache hat der alte Querschädel Vernunft angenommen. Warum geht sie denn nicht mit? Weißt du das etwa auch?»

Florin wagte nicht zu fragen, wen sie mit dem ‹alten Querschädel› meinte, und außerdem konnte er es sich vorstellen. Also antwortete er nur eifrig: «Sie soll mich bewachen, bis die Tarasker zurückkommen.»

Isa sah ihn betroffen an. Dann meinte sie traurig: «Es tut mir Leid für dich. Du wirst also hier bleiben müssen. Ich hatte es befürchtet. Aber schließlich habe ich dich ja selber ausgehorcht und trage auch ein Teil dieser Schuld. Bist du mir böse deswegen?»

Florin schüttelte langsam den Kopf. Nein, er war ihr nicht böse. Obwohl er erst jetzt all die Fragen, die sie ihm gestellt hatte, durchschaute. Aber sie war keine schlechte Frau. Sie gehörte nun einmal zu den Taraskern und hätte gar nicht anders handeln können. Doch plötzlich traten ihm Tränen in die Augen.

Isa legte einen Arm um ihn und sagte tröstend: «Sei nicht traurig. Ich weiß, dass du an deine Eltern denkst. Aber du wirst sie ja wieder sehen. Vielleicht schon bald. Sie werden sich dank deiner List noch ein paar Tage lang keine Sorgen um dich machen. Wenn das Glück mit den Taraskern ist, reicht die Zeit gerade aus.»

Florin nickte dankbar. Isa hatte Recht. Er fühlte sich gleich etwas besser. «Na, die werden staunen, wenn sie hören, was ich alles erlebt habe», sagte er. «Und alles nur wegen dieses brennenden Schwertes!»

«Welches brennende Schwert?», fragte Isa verblüfft.

Florin wurde abwechselnd rot und bleich im Gesicht. Jetzt war es also doch raus. Warum konnte er auch nie den Mund halten? Na ja, jetzt war da nichts mehr zu machen. Sollte Isa ihn ruhig auslachen. Und er erzählte ihr von dem flammenden Schwert, das er in der Nacht nach dem Turnier gesehen hatte und das sich ihm so unauslöschlich eingebrannt hatte, dass er erkennen musste, dass er nicht selber auf die Idee gekommen war, sich bei den Taraskern einzuschleichen, sondern dass es die Sehnsucht nach diesem Schwert und seiner Flamme gewesen war, die ihn hierher getrieben hatte. Als er alles gesagt hatte, duckte sich Florin und erwartete nichts anderes, als von Isa ausgelacht und verspottet zu werden. Doch es blieb still. Isa schwieg, und als Florin sie anblickte, schien sie durch ihn hindurchzuschauen. Dann murmelte sie etwas, das er nicht verstand: «Konrad hat Recht. Das Schicksal trägt viele Masken, die alle Zufall genannt werden.» Sie schüttelte den Kopf, und ihre Augen kehrten zu Florin zurück.

«Wie heißt du?», fragte sie zu Florins Überraschung.

«Florin», antwortete er. «Das weißt du doch.»

«Nein, dein Nachname», sagte sie.

«Ricksdorf, Florin Ricksdorf», antwortete er.

«Ricksdorf, Ricksdorf», murmelte Isa nachdenklich. «Ricks – torp, ja, natürlich. Kein Wunder.» Dann forderte sie ihn auf: «Erzähl mir von deinem Vater. Ricksdorf ist doch der Name deines Vaters, nicht deiner Mutter, oder?»

Florin nickte und wusste nicht so recht, was er antworten sollte. «Mein Vater ist Arzt», sagte er schließlich, aber mehr fiel ihm nicht ein.

«Stammt er aus dieser Gegend?», fragte Isa.

«Nein», sagte Florin. «Als mein Vater und meine Mutter geheiratet haben, sind sie in diese Gegend gezogen. Vorher haben sie weit weg gewohnt.»

«Und warum haben sie sich hier niedergelassen?», fragte Isa weiter.

Florin zuckte mit den Schultern. «Ich glaube», meinte er zögernd, «mein Vater hat mal gesagt, dass er diese Gegend auf einer Reise entdeckt hätte, und weil sie ihm so gut gefiel, hat er sie meiner Mutter gezeigt und die sei gleich einverstanden gewesen. Sie wollten sowieso raus aus der Stadt, damit ihre Kinder auf dem Land aufwachsen. Ja, und zwei Jahre später bin ich dann geboren worden.»

«Und hat dein Vater mal von der Drachenschlucht gesprochen?», fragte Isa.

«Vielleicht, ein paar Mal, kann schon sein», meinte Florin

unsicher. «Auf jeden Fall ist er oft in der Drachenschlucht spazieren gegangen. Der wird vielleicht staunen, wenn er hört, was sich hier abgespielt hat. Er hat nämlich eine große Schwäche für Ritter und Drachen und so. Mein Vater hat sogar eine richtige Sammlung. Bücher mit Märchen und Sagen, Modelle von Ritterburgen, Bücher über Drachen. Er ist ein richtiger Experte in solchen Sachen und hat mir viel vorgelesen. Mama zieht ihn immer mit seinem Hobby auf. Aber manchmal glaube ich, dass sie ihn auch gerade deswegen so sehr mag. Sie sagt immer, solange Papa träumt, geht es ihm gut und sie hat was zu lachen.»

Isa schüttelte wieder erstaunt den Kopf und meinte dann: «Genug geplaudert. Am besten, du versuchst noch ein wenig zu schlafen. Wahrscheinlich wirst du bald wieder geweckt. Die Tarasker wollen noch vor Morgengrauen aufbrechen.»

«Warum so früh?», fragte Florin.

«Ich denke, weil sie hoffen, Tiamat vor Morgengrauen ungesehen betreten zu können. Immerhin könnte der entflohene Drache seine Artgenossen warnen.» Sie stand auf und wandte sich zum Gehen.

Als sie schon am Zelteingang war, fragte Florin schüchtern: «Isa, glaubst du wirklich, dass ich ein Nachkomme von Drachenrittern bin?»

Isa drehte sich um und meinte: «Ich weiß nicht, ob es eine Beruhigung für dich ist, wenn ich dir sage, dass es daran wohl keinen Zweifel geben kann. Aber lass uns morgen in Ruhe darüber weiterreden.»

Wieder wandte sie sich zum Gehen, als Florins Stimme sie noch einmal aufhielt: «Der Drache, Isa, wieso hat der alte

Wartenberger gesagt, dass der Drache ihnen den Weg gezeigt hat?»

Isa lachte leise vor sich hin und kehrte noch einmal an sein Bett zurück. Sie setzte sich auf den Rand, strich ihm über die Stirn und meinte: «Nichts kann die Neugier eines kleinen Jungen zügeln. Also, der alte Wartenberger, wie du ihn so höflich nennst, hat dies gesagt, weil es wirklich so gewesen ist. Weil die Zufälle es in diesen Tagen und Wochen so gut mit den Taraskern meinen, ist dieser Drache auf einmal in dieser Gegend gesichtet worden. Nachdem seit Jahrhunderten keine Menschenseele mehr einen Drachen in dieser Welt gesehen hatte. Natürlich wurde er ausgerechnet von einem der Drachenritter gesehen und ist uns in die Falle gegangen. Die Tarasker haben sich schon immer für diese Gegend interessiert. Diese Schlucht heißt nicht umsonst Drachenschlucht. Solche Namen bergen oft alte Geheimnisse. Aber ohne den Drachen hätten wir die Höhle und das Tor vielleicht nie gefunden. Zu ungenau waren die Hinweise in den alten Schriften. Doch jetzt brauchten wir nur noch unser Winterlager aufzuschlagen und darauf zu warten, bis sich das Tor öffnet. Und dass dies endlich geschehen ist, scheinen wir dir zu verdanken.»

«War es die Fackel?», fragte Florin.

Isa nickte. «Ja, es war die Fackel. Ihr Feuer hat das Tor in Brand gesetzt und den Weg nach Tiamat geöffnet. Keiner von uns ist auf diese Idee gekommen. Wir konnten nur warten und hoffen, dass der Drache uns das Geheimnis preisgibt. Dabei wäre Feuer doch ein recht nahe liegender Schlüssel gewesen.»

«Und habt ihr lange gewartet?»

«Einige Wochen», antwortete Isa.

«Und die ganze Zeit ist der Drache in der Höhle geblieben und nicht durch das Tor geflohen?»

«Ja», sagte Isa einfach.

«Aber ich dachte, Drachen können Feuer speien», sagte Florin erstaunt. «Er hätte doch jederzeit fliehen können. Ihr hättet ihn doch nie aufhalten können.»

«Nun, erstens hat dieser Drache nie Feuer gespuckt, nicht einmal als die Tarasker ihn gefangen nahmen», sagte Isa, «und zweitens wollte er vielleicht das Geheimnis des Tores nicht preisgeben und hat deshalb so lange auf eine günstige Gelegenheit gewartet.»

«Komisch, dass ich die günstige Gelegenheit gewesen sein soll», meinte Florin. «Er muss doch wissen, dass ich alles mit angesehen habe. Und trotzdem hat er mich nicht … na ja, zum Beispiel aufgefressen, um mich zum Schweigen zu bringen. Das passt doch irgendwie nicht zusammen.»

Isa sah ihn ziemlich verblüfft an. «Da hast du gar nicht einmal so Unrecht. Kluger Junge! Aber ich fürchte, auf diese Fragen kann uns nur Marduk höchstpersönlich eine Antwort geben. Also, schlaf jetzt, und keine Fragen mehr.»

Sie gab Florin einen leichten Klaps und verließ das Zelt. Florin kuschelte sich in die warmen Decken und dachte schläfrig: Marduk? Wer war denn das schon wieder? Ach ja, dieser Typ, der Tiamat besiegt hatte. Na, der war wohl kaum zu erreichen, um irgendwelche Antworten zu bekommen. Was soll's! Wahrscheinlich gibt es für alles eine einfache Erklärung. Vielleicht steckt gar nicht so viel dahinter. So raffiniert waren Drachen ja gar nicht. Die hatten ja ein viel zu kleines Hirn. So wie die Dinosaurier. Viel Fleisch, aber wenig Grips. Warum wollte Isa bloß so viel über Papa wissen? Was Papa und Mama wohl grad machen? Wenigstens ist das Bett hier nicht schlecht. Fast so wie zu Hause ... genau, fast so wie ... Puh, bin ich müde. Schon das dritte Mal, dass ich heute ... schlafen ... Florin schlief.

Jäh wurde er aus dem Schlaf gerissen. Er fühlte eine schmale Hand, die sich hart auf seinen Mund legte, und die kalte Schneide eines Messers, die in seinen Hals schnitt. «Kein Wort», zischte eine Stimme dicht an seinem Ohr.

Florin spürte sein Herz, das bis in seinen Hals hinaufschlug. Es schien zu rasen. So plötzlich war er aus dem Schlaf gerissen worden und so grausam war dieses Erwachen. Was hatte das zu bedeuten? Wer war das?

Über sich sah er im schwachen Licht die Decke des Zeltes. Wegen des Messers wagte er nicht, seinen Kopf zur Seite zu drehen. Ängstlich schielte er aus dem Augenwinkel nach dem Angreifer. Suna! Was? Warum tut sie das?, dachte er verwirrt.

«Ich kann deine Gedanken lesen, Floh», zischte Suna in sein Ohr. «Aber du müsstest mich doch eigentlich verstehen. Klug wie du sein sollst, jedenfalls wenn man Isa Glauben schenken kann. Und Isa ist zwar alt, aber nicht auf den Kopf gefallen. Du weißt doch genau, was ich dir zu verdanken habe. Statt mit den anderen nach Tiamat zu ziehen, darf ich hier bleiben und Kindermädchen spielen. Du kannst dir ja sicher vorstellen, wie glücklich ich darüber bin. Aber so nicht. Nicht mit mir. Du bist ein Gefangener, haben sie gesagt. Und dass ich dich nicht aus den Augen lassen darf. So mag es sein. Ich werde gehorchen und dich nicht von meiner Seite lassen. Aber ich werde auch das tun, wozu ich bestimmt worden bin, und nach Tiamat gehen. Wie das möglich sein soll, wirst du dich sicher fragen. Nun, mein Pferd kann zwei tragen. Mich und den Gefangenen der Tarasker. Glaub nicht, dass ich Mitleid mit dir habe. Von mir aus sollen dich die Drachen holen. Also, kein Laut, oder es wird dein letzter sein. Und jetzt komm!»

Während Sunas Worten war es Florin, als würde er in einen endlos tiefen, finsteren Schacht stürzen. Alles drehte sich um ihn, und er konnte nicht verhindern, dass ihm Tränen übers Gesicht liefen. Er wollte den Mund öffnen und laut nach Hilfe schreien oder wenigstens Suna anflehen, ihn hier zu lassen. Er würde sicher nicht weglaufen. Er hatte doch sein Ehrenwort gegeben. Begriff sie denn nicht, wie viel Angst er hatte? Wie schrecklich die Vorstellung für ihn sein musste, ausgerechnet dorthin zu gehen, wo diese Ungeheuer hausten, von denen eines ihn bis ins Innerste erschreckt hatte?

Aber als er auch nur wagte, die Lippen ein wenig zu öffnen, schnitt die Klinge des Messers noch tiefer in seine Haut, und er schloss sie sogleich wieder, so fest, wie es das Zittern seiner Lippen erlaubte. Langsam richtete er sich auf. Erst jetzt merkte er, dass er in seinen Kleidern geschlafen hatte.

Nur die Schuhe lagen vor seinem Bett. Für einen Augenblick zog Suna ihr Messer zurück, damit er in die Schuhe schlüpfen konnte, und sie erlaubte ihm sogar mit einem Schulterzucken, seine Windjacke überzuziehen und seinen Rucksack mitzunehmen. Dann gab sie ihm einen Wink mit dem Messer und schob ihn vor sich her aus dem Zelt, wobei er die Spitze des Messers deutlich in seinem Rücken spürte.

Draußen war es noch finster. Alle Fackeln und Feuer waren gelöscht worden, und die Feuerstellen schwelten schwach in der Dunkelheit. Sie waren wohl erst vor kurzem ausgelöscht worden. Die Drachenritter konnten noch nicht lange fort sein.

Auf dem Platz vor dem Zelt stand ein Pferd. Suna schwang sich in den Sattel und zog Florin hinter sich hinauf. Dann fasste sie schweigend seine Hände und legte seine Arme um sich. Florin verstand. Er sollte sich festhalten. Das hätte sie ihm wahrhaftig nicht zu sagen brauchen. Florin hatte noch nie auf einem Pferd gesessen und war froh, sich überhaupt irgendwo festhalten zu können. Durch die feinen, harten Ringe des Kettenhemds und die Lederkleidung spürte er Sunas schlanken, kräftigen Körper. Und obwohl sie es doch war, die ihn aus der Geborgenheit seines Bettes gerissen hatte und in eine Welt verschleppte, die nichts Gutes zu verheißen schien, gab ihm ihre Kraft doch etwas Sicherheit und spendete einen schwachen Trost, an den er sich klammerte wie an ein rettendes Floß.

Suna lenkte ihr Pferd langsam zwischen den Zelten durch, dem nördlichen Rand des Lagers entgegen. Aber obwohl die Hufe des Tieres kaum ein Geräusch verursachten, blieben sie nicht unbemerkt. Sie hatten gerade das letzte Zelt hinter sich gelassen, als sie einen erschrockenen Ruf hinter sich hörten.

«Suna, was tust du?» Florin erkannte Isas Stimme. «Das darfst du nicht! Bleib hier! Was hat dir der Junge denn getan? Du hast kein Recht, über ihn zu bestimmen!»

Suna zügelte ihr Pferd und schien zu zögern. Doch dann hieb sie dem Tier entschlossen ihre Fersen in die Flanken, und sie jagten in weiten Sätzen durch die Drachenschlucht. Noch ein letztes «Suna! Florin!» verklang hinter ihnen, dann hatten sie den Pfad zur Höhle erreicht und tauchten in das Dunkel des Waldes ein.

Suna hatte vorgesorgt. Sie entzündete eine Fackel und lenkte das Pferd in ihrem Schein sicher durch das dichte Buschwerk. Schon bald standen sie vor dem Eingang zur Höhle. Suna ließ Florin vom Pferd gleiten und schwang sich selbst hinab. Sie packte Florin am Arm und stieß ihn vor sich her in den Gang hinein. Dann folgte sie ihm und zog ihr Pferd am Zügel hinter sich her.

Florin fühlte sich unbehaglich und zutiefst unglücklich. Der Weg durch die Felsen erinnerte ihn an die Schrecken des vergangenen Tages, und außerdem spürte er, dass er sich mit jedem Schritt von der Welt entfernte, in der er zu Hause war. Würde er jemals wieder zurückkehren? Was erwartete ihn in Tiamat?

Dann hatten sie die Drachenhöhle erreicht. Florin blieb stehen, doch Suna zeigte kein Verständnis für seine Gefühle und Ängste. Grob stieß sie ihn in die dunkle, feuchte Höhle hinein und vor sich her, bis sie vor dem dunklen Spiegel standen, an dem nicht die geringste Spur verriet, dass er der einzige Zugang in eine unbekannte Welt war.

Suna schwang sich auf ihr Pferd und zog Florin wieder hinter sich in den Sattel. Dann warf sie ihre Fackel gegen die glatte schwarze Fläche, und Florin, der gerade noch über ihre Schulter blicken konnte, sah, wie die Flamme der Fackel sich spiegelte, wie sie den Stein berührte und ihr Brand den Spiegel entzündete, wie das Feuer nach kurzem wieder erlosch und an seine Stelle der Blick in die Dämmerung einer fernen und doch so nahen Welt trat. Ohne zu zögern, trieb Suna ihr Pferd an und ritt durch das Tor. Und als Florin sich mit einem letzten verzweifelten Blick umsah, entdeckte er die andere Seite des sich schließenden Spiegels, die wie ein Zwilling des Spiegels seiner Welt war, glatt, tiefschwarz und mit einem Kranz aus ebenso dunklen Strahlen. Das Tor hatte sich geschlossen, und es war Florin, als wäre dies für immer geschehen.

Sie hielten an. Suna blickte sich um. Im Licht der Dämmerung erkannte Florin die Wiese und die Bäume wieder, die die Lichtung hinter dem Tor umgaben. Suna lenkte das Pferd durch das feuchte Gras auf den Waldrand zu. Als sie an den ersten Bäumen vorbeiritten, warf Florin noch einen Blick zurück. Im Dämmerlicht des frühen Morgens sah er, dass sich über dem Tor eine hohe Bergkuppe erhob, die sonderbar gleichmäßig geformt war und beinahe wie eine große Halbkugel erschien. Dann versperrten ihm die Bäume die Sicht.

Der Weg führte abwärts. Schon nach kurzer Zeit lichtete sich der Wald, und sie ritten ins Freie. Suna hielt ihr Pferd an, und Florin erblickte einen weit gestreckten Abhang, der in einer ausgedehnten Ebene endete. Plötzlich hob Suna den Arm und wies in die Tiefe. «Da», sagte sie. «Siehst du sie?»

Florin strengte seine Augen an. Endlich wusste er, was sie meinte. Unten in der Ebene erkannte er den lang gestreckten Zug der Drachenritter, der sich wie ein dunkler Wurm durch die dämmrige Landschaft wand. Klein und verloren zogen die Tarasker durch das weite Land. Ob jemals ein Mensch zuvor diese Welt betreten hat?, dachte Florin. Und er war sich nicht sicher, ob er die Drachenritter für tapfer oder für verrückt halten sollte.

Das weite Land wurde heller. Und während sie selber noch im Schatten blieben, da die Sonne hinter dem halbkugelförmigen Berg, an dessen Fuß sie standen, aufging, öffnete sich vor ihnen Tiamat im Licht dieser fremden Welt. Was für eine Sonne das wohl ist?, dachte Florin noch, dann streckte er sich und blickte sich über Sunas Schulter hinweg um.

Nach Westen hin ging das flache Land, durch das die Tarasker zogen, in sanfte Hügelketten über, die selber am Fuß eines hohen Gebirges endeten, das sich weit nach Norden und Süden erstreckte. Wie eine unüberwindliche Mauer erhob sich der hohe Gebirgszug vor ihnen, und im Morgenlicht begannen sich scharfe Schründe und Spalten abzuzeichnen.

Zu ihrer Rechten hin war das Land dagegen offen und frei und erstreckte sich schier unübersehbar weit nach Norden. Südwärts erhoben sich Hügel, ähnlich denen, die ihnen gegenüberlagen. Ein zerklüfteter Felsrücken schloss an diese Hügel an, der in einem weiten Bogen zu den Bergen im Westen aufschloss. Die Felsen wirkten zerrissen und wenig einladend, aber nicht so unüberwindlich wie das Gebirge im Westen. Sie wiesen eine sonderbar dunkle Färbung auf, fast, als hätte ein verheerendes Feuer sie verbrannt. Die Ebene selber schien Teil eines großen, lang gestreckten Tales zu sein, dessen Ausläufer sich im Norden verloren.

«Sie gehen nach Süden», sagte Suna leise.

Florin hielt Ausschau nach den Drachenrittern und sah, dass sie sich tatsächlich nach Süden wandten. «Warum dorthin?», fragte er.

Suna dachte eine Weile nach. Dann meinte sie: «Der Norden ist leer und weit. Nichts zu sehen, was auf Drachen hinweist. Aber die Felsen im Süden könnten ein Zeichen sein. Die Steine sind verbrannt. Kein Baum oder Strauch ist zu sehen. Das könnte Drachenfeuer gewesen sein. Und es ist kein allzu weiter Ritt bis zu den Felsen im Süden.»

Beim Wort Drachenfeuer zuckte Florin zusammen. Für eine Weile hatte er gar nicht mehr an die Drachen gedacht. Jetzt suchte er mit ängstlichen Blicken die Gegend ab und erwartete jeden Augenblick den Angriff dieser Ungeheuer.

«Nun mach nicht gleich in die Hose», sagte Suna bissig. Dann lenkte sie ihr Pferd in Richtung Süden und hielt sich am oberen Rand des Abhangs im Schutz der Schatten und Felsen, um von den Drachenrittern nicht entdeckt zu werden.

Jetzt, da sie durch diese fremde Welt ritten, hatte Suna aufgehört, Florin wie einen Gefangenen zu behandeln. Wozu auch? Er konnte ja nicht einfach weglaufen. Und obwohl sie nicht gerade nett zu ihm war, schien sie wenigstens nicht mehr wütend auf ihn zu sein. Florin hörte aus ihren Worten deutlich ihre Freude heraus. Endlich war sie am Ziel ihrer Träume. Sie hatte Tiamat betreten. Und sie schien nicht die Spur von Angst zu kennen. Florin beneidete sie um ihren Mut. Doch zugleich fragte er sich, woher sie und die Drachenritter diesen Mut nahmen. Schließlich brach er das Schweigen und fragte: «Ihr seid so wenige. Wieso glaubt ihr eigentlich, mit den Drachen fertig werden zu können? Es könnten doch Tausende hier leben.»

«Du weißt wohl nicht viel über Drachen», meinte Suna, und es klang fast gut gelaunt.

«Doch, eigentlich schon», entgegnete Florin beleidigt. «Mein Vater weiß eine ganze Menge über Ritter und Drachen und hat mir viel erzählt und vorgelesen.»

«Pah, mehr als Märchen sind das wohl kaum gewesen», sagte Suna verächtlich. «Aber wie viel weißt du über das Leben der Drachen? Über ihre Eigenschaften, ihr Aussehen, ihr Zusammenleben, ihre Stärken und Schwächen?» Florin schwieg. Suna hatte Recht. Natürlich hatte er ein paar Bilder gesehen, aber in den Geschichten war mehr von Kampf, von Tapferkeit, von geraubten Schätzen und geretteten Prinzessinnen die Rede gewesen, aber nichts wirklich Genaues über die Drachen.

«Siehst du», meinte Suna. «Ich werde dir jetzt nicht alles erzählen, was wir Tarasker aus den alten Schriften erfahren haben, aber ein paar nützliche Tipps will ich dir gerne geben. Drachen sind nicht gerade klein und sehen Furcht erregend aus. Deshalb erscheinen sie vielen als unbesiegbar. Doch sie sind nicht unverwundbar. Das Schwert in der Hand eines tapferen Mannes kann sie besiegen. Oder auch in meiner

Hand. Das Blut in meinen Adern ist das Blut der Drachenritter.»

«Aber warum Schwerter?», fragte Florin. «Warum habt ihr denn keine anderen Waffen dabei? Gewehre und Pistolen meine ich. Da gibt es doch heute ganz andere Sachen.»

«Hast du denn keine Ehre im Leib?», meinte Suna ärgerlich. «Nur der direkte Kampf mit dem Drachen ist ehrenvoll. Gewehre, Pistolen, pah! Sag doch gleich Bomben und Raketen. Na ja, woher solltest du das auch wissen. Außerdem nützen diese Waffen gar nichts.»

«Wieso?», fragte Florin erstaunt.

«Nur die Waffe, deren Kraft aus der Hand des Menschen kommt, kann den Drachen verwunden und besiegen», erwiderte Suna. «Das Schwert, das von der Hand geführt wird, die Lanze, die von der Hand geschleudert wird, der Pfeil, den die Hand von der Sehne des Bogens schnellen lässt, all das sind Waffen, die allein wirksam sind. Das ist kein Unsinn, sondern eine Gewissheit. Wir haben das, was wir aus den alten Schriften wissen, erprobt. Wir haben auf den Drachen geschossen. Mit Kugeln aus Gewehren und Pistolen. Aber sie konnten nichts ausrichten. Sie prallten wirkungslos an der Haut des Drachen ab. Die künstliche Kraft, die die Kugeln antreibt, hat keine Macht über die Drachen.»

Florin war sprachlos. Das war doch nicht möglich! Es klang so … unwirklich, so märchenhaft. Ja, wie in einem Märchen, wo von Zauberei und Magie die Rede war. Aber warum sollte es nicht Magie sein? Er musste doch nur an das denken, was bei dem geheimnisvollen Tor geschehen war. Waren der Spiegel und die Flamme, die das Tor öffnete, denn nicht auch Magie gewesen? Auch wenn Florin nicht sehr viel über Drachen wusste, so hatte er doch genug über ihre magischen Kräfte gehört. Und Magie war oft im Spiel gewesen, wenn Drachen und Menschen einander begegneten. Ich muss mich wohl daran gewöhnen, dachte er. Seit ich das flammende Schwert gesehen habe, ist einiges anders gelaufen. Und überhaupt, das flammende Schwert. Wenn das keine Magie ist, dann fress ich 'nen Besen.

Ihm wurde wieder ganz unbehaglich zumute. Denn diese Magie hatte ihn ergriffen, hatte in ihm etwas geweckt, was dort verborgen gewesen war. Was hatte Suna gesagt? Das Blut in ihren Adern sei das Blut der Drachenritter. Florin war nicht wohl bei dem Gedanken, dass auch in ihm dieses Blut fließen sollte. Aber Suna würde er davon sicher nichts erzählen. Die würde ihn ganz bestimmt auslachen. Sie war nicht wie ihre Großmutter.

Suna hielt das Pferd an. Florin blickte über ihre Schulter und hielt wieder Ausschau nach den Drachenrittern. Gerade sah er noch, wie die letzten Tarasker in einen Felseinschnitt ritten. Als alle zwischen den Felsen verschwunden waren, trieb Suna ihr Pferd den Abhang hinunter und jagte über die Ebene. Florin verging Hören und Sehen dabei, und er klammerte sich mit geschlossenen Augen an Suna. Schon bald hatte er das Gefühl, nicht mehr sitzen zu können. Die wilde Gangart des Pferdes und der harte Sattel spielten ihm übel mit.

Endlich zügelte Suna das Pferd und ließ es in Schritt fallen. Florin stöhnte leise und bekam dafür von Suna nur ein spöttisches Lachen zu hören. Allmählich hatte er die Nase voll von ihr. Sie war zwar etwas netter und gesprächiger geworden, aber eigentlich behandelte sie ihn immer noch wie einen Gegenstand, und es war ihr völlig egal, ob es ihm gut oder schlecht ging, ob ihm etwas wehtat, ob er Angst, ob er Hunger oder Durst hatte. Es wäre besser gewesen, man hätte sie etwas weniger zum Schwert erzogen und ihr dafür ein bisschen mehr Höflichkeit und Freundlichkeit beigebracht, dachte Florin. Für ein Mädchen ist sie ein ganz schön grober Klotz. Bei ihr würden selbst der lange Walter und die Haller-Brüder noch was lernen können. Und Florin wünschte sich seine Mitschüler in diesen harten Sattel und sich selbst in ein weiches Bett.

«Ich hab Hunger», wagte er schließlich leise zu bemerken. Suna knurrte irgendetwas Ärgerliches, dann neigte sie sich zur Seite, öffnete eine Satteltasche und reichte ihm einen Beutel über die Schulter, in dem Florin etwas Brot und eine Feldflasche mit Wasser fand. Ein karges Mahl, aber besser als gar nichts. Nicht gerade glücklich, aber doch froh, wenigstens nicht verhungern zu müssen, schenkte Florin seiner Umgebung wieder mehr Beachtung.

Der Felseinschnitt war schmal, und der enge Pfad ließ gerade Platz genug für ein Pferd. Zu beiden Seiten erhoben sich steile Wände, deren scharfe Ränder den Himmel wie mit Messern zerschnitten. Aus der Nähe wirkte der Stein noch deutlicher wie von einer großen Hitze verbrannt. In kleinen Fugen und Spalten hatte sich eine feine weißliche Asche gesammelt. Wenn das Drachen waren, müssen die ziemlich groß gewesen sein, dachte Florin schaudernd.

Nach einer Weile begann der Pfad anzusteigen, und sie

näherten sich den Rändern der Felsen. Als diese nur noch wenige Meter über ihnen waren, hielten sie plötzlich an.

«Was ist?», fragte Florin beunruhigt.

«Schscht», zischte Suna.

Florin presste die Lippen aufeinander und spähte über ihre Schultern. Dann sah er, was sie aufgehalten hatte. Der Pfad verzweigte sich. Und nichts gab zu erkennen, welchen Weg die Drachenritter genommen hatten. Hoffte Suna etwas zu hören? Den Hall der Pferdehufe?

Suna schwang ein Bein über den Hals des Pferdes und glitt hinab. Dann trat sie nacheinander in die beiden Felsengänge und presste ein Ohr an den Boden. Enttäuscht kehrte sie wieder zurück. Sie schien verunsichert zu sein.

«Nichts zu hören?», fragte Florin zaghaft.

«Nein», sagte Suna unwirsch. Dann zog sie kurzerhand eine Münze hervor, warf sie in die Luft und fing sie wieder auf. «Wappen», murmelte sie. «Also nach rechts.» Und sie schwang sich wieder in den Sattel und lenkte das Pferd in den rechten Gang hinein.

Florin musste an Isas Worte denken. Die von den Masken des Schicksals, die alle Zufall genannt wurden. Und er hoffte, dass dieser Zufall, dem sich Suna mit ihrer Münze anvertraut hatte, es gut mit ihnen meinte.

Der Pfad führte mehr und mehr aufwärts. Bald verließen sie die enge Felsspalte, und der schmale Weg lief an einer steilen Felswand immer weiter in die Höhe. Zu ihrer Seite öffnete sich ein Abgrund, der immer tiefer und beängstigender wurde, je höher sie stiegen. Nach etlichen hundert Metern brach die Felswand ab, und der Pfad, der eigentlich nicht mehr als eine Felskante war, bog scharf nach rechts ab und endete auf einem hoch gelegenen Felsplateau. Hier hielt Suna an, und sie hielten Ausschau nach den Taraskern.

Unter ihnen erstreckten sich unzählige scharfe Felskanten, Spalten und messerscharfe Grate, die wie die Wogen eines dunklen, vom Sturm zerrissenen Meeres wirkten, auf deren Kämmen sich weiße Asche wie Schaum im Wind erhob. Erst jetzt trat die Verwüstung deutlich zu Tage. Es war ein Bild der Zerstörung, das sich ihren Blicken bot. Ein breites Band der Vernichtung, das sich zwischen das schöne grüne Tal, das sie erst vor kurzem verlassen hatten, und die ferne Landschaft im Süden legte. Und auch diese Landschaft, die sich nur undeutlich abzeichnete, schien nicht weniger trostlos und ausgebrannt zu sein als das Felslabyrinth unter ihnen. Was für ein Wahnsinn, sich in diese Welt zu wagen!

Doch wo waren die Tarasker? Weit und breit war nichts von ihnen zu entdecken. Hatten sie doch den Pfad nach links gewählt? Oder hatten auch sie hier gestanden und über dieses Bild der Zerstörung geblickt? Doch wenn sie hier gewesen waren, welchen Weg hatten sie dann genommen?

In diesem Augenblick geschah es. Ein Schatten fiel über sie, lautlos, schrecklich und ohne Vorwarnung. Mächtige Klauen packten Florin von hinten, rissen ihn aus dem Sattel, und er fühlte sich so schnell in die Höhe gehoben wie in einem rasenden Fahrstuhl. Unter sich sah er Suna, die entsetzt nach oben blickte und zugleich versuchte, sich auf ihrem scheuenden Pferd zu halten. Dann wurde sie immer kleiner und war schließlich nicht mehr von den Felsen zu unterscheiden.

TEIL DREI

Ulysses

Unter sich sah Florin die Landschaft dahingleiten. Schon nach wenigen Augenblicken hatten sie die verbrannten Felsen hinter sich gelassen und flogen über das grüne Tal in Richtung Norden. Florin erkannte Bäche und kleine Weiher. Ein Rudel Hirsche trat aus einem Wald und setzte in hohen Sprüngen über die Wiesen. Ein Vogelschwarm stieg aus der Krone eines großen Baumes auf, zog in einer weiten Schleife unter ihnen vorbei und ließ sich wieder nieder.

Über sich hörte Florin das Sausen der großen Schwingen, die kraftvoll schlugen. Der Wind pfiff ihm um die Ohren. Florin fühlte sich leer und hilflos. Aber obwohl die Höhe, in der sie flogen, ihn schwindlig machte und obwohl er nichts anderes erwartete, als an irgendeinem ruhigen Ort verspeist zu werden, empfand er keine Angst. Er war unbegreiflich ruhig. Und das konnte er nicht verstehen. Er, der sich doch vor allem fürchtete, er, der beim Anblick des Drachen in der Höhle beinahe vor Angst gestorben war, fühlte sich nun, in den Klauen dieses Ungeheuers, sonderbar geborgen. Träumte er denn? Fühlte er sich deshalb so sicher, weil er glaubte, dass er ja sowieso gleich aufwachen würde, zu Hause in seinem Bett? Nein, das konnte nicht der Grund sein. Er wusste nur zu gut, dass er nicht träumte. Diese Hoffnung hatte sich schon zu oft als Irrtum erwiesen.

Florin wagte es, einen Blick auf die Klauen zu werfen, die ihn so fest, aber doch ohne ihm wehzutun, hielten. Er sah die großen, wie blank polierten Krallen, in denen die schuppenbedeckten Klauen endeten. Je vier Krallen an jeder Klaue zählte er. Es lag sich erstaunlich bequem darauf. Mit Brust und Bauch lag er auf der rechten Klaue des Drachen, sodass er wie über den Rand einer Plattform hinabblickte, während seine Beine auf der Linken ruhten. Warum tat dieses Ungeheuer das? Warum hielt es ihn so behutsam? Warum hatte es sein Opfer nicht einfach mit den Krallen durchbohrt, so wie ein Raubvogel dies mit einem Hasen machen würde? Wollte der Drache mit ihm spielen, so wie eine Katze mit einer Maus, bevor sie diese verschlang?

Florin nahm seinen ganzen Mut zusammen und blickte nach oben. Über sich sah er den lang gestreckten, biegsamen Hals, der in einem stachligen, mächtigen Schädel endete, und zu beiden Seiten des breiten Leibes die riesigen Schwingen, deren Spannweite ihm den Atem verschlug. Deutlich war die Beschaffenheit dieser Schwingen zu erkennen, die wie große Hände wirkten, zwischen deren knochigen Fingern sich durchscheinende Flughäute spannten. Vom Ende eines lang gezogenen Knochens, der wie ein dünner Arm aus der Schulter ragte und an der Vorderseite der Schwinge bis zu ihrer Mitte reichte, teilten vier schmalere, nach hinten verlaufende fingerartige Knochen die Flügel in annähernd gleich große Flächen. An der Stelle, an der der große Knochen in einem Gelenk in die anderen überging, ragte ein spitzes Horn über den Flügel hinaus. Wenn auch der Leib des Drachen am Boden recht plump erscheinen mochte, so war dieser doch ein eleganter Flieger, der zuweilen weite Strecken durch die Luft segelte, ohne seine Schwingen zu bewegen.

Die übereinander lappenden Schuppen, die Florin am Leib, am Hals, am Haupt und an den Klauen des Drachen sah, waren grün gefärbt, mit gelben Lichtern und braunen Schatten. Die Farben gingen fließend ineinander über und erschienen manchmal wie das Grün von Smaragden oder zeigten den Glanz polierten Goldes. Die Schuppen schimmerten im Licht der Sonne, und Florin stellte erstaunt fest, dass ihm das, was er sah, gefiel. Aus der Nähe betrachtet, war dieses Ungeheuer nicht nur schrecklich, sondern zeigte eine unerwartete Schönheit.

Florin sah wieder hinab. Wo mochte ihr Flug enden? Das Tal hatte sich zu einer ausgedehnten Landschaft erweitert, mit sanften, von dichten Wäldern bedeckten Hügeln. Große Ströme durchzogen diese Gegend, und Florin entdeckte zahlreiche Seen. Als er in die Weite blickte, sah er hohe Berge, die das Land in einem weiten Ring umschlossen. Im Norden erkannte er einen Ausläufer dieses Gebirges, der sich wie eine Halbinsel tief in das grüne Meer der Wälder und Hügel hineinerstreckte. Der Drache hielt direkt auf diese Berge zu. Sie schienen das Ziel ihres Fluges zu sein. Was mochte ihn dort erwarten? In einer großen Schleife ließ sich der Drache tiefer hinab und steuerte auf einen der vordersten Berge zu.

Florin sah eine große Öffnung im Fels, auf die sie zuhielten. Dann bremste der Drache seinen Flug und setzte geschickt auf dem Boden einer großen Höhle auf. Dort stellte er seinen Gefangenen behutsam auf die Füße.

Florin drehte sich langsam um. Mochte er auch bis zu diesem Augenblick keine Angst empfunden haben, so spürte er jetzt doch, wie es ihm die Kehle zuschnürte. War dies der Schlupfwinkel des Drachen? War dies der schaurige Ort, an dem er seine Beute zu verschlingen pflegte?

Wie damals, als er sich zum ersten Mal in seinem Leben einem Drachen gegenübergesehen hatte, schlug ihm wieder der heiße Atem dieses Ungeheuers entgegen, und Florin blickte in die gelblichen Katzenaugen mit den schmalen, senkrecht stehenden Pupillen. Aus dem mächtigen Schädel ragten dieselben gewundenen Hörner, die Florin schon einmal gesehen hatte. Es war, als sei Satan leibhaftig vor ihm erschienen.

Der Blick der Augen, die wie heller Bernstein leuchteten, ruhte auf ihm, und der Drache machte keinerlei Anstalten, seinem Gefangenen ein Leid anzutun. Im Gegenteil hatte Florin das Gefühl, dass ihn der Drache eher neugierig und nachdenklich betrachtete. Irgendwie kommt er mir bekannt vor, dachte Florin. Dann begriff er plötzlich, dass dies derselbe Drache sein musste, den er in der Höhle gesehen hatte und der durch das Tor nach Tiamat zurückgekehrt war.

In diesem Augenblick setzte sich das gewaltige Tier in Bewegung. Florin zuckte zusammen, doch der Drache schritt auf seinen mächtigen Beinen an ihm vorbei in die Tiefe der Höhle hinein. Als er sich einige Schritte von Florin entfernt hatte, wandte er seinen Kopf zurück und blickte ihn eindringlich an.

Das soll wohl heißen, dass ich ihm folgen soll, dachte Florin. Zögernd tat er, was der Drache von ihm zu verlangen schien, nicht ohne einen sicheren Abstand zu dem stachelbewehrten Schwanz des Drachen zu halten, den dieser schwer über den Boden schleifen ließ. Wie eine Reihe Furcht erregender Zähne zogen sich diese Stacheln von der Spitze des Schwanzes bis zum Schädel über den ganzen Leib des Tieres.

Sie hatten nicht weit zu gehen. Die Höhle verengte sich zu einem hohen Gang, der selber wieder in eine noch größere, ja geradezu riesenhafte Höhle mündete. Es war, als wären die Felswände des Berges nur die Mauern einer gigantischen Wohnstätte. Durch Felsspalten drang Licht wie durch die Fenster einer Kathedrale in die Halle. Plötzlich sprang Florin erschrocken einen Schritt zurück. Ein Wiesel war über seine Füße gehuscht und sauste, wohl selber erschreckt durch den ungebetenen Gast, davon. Florin sah dem Tier nach und entdeckte zu seiner Überraschung eine große Zahl der unterschiedlichsten Tiere, die hier wie in einem Zoo versammelt waren. Er erkannte Dachse, Hasen, Füchse, eine Rotte Wildschweine, einige Rehe und Hirsche, Schlangen, Igel, Mäuse, Eidechsen und was noch anderes sonst durch Wälder kreuchen und fleuchen mochte. Durch die Lichtkegel schwirrten Tauben, Elstern, Falken, Spatzen, Schwalben und andere Vögel, deren Namen ihm nicht einfielen oder die er noch nie zuvor gesehen hatte. Sogar ein Adler zog unter dem kaum noch sichtbaren Dach der Felsenhalle seine langsamen Kreise. Doch der Adler schien nicht auf der Jagd zu sein, und jetzt fiel es Florin auch auf, wie nahe sich Füchse und Hasen, Schlangen und Mäuse und andere Tiere kamen, ohne zu fressen oder gefressen zu werden. Als gäbe es keine Feindschaft zwischen ihnen. Als wäre dies das Paradies. Und wenn es auch nicht gerade Lämmer und Löwen waren, die Seite an Seite ruhten, so wurden doch der Friede und die Eintracht deutlich, die hier herrschen mussten.

Auf einmal wichen die Tiere zur Seite und machten einer mächtigen Gestalt Platz, die sich aus dem Halbdunkel der Höhle löste und langsam ins Licht trat. Doch die Tiere wichen nicht fluchtartig oder ängstlich aus, sondern so ruhig und selbstverständlich, als wären sie es nicht anders gewohnt und das Ungetüm, das sich den Ankömmlingen näherte, ihnen vertraut.

Florin spürte, wie der harte Fels erbebte, als ein Drache auf sie zukam, dessen Größe ihm das Blut in den Adern erstarren ließ. War der Drache, der ihn hierher gebracht hatte, schon nicht gerade klein, so erschien dieser zweite wie ein Gigant aus der Urzeit, der sich selbst mit den Dinosauriern an Größe hätte messen können. Und dieses Monstrum richtete seine Augen starr auf Florin, der vor ihm nicht mehr als ein Winzling sein musste. So kommt sich sicher eine Maus vor, die einem Elefanten gegenübersteht, ging es Florin durch den Kopf.

Nachdem er ihn lange scharf gemustert hatte, wandte der Riese seine Augen zu Florins Erleichterung endlich ab und blickte den Drachen an, der Florin hierher gebracht hatte. Länger hätte Florin den Blick des Riesen auch nicht mehr ertragen können. Es war, als hätte er sich in ihn hineingebohrt, als hätte er ihn wie mit spitzen Lanzen durchbohrt.

Lange geschah nichts. Die beiden Drachen blickten sich nur an und rührten sich nicht. Fast schien es, als wären sie mit offenen Augen eingeschlafen. Und doch beschlich Florin das seltsame Gefühl, dass die beiden miteinander sprachen. Obwohl nicht ein einziger Laut ertönte, geschweige denn etwas, was wie ein Wort geklungen hätte. Du spinnst doch!, schalt sich Florin selber. Wie sollten diese Viecher miteinander reden können? Das mochte vielleicht in Sagen und Märchen so sein, aber in Wirklichkeit waren das doch nur ein paar zugegebenermaßen etwas groß geratene Tiere, die sicher nicht mehr Verstand hatten, als die Dinosaurier in seiner Welt gehabt haben sollten.

Und doch … Irgendwie war das, was er dachte, nicht richtig. Es passte nicht zu den Augen der Drachen, die ihn so eingehend betrachtet hatten, als hätten sie sich Gedanken über ihn gemacht. Und auch das, was diese Ungeheuer taten, erschien so anders als alles, was Florin über das Verhalten von Tieren gedacht hatte. Wenn es nicht Blödsinn wäre, könnte man fast meinen, dass sie sich eigentlich recht menschlich benehmen, dachte er.

Endlich kam wieder Bewegung in die beiden Drachen. Der Riese wandte sich ab, und Florins Begleiter oder Wächter oder was immer er auch sein mochte, folgte ihm. Mit einem flauen Gefühl im Magen ging Florin wieder hinter ihm her. Immer noch besser, als allein zu bleiben, dachte er. Bei dem … Kleinen weiß ich wenigstens halbwegs, woran ich bin. Obwohl er mir wohl nicht viel helfen könnte, wenn der Große Appetit auf mich bekommt. Sie näherten sich einem Teil der gewaltigen Felsenhalle, der höher gelegen war und offensichtlich als Lager oder Schlafplatz des großen Drachen diente. Und der Anblick, der sich Florin bot, war mehr als verblüffend. Mitten in dieser Höhle sah er einen sanft geschwungenen Hügel vor sich, den eine dichte, saftige Wiese bedeckte. Von der Höhe der Felsen herab stürzte ein funkelnder Wasserfall, der sich in ein breites Becken ergoss, aus dem wiederum ein klarer Bach den Hügel hinabplätscherte und sich durch die Höhle hindurch ein steinernes Bett bahnte. Schlanke Bäume standen in einem Halbrund um eine schöne Lichtung, auf der die Drachen an den Ufern des Baches lagerten.

Scheu betrat Florin die Wiese, die unter seinen Füßen federte, und kniete neben dem Bach nieder. Dann, mit einem unsicheren Blick auf die Drachen, trank er von dem kühlen, erfrischenden Wasser und wusch sich den Staub von Händen und Gesicht.

Als er damit fertig war, stand er auf und wusste nicht, was er nun tun sollte. Was erwarteten die Drachen eigentlich von ihm? Florin fühlte ihre Blicke auf sich ruhen und kam sich allmählich vor wie ein Tier im Zoo, das von Besuchern neugierig bestaunt wird. Füttern verboten!, dachte er hoffnungsvoll und meinte dies natürlich umgekehrt.

Der große Drache, dessen Schuppen eine tiefdunkle, grüne und goldene Farbe hatten, warf Florins Begleiter einen Blick zu, der wie eine Aufforderung erschien. Tatsächlich nickte dieser und wandte sich wieder Florin zu. Und zu Florins grenzenlosem Erstaunen öffnete sich sein Rachen und er begann zu sprechen.

«Menschen tragen Namen», sagte er. «Wie wirst du genannt?»

Florin öffnete den Mund, aber er bekam vor Verblüffung kein Wort heraus. Der Drache sprach! Und nicht nur das. Es waren nicht nur irgendwelche unverständlichen Laute oder Worte einer unbekannten Sprache, nein, er sprach sogar dieselbe Sprache wie Florin. Und noch etwas war anders und unerwartet. Die Stimme des Drachen war nicht schrecklich. Kein Brüllen oder Krächzen. Sie war schön, dunkel, geschmeidig und wohlklingend. Sie schlug Florin in Bann, und zugleich tat sie ihm wohl und umgab ihn mit einem Gefühl der Geborgenheit. Dennoch dauerte es eine ganze Weile, bis Florin sich so weit gefangen hatte, dass er sprechen konnte. Aber die Drachen schienen keine Eile zu haben, sondern warteten geduldig auf seine Antwort.

Endlich räusperte sich Florin und sagte heiser: «Florin. Ich heiße Florin.» Dann machte er eine Art Verbeugung und versuchte so höflich wie möglich zu fragen: «Und wie soll ich Euch nennen?»

Doch der Drache schüttelte nur langsam den Kopf. Dann wandte er sich an den größeren Drachen und fragte: «Erkennt Ihr die Worte, Meister? Könnt Ihr Euch erinnern?»

Der große Drache wiegte den Kopf nachdenklich hin und her. Dann nickte er und warf dem Fragenden einen längeren Blick zu.

«Das ist kein Wunder», meinte der Sprecher, so als würde er auf etwas antworten, was der Große gesagt hatte. «Natürlich hat sich diese Sprache verändert. Viel Zeit ist vergangen, seit Ihr nach Jawzahr zurückgekehrt seid. Ihr werdet wieder wie die Menschen sprechen müssen, wenn Ihr mit ihm reden wollt. Doch bis Ihr so weit seid, will ich das Gespräch führen, wenn es Euch recht ist.»

Der Große nickte zustimmend, und so wandte sich der Drache wieder an Florin und sagte: «Du scheinst dich nicht zu fürchten, und du tust gut daran. Wir werden dir kein Leid zufügen. Aber dennoch solltest du uns Antwort geben und nichts verschweigen, denn sonst würden wir nicht zögern, anders an dir zu handeln. Und hüte dich, die Unwahrheit zu sagen, denn wir würden sie sogleich erkennen. Lass uns also gleich beginnen. Warum hast du unsere Welt betreten? Du bist keiner der Drachenritter, deren Absichten wir kennen. Und du trägst keine Waffen wie die Tarasker. Also, warum bist du hier?»

Sie wissen alles, dachte Florin erschrocken. Alles über die Drachenritter. Wer sie sind und was sie vorhaben. Und er hatte Angst. Nicht für sich selber, aber für die Drachenritter, die vielleicht schon in Gefangenschaft geraten oder getötet worden waren. Was konnten sie gegen solche Wesen ausrichten, die nicht nur stark sein mussten, sondern auch denken konnten wie die Menschen?

«Nun, wir warten», unterbrach der Drache seine Gedanken.

«Ich bin nicht freiwillig nach Tiamat gekommen», stammelte Florin. «Suna hat mich gezwungen mitzukommen.»

«Tiamat?», fragte der Drache. «Nennt ihr so unsere Welt?»

Florin nickte und sagte: «Ja, der alte Wartenberger hat ihr diesen Namen gegeben.»

«So, so», meinte sein Gegenüber. «Doch nur mit einem

Namen wird es ihm wohl nicht gelingen, sich unsere Welt zu Eigen zu machen. Aber nun zu dir. Du sagst, dass du gezwungen worden bist, und du sagst die Wahrheit. Du bist also kein Tarasker. Wer bist du dann? Erzähle alles und lass nichts aus.»

Da begann Florin zu erzählen, und unter dem aufmerksamen Blick der Drachen wagte er nicht, auch nur das Geringste zu verschweigen. Er erzählte von dem Turnier, dem flammenden Schwert, seiner Angst vor dem Ferienlager, von seiner Hoffnung, von den Drachenrittern aufgenommen zu werden, sei es auch nur für ein paar Tage, von der Versammlung, die er belauscht hatte, von der Drachenhöhle und seiner Gefangenschaft und auch davon, was Isa ihm über seine Herkunft gesagt hatte. Dass in ihm das Blut der Drachenritter fließen sollte, denn auch er hatte ja die Flamme des Schwertes gesehen, und sie hatte sich ihm unauslöschlich eingebrannt.

Als er verstummte, sah er, dass die Drachen ihn erstaunt und wie mit anderen Augen ansahen. Dann begann zu seiner Überraschung der große Drache zu sprechen.

«Schlimme Nachricht bringst du, Drachensohn. So sind also nicht alle Schwerter vernichtet worden, und eines ist nach Jawzahr zurückgekehrt. Und es schlägt einen Weg ein, der Gefahr bedeutet. Du sagst, sie haben die Grenze überschritten?», wandte er sich an seinen Gefährten.

«Ja, Meister», erwiderte dieser. «Glaubt Ihr, dass dies nichts Gutes zu bedeuten hat?»

«Ich weiß es nicht», antwortete der Drache, der Meister genannt wurde. «Aber dass das Schwert, das ein Schlüssel zur alten Macht ist, nach Süden geht, erfüllt mich mit Sorge.

Wer weiß, welchen Dienst es den Ränken der Sirrusch erweisen wird.»

«Der Rat sollte davon erfahren», meinte Florins Begleiter. «Es duldet keinen Aufschub.»

«Ja», bestätigte der Meister. «Begib dich nach Aldajir und berichte dem Drachenvater von allem, was du erfahren hast. Der Rat tritt heute Nacht zusammen.»

«Ihr wollt nicht selber gehen?»

«Du weißt, dass ich dies nicht kann», antwortete der Meister und senkte den Kopf. Dann, nach einem kurzen Schweigen, warf er einen Blick auf Florin und fragte: «Was soll mit ihm geschehen?»

«Ich werde ihn mit mir nehmen», meinte der Angeredete. «Ich kann ihn nicht seinem Schicksal überlassen. Und außerdem bin ich ihm Dank schuldig. Nur durch seine Hilfe hat sich das Tor wieder für mich geöffnet. Wer weiß, was ohne ihn aus mir geworden wäre.»

«Und doch ist durch ihn das Geheimnis des Tores preisgegeben worden», entgegnete der Meister.

«Daran habe ich nicht gedacht. Es wäre wohl besser gewesen, wenn ich niemals zurückgekehrt wäre», meinte der kleinere der beiden Drachen beschämt.

«Das zu wissen steht nicht in unserer Macht», widersprach der Meister. «Auch dies Geschehnis ist nur eine Maske, hinter der sich der Lauf des Schicksals verbirgt. Und niemand kann wissen, wohin der Strom fließt, bevor er nicht das Meer erreicht hat.»

Florin staunte nicht schlecht. Wie ähnlich doch die Worte des Drachenmeisters den Worten des alten Wartenbergers waren, von denen Isa gesprochen hatte. Eigentlich sind die beiden gar nicht so verschieden, dachte er. Er wunderte sich, wie nah sich Drachen und Menschen zu sein schienen. Und doch kam es ihm gar nicht wirklich erstaunlich vor. Er fühlte schon eine ganze Weile etwas wie eine Verbundenheit mit dem Drachen, der ihn hierher gebracht hatte. Nicht mit dem Meister. Vor dem hatte Florin einen höllischen Respekt, und er war nicht frei von Furcht vor seinem Anblick. Aber er konnte nicht vergessen, wie sicher er sich in den Klauen seines Entführers gefühlt hatte. Und dass der Drache selber gesagt hatte, dass er Florin Dank schulde und ihm Schutz gewähren würde, verstärkte dieses Gefühl der Nähe und Vertrautheit nicht wenig.

«Ich werde zu den schwarzen Felsen fliegen», sagte der Meister. «Ich will sehen, ob noch mehr zu erfahren ist. Wartet hier, bis ich zurückkehre.»

Er erhob sich und schritt durch die Höhle davon. Bald hörten sie das Rauschen seiner Schwingen, das sich rasch entfernte. Dann war es still um sie, und nur die Laute der Tiere, die sich nicht um sie zu kümmern schienen, durchbrachen das Schweigen.

Der Drache hatte die Augen geschlossen und schien zu schlafen. Um sich die Zeit zu vertreiben, schaute Florin den vielen Tieren zu, die sich in der Felsenhalle tummelten. Es war ein so friedlicher Anblick, dass Florin alles um sich herum vergaß und glücklich die Spiele der Tiere beobachtete. Auf einmal spürte er die Augen des Drachen auf sich ruhen. Er wandte sich um und fragte sich, was nun kommen mochte.

«Setz dich zu mir, Drachensohn», sagte der Drache und streckte eines seiner Vorderbeine aus. Florin schluckte ein wenig, dann entschloss er sich, die Einladung anzunehmen, schon aus Höflichkeit. Vorsichtig ließ er sich auf das Bein des Drachen nieder und saß nun ganz in der Nähe der bernsteinfarbenen Augen, die unverwandt auf ihn herabblickten.

«Warum nennt Ihr mich so?», fragte er zögernd.

«Drachensohn?»

«Ja.»

«Das ist eine lange Geschichte», meinte der Drache, doch machte er keine Anstalten, diese zu erzählen.

Florin war etwas enttäuscht, aber er ließ es sich nicht anmerken, sondern fragte nach einer kurzen Pause: «Als ich Euch fragte, wie Ihr heißt, habt Ihr nur den Kopf geschüttelt. Warum? Darf ich Euren Namen nicht wissen?»

«Du bist sehr höflich», meinte der Drache statt einer Antwort, und es schien, als würde er lächeln. «Ich habe gelernt, dass die Anrede mit Sie eine Form eurer Höflichkeit ist. Ein Du dagegen drückt Vertrautheit aus. Ich finde, dass dies ein guter Anfang wäre. Es kann immerhin sein, dass wir einige Zeit miteinander verbringen werden. Nimmst du dieses Angebot an?»

Florin nickte verwirrt und erfreut zugleich. Er wurde nicht recht schlau aus diesem Kerl. Immer wieder sagte er etwas Unerwartetes, das ihn aus der Fassung brachte. Wieder schien der Drache zu lächeln, was aber in seinem von Schuppen starrenden Gesicht nicht leicht zu erkennen war. Dann sagte er: «Doch nun zu deiner Frage. Wenn ich einen Namen hätte, dann dürftest du ihn tatsächlich nicht erfahren, denn er wäre geheim. Aber ich habe keinen Namen. Ich bin ein Namenloser, ein … Niemand.»

Florin wusste nicht, was er davon halten sollte. War das nun schlimm oder nicht? Also dachte er an das Naheliegendste und meinte: «Schade.»

«Warum?»

«Es wäre einfacher, wenn Ihr … wenn du einen Namen hättest», antwortete Florin. «Dann wüsste ich, wie ich dich nennen könnte. Drache oder Großer oder so find ich nicht besonders gut. Ich verstehe gar nicht, warum du keinen Namen hast, und wenn, warum der geheim sein soll. Die Drachen, von denen ich gehört habe, haben alle Namen gehabt.»

«Das waren Namen, die ihnen von den Menschen gegeben wurden», sagte der Drache. «Aber gut, wenn du möchtest, kannst du mir ja gerne einen Namen geben. Es wäre durchaus eine Abwechslung für mich. Doch es wäre nett von dir, wenn du dir etwas Schönes, Klangvolles einfallen lassen würdest. Die Namen der Menschen sind zuweilen etwas dürftig.»

Na ja, dachte Florin, da hat er nicht einmal so Unrecht. Ich kann ihn ja auch kaum Willy oder Fritz oder so nennen. Es müsste schon etwas Besonderes sein. Und nachdenklich starrte er vor sich ins Gras.

Was für einen Namen gibt man einem Drachen?, dachte er. Es müsste etwas sein, was mit ihm zu tun hat, mit seiner

Größe und mit seiner Stärke. Oder seiner Herkunft, seiner Familie. Keinen Namen! Sonderbar. Warum ist er ein Namenloser, ein Niemand? Niemand! Das erinnerte ihn an irgendetwas. Ja, natürlich, das Buch, das er bei seinem Vater gesehen hatte. Das hatte so einen sonderbaren Namen gehabt, den ihm sein Vater erklärt hatte. Und auch die Geschichte dahinter. Das passte einfach prima.

«Ulysses!», rief er begeistert. «Das ist der richtige Name für dich.»

«Klingt gut», meinte der Drache. «Aber warum gerade Ulysses?»

«Das ist der Titel eines Buches, das mein Vater gelesen hat», erklärte Florin voll Eifer. «Und als ich ihn gefragt habe, was das Wort Ulysses bedeutet, hat er mir gesagt, dass dies ein Name sei. Der Name eines griechischen Sagenhelden. Wobei der eigentlich Odysseus hieß. In einem seiner Abenteuer war er mit seinen Gefährten in der Höhle eines einäugigen Riesen gefangen, der jeden Tag zwei der Gefährten verschlang. Und als der Riese Odysseus nach seinem Namen fragte, sagte der, dass er Niemand heiße. Das war natürlich eine List, denn als es Odysseus und seinen Gefährten gelang, den Riesen zu blenden und davonzulaufen, da konnte der Riese, der vor Schmerz brüllte, zu den anderen Riesen nur immer sagen: ‹Niemand hat mich geblendet. Niemand hat mir das angetan.› Und da haben die anderen Riesen natürlich gedacht, dass er spinnt, und Odysseus konnte entkommen. Niemand, verstehst du?»

«Das ist eine gute Geschichte», meinte der Drache. «Und sehr schmeichelhaft für mich, dass du mich mit diesem

Odysseus und nicht mit dem törichten Riesen vergleichst. Mit Ulysses gebe ich mich gerne zufrieden.»

Florin strahlte. Das machte richtig Spaß. Er hatte längst den letzten Rest von Angst verloren und brannte darauf, dem Drachen weitere Fragen zu stellen. Unruhig rutschte er auf dem Bein des Drachen hin und her.

Der schien in ihm wie in einem offenen Buch zu lesen und sagte freundlich: «Na, na, wetz mir nicht meine Schuppen ab. Ich sehe ja, dass du vor Ungeduld fast platzt, weil dir Fragen auf der Zunge brennen, die so zahlreich sind wie Fliegen über dem Honig. Nun, wir haben Zeit. Der Meister wird so bald nicht zurückkehren. Und bevor er wieder da ist, können wir nicht nach Aldajir aufbrechen. Ich habe vorhin gesagt, dass es eine lange Geschichte ist, warum ich dich Drachensohn genannt habe. Du hast mir einen Namen gegeben, so will ich es dir nun mit einer Geschichte lohnen. Hör also gut zu.»

Florin machte es sich auf Ulysses' Bein bequem. Er legte sich zurück, verschränkte die Arme unter dem Kopf und ließ ein Bein herabbaumeln. So folgte er mit zunehmender Spannung der Erzählung des Drachen.

«Zwei Bilder beherrschen das Leben eines jeden Drachen. Zwei Bilder, die den Kreislauf des Werdens und Vergehens in sich bergen und uns das Wesen der Erscheinungen begreiflich machen. Täglich greifen sie in unser Leben ein und bestimmen unser Geschick. Und so wie es zwei Bilder sind, so zeigt sich auch in diesen Bildern alles in der einfachen Klarheit der Zweiheit.

Zwei Leben sind dem Drachen gegeben. Das eine beginnt, wenn er aus seinem Ei schlüpft, und endet, wenn sein Atem erlischt. Das zweite aber beginnt, wenn ihm nach seinen Jugendjahren vom Drachenvater der geheime Name verliehen wird, und endet, wenn seine sterbliche Hülle dem Meer übergeben wird und dort zum Anfang zurückkehrt. Dieses zweite Leben ist das wahre Leben. Nur mit dem geheimen Namen wird der Drache wahrhaft geboren, und nur durch die Rückkehr zum Anfang stirbt er seinen wahren Tod. Und nur wer wahrhaft geboren wird und wahrhaft stirbt, dessen Wesen geht dem Kreislauf des Werdens und Vergehens nicht verloren.»

«Das verstehe ich nicht», meinte Florin.

«Ich will versuchen, es dir zu erklären», sagte Ulysses. «Wenn ein Drache seinen geheimen Namen erhalten hat, wird dieser nach seinem Tod in die Reihe seiner Ahnen gefügt, und die Erinnerung an ihn geht nicht verloren. Alljährlich versammeln sich die Drachen und stimmen den Gesang an, der alle geheimen Namen nennt, die seit Anbeginn der Zeiten gegeben worden sind.»

«Das ist einfacher», meinte Florin. «Aber das mit dem wahren Tod, das klingt ziemlich kompliziert.»

«Nur scheinbar», entgegnete der Drache. «Doch tatsächlich sind diese Wahrheiten von großer Klarheit und Einfachheit. Auch der wahre Tod verbindet sich mit einer Handlung. Denn wenn die sterbliche Hülle des Drachen dem Meer übergeben wird, dann geht sein Wesen in die Mazandar über und wird in ihnen wieder geboren.»

«In die was?», fragte Florin.

Ulysses lachte ein sonderbar weiches und zugleich kehliges Lachen. «Ihr Menschen würdet sie wohl Wasserdrachen nennen, aber das drückt nur wenig von dem aus, was sie wirklich sind. Doch es ist vielleicht besser, wenn ich es dir in deinen Worten erkläre.»

«Nichts dagegen», meinte Florin.

«Die Drachen, die du bis jetzt gesehen hast, der Meister und ich, wir gehören der Art der Erddrachen, der Garuda, an», fuhr der Drache fort. «Der Wind und das Licht der Sonne, die Schönheit der Wälder, der Wiesen, der Berge und Quellen sind unsere Natur und unsere Welt. Doch es gibt noch andere Arten. Jenseits der Grenzen leben die Sirrusch, die Feuerdrachen. Die dunkle Tiefe und die Feuer der Erde sind ihr Element. Und über diesen beiden Arten stehen die Mazandar, die Wasserdrachen, die die Garuda und die Sirrusch an Größe, an Schönheit und Alter weit übertreffen. Sie leben in der Weite der Meere, und wie Stürme ziehen sie über die Wogen, wenn sie sich in die Lüfte erheben.»

«Und in diesen Maza ... äh, Wasserdrachen werdet ihr tatsächlich wieder geboren?», fragte Florin. «Daran glaubt ihr wirklich?»

Der Drache schwieg eine Weile, dann sagte er: «Andere als ich könnten dir solche Worte übel nehmen. Du solltest es nicht an Achtung fehlen lassen, wenn von solchen Dingen gesprochen wird.»

Florin schämte sich. «Es tut mir Leid», sagte er kleinlaut.

«Ich nehme deine Entschuldigung gerne an», erwiderte Ulysses und fuhr fort zu erzählen: «Am Anfang war das Wasser, und das feste Land tauchte aus diesem empor. Und in den Wassern waren die Mazandar, und aus ihnen gingen die Garuda und die Sirrusch hervor und eroberten die Erde.

Darum ist es der wahre Tod, zu den Anfängen zurückzukehren und in den Mazandar wieder geboren zu werden. So kehrt das Ende in den Anfang zurück.»

«Das ist ein schönes Bild», flüsterte Florin, und nicht nur, um seine frechen Worte wieder gutzumachen, sondern weil er dies wirklich fand.

«Ja, das ist es», entgegnete Ulysses.

«Du hast von zwei Bildern gesprochen», meinte Florin.

«Das zweite Bild erzählt die Geschichte der Entstehung unserer Welt, der Welt, die wir Jawzahr und ihr Tiamat nennt», sagte der Drache. «Dieses Bild verbindet sich mit einem Traum, der immer wiederkehrt. Jeder Drache kennt diesen Traum von Geburt an, ohne dass ihm erst davon erzählt werden müsste. Er ist wie eine gemeinsame Erinnerung, die untrennbar mit uns verbunden ist. In diesem Traum stürzt ein riesiger Feuerball vom Himmel und vernichtet alles Leben auf der Erde. Dunkle Wolken verhüllen das Licht der Sonne, und die Bäume verlieren ihre Blätter. Die Welt sinkt in einen endlosen Winter. Doch aus dieser Zerstörung entstehen zwei Welten. Die eine dieser Welten ist wüst und leer und geht den Drachen verloren, die andere aber wird zur Heimat der Drachen.»

«Was bedeutet das?», fragte Florin.

«Viele Namen wurden gegeben und in den Gesang der Drachen eingereiht, bevor wir uns aufmachten, das Geheimnis dieses Traumes zu enträtseln», antwortete Ulysses. «Wir entdeckten das Tor und wanderten durch die andere Welt auf der Suche nach einer Antwort. Und wir fanden diese Antwort.»

Florin setzte sich gespannt auf.

«Wir fanden eine Welt vor, in der es keine Drachen gab und kaum noch Geschöpfe, die uns ähnlich waren», sagte Ulysses. «Doch diese Welt wurde von Wesen beherrscht, die es mit uns zwar nicht an Größe und Stärke aufnahmen, aber die uns doch in vielem ähnlich waren.»

«Menschen?»

«Ja, Menschen», antwortete Ulysses. «Nun, wir suchten weiter. In Schlamm und Stein fanden wir Abdrücke und Skelette von großen Geschöpfen, von denen einige uns glichen, andere dagegen nur entfernt mit uns verwandt waren. Manche schienen sogar wie wir Flügel gehabt zu haben.»

«Dinosaurier!», stieß Florin hervor. «Natürlich, Dinosaurier. Aber die sind doch vor zigmillionen Jahren ausgestorben. Gibt es denn schon so lange Drachen? Stammt ihr von den Dinosauriern ab?»

«Langsam, langsam», meinte Ulysses. «Warte doch ab. Das war noch nicht alles, was wir entdeckten. Auch in den Erinnerungen der Menschen, mit denen wir anfangs gute Freundschaft hielten, gab es Erzählungen von einem großen Feuerball, der aus dem Himmel auf die Erde gestürzt war und alles Leben vernichtet hatte. Nein, nicht alles, denn das Leben hatte sich erholt und hatte neue Arten und den Menschen geschaffen. Nur die … Dinosaurier, wie du sie nennst, waren vernichtet worden. Nichts deutete darauf hin, dass ihre Art weiterbestanden hätte. Nur ein paar kleinere Exemplare fristeten ein klägliches Dasein und waren oft eher Gejagte als Jäger.»

«Krokodile, Kaimane, Warane, Galapagos-Inseln», murmelte Florin nachdenklich vor sich hin. Dann sah er Ulysses an und fragte: «Und ihr? Wo bleiben die Drachen in dieser Geschichte?»

«Das haben wir uns auch gefragt», erwiderte Ulysses. «Und nur unsere Träume konnten uns eine Antwort darauf geben. Denn als der Feuerball die Erde berührte, da erschütterte er die Welt, und die Welt gebar Zwillinge. Einen wüsten Zwilling, der den Menschen hervorbrachte, und einen Zwilling, der einen Teil der untergegangenen Welt wie ein Spiegelbild in sich bewahrte, eine Welt, in der … Dinosaurier überlebten und zu … Drachen wurden.»

«Was soll das …?», stammelte Florin. «Das kann doch nicht … Du willst wirklich behaupten, dass diese Welt … ich meine, dass es die Erde doppelt gibt?»

Ulysses nickte. «Ja», sagte er. «Es gibt keine andere Erklärung. Jawzahr oder Tiamat ist die Zwillingserde. Und dort, wo der Feuerball …»

«Ein Komet wahrscheinlich», fiel ihm Florin ins Wort.

«… wo der Feuerball», fuhr Ulysses fort, «die Erde berührte, da ist in eurer Welt ein großes Loch …»

«Ein Krater», sagte Florin eifrig.

«… ein großes Loch zu sehen, ein Talkessel, umringt von Bergen, den Rändern des … Kraters, während sich dieser Ort in Jawzahr als halbkugelförmiger Berg zeigt, als die Gegenseite. Und nur dort findet sich das Tor zwischen diesen beiden Welten. Ein anderes gibt es nicht.»

«Aber wenn diese Welt, also wenn Tiamat wirklich ein Spiegelbild unserer Welt ist», fragte Florin ungläubig, «wieso sieht sie dann anders aus?»

«Der Wind und das Zittern der Erde werden niemals zwei Welten gleich formen», sagte Ulysses. «Eine lange Zeit ist vergangen, seit die beiden Welten sich trennten, und hat die Gesichter der Zwillinge verschieden geprägt.»

Dagegen war nichts zu sagen. Das klang einleuchtend. Ulysses hatte wirklich auf alles eine Antwort. Allmählich fand sich Florin mit dem Gedanken ab, so unvorstellbar er ihm auch erschien. Er ließ sich vom Bein des Drachen gleiten und ging nachdenklich im Gras auf und ab, während der Drache ihn beobachtete. Dann pflanzte er sich vor Ulysses auf und sagte: «Gut, ich glaube das mit der Zwillingserde. Warum auch nicht? Besser diese als keine Erklärung. Aber nun möchte ich doch wissen, warum du mich Drachensohn genannt hast?»

«Das ist eine lange Geschichte», erwiderte Ulysses.

«Das hast du schon mal gesagt», maulte Florin und warf sich ins Gras, drehte sich auf den Rücken und blickte zum Haupt des Drachen empor.

Ulysses lachte und meinte: «Ich werde mich aber kurz fassen. Du hast gehört, dass wir eure Welt, die Welt der Menschen, auf der Suche nach unserer Herkunft betreten haben. Und wie ich dir sagte, verkehrten wir anfangs in Freundschaft mit den Menschen. Wir lernten ihre Sprachen, wir sandten den Regen auf ihre Felder und lebten in Eintracht bei ihnen. Ihre Welt war schön, und nicht wenige von uns verbrachten eine lange Zeit bei den Menschen.»

«Ihr habt Regen gemacht?», fragte Florin. «Das klingt ja wie Zauberei.»

«Wenn du willst, nenne es Zauberei», sagte Ulysses. «Magie wäre aber das bessere Wort dafür. Denn die Zauberei der Menschen ist nicht das, was die Drachen unter Magie verstehen. Unsere Magie hat nichts mit brodelnden Töpfen, mit Zauberformeln oder Goldmacherei zu tun. Der Mensch blickt auf die Welt, um sie zu ergreifen, der Drache öffnet sich dem Blick der Welt, um ergriffen zu werden.»

«Ach du liebes bisschen», seufzte Florin. «Das ist mir zu hoch.»

«Ich kann es auch mit einfacheren Worten sagen», erwiderte Ulysses. «Die Magie des Menschen will den Besitz, die Magie des Drachen die Erkenntnis. Während der Mensch sich müht, Reichtümer anzuhäufen, strebt der Drache nach Wissen. Doch Reichtümer sind vergänglich, sind vergebliche Werke, das Wissen dagegen hat teil am Kreislauf des Lebens.»

«Ich weiß nicht», meinte Florin nachdenklich. «Wir Menschen kommen dabei nicht gerade gut weg. Dabei habe ich von Magiern gehört, die nach Wissen suchten und nicht nur Gold und Edelsteine wollten.»

«Das ist wahr», gab Ulysses zu. «Auch bei den Menschen gab es Weise und, wie ich zugeben muss, auch bei den Drachen nicht wenige, die vom rechten Weg abkamen. Mensch und Drache sind einander sehr ähnlich. In beiden ruht das Gute und das Ungute. Und beide haben die freie Wahl, ob ihr Weg der Weg der weißen oder der schwarzen Magie sein soll.»

«Und wie ging es nun weiter mit Drachen und Menschen?», fragte Florin.

«Nicht gut», erwiderte Ulysses. «Es kam zu Streitigkeiten.

Mag sein, dass manche von uns sich nicht gerade gut benahmen und dass wir Nahrung brauchten, wobei neben den wilden Tieren auch hin und wieder Kamele, Pferde, Schweine, Kühe oder Ochsen in unserem Magen landeten, und das trug wohl auch nicht zu einem friedlichen Zusammenleben bei. Das Misstrauen wuchs, die Missverständnisse häuften sich, und ehe wir es uns versahen, standen wir in offenem Kampf mit den Menschen.»

«Na ja, es wird wohl etwas mehr gewesen sein als nur ein paar Haustiere», meinte Florin. «Ihr sollt ja sogar Jungfrauen gefressen und gewaltige Schätze angehäuft haben.»

Ulysses neigte seinen Kopf dicht zu Florin herab und blickte ihm ernst in die Augen. «Das ist nicht wahr», sagte er bitter. «Warum sollten wir Jungfrauen fressen und warum Schätze anhäufen? Das ist nichts anderes als die Geschichte, die die Sieger geschrieben haben. Schätze kann man nicht essen und Jungfrauen … wir sind keine Kannibalen.»

«Kannibalen fressen ihre eigenen Artgenossen», wandte Florin ein.

«Ihr Menschen seid viel mehr unseresgleichen, als du es dir vorstellen kannst», erwiderte Ulysses. «Also höre. Wir verloren den Krieg. Wir waren zu wenige, und die Waffen in der Hand der Menschen schlugen uns tiefe Wunden und töteten so manchen der unseren. Doch der Krieg dauerte lange. Lange Zeit war es eine Schlacht mit offenem Ausgang. Dann aber waren wir selber es, die durch unsere Schwächen den Kampf zu unseren eigenen Ungunsten entschieden.»

Der Drache schwieg einen Augenblick, dann fuhr er leise und traurig fort: «Schön waren die Menschenfrauen. Zart an

Wuchs und mit Gesichtern, hell wie Sterne. Und unsere Liebe zu ihnen wurde uns zum Verhängnis. Es waren die Garuda, die Drachen der Erde, die dem Liebreiz der Frauen verfielen und die Magie nutzten, um sie zu besitzen. Nichts Gutes konnte daraus entstehen. Wir nahmen die Gestalt von Menschen an, und die schönsten der Frauen wurden unsere Gemahlinnen. Wir zeugten Kinder mit ihnen, die zu prächtigen und tapferen Rittern heranwuchsen. Doch nicht nur die Menschen neideten uns dieses Glück, auch die Sirrusch, die Drachen des Feuers, hassten uns für unsere Liebe zu den Menschen. Und sie argwöhnten, wir könnten uns mit den Menschen gegen sie verbünden, um die Welt für uns allein zu gewinnen und die Sirrusch zu vertreiben. Da fassten sie einen finsteren Plan. Sie stahlen sich in die Herzen unserer Söhne. Sie schmeichelten ihnen, überhäuften sie mit Schätzen, die sie raubten, trieben ihnen das Wild auf der Jagd zu und gewannen sie so sehr für sich, dass es ihnen gelang, sie mit ihren Vätern zu entzweien. Was sei schon die ärmliche Tugend, die wir unseren Söhnen mit auf den Weg gaben, gegen den Reichtum, durch den sie in Freuden leben könnten, flüsterten sie ihnen ins Ohr und anderes mehr und vergifteten ihnen den Sinn. Dann trieben sie die Drachensöhne an, ihre Väter, die nicht älter wurden, zu vertreiben und sich ihr rechtmäßiges Erbe zu nehmen, bevor sie selber alt und schwach seien. Und sie gaben ihnen die flammenden Schwerter, die sie selber im Drachenfeuer schmiedeten. Die Drachensöhne erhoben sich gegen ihre Väter, und die Macht der Schwerter gab ihnen den Sieg. Doch hatten die Sirrusch sich geirrt, als sie glaubten, mit Hilfe der Drachensöhne die

Herrschaft über die Welt der Menschen zu erlangen. Denn die Drachensöhne machten keinen Unterschied zwischen den Garuda und den Sirrusch. Drache war Drache für sie. Auch die Sirrusch wurden getötet oder vertrieben. Die Drachen, die diesen Krieg überlebten, flohen die Welt der Menschen, und nichts blieb von ihnen als der Hass auf sie und Geschichten von Schätzen und getöteten Jungfrauen. Und jetzt solltest du auch verstehen können, warum der Meister und ich dich Drachensohn genannt haben, denn so wie in allen Drachenrittern fließt auch in dir das Blut der Drachen.»

Florin saß zusammengekauert am Fuß eines Baumes am Rand der Lichtung. Er hatte die Arme um seine Beine geschlungen und sein Gesicht zwischen den Knien verborgen. Lange saß er so da, schweigend und verwirrt. Wer war er? Konnte das, was Ulysses gesagt hatte, denn wahr sein? Hatte er wirklich Drachenblut in sich oder auch nur einen Teil davon? Er, der so klein, so schwach und ängstlich war, sollte mit diesen gewaltigen, starken Wesen verwandt sein? Dies war nicht nur unglaublich, sondern auch erschreckend. Was für ein Monstrum verbarg sich in ihm? Was würde aus ihm hervorbrechen, wenn es erst einmal geweckt würde? War manches davon nicht schon erwacht? Hatte sich die Flamme des Schwertes nicht bereits auf ihn übertragen und sein Leben verändert, seit er das Schwert zum ersten Mal gesehen hatte? Und war es nicht so, dass er sich Ulysses nahe fühlte, so sehr, dass er sich nicht gefürchtet hatte, als dieser ihn entführte?

Er sah auf und blickte auf den mächtigen Körper des Drachen, der scheinbar teilnahmslos den Tieren zuschaute. Eine sonderbare Zuneigung für dieses gewaltige Wesen erfüllte Florin. Er spürte, dass der Drache ihm Zeit lassen wollte, Zeit, das zu verkraften, was er über sich erfahren hatte. Warum auch nicht?, dachte Florin. Ist es denn wirklich so schrecklich, mit Drachen verwandt zu sein? Schließlich stamme ich ja auch von Affen ab, ging es ihm durch den Kopf, und er musste lachen.

Er stand auf und ging zu Ulysses zurück. Schüchtern setzte er sich wieder auf das Bein des Drachen und fragte: «Stimmt es wirklich, dass ihr euch in Menschen verwandeln könnt?»

Ulysses sah ihn freundlich an und blies ihm sanft die Haare aus der Stirn. «Das ist nicht ganz richtig gesagt», erwiderte er. «Es ist nur die Gestalt der Menschen, die wir annehmen, nicht ihr Wesen.»

«Und könntest du es?»

Ulysses schüttelte sein mächtiges Haupt. «Nein», sagte er. «Dafür bin ich noch zu jung und unerfahren. Meine magischen Fähigkeiten haben sich noch nicht weit genug entwickelt. Ich muss noch viel lernen.»

«Aber der Meister könnte es?», fragte Florin. «Er ist sicher älter als du. Du hast ihn doch gefragt, ob er sich an die Worte meiner Sprache erinnert. War er denn in unserer Welt?»

«Ja», antwortete Ulysses. «Er ist viel älter, sehr viel älter.

Der älteste der Garuda. Er könnte es vielleicht, wenn er es wollte. Und du vermutest richtig, dass er in eurer Welt war. Als letzter der Drachen hat er sie verlassen, nachdem er die Drachenschwerter vernichtet hatte.»

«Warum hat er das getan?», fragte Florin. «Hätte es nicht genügt, die Welt der Menschen zu verlassen? Dann hätten diese Schwerter den Drachen doch nichts mehr anhaben können?»

«Ich wundere mich, dass du das fragst», erwiderte Ulysses. «Hat die Flamme des Schwertes nicht auch dich gezeichnet? Hat sie nicht auch in dir die Sehnsucht entzündet, ein Drachenritter zu werden? Und ist es nicht das Ziel der Drachenritter, Tiamat zu erobern und alle Drachen zu vernichten? Nein, diese Schwerter sind nicht nur dazu geschaffen worden, die Drachen zu verwunden und zu töten, sie halten auch die Erinnerung der Drachenritter an ihre Bestimmung wach. Solange es auch nur eines von ihnen gibt, wird es das Blut der Drachen in den Nachfahren der Drachensöhne wecken und den Krieg zwischen Drachen und Menschen neu entfachen. Wer weiß, ob die Drachenritter das Tor nicht von selbst entdeckt und herausgefunden hätten, wie es zu öffnen ist. Sie wussten ja von Tiamat und haben immer wieder danach gesucht.»

«Und warum sagt der Meister, dass es vielleicht gefährlich ist, wenn das Drachenschwert zu den … Sirrusch, den Feuerdrachen, geht?», fragte Florin.

«Ich weiß es nicht», meinte Ulysses. «Der Meister weiß viel mehr von der alten Magie und der Flamme des Schwertes. Aber ich sollte dir vielleicht erklären, was es mit den Sirrusch und mit dem, was der Meister ihre Ränke genannt hat, auf sich hat.

Die Fehde zwischen den Garuda und den Sirrusch, den Erddrachen und den Feuerdrachen, ist alt. Niemand weiß genau, wann sie entstand und was der Grund für die alte Feindschaft zwischen den beiden Arten ist. Mag sein, dass die Sirrusch uns um unsere größere Nähe und Verwandtschaft zu den Mazandar, den großen Wasserdrachen, beneiden. Denn das Element der Luft, dem wir Erddrachen verbunden sind, ist dem Wasser näher als das Feuer, das Element der Sirrusch, und es ist bekannt, dass die Sirrusch fürchten, dass sich eines Tages die Rückkehr zu den Anfängen für sie verschließen könnte. Sie verdächtigen die Garuda, ihnen den wahren Tod streitig machen zu wollen. Denn auch ihr wahrer Tod ist die Wiedergeburt als Mazandar.»

«Und ist es so? Könnten sie den … wahren Tod denn wirklich verlieren?», fragte Florin.

«Nein», erwiderte Ulysses. «Es ist ein Irrglaube, ein kranker Gedanke, der sich in den Feuern der Tiefe entzündet haben mag und seit alten Zeiten das Misstrauen der Sirrusch gegen uns schürt. Aber wer sollte sie davon abbringen können? Wir? Wie sollten sie unseren Worten, den Worten ihrer Feinde, Glauben schenken können?»

«Darum haben sie den Drachenrittern also die Schwerter gegeben», meinte Florin. «Damit sie euch vernichten.»

«Ja», sagte Ulysses. «Aber dieser Plan ging fehl. Nicht nur die Garuda, auch die Sirrusch mussten eure Welt verlassen. Doch dies war nur eine Schlacht in dem alten Krieg, der über Jawzahr gekommen ist. Viel Schlimmeres haben die Sirrusch im Sinn, Frevelhaftes, das danach trachtet, den Garuda das wahre Leben zu nehmen.»

«Was meinst du damit?», fragte Florin.

«Du hast gehört, dass es unser wahrer Tod ist, dem Meer übergeben zu werden und in den Mazandar, den Drachen des Wassers, wieder geboren zu werden», erwiderte Ulysses. «Dies wollen die Sirrusch verhindern. Ihr Ziel ist es, dass nur noch sie zu den Anfängen zurückkehren, nur noch sie als Mazandar wieder geboren werden.»

«Warum?»

«Weil sie glauben, dass dann die Mazandar und die Sirrusch eins werden», antwortete Ulysses. «Dass sie selber wie die Mazandar werden, so groß und so mächtig und so alt.»

«Und stimmt das?»

«Darauf gibt es keine Antwort», sagte Ulysses. «Niemand kann dies wissen. Doch ob wir nun glauben, dass dies so geschehen könnte, oder ob wir denken, dass dies ein Irrglaube sei, der die Sirrusch zu ihren Taten antreibt, für uns ist es einerlei. Das Ziel der Sirrusch ist es, uns zu vernichten, und es sieht so aus, als würde es ihnen auch gelingen.»

Florin blickte den Drachen entsetzt an. Er sah die Trauer in Ulysses' Augen und spürte eine kalte Furcht in sich aufsteigen.

«Du hast die schwarzen Felsen gesehen», fuhr Ulysses fort. «So ist es nicht nur im Süden. Wie ein dunkler Ring zieht sich diese verbrannte Grenze um Furnival, das letzte grüne Tal, das den Erddrachen geblieben ist. Alles andere ist vernichtet worden.»

«Von den Sirrusch?», fragte Florin entsetzt.

Ulysses schwieg einen Augenblick. Dann sagte er leise: «Nein, nicht nur von den Sirrusch. Diese Schuld ist auch eine Schuld der Garuda. Einst», fuhr er fort, «war das heilige Feuer in allen Drachen, in den Sirrusch und den Garuda. Es brannte in uns und war eine mächtige Waffe. Wir öffneten den Rachen, und die Flamme, die wir ausspien, war wie ein Schwert. Dann kam die Zeit, in der die Drachenritter uns aus ihrer Welt vertrieben, und der Krieg zwischen Sirrusch und Garuda brach wie ein alles verheerender Brand über Tiamat, das wir Jawzahr nennen, herein. Die Wut über den fehlgegangenen Plan, die Schmach über die erlittene Niederlage trieb die Sirrusch an, und auch wir wurden vom Hass verzehrt, denn durch die Sirrusch hatten wir die Menschen verloren, die wir geliebt hatten, unsere Gemahlinnen und unsere Söhne. Nie hat Jawzahr eine solche Schlacht gesehen, nie zuvor ist diese Welt so zerstört worden. Und in unserem wilden Hass aufeinander hätte nicht viel gefehlt, und unsere Flammen hätten alles Leben vernichtet. Als viele der Sirrusch und auch viele der unseren gefallen waren, kam der Kampf endlich zum Stillstand, und wir erschraken über das Bild der Verwüstung. Beide gegnerischen Lager waren geschwächt, und es kam zu Verhandlungen. Für kurze Zeit herrschte ein brüchiger Friede, und gemeinsam suchten wir ein Mittel, das die Vernichtung von Jawzahr aufhalten und verhindern konnte. Und da es das Feuer gewesen war, unsere mächtigste Waffe, die das Unheil über uns gebracht hatte, beschlossen wir, uns von der heiligen Flamme zu trennen. Ein zweifaches magisches Siegel löschte die Flamme in uns, ein Siegel, das nur gelöst werden kann, wenn beide Seiten gewillt sind, es zu öffnen. Doch das wird nie geschehen, denn nie wieder wird Friede zwischen uns sein.»

«Also darum hast du kein Feuer gespuckt, als die Drachenritter dich gefangen genommen haben», meinte Florin.

«Ja, das ist der Grund», sagte Ulysses. «Und darum auch konnte ich das Tor nicht ohne deine Hilfe öffnen. Nur durch die Flamme deiner Fackel konnte ich entkommen. Ich hatte lange auf diese Gelegenheit gewartet.»

«Aber wenn kein Drache mehr Feuer speien kann», fragte Florin, «wie können euch die Sirrusch noch gefährlich werden? Warum sagst du, dass es ihnen gelingen wird, euch zu vernichten?»

«Es gibt andere Waffen als die heilige Flamme», antwortete Ulysses. «Andere Wege. Die Magie kann teilhaben an den Kräften der Natur, aber sie kann aus diesen Kräften auch furchtbare Waffen erschaffen. Die Sirrusch sind mächtig, und sie haben das letzte Tal, den letzten Hort der Garuda, mit einer Grenze umgeben, die sich immer enger um uns schließt. Nur noch ein einziger Zugang zum Meer ist uns geblieben, und er wird unaufhaltsam schmaler. Was soll aus uns werden, wenn uns der Zugang zum Meer versperrt ist, wenn unsere sterbliche Hülle nicht mehr dem Meer übergeben werden kann und keiner der Garuda mehr den wahren Tod stirbt? Und was soll aus uns werden, wenn keine Garuda mehr geboren werden?»

«Wieso nicht mehr geboren werden?», fragte Florin.

«Wenn die weiblichen und die männlichen Drachen sich paaren wollen», erklärte Ulysses, «dann brechen sie zu einem Hochzeitsflug auf, der sie weit über das Land führt. Im

Fluge umschlingen und vereinigen sich Weibchen und Männchen. Und gemeinsam stürzen sie in die Tiefe, um sich erst kurz vor dem Erdboden wieder zu trennen. Dann legen die Weibchen die Eier an warmen Stellen ab, und die Männchen wachen über diese und hüten die ausschlüpfenden Jungen, bis sie alt genug sind, um unter der Aufsicht des Drachenvaters erzogen zu werden. Es ist wichtig, dass dieser Flug lange währt, denn nur der Rausch des langen Fluges führt zur Vereinigung, in der die Nachkommen gezeugt werden. Noch ist Platz genug, noch können wir den Weg über das offene Meer nehmen, denn dort können uns die Sirrusch nichts anhaben. Doch was, wenn der Zugang zum Meer sich schließt? Dann müssten wir das enge Tal verlassen und das dunkle Reich der Sirrusch überfliegen, die nicht zögern würden, die Garuda anzugreifen und ihren Hochzeitsflug zu stören. Doch dieser Flug verträgt keine Störung. Nichts darf seinen Zauber brechen, denn der Rausch des Fluges würde vergehen und Weibchen und Männchen sich nicht mehr vereinigen. Das wäre das Ende der Garuda.»

«Und wann wird das sein?», fragte Florin beklommen.

«Vielleicht bald», antwortete Ulysses. «Unsere Kräfte nehmen ab. Es gelingt uns kaum noch, die Grenzen zu halten. Wir sind gezwungen, dieselben gewaltigen Kräfte zu wecken und aufrechtzuerhalten, um den Sirrusch Widerstand leisten zu können. Doch wir sind nur noch wenige, und unsere Zeit läuft ab. Und wer weiß, ob das Drachenschwert, das in das Reich der Sirrusch getragen wurde, unseren Untergang nicht noch beschleunigt.»

«Was ist denn so Besonderes an diesem Schwert?»

«Es ist im Drachenfeuer geschmiedet worden, und seine Flamme ist ein Teil dieses Feuers», erwiderte Ulysses.

«Meinst du, es kann dieses Siegel lösen, von dem du gesprochen hast, und den Sirrusch das Drachenfeuer wiedergeben?», fragte Florin erschrocken.

«Nein», sagte Ulysses. «Das wohl kaum. Nur der gemeinsame Wille der Garuda und der Sirrusch kann das zweifache Siegel lösen. Aber wer weiß, welche Wege es sonst noch gibt, die Flamme des Schwertes zu nutzen.»

«Dann sind die Drachenritter wohl in großer Gefahr?»

Ulysses nickte. Florin dachte an Suna, an Wulf und an Konrad von Wartenberg, der das Drachenschwert trug, und an all die anderen Drachenritter, die so hoffnungsvoll nach Tiamat aufgebrochen waren. Sie laufen ins Verderben, dachte er. Sie haben ja keine Ahnung von der Macht der Sirrusch.

«Ich muss sie warnen», entfuhr es ihm. «Kannst du mir nicht dabei helfen, Ulysses?»

«Sie bedeuten dir anscheinend viel», meinte Ulysses nachdenklich. «Nun, es sind Menschen wie du und vom gleichen Stamm. Aber warum sollte ich, ein Drache, ihr Todfeind, ihnen helfen?»

«Weil, weil ...» Florin suchte verzweifelt nach guten Gründen. «Weil ... sie die Nachkommen der Drachensöhne sind. Haben die Garuda denn ihre Frauen und Söhne nicht geliebt? Und weil ... weil es sicher nichts Gutes für die Garuda bedeutet, wenn das Drachenschwert in die Hände der Sirrusch fällt. Das hast du ja selbst gesagt.»

«Klug gesprochen», sagte Ulysses. «Aber auch wenn ich mit dir einig bin und dir gerne helfen möchte, so kann ich doch nichts ohne die Erlaubnis des Drachenvaters unternehmen. Ich habe schon genug Unheil durch meinen Ungehorsam angerichtet.»

«Was für einen Ungehorsam?», fragte Florin.

«Ich habe eure Welt ohne das Wissen und die Einwilligung des Drachenvaters betreten.»

«Warum eigentlich?»

«Weil ich hoffte, dort vielleicht Hilfe zu finden, Unterstützung im Kampf gegen die Sirrusch», antwortete Ulysses. «Aber das Einzige, was ich erreichte, war, in die Hände der Drachenritter zu fallen. Und das, was ich bei ihnen gehört habe, war alles andere als ermutigend. Denn sie wissen nichts von ihrer Herkunft, und nur der Hass auf die Drachen und der Wunsch, Tiamat zu erobern, leiten sie.»

«Warum hast du ihnen denn nicht gesagt, wer sie wirklich sind?», fragte Florin.

«Meinst du denn, sie hätten meinen Worten geglaubt?», entgegnete Ulysses.

Florin dachte an den alten Wartenberger und an das, was er im Versammlungszelt gehört hatte. Und er erinnerte sich an den stummen Eid, den die Drachenritter geleistet hatten. Nein, sie hätten dem Drachen nicht geglaubt. Sie hätten es wahrscheinlich nur für eine List gehalten. Und er schüttelte den Kopf.

«Du siehst also, dass ich das Gegenteil von dem erreicht habe, was ich beabsichtigt hatte», sagte Ulysses. «Nun sind die Drachenritter nach Tiamat gekommen, und das macht alles noch viel schlimmer. Der Rat der Garuda wird nicht gerade erfreut sein, wenn er hört, was ich angerichtet habe.»

«Es wäre wohl besser, gar nicht erst hinzugehen», meinte Florin.

«Man muss den Mut haben, für seine Fehler einzustehen», erwiderte Ulysses. «Sonst breitet sich die eine Schuld in dir aus wie eine Krankheit und vergiftet dein Leben.»

Florin blickte beschämt auf den Boden. Er musste an seine Eltern denken, die er angelogen hatte. Und er wusste, dass er sich nichts so sehr wünschte, als wieder nach Hause zu kommen und ihnen die Wahrheit zu sagen. Keine Strafe konnte so schlimm sein, wie nicht mehr bei ihnen zu sein. Doch würde er jemals wieder zurückkehren? Er presste die Lippen aufeinander, und plötzlich löste sich die Anspannung, und er weinte heftig. Da spürte er, wie der Drache ihn sanft aufhob und aus seinen Klauen ein Bett formte, in dem Florin sich zusammenrollte. Dann begann Ulysses zu singen. Florin verstand die Worte dieses Gesangs nicht, denn sie waren dunkel und geheimnisvoll. Doch der Gesang war schöner als alles, was er je gehört hatte, und er hüllte ihn ein in seine Melodie und wachte über den Schlaf, in dem er versank wie in einem Teich aus flüssigem Licht.

Schließlich verklang der Gesang in der Ferne, und etwas Unhörbares, aber Fühlbares hob Florin aus dem Teich empor. Er schlug die Augen auf und richtete sich vorsichtig auf. Ulysses hatte ihn auf ein Lager aus Zweigen, Moos und Blättern gebettet. Florin sah sich nach ihm um und entdeckte ihn nicht weit vom Eingang der Höhle entfernt. Ihm gegenüber stand der Meister, und die beiden Drachen blickten sich stumm und reglos an. Doch eine sonderbare Spannung bestand zwischen ihnen, die bis zu Florin zu spüren war.

Wieder hatte er das Gefühl, dass die Drachen wortlos miteinander sprachen. Konnten sie etwa ihre Gedanken lesen? Wie hieß das doch gleich wieder? Tele… ja, Telepathie. Das musste es sein. Eine andere Erklärung gab es nicht. Was waren das für Wesen? Über welche unbekannten Kräfte mochten sie noch verfügen? Ob sie auch seine Gedanken lesen konnten? Florin fühlte sich ganz unbehaglich bei dieser Vorstellung. Ihm wäre es gar nicht recht gewesen, wenn die Drachen in seinen Kopf wie in eine offene Schachtel hätten blicken können, eine Schachtel, in dem das Durcheinander seiner Gedanken für jeden sichtbar wäre. Die beiden Drachen kamen durch die Höhle auf ihn zu.

«Ich sehe, dass du dich wohl befindest», sagte der Meister freundlich.

«Ja, danke», murmelte Florin, den die Größe des Meisters noch immer einschüchterte. «Ulysses sorgt gut für mich.»

«Ach ja, Ulysses. Nun, ich habe gehört, dass du ihm diesen Namen gegeben hast», meinte der Meister und ließ sich nicht weit von Florin entfernt im Gras nieder. «Ulysses für Niemand, ein treffender Name. Er knüpft ein Band, das noch vieles bewirken mag.»

Florin verstand nicht, was der Meister damit sagen wollte, aber er zerbrach sich nicht den Kopf darüber, weil er auf einmal spürte, wie hungrig er war. Er öffnete seinen Rucksack, den Ulysses neben ihn gelegt hatte, und aß den Rest seiner Vorräte. Ob ich wohl in Zukunft irgendwo was zu essen finde? Drachen fressen wohl nicht dasselbe wie Menschen. So ähnlich sind wir ihnen ja wohl doch nicht. Aber was fressen sie eigentlich? Und er sah auf die Tiere in der Felsenhalle, die hier so friedlich umhertollten. Hatten sie denn gar keine Angst? Sie mussten doch genau das Richtige für den Appetit der Drachen sein.

«Hier haben sie nichts zu befürchten», sagte der Meister. Florin zuckte zusammen. «Ihr könnt also wirklich meine Gedanken lesen», stammelte er.

«Nein», entgegnete der Meister. «Die Gedanken der Menschen sind uns verschlossen. Aber deine Augen verraten viel von dem, was du denkst.»

Florin atmete erleichtert auf. Dann fragte er: «Was meint Ihr damit, dass die Tiere hier nichts zu fürchten haben?»

«Dies ist ein Ort des Friedens», antwortete der Meister. «Hier sind die Tiere sicher voreinander und vor uns, solange mein Wille Macht hat. An diesem Ort tilge ich einen Teil dessen, was die Drachen den Tieren angetan haben. Denn im Feuer des Kampfes von Drache gegen Drache haben auch die Tiere Furchtbares erlitten. Doch auch ich habe mich stets nach einem Ort gesehnt, an dem kein Leben vernichtet wird.»

«Und draußen?», fragte Florin.

«Da gelten die Gesetze, denen wir alle unterworfen sind», antwortete der Meister. «Dort werden die Tiere wieder zu Jägern und Gejagten, und auch ich nehme mir, was ich zum Leben brauche.»

«Darf ich Euch noch etwas fragen?» Der Meister nickte zustimmend. «Wie kommt es, dass Ihr meine Sprache sprecht?»

«Nun, du hast gehört, was … Ulysses gesagt hat», erwiderte der Meister. «Vor langer Zeit weilte ich unter den Menschen und habe ihre Sprachen erlernt. Und eine unter diesen Sprachen war der deinen ähnlich, denn deine Sprache ist aus dieser hervorgegangen. Als ich dir zuhörte, fügte sich das Bild deiner Sprache aus meinen Erinnerungen zusammen.»

«Und Ulysses?»

«Ich war lange genug Gefangener der Tarasker», antwortete Ulysses für sich selber, «und hatte reichlich Gelegenheit, meinen Bewachern zuzuhören und ihre Sprache zu erlernen.»

«Deshalb kennst du also die Absichten der Tarasker», meinte Florin. «Komisch, dass sie nicht daran gedacht haben, dass du sie verstehen kannst.»

«Das ist kein Wunder», sagte Ulysses. «Das Bild, das sie von uns Drachen haben, macht sie blind für unser wirkliches Wesen. Für die Tarasker sind wir wilde Bestien, die, wie du selbst gesagt hast, Jungfrauen fressen und Schätze anhäufen. Monster ohne Sinn und Verstand, die zu nichts anderem taugen als dazu, getötet zu werden. Ja, blind sind die Menschen. Blind laufen sie ihren Wahnvorstellungen nach. Bis ins Verderben.»

Florin schwieg betroffen. Dann sagte er leise: «Nicht alle Menschen sind so. Ich denke doch auch nicht schlecht von euch.»

«Aber du hättest es getan, wenn du von mir nicht die Wahrheit erfahren hättest», erwiderte Ulysses bitter.

«Du kannst ihm keinen Vorwurf dafür machen», wies ihn der Meister zurecht. «Er ist ein Kind und trägt in sich sowohl das Gute wie auch das Ungute. Es liegt an seinen Lehrern, ihm den rechten Weg zu weisen. Darin ist er dir gleich. Wie wären wohl deine Gedanken, wenn ein Sirrusch dein Lehrer gewesen wäre?»

«Ihr habt Recht», gab Ulysses zu. «Ich war ungerecht.» Und zu Florin gewandt sagte er: «Es tut mir Leid.»

Florin war erleichtert. Er hatte den Schatten, der sich zwischen ihn und Ulysses gelegt hatte, wie einen Schmerz empfunden. «Schon gut», sagte er. «Ich kann dich ja verstehen. Und jetzt? Wie soll es weitergehn?»

«Ihr werdet sogleich aufbrechen», sagte der Meister. «Bald tritt der Rat in Aldajir zusammen. Ulysses wird ihm berichten, und der Rat wird entscheiden, was zu tun ist.»

«Dann komm», sagte Ulysses. «Wir wollen nicht länger warten. Noch bleibt uns etwas Zeit. Ich will sie nutzen, um dir das letzte Tal zu zeigen.»

Florin schlüpfte wieder in seine Windjacke und legte seinen Rucksack an. Dann ging er neben Ulysses durch die Höhle, bis sie den Eingang erreichten. Hinter ihnen schallten die Stimmen der Tiere durch den Gang.

Am Rand der Höhlenöffnung stürzte der Berg steil ab. Florin schluckte etwas, als er in die Tiefe blickte.

«Was meinst du?», fragte Ulysses. «Soll ich dich wieder tragen, oder willst du diesmal lieber auf mir reiten? Du brauchst keine Angst zu haben. Ich pass schon auf.»

Florin sah ihn erstaunt an. «Wo soll ich denn sitzen?», fragte er.

«Steig auf meinen Rücken», antwortete Ulysses. «Am besten dicht hinter den Halsansatz. Dort ist Platz, und du kannst dich an einem meiner Rückenstachel festhalten.» Und er hob Florin, soweit er konnte, neben sich in die Höhe.

Florin schwang sich von der Klaue des Drachen auf dessen Rücken hinüber und setzte sich vorsichtig zwischen zwei der Stacheln, die ihm bis zur Brust reichten. Dann stellte er zu seiner Erleichterung fest, dass diese gar nicht so spitz oder scharf waren, wie es den Anschein gehabt hatte. Es saß sich sogar recht bequem zwischen ihnen, fast wie in einem Sattel, und er konnte sich gefahrlos an dem Stachel vor sich festhalten.

«Bist du so weit?», fragte Ulysses.

«Ja», rief Florin und lachte, vor Angst und zugleich auch vor Freude.

Da öffnete der Drache seine Schwingen und ließ sich in die Tiefe fallen. Einen Augenblick hatte Florin ein Gefühl, als würde sein Magen in den Hals hinaufrutschen. Doch schon glitt Ulysses sicher durch die Luft und schraubte sich in einer weiten Spirale höher und höher in den Himmel hinauf, den die untergehende Sonne in ein vielfarbiges, feuriges Licht tauchte.

TEIL VIER

Aldajir

«Gefällt es dir?», rief Ulysses durch das Sausen des Windes.

«J-j-ja», stammelte Florin, der sich an den Stachel klammerte und beide Augen geschlossen hielt. Er spürte sein Herz bis in den Hals hinauf schlagen.

«Von hier oben hast du einen guten Blick über Furnival», rief der Drache. «Sieh dich ruhig um.»

Vorsichtig öffnete Florin die Augen und wagte es endlich einen Blick hinabzuwerfen. Es war zwar nicht das erste Mal, dass ihn der Drache durch die Luft trug, aber diesmal ruhte er nicht im festen Griff seiner Klauen, sondern ritt frei auf seinem Rücken und musste sich schon selber halten.

Ulysses flog einen weiten Bogen über Westen, Süden und Osten, bis unter ihnen wieder die Berge auftauchten, in denen die Höhle des Meisters lag. Über der Schönheit dieses fruchtbaren Landes verlor Florin seine Angst, und er konnte sich nicht satt sehen an den Wäldern, den Lichtungen, den Strömen und Seen, dem weiten schönen Tal, das wie ein reich bestickter Teppich unter ihnen dahinzog.

Schließlich hob er den Blick und betrachtete die Berge, die den letzten Hort der Garuda umschlossen. Deutlich sah er die schwarzen Wunden, mit denen das Drachenfeuer die Felsen versehrt hatte. Was für ein erschreckender Gegensatz zwischen dem Frieden und der Schönheit des weiten Tales und den abstoßenden Spuren des Krieges, die nicht vergessen ließen, dass dieses geschützte Land vom Untergang bedroht war und vielleicht nur noch kurze Zeit bestehen würde.

«Ist es nicht herrlich?», rief Ulysses und riss ihn aus seinen trüben Gedanken.

«Was?», fragte Florin zurück.

«Der Wind, das Licht, das freie Gleiten durch die Weite der Welt», antwortete Ulysses. «Ah, niemals wird dieses Gefühl enden, nie werden die Garuda ohne die Jagd im Rudel der Winde leben können. Jeder Flug ist wie das erste Mal. Niemals wird sich Gewohnheit einfinden und diesem Taumel seinen Zauber nehmen. Spürst du, wie der Wind uns trägt?»

«Ich bin doch kein Drache», entgegnete Florin. «Ich bin schon froh, wenn du mich trägst. Schließlich hab ich ja keine Flügel.»

«Oh, es geht auch ohne», rief Ulysses und lachte. Und zu Florins Entsetzen faltete er seine Schwingen zusammen und ließ sich in die Tiefe fallen.

«Was machst du?», rief Florin und schlang seine Arme verzweifelt um den Rückenstachel. «Bist du verrückt geworden?»

«Verrückt ist gar nicht so falsch», antwortete Ulysses. «Denn hier oben befreit dich der Wind von der Last des Verstandes.»

Tiefer und tiefer stürzten sie, und Florin dachte schon, dass sein letztes Stündlein geschlagen hatte. Doch auf einmal hob ein starker Wind den Körper des Drachen an, als hätte er nur das Gewicht einer Feder, und nun begann ein sonderbares Schweben und Gleiten im Spiel der Winde, denen sich Ulysses überließ, während er glücklich zu singen begann. Und Florin spürte, wie ihn der Jubel des Drachen ansteckte, und zu seiner eigenen Überraschung genoss er diesen unfassbaren Flug, den Wind und den Gesang des Drachen, der in seinem Inneren ungezählte Saiten zum Schwingen brachte.

«Wie ist das möglich?», rief er. «Wie machst du das?»

«Das ist die wahre Magie», antwortete der Drache, ohne seinen Gesang zu beenden. «Sich dem Blick der Welt öffnen und von ihr ergriffen werden, sich ihren Kräften hingeben. Dann bist du Teil der Welt, Teil des Windes, des Lichtes, der Wärme der Sonne, des Rauschens in den Bäumen, des Fließens des Wassers, und die Kraft strömt durch dich und wird zu der deinen. Wenn du die unsichtbaren Ströme dieser Kräfte erkennst, vermagst du sie auch zu nutzen. Doch du darfst sie nicht brechen, nicht biegen oder ihnen eine andere Richtung geben wollen, als sie haben. Du musst sie belassen als das, was sie sind, und auf ihren Wegen dein Ziel erreichen.»

«Was immer das heißen soll», murmelte Florin vor sich hin. Er verstand kaum die Hälfte von dem, was Ulysses sagte. Was soll's!, dachte er. Ich muss es ja gar nicht verstehen. Aus mir wird sowieso nie ein Magier. Mir gefällt's, und damit basta!

Ulysses entfaltete wieder seine Schwingen und gab seinem

Flug eine neue Richtung. Er wandte sich nach Norden und flog an der Ostflanke der Berge entlang, die wie eine Halbinsel in das grüne Land hineinragten.

«Es wird Zeit», rief er. «Die Sonne geht gleich unter.»

Die Sonne! Florin blickte nach Westen und sah, wie sie hinter dem Horizont versank. Es ist wie bei uns, dachte er. Die Sonne geht im Osten auf und im Westen unter. Jedenfalls wenn die Himmelsrichtungen so stimmten. Er hatte ja keinen Kompass dabei. Doch welche Sonne war das?

«Ulysses?», fragte er. «Wo liegt Tiamat? Ich meine, wenn man durch das Tor hindurchgeht, wo kommt man dann hin? Reist man dabei durch das Weltall auf einen anderen Stern oder so?»

«Nein», antwortete Ulysses. «Hast du denn nicht zugehört? Tiamat ist die Zwillingserde. Sie befindet sich genau an der gleichen Stelle wie deine Welt und kreist wie diese um dieselbe Sonne.»

«Aber …», stammelte Florin und rief ungläubig: «Das geht doch nicht. Zwei Dinge können doch nicht zur gleichen Zeit am gleichen Ort sein.»

«Und doch ist es so», entgegnete Ulysses. «Aber glaub ja nicht, dass ich dir erklären könnte, wie das möglich ist. Es ist und bleibt ein Geheimnis oder ein Wunder, wie immer du es nennen willst. Wenn du mir nicht glaubst, dann sieh nach Westen. Siehst du die Wolken am Horizont?»

«Ja», sagte Florin und verstand nicht, worauf der Drache hinauswollte.

«Kommen sie dir nicht auch wie ferne Berge vor?», fragte Ulysses.

Florin musterte erstaunt die Wolken. Tatsächlich, manche von ihnen erschienen ihm für Augenblicke wie Berge, die mehr zu ahnen als zu sehen waren. Doch war das nicht nur eine Täuschung? Waren es nicht nur Wolken, die das Licht der untergehenden Sonne wie Berge erscheinen ließ?

«Was du siehst, sind die Berge deiner Welt. Und wenn du wieder in deine Welt zurückkehrst, Florin, wird es nicht anders sein. Dann denk an meine Worte», rief Ulysses. «Wenn dir die Wolken am Horizont wie ferne Berge erscheinen, so lass deine Augen nicht täuschen. Es sind keine Wolken. Es sind die Berge von Tiamat, der Zwillingserde.»

«Wenn ich jemals wieder zurückkehre», flüsterte Florin so leise, dass der Drache es nicht hören konnte.

In diesem Augenblick ließ sich Ulysses tiefer sinken, und Florin entdeckte in der einbrechenden Dunkelheit ein helles Licht, das ihnen entgegenstrahlte. Es kam von einer steilen Felswand an der Südseite eines Berges, der weit über alle anderen Berge hinausragte.

«Was ist das?», fragte Florin.

«Aldajir», antwortete Ulysses. «Das letzte der großen Drachenheime.»

Schon hatten sie den Eingang erreicht, und Ulysses landete sicher auf den Felsen. Er hob wieder eine seiner Klauen so hoch, wie es ihm möglich war, und Florin kletterte auf sie hinüber. Dann stellte Ulysses ihn sanft auf die Beine und sagte leise: «Komm. Aber halte dich dicht bei mir. Noch weiß niemand, dass ich dich mitbringe. Also nimm dich vor den anderen Drachen in Acht.»

«Du hast gut reden», meinte Florin erschrocken, und ihm

war gar nicht wohl in seiner Haut. «Wie soll ich denn auf mich Acht geben können?»

Sehr zögernd folgte er Ulysses in einen hohen Felsengang und sah sich ängstlich um, jederzeit darauf gefasst, dass sich irgendwo plötzlich ein Rachen öffnete und nach ihm schnappte. Doch unbehelligt kamen sie durch den hell erleuchteten Gang, der sie in weiten Windungen in die Tiefe führte.

Als keine Gefahr zu drohen schien, beruhigte er sich wieder und sah sich neugierig um. Was war dies für ein seltsames Licht, das den Gang erhellte? Es waren keine Fackeln, keine Feuer oder Lampen, die dieses helle Licht ausstrahlten. Vielmehr schienen sonderbare leuchtende Geschöpfe die Wände zu bevölkern. Manche waren rund wie Bälle, andere schlank und schwankend mit wehenden Armen wie … ja, wie kleine Geister.

«Was sind das für Lichter?», fragte Florin.

«Drachenlaternen», erklärte Ulysses. «Ihr würdet sie wohl Irrlichter nennen.»

«Ich dachte, die gibt's nur im Märchen», staunte Florin.

«Genauso wie Drachen auch», sagte Ulysses und lachte in sich hinein.

Florin musste über sich selbst lachen. Ich kapier's wohl nie ganz, dachte er. Es ist ja auch alles so schnell gegangen. Erst … ja, gerade mal zwei Tage sind vergangen, seit ich von zu Hause weg bin. Er konnte es kaum glauben. So viel war geschehen, mehr als er bisher in seinem ganzen Leben erlebt hatte.

Dann endete der Gang, und vor ihnen tat sich eine gewaltige Höhle auf, die im silbernen Schein der Irrlichter, die

Ulysses Drachenlaternen genannt hatte, hell erstrahlte. Doch wenn Florin eine Höhle wie diejenige des Meisters erwartet hatte, so hatte er sich gewaltig getäuscht. Sprachlos und mit offenem Mund blieb er stehen, so überwältigend und unerwartet war der Anblick, der sich ihm bot.

Dies war keine Höhle, wie er sie kannte. Keine nackten Felswände waren zu sehen, auch kein grüner Hügel wie in der Höhle des Meisters. Gewaltige Säulen erhoben sich vor ihm und teilten sich in der Höhe in geschwungene Steinbögen, die weite gewölbte Decken trugen. Riesenhafte Säulengänge zogen sich an den Wänden entlang, und zahlreiche Treppen mit mächtigen Stufen verbanden die spiegelglatten Ebenen, in die der weite Raum unterteilt war. An der gegenüberliegenden Seite dieses ungeheuren Felsendoms öffnete sich eine von schlanken Säulen unterteilte, lang gestreckte Fensterfront, die den Blick nach Norden freigab. Florin sah den dunklen bestirnten Nachthimmel und spürte den Wind, der durch die Halle wehte. Und er glaubte sich im Palast eines Königs zu befinden, in dem hohe Würdenträger in Gruppen beieinander standen oder gemessenen Schrittes an den steinernen Balustraden entlanggingen und die ausladenden Treppen hinauf- und herabstiegen. Doch kein Laut außer dem gelegentlichen Schleifen der Schuppenleiber über den Felsen ertönte, keine Gespräche waren zu hören, nur eine lastende Spannung war deutlich fühlbar, die von den Drachen ausging, die sich reglos gegenüberstanden und wortlos miteinander sprachen.

«Was ist das?», flüsterte Florin mit klopfendem Herzen. «Wo sind wir hier?»

«Dies ist Aldajir», antwortete Ulysses.

«Aber es sieht doch überhaupt nicht … drachenmäßig aus», sagte Florin. «Es sieht ja wie bei uns aus. Natürlich viel größer, aber die Säulen, die Decken, die Fenster und all das, das gibt es doch eigentlich nur in unserer Welt.»

«Vergiss nicht, dass die Drachen lange in eurer Welt gelebt haben», erwiderte Ulysses. «Und vieles gab es, was uns an den Werken der Menschen gefiel. So wurden die Drachenheime nach dem Vorbild der prächtigsten Menschenbauten geformt. Warum nicht von anderen lernen?» – «Du hast von anderen Drachenheimen gesprochen», flüsterte Florin. «Gibt es denn noch mehr solche … Paläste?»

«Nicht mehr», sagte Ulysses traurig. «Sie wurden alle zerstört. Aldajir ist das letzte Heim. Und nicht einmal eines der prächtigsten.»

«Wie schade», entfuhr es Florin, und er vergaß ganz, seine Stimme zu dämpfen. Sogleich richteten sich die Augen aller anwesenden Drachen auf ihn. Glühende Blicke trafen Florin, der unter dem gewaltigen Druck dieser unerwünschten Aufmerksamkeit begann wie Espenlaub zu zittern. Dann wandten sich die Blicke von Florin ab und richteten sich auf Ulysses.

Ob die jetzt alle gleichzeitig reden … nein, denken?, dachte Florin. Das muss ein ganz schöner Lärm sein, wenn man das überhaupt so sagen kann.

Ulysses schien dem Ansturm der Fragen endlos lange standhalten zu müssen. Endlich löste sich die Spannung, die Drachen wandten sich wieder von ihnen ab und warfen Florin nur noch ab und zu einen scharfen Blick zu, der erkennen ließ, dass ihre Gespräche sich nur noch um eines drehten, um den Menschen, der es gewagt hatte, nicht nur die Welt der Drachen, sondern sogar Aldajir zu betreten.

Ulysses führte Florin durch die weite Halle. Florin hielt sich so dicht wie möglich bei ihm und warf den gewaltigen Drachen, die dem Meister an Größe nicht nachstanden, scheue Blicke zu. Er kam sich vor wie ein Wesen der Urzeit, das sich versehentlich in eine Herde von Dinosauriern verirrt hatte.

Sie stiegen eine Treppe empor, deren hohe Stufen Florin ohne Ulysses' Hilfe nie bewältigt hätte, und standen schließlich vor einer Art Podest, über dem sich ein reich verzierter steinerner Baldachin spannte. Dort wartete ein riesiger Drache auf sie, dessen Schuppen von demselben dunkel schimmernden Goldgrün waren, wie es Florin schon bei dem Meister gesehen hatte. Auf seine Vorderbeine gestützt, saß er halb aufgerichtet da und sah ihnen reglos entgegen. Eine Stufe unter ihm lagerten weitere Drachen zu seinen Seiten.

Ulysses verneigte sich und blieb mit gesenktem Haupt stehen. Florin zögerte kurz, dann machte er eine verlegene Verbeugung und blickte dabei auf Ulysses, um zu erfahren, wie er sich weiter zu verhalten hatte. Der große Drache nickte kurz, und Ulysses richtete sich wieder auf. Dann ließ er sich nieder und gab Florin mit einer Kopfbewegung zu verstehen, dass er sich neben ihn setzen sollte. Florin folgte rasch diesem Wink und schmiegte sich dicht an den schuppigen Leib seines Beschützers.

Nun begann eine lange Zeit des Wartens. Florin spürte die Spannung zwischen dem großen Drachen und Ulysses, und er konnte sich gut vorstellen, dass Ulysses Bericht erstattete und von dem großen Drachen wahrscheinlich ziemlich ins Kreuzverhör genommen wurde. Das lange, untätige Warten machte Florin schläfrig. Außerdem war es schon spät, und er hatte einen aufregenden Tag hinter sich. Einen Tag, der lang gedauert hatte, denn Suna hatte ihn noch vor dem Morgengrauen aus dem Schlaf gerissen. War dies wirklich erst an diesem Morgen gewesen? Florin kam es wie eine Ewigkeit vor, seit er das Lager der Tarasker verlassen musste und Tiamat durch das Tor betreten hatte. Mann, bin ich müde, dachte er und gähnte verstohlen. Lange habe ich ja in der Höhle des Meisters auch nicht geschlafen. Und sein Kopf sackte mehr und mehr gegen den Leib des Drachen. Er spürte den Atem, der den mächtigen Körper bewegte, und die Wärme hüllte ihn ein. Um ihn versank der gewaltige Felsenpalast, und er vergaß selbst die Drachen, die doch so zahlreich und bedrohlich um ihn versammelt waren. Er merkte nicht einmal mehr, wie ihm die Augen zufielen und er einschlief.

Ein sanftes Rütteln weckte ihn. Florin schlug die Augen auf und fühlte sich frisch und ausgeruht. Und hungrig. Er hätte auf der Stelle einen ganzen Bären verschlingen können. Ich muss irgendwie an was Essbares rankommen, dachte er. Dann blickte er sich um.

Vor den Fenstern dämmerte es bereits. Ein mildes Licht erhellte langsam die weite Halle von Aldajir. Vereinzelt beleuchteten noch einige wenige Drachenlaternen den tiefen Saal. Die Drachen waren nicht mehr zu sehen. Nur hin und wieder hörte man einen Drachen mehr, als dass man ihn sah, der durch einen weit entfernten Säulengang schritt und, ohne sie zu beachten, seiner Wege ging.

«Gut geschlafen?», hörte er die Stimme Ulysses'.

Er blickte hoch und sah über sich den Kopf des Drachen, in dessen Klauen er wie in einem Bett erwacht war. «Habe ich etwa die ganze Nacht geschlafen? Wo sind die anderen Drachen?»

«Du hast tatsächlich die ganze Nacht durchgeschlafen», erwiderte Ulysses. «Und die Drachen haben sich zur Ruhe in ihre Höhlen zurückgezogen. Bis zum Morgengrauen hat die Versammlung gedauert. Es ist dem Rat nicht leicht gefallen, einen Entschluss zu fassen. Niemand kann die Zukunft vorhersehen, und selbst ein gut gemeinter Rat kann großen Schaden anrichten.»

«Was für ein Entschluss wurde gefasst?», fragte Florin.

«Es ist weniger ein Entschluss als vielmehr ein Auftrag», entgegnete Ulysses. «Ein Bote der Garuda soll aufbrechen und in Erfahrung bringen, was mit den Drachenrittern geschehen ist. Erst dann kann vielleicht eine Entscheidung getroffen werden.»

«Aber ich dachte, der Meister ist schon über die Grenze gegangen», meinte Florin. «Hat er denn die Tarasker nicht gesehen?»

«Doch», erwiderte Ulysses. «Aber sonderbarerweise

nichts, was darauf hingedeutet hätte, dass die Sirrusch das Eindringen der Tarasker in ihr Reich bemerkt haben. Es ist … beunruhigend.»

«Ob sie …?», fragte Florin erschrocken und wagte es nicht, seine Frage offen auszusprechen.

«In eine Falle laufen?», entgegnete Ulysses. «Das soll sich ja gerade herausstellen.»

«Na, auf jeden Fall möchte ich nicht in der Haut des Boten stecken», sagte Florin. «Nach allem, was ich über die Feuerdrachen gehört habe, bin ich froh, ihnen nicht begegnen zu müssen.»

«So, bist du das?», meinte Ulysses. «Nun, das musst du auch nicht. Ich hatte sowieso vor, allein zu gehen.»

«Du! Du bist der Bote?», fragte Florin und wurde kalkbleich im Gesicht. «Warum denn? Wieso tut man dir das an?»

«Ich wollte es selber so», erwiderte Ulysses mit ruhiger Stimme. «Gewissermaßen als Wiedergutmachung. Immerhin bin ich dafür verantwortlich, dass die Drachenritter Tiamat betreten haben und das Drachenschwert nach Süden gegangen ist.»

«Aber es gibt doch Größere und Stärkere als dich», wandte Florin verzweifelt ein. «Du hast doch selbst gesagt, dass du noch jung und unerfahren bist. Dass du noch viel lernen musst.»

«Meine Schwäche mag die Sirrusch täuschen», sagte Ulysses. «Von mir haben sie nichts zu befürchten, und so mag es leichter gelingen, etwas in Erfahrung zu bringen. Und wenn … wenn es misslingt, dann ist dies kein großer Verlust für mein Volk. Ich gehöre nicht zu denen, die das Land mit ihrer Magie beschützen.»

Florin spürte, dass ihm Tränen in die Augen traten. Er ballte trotzig die Fäuste und sagte: «Dann komme ich mit!»

«Du?», fragte Ulysses und schien zu lächeln. «Hast du nicht gesagt, dass du den Sirrusch niemals begegnen möchtest? Nein. Es ist besser, ich bringe dich zum Meister, und du wartest dort bis … bis zu meiner Rückkehr.»

«Wenn du mich nicht mitnehmen willst, dann gehe ich notfalls zu Fuß», begehrte Florin auf und funkelte Ulysses wütend an.

«Warum willst du das denn tun?», fragte Ulysses leise.

«Weil … weil …», stammelte Florin. Aber er wusste nicht, was er sagen sollte. Er war ganz durcheinander. Er konnte diesem Riesenkerl doch nicht sagen, dass er ihn einfach gern hatte, so verrückt ihm das auch vorkam. Deshalb räusperte er sich und stieß hervor: «Einer muss ja schließlich auf dich aufpassen», obwohl er sich selber ganz töricht bei diesen Worten vorkam.

Da warf Ulysses das Haupt zurück und lachte so schallend, dass aus dem steinernen Baldachin über ihnen ein Stück Fels herausbrach und Florin sich erschrocken die schmerzenden Ohren zuhielt. Hoch über ihnen lösten sich einige verschreckte Fledermäuse aus ihren dunklen Schlupfwinkeln und taumelten geblendet in den Morgen hinaus. Endlich beruhigte sich Ulysses und sagte: «Wenn du jemals wieder daran zweifeln solltest, dass das Blut der Drachen in deinen Adern fließt, dann denke an diesen Augenblick. Du hast eben etwas so … Verrücktes gesagt, als wärest du ein

Drache, den der Wind von der Last des Verstandes befreit hat. Also gut, ich nehme dein Angebot an, mein kleiner … Freund.»

Dann sah er Florin fest in die Augen, und es wurde Florin ganz feierlich zumute. Und dies war sicherlich der denkbar schlechteste Augenblick, den sich sein Magen hätte wählen können, um laut und vernehmlich zu knurren. «Tut mir Leid», sagte Florin verlegen. «Aber wenn ich nicht bald was zu essen kriege, werde ich noch so durchscheinend wie ein Irrlicht.»

Ulysses lachte leise und meinte: «Dein Magen hat mehr Verstand, als in unseren beiden Köpfen steckt. Doch was machen wir mit dir? Ich fürchte, dass unsere Nahrung dir nicht sonderlich schmecken würde.»

Ulysses sah ihn nachdenklich an, und Florin vermied es lieber, sich die Nahrung der Drachen vorzustellen. Bei aller Freundschaft hätte ihm der Anblick einer Drachenmahlzeit wohl eher den Magen umgedreht, als diesen zu füllen.

«Da fällt mir etwas ein oder besser gesagt jemand ein, der helfen könnte», murmelte Ulysses. «Komm, steig auf!» Und er hob seine Klaue hoch, sodass Florin sich wieder auf seinen Rücken setzen konnte.

«Wohin gehen wir denn?», fragte Florin.

«Nun, gehen wohl besser nicht, sonst bist du verhungert, ehe wir am Ziel sind», erwiderte Ulysses scherzend. «Wir fliegen zurück zum Meister. Halt dich fest!»

Florin klammerte sich an den Rückenstachel, und Ulysses trabte eilig durch die weite Halle und durch den langen Gang, bis sie den Höhleneingang erreichten und er sich in die Luft schwingen konnte. Zum Meister?, dachte Florin. Wie sollte der mir helfen können? Der wird doch wohl kaum was anderes als Ulysses fressen.

Diesmal segelte Ulysses nicht langsam dahin, sondern schlug mächtig mit seinen Schwingen, sodass sie mit einer Geschwindigkeit durch die Luft schossen, dass Florin Hören und Sehen verging. Er duckte sich, um nicht vom Wind fortgerissen zu werden, und biss die Zähne zusammen, um nicht vor Angst zu schreien.

Plötzlich schloss Ulysses seine Schwingen und ließ sich wie ein Stein in die Tiefe fallen. Florin sandte ein schnelles Stoßgebet zum Himmel, dann riss der Drache auch schon wieder seine Flügel auseinander und machte eine Vollbremsung, die Florin den letzten Rest aus seinem Magen gepresst hätte, wenn dieser nicht so leer gewesen wäre. Mit einem eleganten Sprung landete Ulysses, und Florin, um den sich alles drehte, erkannte verschwommen den Eingang zur Höhle des Meisters.

«O Gott, ist mir schlecht», stöhnte er. «Willst du mich umbringen? Mach so was bitte nie wieder.»

«Ich dachte, du hättest es eilig?», erwiderte Ulysses gut gelaunt.

«So eilig auch wieder nicht», entgegnete Florin und zog sich zitternd in die Klaue des Drachen hinüber, der ihn schwungvoll auf dem Boden absetzte. «Ich fürchte, an deine Flugkünste muss ich mich erst noch gewöhnen.»

Dann folgte er dem Drachen in die Höhle des Meisters und atmete bei jedem Schritt die frische Morgenluft ein, bis sich sein Magen wieder halbwegs beruhigt hatte. Ein paar

Vögel flatterten erschreckt auf, als sie die Höhle betraten. Sie gingen zu der gegenüberliegenden Seite der Höhle und fanden den Meister auf dem Hügel liegend. Sie ließen sich bei ihm im weichen Gras nieder, und die beiden Drachen hielten stumme Zwiesprache. Nach einer Weile nickte der Meister. Doch zu Florins Erstaunen tat er nichts, um ihm was zu essen zu besorgen, sondern schloss die Augen, und es sah aus, als würde er einschlafen.

«Und davon soll ich satt werden?», flüsterte Florin Ulysses zu. Doch dieser schüttelte nur abwehrend den Kopf. «Wart's ab», murmelte er. Florin seufzte ergeben und harrte der Dinge, die da kommen mochten, aber von denen er bisher noch keine Spur entdecken konnte.

Auf einmal huschten einige Tiere heran und näherten sich ihnen über die Wiese. Und alle trugen eine kleine Last mit sich, die sie eilfertig vor ihm abluden. Eichhörnchen brachten Nüsse mit sich, Hasen saftige Wurzeln, Vögel flatterten herbei, die Früchte, Kirschen und kleine Äpfel in den Schnäbeln hielten, und rasch wuchs vor ihm ein Haufen mit Essbarem. Florin wagte nicht, sich zu rühren, aus Furcht, den Zauber zu zerstören. Wie gern hätte er die Tiere gestreichelt, aber er spürte ihre Scheu, die sie sogleich wieder davonlaufen ließ, nachdem sie dem Willen des Meisters gefolgt waren und ihre Gabe abgeliefert hatten. Schließlich hatten sie die Bitte ihres Herrn erfüllt und zogen sich zurück. Langsam begann Florin zu essen und hatte wieder einmal das Gefühl, gleich aus einem Traum zu erwachen.

Während er aß, spürte er die Spannung zwischen den Drachen, die ihre Gedanken austauschten. Er störte sie nicht dabei, sondern widmete sich ganz seiner Mahlzeit. Als er sich satt gegessen hatte, blieb noch eine ganze Menge übrig. Sorgsam verstaute er diese Reste in seinem Rucksack. Wer wusste denn, wann er in dieser Welt wieder so großzügige Gastgeber finden würde? Er ging zum Bach und wusch sich, dann trank er von dem klaren Wasser und füllte auch seine Feldflasche auf. Danach legte er sich ins Gras und wartete ungeduldig auf das Ende der Unterredung. Als Ulysses sich erhob, sprang er rasch auf die Füße.

«Geht's los?», fragte er aufgeregt.

«Du kannst es wohl kaum erwarten?», meinte Ulysses und sah ihm aufmerksam in die Augen. «Bist du immer noch entschlossen mitzukommen? Hast du denn keine Angst?»

Florin zögerte einen Augenblick. Dann sagte er nur schlicht: «Doch, ich habe Angst. Aber ich komme trotzdem mit.»

«Was habe ich Euch gesagt, Meister?», wandte sich Ulysses an diesen. «Haltet Ihr es für richtig?»

«Es ist seine Entscheidung», entgegnete der Meister. «Wenn sein Wille die Kraft nicht bricht, sondern ihrem Strom folgt, mag Gutes daraus entstehen. Alles schreitet voran, es gibt keinen Stillstand und auch keine Gewissheit, nur die Folge der Ereignisse. Wenn das Schicksal uns günstig gesinnt ist, werden wir vielleicht eines Tages auf diese Ereignisse zurückblicken können. Und wenn nicht, so werden dies andere tun oder auch nur der leere Blick des Nichts darauf ruhn.»

«Sehr ermutigend», murmelte Florin und verzog das Gesicht.

Der Meister hatte seine Worte gehört und schien zu lächeln. «Du hast Recht, Drachensohn. Solche Worte sind wohl nicht sehr hilfreich. Darum will ich euch Glück wünschen, wie es die Art der Menschen ist. Und dir einen Rat geben. Tue nie etwas Übereiltes. Auch in der größten Gefahr gibt es einen Augenblick der Besinnung.»

Florin nickte dankend, obwohl er nicht so recht wusste, was er mit diesem Rat anfangen sollte. Dann folgte er Ulysses ins Freie, und bald flogen sie wieder durch die Luft und hielten nach Süden, auf die schwarzen Felsen zu, die Grenze zum dunklen Reich der Sirrusch, der Feuerdrachen.

Es war kein weiter Flug bis zu den schwarzen Felsen, an denen Ulysses ihn vor noch gar nicht so langer Zeit verschleppt hatte. Der Drache flog recht schnell durch die Luft, wenn er diesmal auch etwas mehr Rücksicht auf, seinen Reiter nahm. Bald tauchte die dunkle Barriere vor ihnen auf, und Ulysses ließ sich hinabsinken.

«Du hast doch von einer Grenze gesprochen», rief Florin. «Ich sehe aber gar nichts.»

«Man kann sie auch nicht sehen», erwiderte Ulysses. «Es ist eine magische Grenze, allein dazu bestimmt, den Sirrusch den Zugang zu diesem Land zu verwehren.»

«Aber die Garuda können da durch?», fragte Florin.

«Ja», antwortete Ulysses. «Darauf warten die Sirrusch ja

nur. Warum sollten sie uns den Weg versperren, der uns ihnen ausliefert?»

«Na, Prost Mahlzeit», murmelte Florin, und er hielt ängstlich Ausschau, ob sich schon irgendwo die Feuerdrachen zeigten, jederzeit dazu bereit, sich auf die Waghalsigen zu stürzen, die auch noch freiwillig in ihr Verderben liefen.

Ulysses glitt dicht über die verbrannten Steine, bis sie den Rand der dunklen Felsen erreicht hatten, die in einem steilen Abhang endeten. In einer engen Spirale ließ sich der Drache an dem Felsabhang hinabsinken und landete sicher auf einer weiten, von Geröll bedeckten Ebene.

«Was jetzt?», fragte Florin und wagte nur flüsternd zu sprechen.

«Jetzt gehen wir», antwortete Ulysses in ganz normaler Lautstärke. «Das heißt, du kannst ruhig sitzen bleiben. Aber ich bleibe besser am Boden, um in der Luft nicht schon von weitem gesehen zu werden.»

Florin hielt eine Hand über seine Augen und blickte nach Süden. Die Sonne war schon ein ganzes Stück weit gestiegen und blendete ihn. Er ließ den Blick über die trostlose Ebene streichen, in der weit und breit kein Zeichen von Leben zu sehen war. Nur Staub, Geröll und hie und da ein losgerissener Dornbusch, den der Wind von irgendwoher über diese Steinwüste trieb. Weit im Süden erst zeichnete sich eine dunkle Linie ab, von der sich einzelne Erhebungen undeutlich abhoben. Ein schwarzer Schleier hing über diesen.

«Was ist das für eine dunkle Linie am Horizont?», fragte er.

«Unser Ziel», antwortete Ulysses. «Das Tarangebirge, in

dessen Tiefe die Sirrusch leben. Zahlreiche Vulkane erheben sich dort, und im Innern des höchsten Vulkans, den die Sirrusch Rasul nennen, befindet sich ihre größte Heimstatt, Kal-Schergat, der Sitz des Khras.»

«Wer ist das?», fragte Florin.

«So etwas wie bei den Garuda der Drachenvater», erwiderte Ulysses. «Aber wahrscheinlich wäre es richtiger, ihn den Fürst der Sirrusch zu nennen. Denn während die Garuda den Drachenvater in freier Entscheidung aus ihrer Mitte wählen und dieser unserer Gemeinschaft bis zu seinem Tod vorsteht, wird bei den Sirrusch jeweils der Stärkste zum Fürsten und verliert seine Würde, wenn ihn ein anderer im Zweikampf besiegen kann.»

«Das scheint ja ein ziemlich kriegerisches Drachenvolk zu sein», meinte Florin.

Ulysses gab darauf keine Antwort, sondern setzte sich in Bewegung. Doch war dies mehr als nur ein Gehen. Der Drache trabte erst rasch, dann steigerte er seine Geschwindigkeit und jagte schon bald in gestrecktem Galopp dahin. Doch wenn Florin erwartet hatte, auf Ulysses' Rücken nun wie auf einem Pferd tüchtig durchgeschüttelt zu werden, so wurde er angenehm enttäuscht. Denn während die kräftigen Beine des Drachen über den Boden wirbelten, blieb sein Rücken beinahe unbeweglich auf einer Linie, sodass Florin sich vorkam wie auf einer offenen Lokomotive, die auf einem schnurgeraden Gleis voranschoss. Und trotz der Gefahr, der sie entgegeneilten, genoss er den schnellen Ritt.

Während er untätig auf dem Rücken des Drachen saß, ging ihm vieles von dem durch den Kopf, was er in den vergangenen Tagen erlebt und gehört hatte. Wie Kraut und Rüben schienen seine Gedanken durcheinander zu jagen, und es gelang ihm kaum, Ordnung in diese zu bringen. So viel war geschehen, so viel Neues hatte er erfahren. So viel über sich, über seine sonderbare und unglaubliche Herkunft und so viel auch über das fremdartige Leben der Drachen, die den Menschen dennoch so ähnlich waren. Er sah nachdenklich auf Ulysses' mächtigen Körper, der so ganz anders als sein eigener war und doch so vertraut. Er fühlte eine große Zuneigung zu dem Drachen, beinahe wie zu einem Bruder. Denn das waren sie doch irgendwie, obwohl sie so unterschiedlich waren. Er so schwach und ängstlich und der Drache so stark und mutig. Seine Haut so dünn und verletzlich, der Leib des Drachen dagegen dicht von undurchdringlichen Schuppen bedeckt, die ihn nahezu unbesiegbar erscheinen ließen. Ulysses, dachte er. Nur den Namen, nicht mehr, doch schon der Klang dieses Namens tat ihm wohl.

«Warum eigentlich?», murmelte er auf einmal. «Warum Niemand?» Und laut sagte er: «Ulysses, du hast ganz vergessen, mir deine Geschichte zu Ende zu erzählen.»

«Welche Geschichte?», fragte der Drache. Er sprach ohne Anstrengung, so als würde ihm der schnelle Lauf nichts anhaben.

«Warum du keinen Namen hast, keinen geheimen Namen, meine ich», erwiderte Florin.

«Das ist wahr», gab Ulysses zu. Dann lief er eine Weile schweigend weiter, bevor er wieder zu sprechen begann: «Vielleicht habe ich diese Geschichte nicht zu Ende erzählt, weil ich nicht gerne darüber spreche. Vielleicht aber auch, weil es ein Unglück ist, das nicht nur mich getroffen hat. Doch wird es mir der Meister nicht übel nehmen, wenn du es erfährst.

Wie ich dir schon gesagt habe, ist der Meister der älteste der Garuda und war unter denen, die vor langer Zeit in eurer Welt lebten. Und nachdem die Drachenritter gesiegt hatten und es ihm gelungen war, vor seiner Flucht nach Jawzahr, das ihr Tiamat nennt, alle Flammenschwerter bis auf das eine zu vernichten, wurde er, als der Drachenvater starb, von den Garuda zu dessen Nachfolger gewählt. Der Meister war es, der die Garuda im Krieg gegen die Sirrusch führte, der bald nach der Flucht der Drachen begann. Viele Jahre vergingen, in denen der Krieg viel von unserer Welt zerstörte, hin und her wogte das Schlachtenglück, und kein Ende des Kampfes war abzusehen.

In dieser dunklen Zeit wurde ich geboren und wie alle jungen Drachen vom Drachenvater erzogen. Ich verehrte den Meister über alles und sah voll Hoffnung dem Tag entgegen, an dem er mir meinen geheimen Namen verleihen würde und ich an seiner Seite gegen die Sirrusch kämpfen dürfte.

Doch in diesen Tagen mussten die Drachen einsehen, dass der Krieg nur ihr eigenes Ende herbeiführen konnte, wenn ihm nicht Einhalt geboten wurde. Da schlossen die Häupter der Garuda und der Sirrusch den Frieden zwischen unseren Völkern. Sie bestärkten ihn mit dem zweifachen Siegel, und das Drachenfeuer in uns allen erlosch. Und wir hofften auf bessere, glücklichere Zeiten.

Doch unter den Sirrusch gab es einen Abtrünnigen, einen, der den Frieden mit den Garuda nicht wollte und sich dem Beschluss seiner Führer widersetzte. Als die Häupter der Garuda und ihr Gefolge zu ihren Heimstätten zurückkehrten, überfiel er sie mit einer Schar seiner Gesinnungsgenossen und tötete sie. Nur der Meister überlebte diesen heimtückischen Überfall. Doch er war schwer verletzt worden, und auch als die Wunden heilten, blieb er lange Zeit ohne Erinnerung, ja ohne Verstand. Ich wich nicht von seiner Seite. Ich pflegte ihn und leitete ihn durch diese Zeit der Dunkelheit. Langsam fand er wieder zu sich selbst und zu seinen Fähigkeiten zurück. Nur eines war ihm für immer verloren gegangen, die Erinnerung an seinen geheimen Namen. Und all jene, die seinen Namen gekannt hatten, waren von den Sirrusch getötet worden. Da zog er sich zurück und nahm keinen Anteil mehr am Leben der Gemeinschaft. Ein neuer Drachenvater musste an seiner Stelle gewählt werden.

Natürlich, ich hätte nach Aldajir gehen und dem neuen Drachenvater dienen können, bis er auch mir einen geheimen Namen verliehen hätte. Doch ich konnte nicht. Der Meister war mein Lehrer gewesen, und nur durch ihn will ich einen Namen empfangen, denn der geheime Name eines jeden Drachen ist der Spiegel seines Wesens. Wenn ein anderer als der Meister mir einen Namen gegeben hätte, wäre es stets nur ein unvollkommener Name gewesen, weil er das, was mich mit dem Meister verbindet, nicht hätte wiedergeben können. Doch solange der Meister ein Namenloser ist, hat er nicht das Recht, mir einen Namen zu geben.»

«Aber wie willst du denn ohne geheimen Namen leben?»,

fragte Florin betroffen. «Du hast doch gesagt, dass ein Drache nur wirklich geboren wird, wenn er diesen Namen erhält.»

«Das stimmt», erwiderte Ulysses. «Und nicht nur das. Denn ich werde weder wahrhaft geboren werden noch den wahren Tod sterben. Der Meister und ich werden nach unserem Tod der Erinnerung unseres Volkes verloren gehen, denn unsere Namen werden sich niemals in die Reihe der Ahnen einfügen. Und beide werden wir auch niemals in den Mazandar, den großen Wasserdrachen, wieder geboren werden, denn niemals wird ein Namenloser dem Meer übergeben.»

Florin empfand großes Mitleid mit seinem Freund und auch mit dem Meister. Und gleichzeitig wuchs in ihm eine ohnmächtige Wut auf die Sirrusch, besonders auf den, der dem Meister und damit Ulysses das angetan hatte. «Ist er wenigstens bestraft worden?», stieß er hervor.

«Wer?», fragte Ulysses. «Ach, der Friedensbrecher. Leider ist es nicht dazu gekommen. Im Gegenteil. Nicht lange nach diesen Geschehnissen gelang es ihm, all seine Widersacher zu besiegen und als neuer Khras die Sirrusch anzuführen. Der Friede wurde gebrochen, und unter seiner Herrschaft wurden die Garuda besiegt und so weit zurückgedrängt, bis ihnen nur noch Furnival, der letzte Hort, verblieb.»

«Das klingt nicht gut», sagte Florin.

«Nein, das tut es wahrhaftig nicht», bestätigte Ulysses. Inzwischen hatten sie die Bergkette, die Ulysses das Tarangebirge genannt hatte, erreicht. Der Drache fiel wieder in Trab und suchte sich einen Weg zwischen hohen Felsbrocken hindurch, die immer zahlreicher wurden und immer enger zusammenrückten. Schließlich standen sie am Fuß der Berge, deren Kuppen von dunklen Rauchschwaden verhüllt wurden. Ulysses blieb stehen.

«Wenn ich mich dicht bei den Felsen halte, sollte ich einen Flug wagen können, ohne entdeckt zu werden», meinte er nachdenklich. «Natürlich könnte ich auch die Felsen hinaufklettern, aber das würde lange dauern. Wer weiß, ob wir damit nicht Zeit verlieren, die kostbarer ist, als wir wissen.»

Der Drache breitete seine Schwingen aus und schwang sich in die Luft. Dann flog er in engen Kurven höher und höher hinauf, wobei er sich gefährlich dicht an den steilen Felswänden hielt.

Florin ließ den Blick über die abweisenden Flanken der Berge streifen. Er dachte an die Drachenritter. Welchen Weg mochten sie genommen haben? Wenn sie überhaupt so weit gekommen waren? Wenn ja, wie sind sie dann mit ihren Pferden hier hochgekommen?, dachte er. Plötzlich entdeckte er weiter westlich eine Geröllhalde, an deren Ende sich ein scharfer Einschnitt in den Felsen zu öffnen schien.

«Ulysses! Warte doch mal», rief er, wobei er versuchte, seine Stimme so weit wie möglich zu dämpfen.

Der Drache setzte auf einem großen Felsvorsprung auf und fragte: «Was ist denn?»

«Die Tarasker können doch diesen Weg mit ihren Pferden gar nicht gegangen sein», sagte Florin. «Aber vielleicht dort drüben, über die Geröllhalde. Und dann weiter durch den Spalt.» Er wies mit der Hand in die Richtung, in der er den Felseinschnitt entdeckt hatte.

«Du könntest Recht haben», meinte Ulysses. «Ich hätte eigentlich daran denken müssen. Also, sehen wir mal nach.»

Der Drache stieß sich ab und flog geradewegs auf den dunklen Spalt zu. Tatsächlich öffneten sich hier die Felsen zu einer engen Schlucht, die in scharfen Windungen wie ein Pass durch die Berge führte. Ulysses landete am Beginn der Schlucht und sah sich suchend um.

«Du hast Recht», sagte er. «Sie sind tatsächlich hier durchgeritten.»

«Woran siehst du das?», fragte Florin erstaunt.

Ulysses sagte nur ein Wort: «Pferdeäpfel.»

Jetzt entdeckte auch Florin die unübersehbaren Spuren, die die Reittiere der Drachenritter hinterlassen hatten. Ulysses näherte sich einem der Haufen und schnüffelte daran.

«Kalt», sagte er. «Aber noch nicht ganz trocken. Die Drachenritter müssen etwa gestern zur Zeit der Mittagssonne hier durchgeritten sein. Da fließt ein Bach. Die Schlucht ist ziemlich feucht. Darum dauert es länger, bis die Pferdeäpfel austrocknen.»

Florin musste sich ein Lachen verkneifen. Ulysses war ja der reinste Fährtensucher. Er kam ihm vor wie eine Mischung aus einem Indianer und einem Jagdhund.

Der Drache entfaltete erneut seine Schwingen und folgte dem Weg, den die Drachenritter genommen hatten. Er musste seine ganzen Flugkünste aufbieten, um unbeschadet durch die enge Schlucht zu kommen. Die Spannweite seiner Schwingen war so groß, dass er immer wieder an die Felsen stieß und nur mit Mühe einen Sturz verhindern konnte. Doch er hütete sich, höher zu steigen, denn wenn der Weg auch gefährlich war, so verbargen die Wände der Schlucht sie doch vor den Blicken möglicher Wächter.

Schließlich überflogen sie den Scheitelpunkt des Passes, und von nun an ging es stetig abwärts. Da sich keine Seitenschlucht auftat, mussten sie sich nicht mit der Suche nach weiteren Spuren aufhalten. Zudem wurde die Schlucht breiter, und Ulysses konnte es wagen, schneller zu fliegen. Bald hatten sie den Ausgang der Schlucht erreicht, und Ulysses setzte zur Landung an.

Vor ihnen öffnete sich eine weite Hochebene, an deren südlichem Ende sich ein gewaltiger Vulkan erhob. Eine schwarze Rauchwolke quoll aus ihm, die sich wie ein riesiger Pilz in den Himmel erhob. Schwärzliche und giftgelbe Schwaden waberten um seine Flanken oder wurden vom Wind über die Berge getragen.

«Der Rasul», flüsterte Ulysses. «In seinem Inneren liegt Kal-Schergat, das Heim der Sirrusch.»

«Aber der Vulkan ist doch gar nicht erloschen», meinte Florin. «Wie soll denn da drin jemand wohnen?»

«Vergiss nicht, von wem wir sprechen», sagte Ulysses. «Die Sirrusch sind Feuerdrachen, die in den Feuern der Tiefe leben und sich von den unterirdischen Strömen des heißen Gesteins ernähren. Dorthin kann ihnen niemand folgen, denn nur die Schuppen der Sirrusch halten der Hitze stand.»

«Aber warum bleiben sie denn nicht dort, wo sie hingehören?», fragte Florin. «Ich meine, es ist doch genug Platz für beide Völker da. Unter der Erde für die Sirrusch und auf der Erde für die Garuda. Warum müsst ihr euch denn bekriegen? Nur damit eines der Völker es nach dem Tod besser hat?

Das ist doch Blödsinn, sich deshalb das ganze Leben kaputtzumachen!»

«Da hast du wohl Recht», gab Ulysses zu. «So habe ich die Sache noch gar nicht gesehen. Ich fürchte, das liegt daran, dass wir Drachen zu viel an den Tod und zu wenig an das Leben denken.» Dann fuhr er nach einer Weile des bedrückten Schweigens fort: «Aber wir wollen uns jetzt nicht mit solchen Gedanken aufhalten, sondern überlegen, was nun zu tun ist. Du hast doch schon einmal den richtigen Weg gefunden, den die Drachenritter genommen haben. Du bist ein Mensch und denkst wie sie. Was glaubst du, wohin sie sich von hier aus gewendet haben?»

Florin blickte sich um. Schade, dass man auf dem steinigen Boden keine Spuren entdecken kann, dachte er. Er ließ den Blick über die Felsen gleiten. Am Fuß der Berge lagen wieder große Felsabbrüche und übermannshohe Steinquader. Vielleicht sind sie an den Bergen entlanggeritten, dachte er. Im Schutz der Felsen. Da wären sie nicht so leicht zu sehen gewesen. Aber auf welche Seite waren sie geritten? Die Berge umgaben die Ebene zu beiden Seiten bis hin zu dem großen Vulkan. Was hatte Ulysses gesagt? Gestern Mittag sind die Tarasker am Anfang der Schlucht gewesen. Da sie nicht geflogen sind, haben sie für den Weg durch die Berge wahrscheinlich einen halben Tag gebraucht. Dann müssen sie die Ebene am Abend erreicht haben und sind sicher nicht im Dunkeln weitergeritten. Also am nächsten Morgen. Das war heute Morgen!, dachte er überrascht. Waren die Drachenritter gar nicht mehr so weit entfernt? Hatten sie sie etwa schon fast eingeholt? Aber eben welche Seite? Moment, das war am

Morgen. Und die Sonne geht im Osten auf, also ist dort auch am meisten Schatten. Na klar, wenn ich die wäre, würde ich im Osten reiten. Und er wies mit der Hand in diese Richtung.

«Da entlang», sagte er.

«Bist du sicher?»

«Da sind große Felsen. Da war heute Morgen am meisten Schatten. Da sieht sie keiner so leicht», verkündete Florin selbstsicher.

Ulysses verlor kein weiteres Wort, sondern trottete folgsam in Richtung der Felsen, zwischen denen er gerade noch genug Platz fand, um unbeschadet hindurchzukommen. Sie brauchten nicht weit zu gehen, um festzustellen, dass Florin Recht hatte. In einer kleinen Senke, in der sich Sand gesammelt hatte, entdeckten sie die verwischten Spuren von Pferdehufen. Zuversichtlich zogen sie weiter.

Es war ein mühsamer Weg. An manchen Stellen standen die Felsen zu dicht beieinander, sodass für den großen Drachen nicht genug Platz war, um hindurchzukommen. Dann musste er umkehren und sich einen neuen Weg suchen, und Florin überließ es dem Drachen, den besten Weg zu suchen. Er selber beobachtete aufmerksam den Himmel. Die ganze Zeit fürchtete er, einen verräterischen Schatten zu sehen, der sich auf sie stürzen würde.

Plötzlich blieb Ulysses stehen. Sie hatten ein Seitental erreicht, das in einer ausgedehnten Mulde an einem Ring von hohen Felsen endete, die die Talmulde von der Ebene abschirmten. Und der Anblick, der sich ihnen hier bot, ließ sie zurückschrecken.

Fünf riesige Drachen lagen leblos im Staub und neben ihnen, seltsam klein, weit über zwanzig tote Pferde. Große Blutlachen bildeten spiegelnde Pfützen um die massigen Leiber der Drachen, deren Schuppen tiefrot bis schwarz waren. Der Boden war zerwühlt, und zerbrochene Pfeile und Lanzen staken im Sand. Auch Schwerter und Schilde lagen auf dem Boden. Hier also waren die Drachenritter mit den Sirrusch zusammengestoßen. Was für ein fürchterlicher Kampf musste dies gewesen sein! Doch wo waren die Menschen? Von ihnen war keine Spur zu entdecken.

Als Florin ihn darum bat, ließ Ulysses ihn absteigen. Nachdem sie sich davon überzeugt hatten, dass kein Sirrusch in der Nähe war, wagten sie sich ein Stück weit in die Mulde hinein. Schließlich blieb Ulysses stehen und blickte Florin nach, der verloren zwischen den Spuren des Kampfes herumirrte und beklommen auf die Waffen und die toten Körper sah, vor deren Anblick er schauderte. Als er die Fliegen entdeckte, die über den Blutlachen und den klaffenden Wunden der leblosen Tiere schwirrten, musste er sich beherrschen, um sich nicht zu übergeben. Es ist nicht recht, dachte er. So viel Tod! Warum bloß?

Langsam kehrte er zu Ulysses zurück und fragte: «Was jetzt? Wo können die Drachenritter bloß sein? Was ist geschehen?»

Doch bevor Ulysses noch antworten konnte, rief eine Stimme: «Suna, nein!», und ein hässlicher, singender Ton fuhr durch die Luft. Etwas Schlankes, Dunkles fuhr in den Hals des Drachen, der sich wie Florin halb in die Richtung gedreht hatte, aus der der überraschende Ruf zu hören gewesen war.

Ulysses stieß ein schmerzhaftes Keuchen aus, dann schwankte er, brach langsam in die Knie und fiel schwer auf die Seite. Hart schlug sein Kopf auf der Erde auf, und seine Augen schlossen sich zitternd.

TEIL FÜNF

Das Flammenschwert

«Ulysses! Ulysses!», rief Florin immer wieder und versuchte, den viel zu schweren Kopf des Drachen hochzuheben. Dann gab er es auf und streichelte die Schuppen des mächtigen Schädels. «Hörst du mich? Bitte, du darfst nicht sterben. Ulysses! Ulysses!»

«Floh?»

Langsam drehte er sich um. Vor sich sah er Suna, die noch immer den Bogen gespannt in den Händen hielt und einen neuen Pfeil auf die Sehne gelegt hatte. Hinter ihr erkannte er Wulf, der sich ihnen schwankend näherte, wobei er sich mühsam auf sein Schwert wie auf eine Krücke stützte.

«Was hast du denn?», fragte Suna und warf einen verächtlichen Blick auf den Drachen. «Sei doch froh, dass ich ihn erwischt habe.»

Da packte Florin eine ohnmächtige Wut. Er ballte die Fäuste und stürzte sich auf Suna. Sein Angriff überrumpelte sie. Florin schlug ihr den Bogen aus den Händen, und bevor sie sich gefasst hatte, wurde sie zu Boden geworfen. Dann stand Florin über ihr und sah sie mit bleichem Gesicht und funkelnden Augen an. «Nur ein Drache, sagst du? Und du? Was bist du denn? Nur ein … Mensch!» Und er sagte dieses Wort so, als würde er sie anspucken.

Dann wich er langsam zurück, bis er hinter sich den Leib des Drachen spürte. Schützend blieb er vor seinem Freund stehen.

Suna erhob sich verwirrt. Zorn und Überraschung spiegelten sich auf ihrem Gesicht. In diesem Augenblick brach Wulf mit einem Stöhnen in die Knie und fiel vornüber auf den Boden. Suna eilte zu ihm und drehte ihn vorsichtig auf den Rücken. «Vater! Vater!», rief sie und strich ihm zärtlich über das blutverschmierte Gesicht.

Florin kam sich vor wie in einem schlechten Traum. Darin sah er sie beide, verloren unter der grellen Sonne auf einer von Leichen übersäten Ebene und jeder von ihnen an der Seite des Wesens, das sie hätte beschützen wollen und ihnen nun nicht mehr helfen konnte. Sie waren auf sich gestellt in einer fremden Welt, in der eine Gefahr drohte, der sie nichts entgegenzusetzen hatten.

Zögernd näherte er sich den beiden Menschen. Seltsam fremd kamen sie ihm vor, als wäre er keiner von ihnen. Der Drache dagegen war ihm in diesem Augenblick so nah wie nie zuvor. Und doch empfand er Mitleid mit diesen Menschen und konnte nicht anders, als ihnen helfen zu wollen. «Was ist mit ihm?», flüsterte er heiser.

Suna blickte ihn abwehrend an. Dann sah sie sein verstaubtes und von Kummer gezeichnetes Gesicht. Und endlich wurde ihr wirklich bewusst, wo sie sich befand und wie weit entfernt die grausame Wirklichkeit von dem war, was sie sich in ihren Träumen an Abenteuer und Heldentum erhofft hatte. Er ist doch noch ein Kind, dachte sie. Wie konnte ich ihm das antun? Es ist meine Schuld, dass er hier ist und in Gefahr. «Es … es tut mir Leid», sagte sie leise und sah ihn abbittend an.

Florin verstand sie. In diesem Augenblick der Gefahr war es, als könne er ihre Gedanken lesen. Seine Angst und sein Schmerz machten ihn nicht taub und blind, sondern öffneten all seine Sinne und machten ihn empfänglich für Gefühle, für Leid und für Sunas Bitte um Verzeihung. Er nickte stumm.

Suna sah ihn dankbar an. «Er ist schwer verletzt worden», beantwortete sie nun seine Frage. «Ich weiß nicht, was ich tun soll.»

Florin kniete sich neben ihnen nieder und sah, dass unter Wulfs zerrissenem Kettenhemd und Lederwams Blut hervorquoll. «Wir müssen die Blutung stoppen», sagte er. «So schnell wie möglich.»

«Wie denn?», fragte Suna. «Ich habe keine Ahnung, wie man das macht.»

Florin zögerte. Er dachte an seinen Vater. Einmal hatten sie ja so etwas wie einen Kurs für erste Hilfe gemacht. Aber ob ich noch weiß, wie's geht?, dachte er unsicher. Dann nahm er seinen Rucksack ab und holte seinen kleinen Verbandskasten hervor. Er öffnete ihn und blickte stirnrunzelnd auf die Mullbinden, die Gazeverbände, die Pflaster, die kleine Flasche mit der orange Tinktur zum Desinfizieren und die winzige Schere. Sieht eher wie ein Spielzeug aus, dachte er. Dann sagte er zu Suna: «Ich brauche einen … äh, irgendwas Starkes zum Festbinden. Einen Gürtel oder eine Schnur oder was Ähnliches.»

«Ich habe einen Lederriemen in meinen Sachen», meinte Suna. Sie sprang auf, lief zwischen die Felsen und kehrte mit einem breiten Lederband in der Hand zurück. Dann half sie Florin, das Kettenhemd und das Lederwams hochzuschieben und das Hemd darunter vorsichtig von der klaffenden Wunde zu lösen.

Florin biss sich auf die Lippen. Das sah ziemlich schlimm aus. Aus mir wird nie ein Arzt, dachte er. Ich kann einfach kein Blut sehen. Aber es geht nicht anders. Zuerst einmal muss ich die Wunde reinigen.

Er ließ etwas von der Tinktur auf eine Gazebinde tropfen und tupfte damit vorsichtig die Wunde ab. Dabei achtete er darauf, die Wunde nicht mit seinen schmutzigen Händen zu berühren. Als das getan war, machte er aus zwei Gazeverbänden und einer Mullbinde ein kleines, dickes Kissen, ließ nochmals etwas von dem Desinfektionsmittel darauf tropfen und legte es auf die Wunde, aus der immer noch erschreckend viel Blut sickerte. Suna half ihm, das Lederband unter Wulfs schwerem Körper durchzuziehen und so fest über der Brust des Verletzten zu verknoten, dass der Verband nicht verrutschen würde, solange sich Wulf nicht zu heftig bewegte.

«Er muss liegen bleiben», meinte Florin. «Er darf auf keinen Fall mehr aufstehen.»

«Woher kannst du das?», fragte Suna.

«Mein Vater ist Arzt», antwortete Florin. «Ein bisschen

was ist bei mir hängen geblieben. Aber mehr kann ich nicht für ihn tun. Hoffen wir, dass die Wunde sich nicht entzündet. Und dass er keine … inneren Verletzungen hat.»

«Er sollte nicht in der Sonne liegen bleiben», sagte Suna besorgt. «Meinst du, dass wir beide ihn tragen können? Es kann lange dauern, bis Pero wieder zurück ist.»

«Pero?», fragte Florin.

«Ach ja, das kannst du ja nicht wissen», erwiderte Suna. «Wir sind nicht die Einzigen, die entkommen sind. Pero Tafur ist bei uns gewesen. Jetzt ist er aufgebrochen, um zu sehen, wohin die Drachen die anderen bringen.»

«Entkommen? Hinbringen? Was ist denn passiert?», fragte Florin.

«Später», sagte Suna. «Jetzt sollten wir uns um meinen Vater kümmern.»

«Bis zu den Felsen schaffen wir es wohl kaum», meinte Florin. «Aber …» Er sah nach Ulysses. Tränen traten ihm in die Augen, als er auf seinen Freund blickte, der immer noch reglos dalag. «Aber wir könnten ihn ja in den Schatten von … des Drachen legen.»

«Meinst du wirklich?», fragte Suna und erhob sich zögernd. «Und wenn er doch nicht tot ist?»

Florin zuckte mit den Schultern. «Nicht tot?», stammelte er. «Du solltest es doch besser wissen. Er bewegt sich doch nicht mehr. Ich …» Und er konnte ein Schluchzen nicht unterdrücken.

Suna warf ihm einen schuldbewussten Blick zu. Dann näherte sie sich vorsichtig dem Körper des Drachen und legte nach kurzem Zögern eine Hand auf den mächtigen Leib. Einen Augenblick blieb sie wartend stehen, dann drehte sie sich um und meinte: «Er ist nicht tot. Ich kann seinen Atem spüren. Nur schwach, aber es gibt keinen Zweifel.»

Florin sah sie mit aufgerissenen Augen an. Dann rannte er zu ihr und legte beide Hände flach an die Schuppen des Drachen. Es stimmte. Er konnte es deutlich spüren. Er lehnte sich dicht an den Körper des Drachen und fuhr mit beiden Händen streichelnd über seinen Bauch. «Ulysses», flüsterte er. «Du wirst wieder gesund. Ich weiß es. Du musst einfach. Hörst du? Gib nicht auf. Es wird alles wieder gut werden.»

Suna sah ihn mit ungläubigen Augen an. «Warum nennst du ihn Ulysses?», fragte sie. «Und warum redest du so mit ihm wie mit einem … Menschen? Das ist doch nur ein Tier, und wenn er aufwacht, ist es besser, wenn wir weit weg sind.»

«Ach, was weißt du denn», sagte Florin ärgerlich. «Ulysses ist nicht bloß ein Tier. Er ist mein Freund, mein … Bruder.»

«Du spinnst ja!», stieß Suna hervor.

Florin trat einen Schritt zurück, wandte sich ihr zu und sah sie ernst an. «Nein, ich spinne nicht. Aber du, du hast überhaupt nichts begriffen. Und jetzt lass uns Wulf in Ulysses' Schatten legen. Du hast mein Wort, dass er dort sicher ist.»

Ohne Widerrede folgte ihm Suna zu Wulf und fasste diesen unter den Armen, während Florin ihn an den Füßen hielt. Unter Aufbietung all ihrer Kräfte gelang es ihnen, Wulf halb tragend, halb schleifend bis zu dem Drachen zu schleppen. Dort legten sie ihn dicht neben Ulysses' Bauch, sodass Florin eine der Schwingen über ihn decken konnte. Nur dort gab es genügend Schatten, um den Ohnmächtigen vor den sengenden Strahlen der steigenden Sonne zu schützen.

In diesem Augenblick hörten sie einen erstaunten Ruf: «Suna?»

Sie sprangen auf und blickten sich um. Zwischen den Felsen trat ein Mann hervor, der sich ihnen mit gezogenem Schwert näherte. Der Bärenführer!, schoss es Florin durch den Kopf, denn er erkannte den Mann sogleich an der Narbe wieder, die an der Stelle seines rechten Auges zu sehen war.

«Keine Sorge, Pero», rief ihm Suna entgegen. «Wir sind in Sicherheit.»

Der Mann war bald bei ihnen und musterte Florin: «Sieh da, das Bärenfutter», sagte er. «So sieht man sich wieder.» Doch diesmal sprach er ganz normal, als hätte er damals bei dem Fest nur eine Rolle gespielt und dafür seine Stimme verstellt. Obwohl sein Gesicht ernst und sorgenvoll war, versuchte er ein Lächeln. Und auf einmal fühlte sich Florin viel besser. Er spürte die Freundlichkeit und die Stärke des breitschultrigen, gedrungenen Mannes, der ihm trotz seiner Narbe und seiner bulligen Gestalt Vertrauen einflößte.

«Hallo», sagte Florin. «Ich habe … Sie auch wieder erkannt. Danke, dass Sie mir damals geholfen haben. Ich heiße Florin, Florin Ricksdorf.»

Der Mann sah ihn erstaunt an, schüttelte plötzlich lachend den Kopf und schlug Florin auf die Schulter, dass dieser beinahe in die Knie brach. «Nun guckt euch diesen höflichen Knaben an. Benimmt sich mitten in dieser Einöde so, als wären wir hier in einem Ballsaal. ‹Sie› und ‹danke› und weiß der Kuckuck was noch. Lass das bloß bleiben. Ich bin Pero Tafur, und damit Schluss.»

«Tafur, Tafur?», murmelte Florin. «Den Namen habe ich

schon mal gehört. Ach ja, von Isa. Sie hat gesagt, dass sie eine … geborene Tafur sei.»

«Genau», brummte Pero Tafur. «Isa ist meine Schwester. Also bin ich Sunas Großonkel. Aber noch kein altes Eisen. Doch nun genug der Höflichkeiten. Sagt mir lieber, was hier vorgeht.»

Suna berichtete Pero Tafur mit wenigen Worten, wie sie aus ihrem Versteck den Drachen und Florin gesehen und einen Pfeil auf den Drachen geschossen hatte, weil sie dachte, dass Florin in Gefahr sei. Und sie zeigte Pero Tafur den Verband, den Florin Wulf angelegt hatte.

«Gute Arbeit, Söhnchen», sagte Pero Tafur. «Doch nun zu dem Drachen. Der sieht ein bisschen anders aus als die, die uns hier überfallen haben.»

«Er ist auch anders», sagte Florin. «Ganz anders. Und ich war nie in Gefahr. Er ist mein Freund und hat mich beschützt. Wir müssen ihm helfen. Ulysses darf nicht sterben. Bitte!»

«Ulysses?», staunte Pero Tafur. «Einen Namen hat er auch noch. Und was für einen. Wer ihm den wohl gegeben hat?»

«Ich», stieß Florin trotzig hervor.

Pero Tafur sah ihn nachdenklich an. Er sah den Schmerz und die Sorge in den Augen des Jungen und den Trotz auf seinem Gesicht. Da nahm er den Jungen in die Arme und sagte begütigend: «Ist ja schon gut. Ich habe ja verstanden. Dieser … Ulysses ist dein Freund. Du hast sicher eine ganze Menge erlebt. Aber wir wollen später davon reden. Jetzt müssen wir erst einmal deinem … hmm, Freund helfen.»

Gemeinsam sahen sie nach dem Pfeil, der immer noch in

Ulysses' Hals steckte. Der Pfeil war mitten durch eine der Schuppen hindurchgegangen und war bis zur Hälfte seines Schaftes tief in den Hals des Drachen eingedrungen. Eine dünne Blutspur zog sich über die Schuppen und bildete auf dem Boden eine anwachsende Lache.

«Wieso ist das passiert?», fragte Florin und berührte vorsichtig die große Schuppe, die sich so hart und undurchdringlich anfühlte. «Wie konnte der Pfeil überhaupt da durch?»

«Hast du vergessen, was ich dir gesagt habe?», sagte Suna. «Eine Waffe in der Hand eines Menschen kann einen Drachen töten. Ein Schwert, eine Lanze oder auch ein Pfeil.»

«Deshalb also haben die Drachensöhne gesiegt», meinte Florin nachdenklich. «Die Drachen hatten gar keine wirkliche Chance.»

«Was meinst du damit?», fragte Suna, doch Florin schüttelte nur stumm den Kopf. Ihm war jetzt nicht nach Geschichtenerzählen zumute.

«Wenn wir den Pfeil herausziehen», meinte Pero Tafur, «könnte es sein, dass der Drache viel Blut verliert. Wir müssten irgendetwas haben, um die Blutung dann stoppen zu können.»

«Ich fürchte, da hilft mein Verbandszeug nicht viel», sagte Florin. Und er suchte verzweifelt nach einer Lösung. Eigentlich ist es dasselbe wie bei Wulf, dachte er. Nur sehr viel größer. «Ich könnte ein Seil gebrauchen», murmelte er.

«Und ich hab eins», erwiderte Pero Tafur. Er nahm seinen Beutel von der Schulter und holte ein langes dünnes Seil hervor.

Florin zögerte einen Augenblick, dann entnahm er seinem Rucksack eine frische Unterhose und ein Unterhemd. Er spürte deutlich, wie er rot wurde, aber es war ihm egal, wenn sich die beiden über ihn lustig machen sollten. Doch weder Pero Tafur noch Suna verloren ein Wort darüber.

Florin faltete seine Unterwäsche, die immerhin sauber war, zu einem dicken Stoffkissen zusammen und meinte: «Versuchen wir's.»

Pero Tafur fasste nach dem Pfeil und begann ihn langsam aus dem Hals herauszuziehen. Es war nicht leicht, und als er schließlich draußen war, hinterließen die Widerhaken an der Spitze des Pfeils eine klaffende Wunde, aus der das Blut erschreckend heftig herausquoll. Rasch presste Florin das Stoffkissen auf die Wunde, Suna warf das Seil über den Hals des Drachen und zog es mit Pero Tafurs Hilfe, der es schaffte, den schweren Hals des Drachen anzuheben, unter diesem durch, wieder und wieder, bis das Seil dreimal über dem einfachen Verband lag und sie es fest verknoten konnten.

Aufatmend traten sie einen Schritt zurück. Der Verband saß fest, und obwohl sich der helle Stoff von Florins Unterwäsche rasch dunkelrot verfärbte, schien die Blutung doch aufzuhören.

«Hoffen wir, dass das reicht», meinte Pero Tafur. «Mehr können wir nicht tun. Lasst uns jetzt wieder nach Wulf sehen.»

Sie ließen sich neben Wulf nieder, und Pero Tafur strich ihm über die heiße Stirn. Dann holte er eine Feldflasche hervor und begann, dem Kranken etwas Wasser einzuflößen. Wulf schlug die Augen auf und sah sie überraschend klar an.

Er versuchte zu lächeln und flüsterte kaum hörbar: «Ihr seid mir ja schöne Engel.»

Die drei sahen einander an und mussten lachen. Nun ja, paradiesisch war ihr Anblick wohl kaum zu nennen. Ihre verstaubten, verdreckten und blutverschmierten Gesichter sahen so recht zum Fürchten aus.

«Besser Dreckspatzen als Engel», meinte Pero Tafur. «Solange du lebst, musst du dich damit zufrieden geben.» Wulf lachte leise, dann verzog er das Gesicht vor Schmerzen und musste husten.

«Bitte, Vater», sagte Suna zärtlich und nahm seine Hand. «Sprich jetzt nicht und lach vor allem nicht. Wer weiß, wie tief deine Wunde ist.»

Wulf nickte stumm und drückte schwach ihre Hand. Tränen schimmerten in Sunas Augen, und sie sah zur Seite.

«Am besten ist es, wenn wir einander alles berichten, was vorgefallen ist», meinte Pero Tafur. «Vielleicht wissen wir dann, wo unsere Gefährten stecken und was die Drachen mit ihnen vorhaben.»

«Du weißt nicht, wo sie sind?», fragte Suna.

«Nein, ich habe die Drachen aus den Augen verloren», antwortete Pero Tafur. «Ohne Pferd hatte ich keine Chance, ihnen schnell genug zu folgen.»

«Wer soll anfangen?», fragte Florin.

«Vielleicht am besten du», sagte Pero Tafur. «Ich habe das Gefühl, dass du eine ganze Menge mehr erfahren hast als wir. Ehrlich gesagt wissen wir so gut wie gar nichts. Wir sind bloß blind in eine Falle getappt und auf einen Gegner gestoßen, dem wir nichts entgegenzusetzen hatten. Und all unsere schönen Träume und kühnen Pläne sind ... zerplatzt wie eine Seifenblase.»

Florin holte tief Luft und begann seinen Bericht. Und mit wachsendem Staunen folgten seine Zuhörer seinen Worten. Florin fing noch einmal ganz von vorne an, denn er hatte das Gefühl, dass es besser sei, wenn die drei Drachenritter auch wussten, was er erlebt hatte, bevor Suna ihn nach Tiamat entführt hatte. So erlebte er alles noch einmal, das Turnier und das Fest danach, seine Angst vor seinen Mitschülern und vor dem, was ihn im Ferienlager erwartete, das Schwert, dessen Flamme sich in ihn eingebrannt hatte, seine Lüge gegenüber seinen Eltern, seinen Weg zur Drachenschlucht und zum Lager der Tarasker, in dem er die Drachenritter belauschte, seine Flucht und seine erste Begegnung mit dem Drachen, seine Gespräche mit Isa und sein zweiter, fehlgeschlagener Fluchtversuch, der Angriff von Suna, die ihn zwang, mit ihr durch das Tor zu reiten, bis er schließlich zu dem Punkt seiner Erzählung kam, an dem ihn der Drache entführt und die Ereignisse eine unerwartete Wendung genommen hatten.

Florin zögerte einen Augenblick. Sollte er den Drachenrittern wirklich alles erzählen, was er von Ulysses und dem Meister über die Drachen erfahren hatte? Doch wenn er das nicht tat, wie sollten sie verstehen, was vor sich ging, und wissen, was zu tun war? Und vor allem, wie sollten sie dann die Drachen verstehen und begreifen, dass Ulysses kein wildes Tier, sondern sein Freund war? Nein, er durfte ihnen nichts verheimlichen. Und so berichtete er ihnen von seinen Erlebnissen und von allem, was er gehört und gesehen hatte, ohne etwas zu verschweigen. So hörten die Drachenritter zum ersten Mal von der Zwillingserde und ihrer Entstehung, vom Ursprung der Drachen, von der Herkunft der Drachensöhne, die alle Drachen aus der Welt der Menschen vertrieben, von den Drachenschwertern, von denen alle bis auf eines zerstört worden waren, von den Garuda, den Sirrusch, den Mazandar und dem Kreislauf des Lebens der Drachen, ihrer Geburt und ihrem Sterben, die nur wahrhaft wurden durch den geheimen Namen und die Wiedergeburt in den großen Wasserdrachen, von Furnival, der letzten Zuflucht der Erddrachen und Aldajir, dem prächtigen, den Menschenbauten nachgebildeten Drachenheim, in dem der Drachenvater den Rat der Garuda um sich versammelte, vom Krieg zwischen den Sirrusch und den Garuda und dem zweifachen Siegel, das das verheerende Drachenfeuer auslöschte, vom Wortbruch des abtrünnigen Feuerdrachen, der sich zum Fürst der Sirrusch aufschwang und den Frieden brach, und so schwer es ihnen auch fallen mochte, dies alles zu glauben, so bekamen sie doch allmählich eine Vorstellung von der Gefahr, in der sie und diese Welt schwebten.

Als Florin seinen Bericht beendet hatte, wussten die Drachenritter lange Zeit nicht, was sie sagen sollten. Mit bleichen Gesichtern sahen sie ihn an, und in ihren Augen wechselten Zweifel, Entsetzen und Verunsicherung in rascher Folge ab. Florin konnte sie gut verstehen. Er selber hatte kaum glauben können, was er über seine Herkunft erfahren hatte. Doch für die Drachenritter musste es noch viel schwerer sein. Sie hatten viel länger als er mit einem festen Bild von dem, wer sie waren und was ihre Bestimmung zu sein schien, gelebt. Und jetzt sollte auf einmal alles anders sein? Die Drachen nicht das, wofür sie diese gehalten hatten, und ihr Ziel ein falsches, ein Trugbild, dem sie geblendet gefolgt waren? Sie sollten Nachfahren der Drachensöhne sein und in ihren Adern das Blut der Wesen fließen, die sie für ihre ärgsten Feinde gehalten hatten?

«Ich kann es nicht glauben», stammelte Suna endlich. «Das kann nicht wahr sein!»

«Aber ich glaube es», sagte Wulf mit schwacher Stimme. Pero Tafur sah ihn ernst an. «Denk an deinen Vater», sagte er. «Deine Worte strafen seine Worte Lügen.»

«Seine Worte haben ihn das Leben gekostet», erwiderte Wulf, und Pero Tafur senkte unter seinem festen Blick den Kopf. «Doch das ist nicht der Grund. Ich glaube daran, weil es ein geschlossenes Bild ergibt und die Zweifel, die ich immer hatte, endlich beseitigt hat. All die Jahre habe ich geschwiegen und bin meinem Vater, der mich zu seinem Glauben erzogen hat, gehorsam gefolgt. Obwohl vieles an dem, was er uns sagte, lückenhaft war und ein Bild ergab, das nur schwarz und weiß kannte, nur gut und böse. Es war zu einfach, um wahr zu sein, aber ich schwieg, denn ich wusste es nicht besser. Doch jetzt hat sich das geändert, und aus den alten Schriften, die nur Worte auf Papier waren, ist eine Welt mit Wesen aus Fleisch und Blut geworden. Seht ihr denn nicht, wie alles sich zusammenfügt?»

«Ich weiß nicht, was ich denken soll», entgegnete Pero Tafur. «Ich weiß nur eines. Das, was ich gehört habe, ist im Augenblick nicht besser und nicht schlechter als das, was ich bisher geglaubt habe. Nur dass wir jetzt mehr über diese …

Sirrusch, diese Feuerdrachen, wissen, und das mag sich noch als nützlich erweisen. Für mich zählt jetzt nur der Gedanke daran, unsere Gefährten zu retten. Und meine Treue zu dir. Konrad von Wartenberg mag tot sein, wie du sagst, obwohl wir keine Gewissheit darüber haben. Gewiss ist nur, dass ich seinem Sohn folgen werde, so wie ich Konrad all die Jahre gefolgt bin. Das ist etwas, woran ich ohne Zweifel glauben kann.»

Wulf sah ihn dankbar an. Pero Tafur legte seine Hand über die des Verletzten und meinte schließlich: «Nun ist die Reihe an uns. Suna, erzähle du!»

Und Suna begann mit stockender Stimme ihren Bericht.

Als der Drache Florin hinter ihr vom Pferd gerissen hatte, wusste sie lange Zeit nicht, was sie tun sollte. Sie fühlte sich hin- und hergerissen zwischen der Pflicht, Florin zu retten, und ihrem Wunsch, die Tarasker einzuholen und sich ihnen anschließen zu können. Doch wie sollte sie etwas für Florin tun können? Der Drache war mit großer Geschwindigkeit davongeflogen und bald ihren Augen entschwunden. Wo hätte sie nach ihm suchen sollen? Und was hätte sie allein auch schon ausrichten können? Nein, es war das Beste gewesen, die Tarasker zu suchen und dann Florin vielleicht mit ihrer Hilfe zu befreien. Allerdings machte sie sich da keine allzu großen Hoffnungen. Viel mehr als ein paar abgenagte

Knochen würden von Florin wohl kaum noch zu finden sein. Und während diese Schuld beinahe wie eine untragbare Last auf ihr ruhte, suchte sie nach einem Weg aus dem Gewirr der verbrannten Felsen.

Bald wurde ihr klar, dass sie nicht den Weg genommen haben konnte, den die Drachenritter gegangen waren. Stunde um Stunde geriet sie von einer Sackgasse in eine andere, von einem Felsabsturz zum nächsten, und wäre da nicht die Sonne gewesen, an der sie die Himmelsrichtungen erkennen konnte, so hätte sie sich vollends in diesem Wirrwarr aus Felsen und Schluchten verirrt. Die Sonne stieg und sank unaufhaltsam über ihr, und die Zeit verrann.

Die erste Nacht in dieser fremden Welt verbrachte sie inmitten dieses Felsenlabyrinths. Selbst wenn sie Holz gehabt hätte, hätte sie es nicht gewagt, ein Feuer zu entzünden. Frierend drängte sie sich in eine Felsnische und fiel nach wenigen Bissen in einen unruhigen Schlaf, aus dem sie immer wieder aufschreckte, weil sich in ihren Träumen ein Drache wie ein Stein auf sie fallen ließ und sie unter dem Gewicht seines Leibes, der bis zu den Rändern der Nacht reichte, zermalmt wurde.

Im Morgengrauen setzte sie ihren mühseligen Weg fort, und als sie endlich zur Mittagsstunde des zweiten Tages doch noch das Ende der Felsen erreichte und die weite Ebene vor sich sah, konnte sie ihr Glück kaum fassen. Schwach zeichnete sich vor ihr die Spur der Drachenritter im Staub ab, die geradewegs auf die dunkle Linie am Horizont zulief, in der Suna zu Recht Berge vermutete. Der Wind blies über das trostlose Land und verwischte langsam, aber unaufhaltsam die Spur der Tarasker. Nun, sie würde sie nicht brauchen. Zu klar war die Richtung, die sie gehen musste.

Plötzlich zuckte sie zusammen. In der Ferne entdeckte sie drei dunkle Schatten, die wie Vögel am Himmel kreisten. Doch das konnten keine Vögel sein, sonst wären sie aus dieser Entfernung nicht so deutlich zu sehen gewesen. Drachen!, zuckte es ihr durch den Kopf. Die Drachenritter hatten sich nicht geirrt. Die verbrannten Felsen hatten ihnen den richtigen Weg gewiesen.

Suna zögerte einen Augenblick. Konnte sie es wagen, so sichtbar über die offene Ebene zu reiten? Doch wenn sie es nicht tat, würde sie die Tarasker aus den Augen verlieren. Entschlossen gab sie ihrem Pferd die Sporen und jagte über die steinige Wüste.

In scharfem Trab eilte sie ihrem Ziel entgegen. Schneller hätte sie ihr Pferd nicht antreiben können, ohne es vorzeitig zu erschöpfen, aber eine langsamere Gangart hätte ihre Ungeduld nicht zugelassen. Die Sonne sank im Westen, und ihr wachsender Schatten glitt neben ihr über den kahlen Boden. Sie erreichte die Berge, als die Sonne schon den Horizont berührte. Wieder hatte sie Glück und fand die Spur der Tarasker, die an einem von Geröll bedeckten Hang endete, der zu einem deutlich sichtbaren Einschnitt in den Felsen hinaufführte. Schritt für Schritt lenkte Suna ihr Pferd den Hang hinauf und bemühte sich, den gefährlichsten Stellen auszuweichen.

Schließlich hatte sie dieses Hindernis bewältigt und erreichte die Schlucht in den Bergen, als gerade das letzte Licht erlosch. Für einen kurzen Augenblick gönnte sie sich und ihrem Pferd eine Rast, um sich an dem Bach, der durch die Schlucht floss, zu erfrischen. Sie füllte ihre Vorräte an Trinkwasser auf und wusch sich Staub und Erschöpfung vom Gesicht.

Dann blickte sie die steile Schlucht hinauf und fragte sich, wie nahe sie den Taraskern wohl sein mochte. Sicher waren sie ihr noch recht weit voraus. Doch da sie im Gegensatz zu Suna niemanden verfolgten, sondern sich wohl mit der gebotenen Vorsicht durch Feindesland bewegten, konnte sie diesen Vorsprung noch aufholen. Vor allem wenn sie diese Nacht, in der die Drachenritter wohl ein Lager aufschlugen und sich ausruhten, nutzen konnte. Der Boden erschien ihr sicher, und im Licht der Sterne und des aufgehenden Mondes war der Weg deutlich genug zu erkennen, sodass ihr Pferd keine Gefahr lief, fehlzutreten oder über einen Stein zu stolpern. Doch um kein unnötiges Risiko einzugehen, führte sie das Tier am Zügel und suchte sich selber den besten Weg über den felsigen Boden. Dabei warf sie immer wieder einen Blick zum Himmel hinauf, ohne aber noch einmal einen der Schatten oder gar einen Drachen aus nächster Nähe zu sehen.

Als sie den Pass überschritten hatte und noch ein ganzes Stück weit wieder hinabgestiegen war, machte sich die Erschöpfung bemerkbar. Sie stolperte immer öfter, und auch ihr Pferd fand nicht immer den besten Halt. So war sie gezwungen, sich und dem Tier wenigstens etwas Ruhe zu gönnen. Dicht an den Leib ihres Pferdes gepresst, schlief sie unruhig ein.

Noch vor Morgengrauen erwachte sie wieder und wartete

ungeduldig darauf, dass das Licht ausreichte, um ihren Weg fortzusetzen. Dann war es endlich so weit. Das Dunkel der Nacht löste sich im Licht der Sonne auf. Der Himmel war klar und der Morgen schon zu früher Stunde von ermutigender Helligkeit. Nicht lange, und sie stand am Ausgang der Schlucht und blickte auf den hohen Vulkan, der seinen schwarzen Atem weit in den Himmel hinauf verströmte. Nach kurzer Überlegung schwang sie sich in den Sattel und wählte den Weg durch die Felsen am Ostrand der trostlosen Hochebene, an dem dichte Schatten sie vor unerwünschten Blicken schützen würden. Sie war sich sicher, dass auch die Drachenritter diesen Weg genommen hatten.

Nach wenigen Schritten fand sie frische Spuren, und ihr Herz schlug höher. Sie mussten dicht vor ihr sein. Bald würde sie die Ritter eingeholt haben. Und niemand würde es ihr verwehren können, sich ihnen anzuschließen. Zurück konnte sie nicht mehr.

Eine Stunde war sie unterwegs, als sie durch die Felsen eine große Talmulde sah, die von einem weiten Felsenring gegen die Hochebene abgeschirmt wurde. Etliche der Felsen waren sehr hoch und ragten wie Wachtürme aus dem Ring der Steinriesen empor. Suna ritt dichter an die Mulde heran. Da sah sie zu ihrer Freude die Tarasker vor sich, die in gestrecktem Galopp durch die Mulde ritten, um so rasch wie möglich das freie Feld hinter sich zu lassen. Sie hatten eben die Mitte des Feldes erreicht, als etwas geschah, was Suna das Blut in den Adern erstarren ließ.

Wie in einem Albtraum schienen die hohen turmartigen Felsen zum Leben zu erwachen. Der Teil von ihnen, der über den Ring der sie umgebenden Steinsäulen hinausragte, nahm schimmernde dunkelrote und schwarze Farben an. Mächtige, stachelbewehrte Schädel reckten sich auf langen, biegsamen Hälsen in die Höhe, und Schwingen von gewaltiger Spannweite breiteten sich aus, als würden in den Felsen verborgene Riesen die steinernen Hüllen zersprengen. Lautlos warfen sich die ungeheuren Leiber in die Luft und stürzten sich auf den Tross der Reiter, deren Pferde vor Entsetzen schrien, sich wild aufbäumten und nicht wenige der Reiter abwarfen. Die reiterlosen Tiere und auch die Lasttiere, die sich losgerissen hatten, brachen aus. Doch weit kamen sie nicht. Schon waren die Giganten über ihnen, und knirschend zerbrachen die Knochen der Pferde im Griff der eisernen Klauen oder unter der Wucht der Flügel. Einigen der hilflosen Opfer rissen gewaltige Fangzähne den Kopf vom Hals.

Eine Stimme riss Suna aus ihrer Erstarrung. Das war kein Traum. Dies war schreckliche Wirklichkeit, und die Riesen, die die Ritter umzingelten, waren Drachen. Suna hatte den Drachen in der Höhle am Tor gesehen, und sie hatte Schrecken angesichts seiner Größe empfunden. Doch diese Drachen waren weitaus entsetzlicher, größer und von einer blutrünstigen Wildheit, die alles überstieg, was Suna sich hatte vorstellen können. Aber zugleich spürte sie, dass dieser Angriff nicht blindlings erfolgte, sondern ein Angriff war, der nach einem kalt berechneten Plan abzulaufen schien. Schon hatten die Drachen den Taraskern jeden Fluchtweg abgeschnitten und schlossen sie in einem weiten Kreis ein, der sich langsam, aber unaufhaltsam wie eine Schlinge zusammenzog. Dabei gaben sie keinen Laut von sich, und an die

Stelle der mehr und mehr verstummenden Schreie der sterbenden Pferde trat ein lastendes, tödliches Schweigen.

Wieder hörte sie die Stimme, die knappe Befehle rief, und sie erkannte die Stimme ihres Großvaters. Hoch aufgerichtet stand Konrad von Wartenberg unter seinen Gefährten, die seine Befehle augenblicklich befolgten. Sie bildeten einen schützenden Kreis um die noch verbliebenen Pferde und spannten ihre Bögen. Konrad von Wartenberg hob die Hand, und Suna erwartete das Zeichen, das die Schlacht eröffnen würde. Die Gesichter, die sie sah, waren ruhig und gefasst. Die Ritter schienen sich ihrer Kraft und der Macht ihrer Waffen sicher zu sein.

In diesem Augenblick glitt ein Schatten aus einem Seitental, das aus den Bergen im Osten in die Mulde mündete. Zuerst hielt es Suna für ein Trugbild, das ihr das Licht der Sonne vorgaukelte, doch dann musste sie erkennen, dass ihre Augen sie nicht täuschten und dass das, was sie sah, ein Drache war, der an Größe und Schrecklichkeit selbst die Riesen, die die Ritter umzingelt hatten, noch übertraf und dessen Anblick ihr den Atem raubte. Die Drachen öffneten den Ring zu einem weiten Halbkreis, und das Ungeheuer, das ihr Anführer sein musste, trat den Taraskern allein gegenüber.

Tiefschwarz waren seine Schuppen, schwarz wie die Nacht, und nur manchmal wurde im Licht des Tages ein verborgenes Glühen sichtbar, das rötlich durch den Panzer schimmerte, als würde im Innern dieses Ungeheuers ein gewaltiges Feuer schwelen. Doch so entsetzlich dieser Leib war, so mächtig die ausgebreiteten Schwingen und so grausam die Klauen, die sich den Rittern entgegenreckten, nichts konnte Furcht erregender sein als die Augen dieses Drachen, in deren Glut der Blick jedes Gegners augenblicklich zu verdorren drohte.

Suna sah, wie nicht wenige der Tarasker vor Entsetzen die Waffen sinken ließen. Doch ein kurzer Zuruf des alten Wartenbergers rief ihren Mut wieder wach, und wie benommen schüttelten sie die Köpfe und fassten ihre Waffen umso fester.

Einen endlos langen Augenblick erstarrte das Bild. Dann löste sich Konrad von Wartenberg aus der Gruppe der Tarasker und näherte sich dem schwarzen Riesen mit gezogenem Schwert. Er war nur noch wenige Schritte von dem Drachen entfernt, der dem Ritter, der so klein vor ihm erschien, reglos und mit tückischem Blick entgegensah, als zum Erstaunen aller das Schwert in Flammen aufzugehen schien. Das Drachenschwert erwachte. Hier, in diesem Kampf, wurde die Vergangenheit wieder lebendig, und das unscheinbare Schwert, das einst verstaubt im Winkel eines Museums verwahrlost war, ehe es der junge Konrad von Wartenberg erkannte, erstrahlte in seinem alten Glanz. Welcher Drache würde dieser Waffe in der Hand eines Menschen, der so frei von Furcht war wie Konrad von Wartenberg, widerstehen können?

Da war es, als würden zwei gleißende Lanzen aus den Augen des schwarzen Riesen schießen, zwei blendende Schneisen aus flüssigem Licht, die nach dem brennenden Schwert und dem Ritter, der es trug, fassten. Und Blick und Schwert wurden zu einer einzigen Flamme, die über den Griff des Schwertes hinausloderte und den Körper des Ritters rasend schnell einhüllte. All dies geschah mit der Geschwindigkeit eines Lidschlags. Schon wogte die Flamme zurück, und vor den entsetzten Blicken aller nahm der Brand Gestalt an. Erst undeutlich, dann immer klarer, wie ein erschreckendes Spiegelbild, formte sich ein Ritter aus Feuer, der ein brennendes Schwert in Händen hielt. Und ihm gegenüber stand Konrad von Wartenberg, und das Schwert in seiner Hand war erloschen. Der alte Mann schwankte, als würde ihn die Kraft verlassen. Doch noch ein letztes Mal raffte er sich auf, packte er das unscheinbare Schwert fest mit beiden Händen und stellte sich dem Unfassbaren. Mit einem nie gehörten Klang trafen die beiden Schwerter aufeinander, und der ungleiche Kampf nahm seinen Lauf. Doch mit jedem Schlag, den der Wartenberger gegen seinen unheimlichen Gegner führte, schien seine Kraft mehr zu erlahmen. Immer mühsamer führte er das Schwert gegen die flammende Gestalt, die ein grausames Spiel mit ihm zu treiben schien und mit Leichtigkeit jeden Schlag parierte, ohne selber einen Angriff zu führen. Von den glühenden Augen des Drachen aus liefen noch immer die brennenden Spuren, die die Feuergestalt wie eine Marionette an Fäden führten. Und jeder Angriff des schwächer werdenden Ritters ließ die Flammen heller erstrahlen.

Endlich war die Kraft des Wartenbergers erschöpft. Seine Hand, die das Schwert führte, sank herab, und er brach in die Knie. Da machte sein flammender Gegner einen Schritt auf ihn zu und berührte mit dem Schwert den hilflosen Körper des alten Mannes, der mit einem Seufzer nach hinten sank. In diesem Augenblick warf sich Wulf, der wie alle Ritter nicht gewagt hatte, den Zweikampf zu stören, mit einem

Aufschrei nach vorne. Doch er hütete sich, dem brennenden Ritter zu nahe zu kommen. Mit wenigen gewaltigen Sätzen jagte er in einem Bogen um diesen herum und schlug sein Schwert in den Leib des schwarzen Riesen. Der Drache brüllte auf und hieb mit seiner Klaue nach dem Angreifer. Wulf sprang zurück, doch er konnte dem blitzschnellen Schlag nicht ganz ausweichen. Eine der furchtbaren Krallen traf ihn an der Seite und warf ihn mehrere Meter weit durch die Luft, als hätte sein Körper kaum Gewicht.

Da hielt es Suna nicht mehr im Schutz der Felsen. Mit einem wilden Schrei spornte sie ihr Pferd an und jagte in die Mulde hinaus, dem schwarzen Riesen und seiner unheimlichen Waffe in menschlicher Gestalt entgegen. Kaum nahm sie den Kampf wahr, der nun entbrannte, als die Tarasker und die Drachen aufeinander stießen. Pfeile und Lanzen durchschnitten die Luft und bohrten sich in das Fleisch der Drachen. Schon setzten die Ritter nach, und ihre Schwerter brachten ihren Gegnern tiefe Wunden bei. Das Brüllen der Drachen ließ die Erde erzittern und übertönte die wilden Kampfrufe der Tarasker und das ängstliche Wiehern der Pferde.

Dann war Suna bei ihrem Vater und ließ sich vom Pferd gleiten. Sie versuchte den reglosen Körper aufzurichten und sah sich dabei nach dem Drachen und dem Flammenritter um, deren Angriff sie jederzeit erwartete. Doch dieser schenkte ihr keine Beachtung, sondern näherte sich langsam dem Kampfgetümmel. Eine gedrungene Gestalt löste sich aus den Staubwolken und lief auf sie zu. Pero Tafur! Schon war er bei ihr, und mit vereinten Kräften gelang es ihnen,

Wulf auf Sunas Pferd zu heben. Dann wandte sich Pero Tafur um und wollte auch den Körper des alten Wartenbergers holen, doch in diesem Augenblick näherte sich ihnen ein Drache mit wild schlagenden Schwingen aus der Luft. «Fort, rasch!», stieß Pero Tafur hervor, hob Suna hinter Wulf in den Sattel und trieb das Pferd mit einem mächtigen Schlag der flachen Hand an. Das Pferd jagte davon, und als Suna einen Blick zurückwarf, sah sie noch, wie Pero Tafur dem Drachen, der sich auf ihn stürzte, das Schwert bis zum Heft in den Leib trieb. Der Drache schlug auf dem Boden auf, warf den Kopf mit einem Röcheln zurück und begrub seinen Gegner unter seinem zusammenbrechenden Körper.

Suna wusste, dass sie nichts mehr für Pero Tafur tun konnte. Jetzt galt es erst einmal, ihren Vater in Sicherheit zu bringen. Danach würde sich zeigen, was sie in diesem Kampf noch ausrichten konnte. Fast hatte sie die schützenden Felsen erreicht, als ein Unheil verkündender Schatten über sie fiel. Entsetzt blickte sie nach oben. Noch war der Drache weit über ihnen, doch schon setzte er zum Sturzflug an. In vollem Lauf griff Suna nach ihrem Bogen, zog einen Pfeil aus dem Köcher und jagte ihn von der Sehne. Der Pfeil fuhr dem Drachen, der im freien Fall nicht mehr ausweichen konnte, ins Auge, und mit einem schrillen Schrei schlug der gewaltige Körper dicht neben ihnen auf dem Boden auf. Eine der Schwingen prallte vor ihnen auf die Erde, und ihr Rand traf Sunas Pferd und brach diesem das Genick. Suna und ihr Vater wurden vom Rücken des stürzenden Pferdes geschleudert und schlugen hart auf dem Boden auf. Suna blieb einen Augenblick benommen liegen, dann sprang sie auf, packte ihren Vater an den Fußgelenken und zog den schweren Körper in den Schutz der nahe gelegenen Felsen. Dort warf sie sich neben ihrem Vater zwischen zwei der Felsen und blickte auf das Kampfgeschehen zurück.

Was geschah dort? Was hatten diese Drachen im Sinn? Warum töteten sie keinen der Tarasker? Warum ließen sie es zu, dass drei der ihren getötet wurden, und unternahmen nichts anderes als, ungeachtet der Wunden, die ihnen die Ritter zufügten, nur darauf bedacht zu sein, die Angreifer zu entwaffnen? Schon waren den Rittern nur noch die Schwerter geblieben, nachdem sie alle Pfeile verschossen und alle Lanzen geschleudert hatten, und auch die Schwerter wurden einem nach dem anderen aus den Händen geschlagen. Hilflos mussten sie es schließlich geschehen lassen, dass sie wie Schlachtvich zusammengetrieben wurden. Jetzt näherte sich ihnen der schwarze Riese, und vor ihm schritt die flammende Gestalt des brennenden Ritters. Die Tarasker wichen zurück, doch die Drachen trieben sie gnadenlos dem feurigen Gegner in die Arme. Einen Ritter nach dem anderen berührte das gleißende Schwert, und obwohl es sie nicht zu verletzen schien, sank jeder der Ritter unter der Berührung des Schwertes kraftlos zu Boden. Dann, als keiner der Tarasker mehr am Leben zu sein schien, ergriffen die Drachen die leblosen Körper mit ihren Klauen und erhoben sich in die Luft. Als Letzter blieb der schwarze Riese zurück, und wieder geschah etwas, was Suna zugleich erstaunte und entsetzte. Der flammende Ritter schrumpfte zusammen, und die feurigen Lanzen, die ihn gehalten hatten, zogen sich in die Augen des Ungeheuers zurück, das seine glühenden Blicke über den leeren Kampfplatz schweifen ließ. Seines Sieges sicher, ging der Drache über den zerwühlten Boden an den Platz, an dem Konrad von Wartenberg noch immer lag. Und wie seine Gefährten fasste er den toten Körper mit seinen Klauen, schwang sich in die Luft und folgte den davonfliegenden Drachen, bis auch er nur noch ein dunkler Punkt am Himmel war, der schließlich verschwand.

Fassungslos und verzweifelt blickte Suna über die weite Mulde und die toten Körper der Drachen und Pferde. Es war so still, dass sie nichts als ihren eigenen keuchenden Atem hörte. Langsam senkte sich der Staub und bedeckte die toten Leiber mit Schleiern der Gleichgültigkeit und des Vergessens.

Plötzlich hörte sie ein unerwartetes Stöhnen und Fluchen, und sie erkannte die Stimme Pero Tafurs. Suna sprang auf und lief, so schnell sie konnte, zu dem Drachen, der den Ritter unter sich begraben hatte. Da sah sie Pero Tafur, der sich schon halb unter dem Leib des toten Tieres hervorgearbeitet hatte. Sie zog und zerrte an ihm, bis er sich ganz befreien konnte.

«Uff», stöhnte der Ritter, dem zwar deutlich anzusehen war, dass er sich fragte, warum Suna hier war, der aber kein Wort darüber verlor. «Ich habe das Gefühl, platt wie eine Flunder zu sein. Einen Augenblick dachte ich schon, es ist aus mit mir.» Dann sah er das Gesicht Sunas, in dem immer noch das Entsetzen stand, und er wurde sich wieder bewusst, wo er sich befand. Erschrocken sah er sich um und fragte: «Wo sind sie?»

«Wenn du die Drachen meinst, die sind weg», antwortete Suna mit zitternder Stimme. «Und wenn du die … anderen meinst, die sind … die sind … tot. Und die Drachen haben alle mitgenommen und …» Suna brach in Tränen aus.

Pero Tafur erhob sich mühsam und nahm sie tröstend in die Arme. «Wo ist Wulf?», fragte er.

Suna nickte in Richtung der Felsen, und langsam gingen sie dorthin, wo sie Wulf zurückgelassen hatte. Pero Tafur untersuchte ihn kurz und sagte, nur halbwegs erleichtert: «Er lebt. Aber er hat eine üble Wunde erwischt. Tu für ihn, was du kannst, Suna. Ich bin hoffentlich bald wieder zurück.»

«Was hast du vor?», fragte Suna.

«Ich will sehen, ob ich herauskriegen kann, wo die Drachen unsere Leute hinbringen», erwiderte Pero Tafur.

«Aber die sind doch längst über alle Berge», sagte Suna zweifelnd. «Und wir haben keine Pferde mehr.»

«Ich will es trotzdem versuchen», entgegnete Pero Tafur eigensinnig und wandte sich ab. Und Suna konnte nur über die Zähigkeit staunen, die dem Ritter die Kraft gab, über die weite Mulde zu laufen. Nicht lange, und er verschwand zwischen den Felsen. Mit einem Seufzer bemühte sich Suna um ihren Vater.

«Und was dann geschah, wisst ihr ja alle», beendete Suna ihren Bericht. «Einige Zeit später sah ich plötzlich einen Drachen auftauchen, und bei ihm war Floh. Entschuldige, Florin, ich sag's auch nie wieder. Und weil ich dachte, dass Florin in Gefahr ist, habe ich geschossen. Tja, und das war's. Nun sind wir hier. Und wie soll's weitergehen?» Doch darauf wusste ihr keiner eine Antwort zu geben.

«Wie war es nur möglich, dass die Tarasker so blind in die Falle gelaufen sind?», fragte Florin nach einer Weile des

Schweigens. «Sie mussten doch jeden Augenblick mit einem Angriff rechnen? Warum haben sie die Drachen, die auf den Felsen saßen, denn nicht gesehen?»

«Aber sie saßen nicht einfach nur so auf den Felsen», verteidigte sich Pero Tafur. «Sie waren da und nicht da. Einfach unsichtbar. Als wären sie Felsen. Und erst als sie uns angriffen, wurden aus den Felsen auf einmal Drachen. Ich weiß ja auch nicht, wie das möglich war!»

«Aber ich kann es euch sagen», hörten sie plötzlich eine erstickte Stimme sagen. «Ihr konntet sie nicht sehen, weil sie die Gestalt von Felsen angenommen hatten.»

Sie fuhren herum und sahen verblüfft auf Ulysses, der sie ruhig anblickte.

«Ulysses, Hurra!», rief Florin, sprang auf die Beine und warf sich dem Drachen an den Hals. «Ich habe mir solche Sorgen um dich gemacht. Ich dachte schon, du würdest sterben.»

«Wenn ihr nicht bald dieses Seil von meinem Hals losbindet, dann könnte das durchaus geschehen», brummte der Drache mit noch immer erstickter Stimme. «Ich bekomme ja kaum Luft.»

«Schnell!», sagte Florin. «Helft mir!» Und er sah sich nach den Drachenrittern um. Doch obwohl er ihnen so viel von Ulysses erzählt hatte, sahen diese voll Argwohn auf den erwachten Drachen, und Pero Tafur hatte Wulf vorsichtshalber ein gutes Stück weit von ihm fortgezogen. Aber auf Florins Bitte hin fasste er sich und half ihm, das Seil aufzuknoten und es dem Drachen abzunehmen.

«Das tut gut», sagte Ulysses mit einem tiefen Seufzer.

«Er … er kann ja sprechen», stammelte Pero Tafur.

«Ja, natürlich», wunderte sich Florin. «Ich habe es euch doch gesagt.»

«Na ja, davon hören und selber hören ist halt doch ein Unterschied», brummte Pero Tafur, und er wandte sich an Wulf: «Ich glaube, ich fange auch schon an, an diese Geschichten zu glauben.»

Indessen hatte Florin vorsichtig das blutige Stoffbündel von Ulysses' Hals gelöst. Mit einem Überraschungsschrei trat er einen Schritt zurück.

«Was ist denn?», fragte Suna und trat besorgt neben ihn.

«Die … die Wunde», stammelte Florin. «Sie … sie ist … weg.»

Suna starrte verblüfft auf den Hals des Drachen, und auch Pero Tafur trat hinzu und staunte nicht weniger. Von der klaffenden Wunde war keine Spur mehr zu entdecken. Die Schuppe, in der der herausgezogene Pfeil noch vor kurzem ein großes, blutendes Loch hinterlassen hatte, schien unversehrt.

«Da brat mir doch einer 'nen Storch», knurrte Pero Tafur und kratzte sich am kantigen Schädel.

«Ulysses, wie ist das möglich?», fragte Florin. «Du hast doch so stark geblutet. War das nur eine Täuschung? Bist du unverwundbar?»

«Nein», erwiderte der Drache. «Ich bin nicht unverwundbar. Ich bin genauso verletzlich und sterblich wie ihr. Aber wir Drachen wissen viel von den Kräften der Heilung, die in uns schlummern. Und solange wir nicht tot sind, können wir sie wachrufen, und unsere Wunden schließen sich. Doch wenn ihr mich nicht verbunden hättet, wäre ich verblutet und gestorben. So aber konnte ich wieder genesen. Ich danke euch dafür.»

«Mir müsst Ihr wohl kaum danken», sagte Suna betreten. «Ich habe Euch ja schließlich so verwundet. Dankt lieber Florin. Er hat Eure Wunde verbunden. Und auch die Wunde meines Vaters.»

«Ich weiß, was geschehen ist», meinte Ulysses. «Ich habe alles mit angehört. Ich will mir die Wunde deines Vaters einmal ansehen.»

«Kannst du aufstehen?», fragte Florin besorgt.

Doch statt einer Antwort richtete sich der Drache langsam auf und stand bald wieder fest auf seinen Beinen. Dann sah er Florin dankbar an und sagte: «Du hast wirklich gut auf mich aufgepasst, kleiner Freund.»

Ulysses ging zu Wulf, der ihm ruhig und furchtlos entgegensah. Florin band mit Sunas Hilfe den Lederriemen auf und löste vorsichtig den Verband. Sogleich begann die Wunde wieder zu bluten.

«Ihr müsst mir helfen», sagte Ulysses zu Wulf. «Lenkt die Kraft Eurer Gedanken auf Eure Wunde. Dann will ich sehen, was ich für Euch tun kann.»

Wulf nickte und schloss die Augen. Der Drache beugte sich über den Ritter und streckte sanft eine seiner Klauen gegen ihn aus, bis er die Wunde mit einer Kralle berührte. Vorsichtig fuhr er mit dieser über die Wunde, und der Blutstrom versiegte und kam schließlich ganz zum Stillstand.

«So, nun verbindet ihn wieder», sagte Ulysses und richtete sich auf. «Die Wunde ist nicht tief. Und Ihr seid ein starker Mann. Ihr werdet bald wieder gesunden. Doch noch müsst Ihr Euch schonen. So rasch wird aus einem Menschen kein Drache. Ich fürchte, Ihr werdet eine hübsche Narbe davontragen.»

Wulf sah den Drachen dankbar an und lächelte schwach. «Wie soll es nun weitergehen?», fragte er leise.

«Zuerst einmal müssen wir bald hier weg, bevor die Sirrusch zurückkehren, um ihre gefallenen Gefährten zu holen», meinte Ulysses. «Und dann ist es wohl an euch zu entscheiden, was als Nächstes geschehen soll. Meine Aufgabe ist es, so vicl wic möglich über die Pläne der Sirrusch zu erfahren, und ich habe das Gefühl, schon sehr viel gehört zu haben, was dem Rat der Garuda berichtet werden kann. Doch ich bin noch unentschlossen, ob ich schon zurückkehren soll. Obwohl es für Eure Genesung wohl das Beste wäre.»

«Wir können unsere Gefährten nicht im Stich lassen», entgegnete Wulf. «Noch wissen wir nicht mit Bestimmtheit, ob sie tot sind. Und selbst wenn, ist es unsere Pflicht, ihre Körper in unsere Welt zurückzubringen und sie dort zu begraben.»

«Ich glaube nicht, dass sie tot sind», meinte Florin. «Warum sonst hätten die Sirrusch die Tarasker mitnehmen sollen?»

«Vielleicht um sie … zu fressen», sagte Pero Tafur, und es fiel ihm nicht leicht, diesen Gedanken auszusprechen.

Florin schüttelte heftig den Kopf. «Nein, nein, Drachen sind keine Kannibalen.»

«Die Garuda vielleicht nicht, aber die Sirrusch …?», entgegnete Pero Tafur zweifelnd. «Sie wissen doch gar nicht, wer wir sind.»

«Doch, sie wissen es», sagte Ulysses. «Sie wissen es mit derselben Gewissheit wie die Garuda. Die Stimme des Blutes ist stark in euch, und außerdem hat das Drachenschwert eine deutliche Sprache gesprochen. Aber wie auch immer, ich glaube, dass Florin Recht hat. Die Tarasker sind nicht tot, und was auch immer die Sirrusch mit ihnen vorhaben, fressen werden sie sie nicht.»

«Aber warum haben sie unsere Leute dann mitgenommen?», fragte Suna. «Was ist überhaupt geschehen? Was war das für ein Flammenritter, der alle Tarasker so leicht besiegt hat?»

«Und was waren das für Flammen, von denen Suna erzählt hat?», fragte Florin. «Ich meine die, die aus den Augen des großen schwarzen Drachen gekommen sind? Wer war das überhaupt?»

«Der große Drache war der Khras, der Fürst der Sirrusch, von dem ich dir erzählt habe», sagte Ulysses.

«Der Abtrünnige, der dir und dem Meister so viel angetan hat?», stieß Florin hervor.

«Ja», antwortete Ulysses. «Und viel mehr weiß ich auch nicht. Alles andere kann ich nur vermuten. Ich wünschte, der Meister wäre hier.»

«Glaubst du, dass es Drachenfeuer war?», fragte Florin.

«Nein», erwiderte Ulysses. «Niemals. Selbst der Khras

kann das zweifache Siegel nicht lösen. Überlege doch! Wenn die Sirrusch das Drachenfeuer wieder besäßen, würden sie es dann nicht im Kampf einsetzen? Doch auch gegen die Tarasker hat keiner der Sirrusch Feuer gespien. Nein, das Drachenfeuer war es nicht. Zumindest nicht das, was aus den Augen des Khras kam. Doch bei dem Flammenritter mag dies anders sein.»

«Wie meint Ihr das?», fragte Wulf.

«Ich will versuchen, euch das, was ich mir dazu denken kann, zu erklären», meinte Ulysses. «Dabei ist es wichtig, all die Tatsachen, die wir kennen, zusammenzufügen und daraus ein Bild zu formen. Was also wissen wir? Wir wissen, dass der Wartenberger das Drachenschwert getragen hat und dass dieses Schwert, das im Drachenfeuer geschmiedet worden ist, einen Teil dieses Feuers in sich geborgen hat. Doch nur ein Mensch kann ein Schwert führen. Ein Drache ist dazu nicht fähig.»

«Aus einem Drachen wird halt so schnell kein Mensch», meinte Pero Tafur und grinste.

Ulysses lachte leise. Dann fuhr er fort: «Das Feuer, das aus den Augen des Khras kam, kann kein Drachenfeuer gewesen sein. Aber wenn die Drachen dieses Feuer auch nicht mehr besitzen, so stehen ihnen doch andere Waffen zur Verfügung. Noch können Drachen sich mit ihren magischen Fähigkeiten die Kräfte der Natur zu Eigen machen. Auch wenn es ein Frevel ist, sie zu missbrauchen. Doch der Khras wird vor keinem Frevel zurückschrecken. Nennt es also ein magisches Feuer, dessen sich der Khras bedient hat, um das Feuer des Schwertes für sich zu gewinnen. Das aber ist noch nicht alles. Das Feuer des Khras und das Feuer des Schwertes sind eins geworden, und sie haben nach dem Körper des Wartenbergers gegriffen. Und als die Flamme wieder von ihm abließ, da formte sich ihm gegenüber ein brennendes Spiegelbild, die Gestalt eines Flammenritters mit einem feurigen Schwert. Und mit jedem Schlag, den der Mensch gegen sein flammendes Spiegelbild führte, verlor er mehr von seiner Kraft, bis er seinem Gegner hilflos unterlag.»

«Deshalb also ist das Drachenschwert erloschen», sagte Wulf. «Weil der Drache, dieser Khras, die Flamme des Schwertes gestohlen hat.»

«Ja», erwiderte Ulysses. «Doch es war nicht nur das Feuer des Schwertes, das er genommen hat. Auch die Kraft des Menschen ging in die Flamme über, und aus ihr formte sich der Khras ein Ebenbild, einen Mittler.»

«Einen Mittler?», fragte Pero Tafur verständnislos. «Was meint Ihr damit?»

«Denkt daran, was ich gesagt habe», antwortete Ulysses. «Nur ein Mensch kann ein Schwert führen. Und darum muss sich der Khras einen Mittler aus der Kraft geschaffen haben, die er dem Ritter genommen hat, einen Mittler, der an seiner Stelle das brennende Schwert führt, wenn auch von seinem Willen und seiner Kraft gelenkt.»

«Aber das erklärt noch nicht, warum die Drachen unsere Gefährten mitgenommen haben», wandte Wulf ein.

«Der Khras ist stark», entgegnete Ulysses. «Doch die Stärke, die nötig ist, um die Magie des Flammenritters aufrechtzuerhalten, muss auf Dauer auch seine Kraft übersteigen. Er kann diese Gestalt nicht am Leben erhalten, wenn er diese Kraft nicht aus einer anderen Quelle schöpfen kann.»

«Du meinst, aus den Drachenrittern?», fragte Florin. «So wie aus einer Art menschlicher Batterien.»

«Ich weiß nicht, was das ist, Batt … Batterien, aber ich nehme an, dass es so etwas wie Quelle bedeutet», sagte Ulysses. Florin nickte.

«Also leben sie wirklich noch», meinte Wulf. «Und ich kann sogar hoffen, dass auch mein Vater nicht tot ist. Aber was geschieht mit ihnen? Was wird aus ihnen, wenn ihnen die Kraft entzogen wird? Es ist doch sicher gefährlich für sie?»

«Ja», antwortete Ulysses. «Wenn das, was ich gesagt habe, stimmt, dann schweben sie in großer Gefahr. Denn diese Kraft ist ihre Lebenskraft. Und wenn die Kraft in ihnen ausgeschöpft worden ist, dann werden sie sterben.»

«Aber warum tun die Feuerdrachen das?», fragte Suna. «Was hat der Khras im Sinn?»

«Dieser Flammenritter ist eine Waffe, der die Garuda nichts entgegenzusetzen haben», erwiderte Ulysses. «Keine Grenze wird ihm standhalten können. Das letzte Tal der Erddrachen wird untergehen und mit ihm das Volk der Garuda. Und dann gibt es keine Wächter mehr, die das Tor zur Welt der Menschen schützen können. Der Khras wird nicht zögern, diese Welt wieder zu betreten und den alten Traum der Sirrusch wahrzumachen, die Eroberung der Zwillingswelt.»

Einen Augenblick schwiegen alle betroffen. Dann sagte Wulf mit fester Stimme: «Dann gibt es keinen Zweifel mehr daran, was wir zu tun haben. Wir müssen unsere Gefährten befreien. Dann ist es aus mit diesem Flammenritter.»

«Aber wir können doch die Sirrusch nicht allein angreifen?», sagte Florin entsetzt. «Können wir denn nicht die Garuda holen, damit sie uns helfen?»

«Was würde uns das nützen?», entgegnete Wulf. «Das würde nur den Untergang der Erddrachen beschleunigen. Du hast doch gehört, dass sie dem Flammenritter unterlegen sind. Nein, die einzige Chance, die wir haben, ist die Heimlichkeit. Der Khras weiß nichts von uns. Und selbst wenn er gemerkt hat, dass einige entkommen sind, so wird er in uns keine Gefahr für seine Pläne sehen. Solange er sich in Sicherheit wiegt, ist er verletzlich.»

Alle sahen den verwundeten Ritter voll Achtung an, und Pero Tafur murmelte: «So was kann nur Konrads Sohn sagen. Donnerwetter!»

«Ich kann Euch nur zustimmen», meinte Ulysses. «Lasst uns also gleich aufbrechen. Es ist noch weit bis zum Vulkan Rasul und bis nach Kal-Schergat, dem Drachenheim der Sirrusch. Und ich werde nicht fliegen können.»

«Das wird ja ein ganz schöner Fußmarsch», stöhnte Pero Tafur. «Glaubst du, dass du es schaffen kannst, Wulf?»

«Ihr müsst nicht laufen», sagte Ulysses. «Ich kann euch gerne tragen.»

«Sind wir denn nicht zu schwer für Euch?», fragte Pero Tafur überrascht.

Doch statt einer Antwort gab ihm Ulysses nur einen leichten Klaps mit dem Flügel, der den bulligen Ritter wie ein Spielzeug umwarf und einige Meter über den Boden kugeln ließ. Pero Tafur erhob sich mühsam und klopfte sich den Staub an. «Ich meinte ja nur», brummte er. «Auf jeden Fall, mir reicht's. Für heute bin ich genug von Drachen herumgeschubst worden.»

Sie lachten, und Ulysses half ihnen, auf seinen Rücken zu steigen. Zuvorderst saß Florin, dann folgte Suna vor Wulf und Pero Tafur, der missmutig vor sich hin knurrte.

Ulysses lief über die weite Mulde und suchte sich rasch einen Weg zwischen den Felsen. Noch einen letzten Blick warfen sie auf das Schlachtfeld, auf dem das Blut um die toten Drachen und Pferde schon trocknete. So schnell waren die Hoffnungen der Drachenritter hier zerschlagen worden, und ihre Träume hatten sich als leeres Trugbild erwiesen. Doch wenn sie auch ihren Traum verloren hatten, so galt es jetzt, wenigstens zu verhindern, dass es sie auch noch ihr Leben kostete.

TEIL SECHS

Kal-Schergat

Der Tag war schon weit fortgeschritten, als sie die Talmulde verließen. Jetzt wäre es besser gewesen, auf der Westseite der großen Ebene zwischen den Felsen zu sein, denn dorthin fielen zu dieser Stunde die Schatten der Berge. Doch dafür hätten sie den ganzen Weg wieder zurückgehen müssen und dabei viel Zeit verloren. Also mussten sie ihre Hoffnung auf den Schutz der hohen Felsen setzen und auch darauf, dass die Sirrusch nichts von ihrem Kommen ahnten.

Aufmerksam beobachteten sie den Himmel. Zweimal kreiste ein dunkler Fleck in großer Höhe, der langsam tiefer schwebte und die Ebene abzusuchen schien. Doch jedes Mal gelang es Ulysses, rechtzeitig in Deckung zu gehen und sich vor den Blicken der Späher zu verbergen. Immer näher kamen sie dem großen Vulkan, und immer höher erhob sich dieser über ihnen. Bald tauchten sie in den tiefen Schatten ein, den die dichte Rauchwolke, die aus dem Vulkan aufstieg, wie ein dunkles Dach bis weit hinein in die Ebene warf. Als sie die ersten Ausläufer des Vulkans erreichten, tat sich ihnen zur Seite ein Felsspalt auf, in den Ulysses nach kurzem Zögern einschwenkte.

«Warum nimmst du diesen Weg?», fragte Florin mit gedämpfter Stimme.

«Diese Schlucht führt an einen Ort, von dem aus man einen guten Blick auf die Eingänge zu den Höhlen von Kal-Schergat hat», antwortete Ulysses.

«Warst du denn schon mal hier?», fragte Florin.

«Nein», erwiderte Ulysses.

«Woher weißt du das denn?»

«Der Meister ist einige Male hier gewesen», antwortete Ulysses. «Vor … dem Unglück.»

«Und du bist sicher, dass er sich gut … erinnern konnte?», fragte Florin besorgt.

«Ganz sicher», entgegnete Ulysses. «Ich habe alles wiedererkannt.»

«Moment, ich dachte, du bist nie hier gewesen», sagte Florin. «Wie kannst du da etwas wiedererkennen?»

«Ich habe die Gedanken des Meisters gelesen und die Bilder seiner Erinnerung gesehen», antwortete Ulysses. «Darum ist es so, als wäre ich selber hier gewesen.»

«Also ich wäre gar nicht begeistert, wenn mir jemand in den Schädel gucken könnte», brummte Pero Tafur von hinten. «Das muss doch ganz schön unangenehm sein, wenn man jederzeit … äh, belauscht werden kann.»

«So mag es für die Menschen sein», entgegnete Ulysses. «Die Menschen haben Geheimnisse voreinander, Gedanken, die sie vor anderen Menschen verbergen wollen. Wir Drachen haben nichts voreinander zu verbergen.»

«Na, ich weiß nicht», meinte Pero Tafur. «Und die Sirrusch? Ich glaube kaum, dass die euch ihre Gedanken gerne preisgeben.»

«Ich sprach nur von den Garuda», gab Ulysses zu. «Die Gedanken der Sirrusch sind uns allerdings verschlossen.»

«Du kannst ihre Gedanken also nicht lesen?», fragte Florin.

«Doch, wenn sie es erlauben würden, dann schon», erwiderte Ulysses. «Alle Gedanken sind zugänglich, wenn der andere dies zulässt.»

«Aber du könntest sie doch sicher heimlich belauschen», meinte Florin.

«Nein, sie würden es merken», sagte Ulysses. «Ein Drache spürt sogleich, wenn ein anderer seine Gedanken berührt. Das wäre so, als würde ich bei den Sirrusch laut anklopfen. Ich denke, es ist besser, wenn wir das bleiben lassen.»

Die schmale Schlucht hatte sie weit in die Berge hinaufgeführt. Im Schutz der hohen Felsen fühlten sie sich sicher vor den Blicken der Feuerdrachen. Und dies erst recht, als die Felsen über ihnen immer näher zusammentraten und sich zu einer lang gestreckten Höhle schlossen. Am anderen Ende der tiefen Höhle sahen sie ein Licht, auf das Ulysses zielstrebig zuhielt. Bald standen sie an einer Öffnung, die wie ein großes Fenster den Blick freigab.

Ulysses ließ seine Reiter absteigen, und vorsichtig näherten sie sich der Felsöffnung. Wie Ulysses gesagt hatte, erwies sich dieses Fenster als ein großartiger Ausguck, von dem aus sie einen ungehinderten Blick auf den Vulkan hatten. Sie mussten sich etwa im Nordosten des Rasul befinden, sodass sie die ganze Nordseite und einen Teil der Ostflanke überblicken konnten. Die Eingänge zu den Höhlen von Kal-Schergat befanden sich in Sichtweite etwas unterhalb ihres Ausguckpostens.

Die Dämmerung hatte begonnen. Die Sonne versank hinter den Bergen und sandte ihre letzten Strahlen wie tastende Finger durch die gelbschwarzen Schwaden, die über die schroffen Hänge des Rasul glitten. Es war ein gespenstischer Anblick, der noch durch den feurigen Schein verstärkt wurde, der aus den Eingängen von Kal-Schergat fiel. In der zunehmenden Dunkelheit erschienen die leuchtenden Höhlenöffnungen wie die zahlreichen glühenden Augen des Rasul. Und über allem schwelte der rötliche Schein des Vulkankraters, der die schwarze Rauchwolke über sich in der einbrechenden Nacht in Brand zu setzen schien. Hin und wieder sahen sie die dunkle, massige Gestalt eines Drachen aus einem der Höhleneingänge treten. Nur wenige flogen davon, die meisten wechselten nur in eine andere Öffnung.

«Was nun?», flüsterte Suna. «Wo sind die Tarasker?»

«Ich weiß es nicht», antwortete Ulysses. «Aber sicher nicht im Innern des Vulkans, sondern in einer der äußeren Höhlen. In der Tiefe wäre es zu heiß für sie. Nur die Sirrusch können die Feuer der Tiefe ertragen.»

«Sollen wir hinabsteigen und uns zu den Höhlen schleichen?», fragte Suna.

«Für einen Abstieg ist es jetzt zu dunkel», sagte Wulf. «Ich denke, es ist am besten, wenn wir abwechselnd wachen und die Sirrusch beobachten. Vielleicht erfahren wir so, wo unsere Gefährten gefangen gehalten werden. Wer nicht mit der Wache dran ist, sollte etwas essen und schlafen.»

«Ich übernehme die erste Wache», sagte Pero Tafur. «Ruht ihr euch aus. Hier, nehmt meinen Beutel. Viel an Vorräten ist uns nicht geblieben. Wir sollten das, was wir haben, miteinander teilen und sparsam damit umgehen.» Sie machten es sich so gut wie möglich auf den harten Felsen bequem und fanden sogar einiges Laub, das ein gnädiger Wind hier angesammelt hatte und auf das sie Wulf betten konnten. Brennholz für ein Feuer hatten sie nicht, und es wäre auch viel zu gefährlich gewesen, eines zu entzünden. So rückten sie dicht an Ulysses heran und konnten sich am Leib des Drachen wärmen.

«Ich hätte mir nie träumen lassen, dass ich einmal vor einem Drachen wie an einem Ofen sitzen würde», meinte Wulf. «Tja, so ändern sich die Dinge. Aber nun lasst uns sehen, was wir an Vorräten haben.»

Sie legten alles nebeneinander, und es zeigte sich, dass einiges zusammenkam. Die Drachenritter konnten haltbares Brot und getrocknetes Fleisch beisteuern, und Florin hatte eine ganze Menge Nüsse, Früchte und Wurzeln, die ihm die Tiere in der Höhle des Meisters geschenkt hatten. Und ihre Feldflaschen waren noch gut gefüllt.

«Aber was machen wir mit dir?», fragte Florin den Drachen. «Für Menschen mag das ja genügen, aber für deinen Magen ist das wohl gar nichts. Aber vielleicht reicht es für dich, wenn wir dir das ganze getrocknete Fleisch geben.»

«Das ist nett von euch, aber nicht nötig», sagte Ulysses. «Ich kann eine ganze Weile ohne Nahrung auskommen. Wir

Drachen brauchen sehr viel weniger zum Leben, als unsere Größe es vermuten ließe. Stell dir vor, dies wäre nicht so. Da gäbe es wohl schon lange kein Wild mehr in der Heimat der Garuda. Nein, behaltet euer Essen für euch selber.»

Schweigend nahmen die Gefährten ihre Mahlzeit zu sich und hörten auf die Geräusche der Nacht, auf das Heulen des Windes, der durch die Höhle fuhr, und das Fallen von Steinen, die über die Felsen in die Tiefe stürzten. Diese wiederkehrenden Stürze von kleinen und kleinsten Steinen gaben der Zeit ihr Maß wie der Pendelschlag einer gewaltigen steinernen Uhr.

Jeder von ihnen hing seinen Gedanken nach. Dann war es Suna, die das Schweigen brach. «Bist du mir böse, Vater?», fragte sie leise.

«Weil du nicht im Lager geblieben bist?», entgegnete Wulf. «Dafür wohl nicht, denn es hat sich als gut erwiesen. Ohne dich wäre ich den Drachen wohl kaum entkommen. Aber ich müsste dir wohl böse sein, weil du Florin mit dir genommen und in Gefahr gebracht hast. Doch selbst das war zu unser aller Vorteil, denn ohne ihn wüssten wir nichts über die Drachen und hätten nicht die Hilfe von Ulysses erhalten.»

«Warum hast du eigentlich mich entführt und nicht Suna? Ich habe noch gar nicht danach gefragt», fiel Florin Wulf ins Wort.

«Als ich dir in der Höhle zum ersten Mal begegnet bin, war mir gleich klar, dass du nicht zu den Taraskern gehörst», antwortete Ulysses. «Natürlich wollte ich möglichst viel von dir in Erfahrung bringen. Ich hatte die Tarasker zwar oft belauschen können, aber es gab Lücken in meinem Wissen von ihren Absichten und Ansichten. Doch es war nicht nur das. Ich hatte die Hoffnung, dass du meinen Worten glauben würdest. Eine der Tarasker wie Suna dagegen hätte zu viele Vorurteile gehabt, und ich wäre nur auf taube Ohren gestoßen.»

«Danke für das Kompliment», meinte Suna und verzog das Gesicht. «Aber ich fürchte, dass Ihr Recht habt.»

«Und doch wäre es für Florin sicher besser gewesen, wenn er Tiamat gar nicht erst betreten hätte», sagte Wulf.

«Da bin ich aber auch selber schuld dran», meinte Florin. «Schließlich habe ich mich in euer Lager geschlichen.»

«Das ist wahr», seufzte Wulf. «Eines kommt aus dem anderen. Und was daraus wird, wissen wir erst, wenn es vorbei ist.»

«Und zweifelst du immer noch an mir, Vater?», fragte Suna.

Da fasste Wulf ihre Hand und sagte: «Du meinst, weil ich wollte, dass du im Lager bleibst? Nein, Suna, ich habe nie an dir gezweifelt. Ich weiß, wozu du fähig bist. Im Kampf gegen die Sirrusch hast du deinen Mut mehr als bewiesen. Aber all deine Tapferkeit und Kraft können mir die Sorge um dich nicht nehmen. Und das Versprechen, das ich deiner Mutter gegeben habe, nicht aufheben. Verstehst du das, Suna? Verstehst du, dass ich nur nicht will, dass dir etwas zustößt?»

«Ja, Vater», sagte Suna und legte seine Hand an ihre Wange. «Aber wir gehören nun einmal zusammen. Ich bin sicher, dass … Mutter gewünscht hätte, dass wir zusammenhalten. Glaubst du denn, ich mache mir weniger Sorgen um dich? Glaubst du, es wäre ein weniger schrecklicher Gedanke für mich, dass dir etwas zustoßen könnte? Ich bin kein Kind mehr.»

Wulf sah sie an, als würde er eine ganz neue Suna vor sich sehen. «Du hast Recht, Suna», sagte er. «Ich werde mich wohl daran gewöhnen müssen.»

Schön, dass sie sich wieder vertragen, dachte Florin. Und ihm fielen seine Eltern ein. Wenn er jemals zurückkam, würde ihm wohl einiges bevorstehen. Denn er hatte sich fest vorgenommen, seinen Eltern die Wahrheit zu sagen. Hoffentlich würden sie ihm nicht allzu böse sein. Das stellte er sich schrecklicher vor als jede Strafe.

Um sich abzulenken, stand er auf und trat neben Pero Tafur. «Schon was entdeckt?», fragte er leise. Der Ritter schüttelte nur stumm den Kopf.

Florin blickte auf den Vulkan, dessen Formen in der Dunkelheit kaum noch zu erkennen waren. Die dicke Rauchwolke über ihm ließ das Licht der Sterne und des Mondes nicht durch. Nur dort, wo die Feuer an den Höhleneingängen und an der Spitze des Vulkans schwelten, tauchten Felsen aus dem Dunkel auf. Ein schrecklicher Ort, dachte Florin. So ganz anders als das Tal, in dem die Garuda leben. Wie können diese Drachenvölker bloß so verschieden sein und doch den gleichen Ursprung haben? Eigentlich schade, dass sie sich nicht vertragen. Nun ja, bei uns Menschen ist es nicht viel besser. All die Morde und Kriege. Wahrscheinlich sind wir sogar noch schlimmer.

Langsam ging er zu Ulysses, Wulf und Suna zurück und legte sich zu ihnen. Er war schon beinahe eingeschlafen, als er noch einmal hochschreckte und fragte: «Ulysses? Das, was dieser Khras mit seinen Augen gemacht hat, könntest du das auch? Ich meine, dieses magische Feuer herstellen?»

«Nein», antwortete Ulysses.

«Und der Meister?»

«Der Meister schon», erwiderte Ulysses. «Aber es würde Jahre dauern. Auch der Khras muss sich sehr lange darauf vorbereitet haben. Magie bedarf der langen Vorbereitung. Das geht nicht von einem Augenblick auf den nächsten.»

«Aber du könntest dich doch verwandeln?», fragte Florin. «Zum Beispiel in einen Felsen, wie die Sirrusch.»

«Ja, das könnte ich», erwiderte Ulysses. «Aber auch das braucht seine Zeit. Einen halben oder ganzen Tag vielleicht.»

«Komisch, dass die Sirrusch es rechtzeitig geschafft haben», meinte Florin.

«Nun, sie haben die Drachenritter wahrscheinlich schon entdeckt, als sie die schwarzen Felsen überquerten.»

«Aber sie konnten doch nicht wissen, welchen Weg die Ritter nehmen», wandte Florin ein.

«Warum nicht?», entgegnete Ulysses. «Du hast es ja auch herausgefunden.»

«Obwohl sie ja keine Menschen sind», meinte Florin. «Aber du hast sicher Recht. So schwer war es auch wieder nicht. Schade», fügte er gähnend hinzu. «Wirklich schade, dass du keinen Flammenritter aus dem Hut zaubern kannst. Aber du hast ja … nicht einmal … einen Hut.» Dann fielen ihm die Augen zu, und er schlief ein.

Dunkle Träume begleiteten seinen Schlaf. Als er erwachte und noch eine Weile benommen dalag, ohne seine Umgebung wirklich wahrzunehmen, fiel ihm sein letzter Traum ein. Er war wieder in der Höhle am Ende der Drachenschlucht gewesen. Vor sich hatte er das brennende Tor nach Tiamat gesehen. Aus dem lodernden Feuer hatte sich die Gestalt des Khras gelöst, vor dem der Flammenritter ging. Doch die Hände des Ritters hielten kein Schwert, sondern wurden immer größer und griffen nach Florin, der sich umdrehte und versuchte, den feurigen Händen zu entkommen. Der Weg war immer steiler geworden, und Florin hatte den Rasul erkannt. Schon öffnete sich vor seinen Füßen der Krater des Vulkans, und Florin sah tief unter sich die Feuer der Tiefe. Dann wuchsen ihm plötzlich Flügel. Er breitete sie aus und flog über den Schlund des Vulkans. Doch die Flammen schossen empor, seine Flügel brannten wie trockenes Laub, und er war mit einem Schrei hinabgestürzt und … erwacht.

«Aber er konnte es doch gar nicht wissen», murmelte Florin schlaftrunken.

«Guten Morgen», hörte er die gutmütige Stimme Pero Tafurs. «Bist du schon wach, oder sprichst du im Schlaf?»

Schlagartig war Florin hellwach und wusste wieder, wo er sich befand. Helles Morgenlicht fiel in die Höhle. «Warum habt ihr mich nicht geweckt, damit ich Wache halte?», fragte er.

Pero Tafur strich ihm mit seiner breiten Hand über die Haare und meinte freundlich: «Wir dachten, dass es besser ist, dich ausschlafen zu lassen. Es ging auch so. Ulysses, Suna und ich, wir haben uns die Wache geteilt und dich und Wulf schlafen lassen. Schließlich seid ihr beide im Wachstum.»

Florin sah Pero Tafur fragend an. «Du in die Höhe, und bei Wulf wächst die Wunde zu», sagte dieser scherzend. «Aber was meinst du damit, dass er es nicht wissen konnte? Wer konnte was nicht wissen?»

«Der Khras», antwortete Florin. «Woher hat er gewusst, dass Drachenritter nach Tiamat kommen? Und woher wusste er von dem Drachenschwert? Ulysses hat doch gesagt, dass der Khras viele Jahre gebraucht hat, um das magische Feuer in sich zu erschaffen. Aber wie konnte er sich auf etwas vorbereiten, von dem er gar nicht wissen konnte, dass es geschehen würde?» Und er sah sich fragend nach Ulysses um.

«Wer sagt dir denn, dass er es gewusst haben muss?», erwiderte Ulysses. «Du musst dich hüten, den Anfang mit dem Ende erklären zu wollen.» Und als Florin ihn verständnislos anblickte, fuhr er erklärend fort: «Du glaubst, dass der Khras das magische Feuer allein zu dem Zweck geschaffen hat, um die Kraft der Drachenritter und des Schwertes an sich zu reißen und daraus einen Flammenritter zu erschaffen. Doch wie du richtig gesagt hast, konnte er nicht wissen, dass die Tarasker Tiamat betreten würden. Also sollte das magische Feuer anfangs einem ganz anderen Zweck dienen, und das Auftauchen der Ritter war nur eine willkommene Zugabe, ein … Geschenk des Schicksals, wenn du so willst.»

«Aber was kann er denn sonst mit dem magischen Feuer vorgehabt haben?», fragte Florin.

«Vergiss nicht das eigentliche Ziel der Sirrusch», erwiderte

Ulysses, «die Vernichtung der Garuda. Doch diesem Ziel stellt sich die magische Grenze entgegen, die unser Land schützt. Auch wenn ich gesagt habe, dass unser Untergang schon bald eintreten kann, so habe ich dabei in den Zeitvorstellungen der Drachen gedacht. Es kann noch viele Jahre dauern, bis es den Sirrusch gelingt, uns den Weg zum Meer zu verschließen. Das mag dem Khras zu lange erschienen sein. Und darum hat er sich die Waffe des magischen Feuers geschaffen.»

«Aber wie soll das denn funktionieren?», wandte Pero Tafur ein. «Ohne Flammenritter?»

«Vergesst für einen Augenblick den Flammenritter und stellt euch vor, dass die Drachenritter nie nach Tiamat gekommen wären», entgegnete Ulysses. «Ihr habt die Wirkung seines feurigen Blickes gesehen. Wie mit einer Hand hat sie nach der Kraft eines anderen Wesens gegriffen und diese in sich aufgenommen.»

«Ihr meint also, dass sein Blick imstande ist, jede Kraftquelle … anzuzapfen … entschuldigt, in sich aufzunehmen», sagte Wulf nachdenklich. «Etwa auch die Kraft, die euer Land beschützt?»

«Ja», antwortete Ulysses. «Diese und auch die Kraft der Garuda. Dass zu dieser Waffe noch der Flammenritter hinzugekommen ist, macht sie nur schrecklicher und wird den Untergang der Garuda noch beschleunigen.»

«Das ist ja eine schöne Bescherung», seufzte Florin. «Aber können die Garuda sich denn nicht mit etwas wehren, was so stark ist wie dieses magische Feuer?»

«Vielleicht», sagte Ulysses. «Doch ist es nicht die Art der

Garuda, sich der Kräfte der Natur als Waffe zu bedienen. Es ist ein Frevel, der uns fremd ist. Und jetzt ist es zu spät dafür.»

In diesem Augenblick rief Suna, die am Felsenfenster Wache hielt: «Kommt schnell her! Ich glaube, da unten tut sich was.»

Sie eilten zu Suna, auch Wulf, der sich auf Pero Tafur stützte. Vor den Höhlen sahen sie ein gutes Dutzend der Sirrusch, die sich versammelt hatten. Schon breiteten sie ihre Schwingen aus und flogen davon, in Richtung Norden.

«Was die wohl vorhaben?», brummte Pero Tafur. «Ob das der Beginn des Angriffs auf die Garuda ist?»

«Nein, sonst wäre der Khras bei ihnen», sagte Ulysses. «Sie holen ihre gefallenen Gefährten. Das ist gut. Das ist sehr gut.»

«Warum?», fragte Wulf.

«Das gibt uns Zeit», erwiderte Ulysses. «Denn auch der Khras wird keinen Angriff beginnen, bevor die Gefallenen nicht dem Meer übergeben worden sind.»

«Und wie viel Zeit gibt uns das?», fragte Wulf.

«Bis morgen», antwortete Ulysses. «Die sterblichen Hüllen der gefallenen Sirrusch werden dem Meer bei Sonnenaufgang übergeben, denn der Aufgang der Sonne steht für die Wiedergeburt. So will es der Brauch.»

«Und du bist sicher, dass sich der Khras daran hält?», fragte Florin. «Du hast doch gesagt, dass er vor nichts zurückschreckt.»

«Selbst wenn er den Brauch missachten würde, warum sollte er es tun?», entgegnete Ulysses. «Nichts treibt ihn zur

Eile an. Auch kann ich mir vorstellen, dass er sich seiner Waffe noch nicht ganz sicher ist. Er mag den Flammenritter erst erproben wollen, bevor er den Angriff wagt. Seht doch nur!»

In einer der großen Höhlenöffnungen erschien der Khras, gefolgt von zwei der Sirrusch. Sie stiegen ein Stück weit den Hang des Rasul hinauf. Dann blieben sie vor einem großen Felsblock stehen. Die beiden Begleiter des Khras wälzten den Felsblock zur Seite, und eine hohe Felsöffnung wurde sichtbar. Der Khras trat durch die Öffnung, und die beiden Drachen stellten sich wie Wachposten zu beiden Seiten des Höhleneingangs auf.

«Das muss die Höhle sein, in der unsere Gefährten festgehalten werden», sagte Wulf.

Plötzlich fiel ein grelles Licht aus der Höhlenöffnung, das selbst im Tageslicht deutlich zu erkennen war. Schon nach wenigen Augenblicken trat der Khras wieder ins Freie, vor sich den flammenden Ritter, der an den feurigen Bändern, die aus den Augen des Khras bis zu ihm reichten, wieder wie eine Marionette geführt wurde.

«Was hat er vor?», brummte Pero Tafur.

Die Antwort folgte schnell und unerwartet. Wie auf einen lautlosen Befehl stellten sich die beiden Sirrusch ihrem Herrn entgegen und griffen ihn an. Doch mit beispielloser Grausamkeit traf sie das Schwert des Flammenritters, wieder und wieder. Schon hatte es den beiden Drachen, die ohne Rücksicht auf ihr eigenes Leben den Angriff führten, tiefe Wunden geschlagen, und als sie zu Boden stürzten, trennte der Ritter erbarmungslos Schwingen und Köpfe von ihren zuckenden Leibern. All dies geschah entsetzlich rasch und in beängstigender Lautlosigkeit. Nur ein letztes Röcheln war von den sterbenden Drachen noch zu hören gewesen, bevor ihre Köpfe fielen.

Der Flammenritter löste sich auf, und die Flammen zogen sich in die glühenden Augen des Khras zurück. Aus einer Höhle kamen mehrere Drachen herbei, die den Felsblock wieder vor die Höhlenöffnung rollten und dann die dampfenden Reste ihrer toten Gefährten scheinbar teilnahmslos davontrugen, während der Khras im Innern des Vulkans verschwand.

«Wie schrecklich», flüsterte Suna mit erstickter Stimme. «Was für ein Ungeheuer!»

Florin warf einen Blick auf, Ulysses und erschrak. Der Drache schien zu Stein erstarrt zu sein. Seine aufgerissenen Augen starrten leblos in die Weite, und sein Atem schien stillzustehen. «Ulysses, Ulysses», rief Florin leise. «Was hast du?»

Der Drache wandte ihm den Kopf zu und sah ihn an, als würde er ihn nicht erkennen. Dann fuhr ein Keuchen aus seinem Rachen, und er sagte mit gebrochener Stimme: «Nicht einmal sein eigenes Volk hat er verschont. Niemals hat ein Drache ein solches Verbrechen begangen. Was für ein Schicksal mag mein Volk erwarten?»

«Noch ist die Schlacht nicht geschlagen», entgegnete Wulf mit fester Stimme. «Es wird sich ein Weg finden, den Khras zu besiegen. Doch dürfen wir uns unseren Mut nicht von unserer Angst nehmen lassen.»

Ulysses sah den Ritter dankbar an und sagte: «Ihr habt Recht. Es wird … es muss sich ein Weg finden.»

«Und was jetzt?», fragte Florin, der selber noch ganz blasse Lippen vor Entsetzen hatte.

Wulf sah nachdenklich auf den großen Felsblock, der den Weg zu den Taraskern versperrte. «Da kommen wir nicht durch», meinte er. «Der Fels ist zu schwer für uns, und Ulysses ist zu groß, um ungesehen die Höhle zu erreichen.»

«Dann werde ich mich mal ein wenig umsehen», sagte Pero Tafur. «Vielleicht gibt es noch einen anderen Weg in die Höhle.»

«Gut», stimmte Wulf ihm zu.

«Aber das … das …», stammelte Florin.

«… ist gefährlich, wolltest du wohl sagen», meinte Pero Tafur mit einem Grinsen. «Allerdings ist es das. Doch keine Sorge, der alte Tafur gehört noch lange nicht zum rostigen Eisen.»

Er beugte sich aus dem Felsenfenster und sah in die Tiefe. «Steil, aber machbar», murmelte er und holte sein Seil. Er machte es an einem Felsvorsprung fest und kletterte mit einer Behändigkeit hinab, die Florin dem vierschrötigen Mann, der immerhin Sunas Großonkel war, nicht zugetraut hätte. Schneller als gedacht hatte er den Fuß des Steilhangs erreicht und glitt im Schutz der Felsen durch die Senke, die ihn noch von der Nordostflanke des Vulkans trennte. Dabei nutzte er die Deckung der Felsen so geschickt, dass er selbst für seine Gefährten kaum zu sehen war. Schließlich wandte er sich am Fuß des Vulkans nach Osten, und sie verloren ihn aus den Augen.

«Ich dachte, er will zur Höhle?», wunderte sich Florin. «Warum steigt er denn nicht den Vulkan hoch?»

«Weil er dort zu leicht zu entdecken wäre», antwortete Wulf. «Es ist sicherer, den Vulkan im Osten ein Stück weit zu umrunden, dann an der Ostflanke des Rasul hochzusteigen und die Höhle von oben her zu erreichen.»

«Ganz schön weiter Weg», murmelte Florin.

«Ja», erwiderte Wulf und lächelte. «Wie werden uns wohl oder übel in Geduld fassen müssen.»

Die Wartezeit, die nun folgte, kam Florin endlos vor. Unruhig ging er in der Höhle umher oder versuchte, Pero Tafur zwischen den Felsen zu entdecken. Doch er blieb unsichtbar, und darüber war Florin auch froh, denn wenn sie ihn nicht sehen konnten, würde der Ritter wohl auch nicht von den Sirrusch entdeckt werden.

Nur einmal wurde dieses tatenlose Warten unterbrochen, als die Sirrusch mit den Leibern der gefallenen Drachen zurückkehrten. Je zwei von ihnen trugen einen ihrer toten Gefährten. Sie machten eine kurze Rast, in der sich ihnen weitere Drachen anschlossen, die die Körper, Schwingen und Köpfe der Sirrusch, die der Khras so mitleidlos erschlagen hatte, in ihren Klauen hielten. Bald hoben alle Drachen wieder ab und flogen in einem weiten Bogen um die Westflanke des Vulkans davon.

«Gut, dass sie nicht im Osten um den Rasul geflogen sind», meinte Suna. «Sonst wäre Pero vielleicht entdeckt worden. Wo fliegen sie jetzt hin?»

«Zum Meer», antwortete Ulysses, und es klang sonderbar sehnsüchtig.

Dann schien die Zeit wieder stillzustehen, und nichts geschah, was das eintönige Warten unterbrochen hätte. Erst gegen Mittag stieß Suna einen leisen Schrei aus: «Da! Ich kann ihn sehen!»

Florin warf sich neben sie auf den Fels, und auch Ulysses und Wulf gesellten sich zu ihnen. Tatsächlich sahen sie die kleine Gestalt des Ritters in der Tiefe immer wieder zwischen den Felsen auftauchen und verschwinden. Nicht lange, und er hatte den Steilhang unter ihnen erreicht und zog sich kraftvoll am Seil hinauf. Endlich schwang er sich über den Rand des Felsenfensters und ließ sich auf den Boden fallen. Seine Kleidung und sein Gesicht waren staubbedeckt. Wulf reichte ihm eine Feldflasche, aus der Pero Tafur durstig trank.

«Puh», seufzte er. «Das war ein rechtes Stück Arbeit.»

«Und?», fragte Wulf. «Hast du was entdecken können?»

«Ja», antwortete Pero Tafur und setzte sich auf. «Es gibt noch einen Eingang. Aber es gibt auch ein Problem.»

«Was für ein Problem?», fragte Suna.

«Der andere Eingang ist zu schmal für mich», entgegnete Pero Tafur. «Sogar zu schmal für dich. Nur nicht zu schmal für … tja, für Florin. Wenn überhaupt jemand hindurchpasst, dann er.»

«**D**as kommt überhaupt nicht in Frage», sagte Wulf hitzig. Seit Pero Tafurs Rückkehr ging das Streitgespräch schon eine geraume Zeit lang hin und her.

«Aber was sollen wir denn sonst tun?», fragte Pero Tafur. «Weißt du einen anderen Weg?»

«Ich weiß überhaupt keinen Weg, das ist ja gerade das Schlimme», antwortete Wulf. «Ein Grund mehr, Florin nicht der Gefahr auszusetzen. Du warst bei der Höhle, Pero. Gut. Du hast einen Eingang gefunden. Gut. Wir passen nicht durch diesen Eingang, weil es, wie du sagst, nur ein schmaler Spalt im Fels ist. Schlecht. Doch was hätten wir davon, wenn Florin durch diesen Spalt in die Höhle hinabklettert? Nichts. Wir können mit großer Wahrscheinlichkeit annehmen, dass unsere Gefährten in dieser Höhle gefangen gehalten werden. Wenn der Spalt groß genug wäre, könnten wir vielleicht einige von ihnen herausholen. Selbst diese Chance ist verschwindend klein. Ganz abgesehen davon, dass unsere Gefährten vermutlich nicht bei Bewusstsein sind und wir sie tragen müssen. Aber im Schutz der Dunkelheit mag es uns vielleicht gelingen. Doch der Spalt ist zu klein, also fällt diese Möglichkeit weg. Wir sind nicht klüger oder besser dran als jetzt, wenn Florin in die Höhle klettert.»

Pero Tafur, Suna und Florin sahen niedergeschlagen vor sich auf den Boden.

«Es mag andere Ausgänge geben», sagte in diesem Augenblick Ulysses sanft.

«Andere Ausgänge?», fragte Wulf stirnrunzelnd.

«Lasst euch von dem Felsblock vor der Höhle nicht täuschen», sagte Ulysses. «Er mag die Tarasker nur vor ungebetenen Eindringlingen schützen.»

«Wer sollte das sein?», fragte Wulf erstaunt.

«Die Felsen mögen auf den ersten Blick ohne irgendwelches Leben erscheinen», erwiderte Ulysses. «Aber selbst zwischen diesen Steinen gibt es Pflanzen und Tiere. Räuberische Tiere, die sich bei Nacht hervorwagen. Ich hatte mich zuerst gewundert, dass die Höhle, in der die Tarasker gefangen gehalten werden, überhaupt verschlossen ist. Denn entkommen können sie nicht, das hat der Khras nicht zu befürchten. Also dient der Felsblock nur zu ihrem Schutz.»

«Und die anderen Ausgänge?», fragte Wulf.

«Es mag sein, dass es einen oder mehrere Gänge gibt, die die Höhle mit anderen Höhlen verbinden», antwortete Ulysses. «In der Regel haben alle Höhlen solche Verbindungen.»

«Du meinst Gänge, die ins Innere des Vulkans führen?», fragte Wulf.

Ulyssсs nickte.

«Und du hältst es wirklich für eine gute Idee, Florin da hineinzuschicken?», fragte Wulf ungläubig. «Wo er den Sirrusch über den Weg laufen muss oder in der Hitze verbrennt?»

«Ich weiß, dass es gefährlich ist», entgegnete Ulysses. «Doch nicht alle Gänge werden oft genutzt. Ihr habt ja gesehen, dass der Khras die Höhle von außen betreten hat. Und was die Hitze betrifft, so ist die Höhle recht hoch gelegen und wahrscheinlich weit genug von den Feuern der Tiefe entfernt. Wenn es aber wirklich keinen anderen Ausgang gibt oder keinen, durch den wir die Tarasker aus der Höhle herausholen können, dann kann Florin immer noch durch den Spalt zurückkehren.»

«Und dann?», fragte Suna.

«Darüber lass uns reden, wenn es so weit ist», meinte Pero Tafur. «Bis jetzt bietet sich uns nur diese Chance. Und ich finde, wir sollten sie nutzen. Ich werde schon ein Auge auf den Jungen haben. Und das sieht für zwei, seit sich mein anderes verabschiedet hat.» Er tippte mit dem Finger an die Narbe, die an der Stelle seines rechten Auges zu sehen war. «Was meinst du, Wulf?»

Wulf seufzte. «Ich weiß nicht», meinte er sorgenvoll. «Am liebsten würde ich den Jungen bei seinen Eltern abgeben und dann noch mal von vorne anfangen. Aber das ist ja wohl kaum möglich.»

«Nein, wahrhaftig nicht», sagte Ulysses. «Dazu haben wir keine Zeit mehr. Denn wenn der Khras siegt, wäre Florin auch bei seinen Eltern nicht mehr in Sicherheit. Wer sollte den Khras dann noch daran hindern, eure Welt durch das Tor zu betreten?»

«Na dann», seufzte Wulf und sah Florin an. «Was sagst du dazu?»

«Ich wünschte, diese Sirrusch wären alle wie euer Grendel», meinte Florin. «Maschinendrachen, die man an- und ausschalten kann. Aber die Wirklichkeit hat leider keinen solchen Schalter. Also, worauf warten wir noch?» Pero Tafur schlug Florin kräftig auf die Schulter. «Das ist ein Wort», sagte er aufmunternd. «Und wie die Sache auch ausgeht, mein Junge, ich werde beim Alten ein Wort für dich einlegen, damit wir dich zum Ehrentarasker machen. Hier auf Erden oder … na ja, lassen wir das. Übrigens, Wulf, ich fürchte, da ist noch was, was dir nicht schmecken wird. Ich wäre nämlich froh, wenn Suna mitkommt.»

«Wieso?», fragte Wulf, und sein Gesicht verfinsterte sich. Pero Tafur wies mit der Hand auf den Vulkan. «Siehst du die Höhle?» Wulf nickte. «Darüber ist so etwas wie eine Felsplatte zu erkennen, die wie ein Dach auf der Höhle liegt», fuhr Pero Tafur fort. «Der schmale Spalt, durch den Florin klettern muss, liegt nahe der Stelle, an der die Platte in den Vulkanhang übergeht. Am Hang des Vulkans gibt es genug Felsen, die vor unerbetenen Blicken schützen. Aber wenn ich Florin am Seil hinablasse, kann ich nicht in Deckung bleiben, sondern muss ein Stück weit auf die Platte hinauskriechen. Am besten ist es dann, wenn ich mich flach hinlege. Doch ich kann nicht gleichzeitig auf das Seil und auf meine Umgebung achten. Ich brauche jemanden, der mich warnt, wenn sich Gefahr nähert. Darum Suna.»

«Aber …», stieß Wulf hervor, doch er verstummte sogleich.

«Du bist verwundet, Vater», sagte Suna leise. «Ich weiß, dass du lieber selber gehen würdest. Aber ich verspreche dir, gut auf mich aufzupassen.»

Wulf nickte langsam. Dann wandte er sich wortlos ab und ging ein paar Schritte in die Höhle hinein. Die anderen folgten ihm mit den Blicken. Schließlich blieb er stehen und drehte sich wieder um: «Gut, wir machen es so. Aber Florin muss auf alle Fälle wieder durch den Spalt zurückkehren. Denn selbst wenn er einen anderen Ausgang findet, wissen wir nicht, wo dieser endet. Niemand von uns kann dort auf ihn warten. Er wäre allein auf sich gestellt. Irgendwo, vielleicht weit weg von der Höhle. Es genügt, wenn er versucht, sich die Stelle, an der der Gang ins Freie führt, zu merken.

Wenn es einen solchen Gang überhaupt gibt. Hast du mich verstanden, Florin?»

Florin nickte. Wulf trat zu ihm, legte ihm die Hände auf die Schultern und fragte lächelnd: «Indianerehrenwort?»

«Großes Indianerehrenwort», antwortete Florin so ruhig wie möglich, obwohl er einen ziemlich dicken Kloß im Hals hatte.

«Dann komm», sagte Pero Tafur. «Ich werde dich für den Abstieg auf meinen Rücken nehmen. Halt dich gut fest!»

«Ich werde das Seil halten», sagte Ulysses.

«Und ich werde tatenlos allem zuschauen müssen», seufzte Wulf.

Florin kletterte auf Pero Tafurs breiten Rücken und schlang die Arme um seinen Hals. Dann packte Pero Tafur das Seil, schwang sich vorsichtig über die Felskante und stieg langsam, aber gleichmäßig am Seil in die Tiefe hinab. Kraftvoll stemmte er seine Füße gegen die Felswand, und Florin spürte die gespannten Muskeln des Ritters, an dem nur die Falten im Gesicht und das graue Haar sein wahres Alter verrieten.

Schon nach kurzer Zeit hatten sie den Fuß des Steilhangs erreicht, und der Ritter ließ Florin von seinem Rücken gleiten. Über sich sahen sie Suna, die ihnen behände wie eine Katze folgte. Fast schien es, als würde sie die Wand rückwärts hinablaufen, so rasch kam sie ihnen entgegen. Kaum hatte sie den Boden berührt, als Ulysses das Seil losließ. Suna fing es geschickt auf und rollte es zusammen. Dann folgte sie Pero Tafur, der den Weg zur Höhle ja bereits kannte. Florin nahmen sie in ihre Mitte.

Es war ein beschwerlicher Weg. Solange sie durch die Senke und am Fuß des Vulkans auf seine Ostseite schlichen, mochte es noch gehen, doch als sie nach etwa einer Stunde den Aufstieg begannen, spürte Florin bald, dass seine Beine schwer wurden und er immer mehr außer Atem geriet. Pero Tafur und Suna halfen ihm, so gut es ging. Oft reichten sie ihm eine Hand und zogen ihn zu sich auf einen Felsvorsprung hinauf, und an besonders steilen Stellen nahm ihn Pero Tafur wieder auf den Rücken und zog sich unermüdlich an Felsen hoch, an denen Florin kaum einen Halt erkennen konnte. Er bewunderte Pero Tafur und Suna für ihre Ausdauer und Geschicklichkeit und kam sich selber oft wie ein Hemmschuh vor. Es war nur ein schwacher Trost für ihn, dass er wirklich gebraucht wurde, da ja nur er durch den Spalt passen würde.

Florin achtete kaum auf mehr als auf die Schritte, die vor ihnen lagen. Der Aufstieg schien kein Ende zu nehmen. Doch plötzlich hielt Pero Tafur an, sah sich kurz um und meinte dann leise: «Wir sind hoch genug. Jetzt zurück nach Norden, und dann ist es nicht mehr weit bis zur Höhle. Auf dem Felsband da drüben kommen wir gut um den Vulkan herum.»

Tatsächlich war der Weg, den sie nun gingen, im Vergleich zum Aufstieg ein Kinderspiel. Wie auf einem natürlichen Pfad konnten sie, dicht an den Felshang geduckt, von Deckung zu Deckung huschen. Und bald schon wies Pero Tafur mit der Hand hinab und nickte ihnen viel sagend zu. Zwischen großen Felsbrocken ließen sie sich nach unten gleiten, dann hatten sie ihr Ziel erreicht.

Sie gönnten sich eine kurze Verschnaufpause und sahen

sich aufmerksam um. Wie spät es sein mochte? Florin warf einen Blick auf seine Uhr. Halb vier. Dann lachte er in sich hinein. Es kam ihm irgendwie verrückt vor, hier, mitten in dieser fremden und gefährlichen Welt, auf die Uhr zu sehen, als würde er sonst den Bus verpassen oder zu spät zur Schule kommen. Ach ja, die Schule. Fast sehnte sich Florin danach. Trotz des langen Walters und der Haller-Brüder. Das war alles auf einmal so ... klein, so unwichtig. Und vor denen hatte er sich gefürchtet? Was war das schon im Vergleich zu den Gefahren, die ihm hier drohten?

Pero Tafur reichte eine Feldflasche herum, und sie spülten den Staub aus ihren Kehlen. Dann schraubte der Ritter die Flasche zu und flüsterte: «Kein Drache weit und breit zu sehen. Also los!» Er band Florin ein Ende des Seils um den Bauch und sagte leise: «Siehst du da vorne den dunklen Schatten?»

Florin nickte.

«Das ist der Spalt, durch den du in die Höhle reinkommst. Leg dich flach auf den Boden, Junge, und kriech dahin. Ich komme dicht hinter dir her.»

«Viel Glück, Florin», flüsterte Suna. «Und keine Sorge, ich werde die Augen gut offen halten.»

Florin atmete tief durch, dann legte er sich hin und begann, flach an den Stein gepresst, über den Boden zu kriechen. Pero Tafur folgte ihm nahezu lautlos. Ein Meter, zwei Meter, drei, da, der Spalt. Florin schob den Kopf über den Rand des schmalen Spaltes und blickte hinein. Laut hörte er sein Herz klopfen. Es war stockfinster in der Höhle.

Pero Tafur schob sich neben ihn und sagte kaum hörbar: «Daran habe ich gar nicht mehr gedacht. Hast du Feuer?»

«Ja», hauchte Florin. «Aber ich habe noch was viel Besseres. Eine Taschenlampe.» Und vorsichtig nahm er seinen Rucksack ab und holte sie hervor.

«Sehr gut», flüsterte Pero Tafur. «Wenn du unten bist, warte noch, bis du das Seil losbindest. Schau dich erst ein bisschen um. Wenn du etwas siehst, was dir gefährlich erscheint, oder wenn es keinen anderen Ausgang gibt, dann zieh am Seil, damit ich dich rausholen kann. Wenn aber alles so läuft wie geplant und du einen Gang entdeckst, dann binde das Seil los und pfeife. Kannst du pfeifen?» Florin nickte. «Also, du pfeifst, und ich hol das Seil hoch. Hier, nimm diesen Stein. Mit dem kannst du Zeichen für den Rückweg machen, damit du dich nicht in den Gängen verirrst. Wenn du zurück bist pfeifst du wieder. Ich werde ganz in der Nähe zwischen den Felsen auf dich warten. Alles klar?» Florin nickte wieder. «Dann mach's gut. Ich werde dir den Rucksack nachreichen. Nur für alle Fälle. Man weiß ja nie.»

Florin sah ihn dankbar an. Er hätte seinen Rucksack nur ungern zurückgelassen. Irgendwie war er das letzte bisschen Zuhause, das er noch bei sich hatte. Wie mein Schneckenhaus, dachte er.

Dann war es so weit. Florin nahm die Taschenlampe fest in die Hand und ließ sich kopfüber in den finsteren Spalt hinabgleiten. Es war eng, sehr eng, aber er blieb nicht stecken. Dennoch biss er die Zähne so fest zusammen, dass sie knirschten. Plötzlich fassten seine Hände ins Leere. Er war durch die Felsdecke durch. Florin ließ seine Taschenlampe aufleuchten und erkannte den Boden tief unter sich.

«Kannst du was sehen?», flüsterte Pero Tafur von oben.

«Ja, ich hab den Boden gesehen», antwortete Florin mit belegter Stimme.

«Sei jetzt vorsichtig», sagte Pero Tafur. «Lass dir Zeit, wenn du dich aus dem Spalt ins Leere hinablässt. Es wird ein bisschen schaukeln.»

«Ist gut», erwiderte Florin und hoffte, dass es nicht zu lange dauerte. Der Druck des Blutes in seinem Kopf wurde allmählich unangenehm.

Pero Tafur ließ ihn ganz langsam, Stück für Stück, hinabsinken. Als er nur noch bis zu den Oberschenkeln im Fels steckte, schob Florin die Taschenlampe fest unter seinen Gürtel, stützte sich mit den Händen an der Decke ab und zog die Beine an. Als seine Füße ins Freie stießen, wurde sein Kopf sogleich aufwärts gedrückt, doch er konnte den Schwung mit den Händen abfangen.

«Greif noch mal nach oben», hörte er Pero Tafur sagen. «Dann kann ich dir deinen Rucksack reichen.»

Florin streckte die Arme in den Spalt und spürte seinen Rucksack. Er kam ziemlich ins Schaukeln, als er den Rucksack überstreifte, aber schließlich war auch das geschafft, und er konnte sich mit beiden Händen am Seil festhalten. Das Seil schnitt schmerzhaft in seine Rippen, doch Florin achtete nicht darauf, sondern rief: «Es kann weitergehen. Lass mich runter!»

In einer langsamen Drehbewegung schwebte er durch die dunkle Höhle. Über ihm ließ das Licht der Taschenlampe seinen Schatten über die Felsendecke schwanken. Der Spalt entfernte sich immer mehr von ihm. Und nur noch das dünne Seil verband ihn mit der Außenwelt und mit seinen Freunden.

Die Luft war stickig und drückend warm. Es roch modrig und feucht. Hoffentlich gibt's hier keine Spinnen, dachte er. Er hasste es, wenn ihn Spinnennetze im Dunkeln berührten.

Endlich stießen seine Füße auf den Boden. Das Seil wurde noch ein Stück weit nachgelassen, sodass er sich frei in der Höhle bewegen konnte. Er nahm seine Taschenlampe in die Hand und ließ ihr Licht durch die Höhle gleiten. Wo sind die Tarasker?, dachte er. Die Höhle schien leer zu sein. Das Licht der Taschenlampe streifte die Rückseite des Felsblocks, der die Höhle versperrte, und über die nackten Wände. Da! Da hinten!

Weit hinten in der Höhle sah er sie. In einer langen Reihe lagen die Drachenritter nebeneinander auf dem Boden. Florin ging durch die Höhle, bis er vor ihnen stand. Die Augen der Ritter waren geschlossen, und ihre Gesichter sahen seltsam alt aus. Älter, als er sie in Erinnerung hatte. Als das Licht seiner Taschenlampe auf das Gesicht Konrad von Wartenbergs traf, erschrak er. In seiner Erinnerung war das Gesicht zwar alt gewesen, doch auch stark und lebendig. Jetzt aber war es grau und eingefallen. Als wäre der alte Mann in kurzer Zeit zum Greis geworden. Die Lebenskraft!, schoss es ihm durch den Kopf. Das muss es sein. Das Feuer des Khras saugt sie aus. Und wenn sie zu alt sind, sterben sie!

In diesem Augenblick ließ ihn ein scharrendes Geräusch herumfahren. Im Licht der Taschenlampe sah er gerade noch, wie das Seil auf den Boden klatschte. Und entsetzt starrte er auf den wirren Haufen, der seine einzige Verbindung ins Freie gewesen war und jetzt nutzlos am Boden lag, als hätte jemand Florins Lebensfaden mit einem erbarmungslosen Schnitt durchtrennt.

Warum? Entsetzt sah Florin hinauf. Dumpfe Rufe waren zu hören. Dann war es still. Was geschah da oben? Dummkopf, schalt sich Florin, du weißt es doch. Sie sind natürlich erwischt worden. Aber wieso? Wieso hat Suna nicht ...? Was ist das? Ein helles Licht zuckte durch den Spalt. Erlosch bald wieder. Der Flammenritter, fuhr es durch seinen Kopf. O nein, Suna und Pero Tafur! Jetzt ist ihnen dasselbe zugestoßen. Wie den anderen Taraskern. Aber dann ... dann werden sie bald kommen und die beiden zu den anderen legen. Und mich sehen. Warum hat er bloß das Seil ...? Natürlich, damit sie nicht wissen, dass ich hier bin. Ich muss weg! Sofort! Aber wohin?

Fieberhaft ließ Florin das Licht seiner Taschenlampe über die Wände gleiten. Dann sah er den Gang weit hinten in der Höhle. Doch bevor er ihn noch sah, hörte er etwas, was aus der Tiefe des Ganges kam. Schritte! Schwere Schritte! Und etwas, was über Felsen scharrte. Schuppen! Die Sirrusch kamen!

Für einen Augenblick war es ihm, als würde die Welt um ihn herum versinken. Alles war schief gegangen! Suna und Pero Tafur hatte es erwischt. Und er selber befand sich in größter Gefahr. Wie von ferne hörte er die Worte des Meisters: ‹Tue nie etwas Übereiltes. Selbst in der größten Gefahr gibt es einen Augenblick der Besinnung.› Was hat er damit gemeint?, dachte Florin. Ich soll den Kopf nicht verlieren, sondern ihn gebrauchen. Und zu seinem eigenen Erstaunen begann etwas in ihm nachzudenken, etwas, was nicht aufgab und sonderbar klar nach einem Ausweg suchte.

Zuerst einmal muss das Seil weg, dachte er, und schon lief er zu der Stelle, an der es zu einem Haufen aufgeschichtet lag, und hob es hoch. Der Gang ist nicht frei, und wenn der Felsblock zur Seite gerollt wird, werden sie mich sehen. Sie werden gleich merken, dass sich da ein Neuer eingeschlichen hat. Es sei denn … Er warf einen Blick auf die Reihe der Drachenritter. Und auf einen Schlag wusste er, dass dies seine Chance war, die einzige, die ihm blieb.

Er hetzte an das Ende der Reihe, das am weitesten vom Eingang der Höhle entfernt war. Dort knotete er mit zitternden Fingern das Seil auf, formte aus dem Seil ein schmales Bett und warf sich selbst rücklings darauf, sodass das Seil nicht zu sehen war. Es war keinen Augenblick zu früh. Schon hörte er, wie der Felsblock zur Seite gerollt wurde. Rasch schloss er die Augen und versuchte so wenig wie möglich zu atmen. Blass genug bin ich ja sicher, dachte er mit verzweifeltem Humor. Und während ihm das Herz bis zum Hals schlug, versuchte er mit den Ohren anstelle der Augen zu sehen, was in der Höhle vor sich ging.

Der Felsblock kam knirschend zum Stillstand. Und fast im selben Augenblick, als schwere Schritte in die Höhle kamen, hörte Florin gleich schwere Schritte im Hintergrund aus dem Gang treten. Dann kam jemand näher, und etwas wurde zu Boden geworfen. Einmal, zweimal. Suna und Pero Tafur!, dachte er. Zum Glück am anderen Ende der Reihe. Ist der Khras da? Und der Flammenritter? Wenn er jetzt die Reihe abgeht und alle Ritter mit seinem Schwert berührt, dann gute Nacht. Aber kein grelles Licht drang durch seine Augenlider, und niemand ging die Reihe der Ritter ab. Also war der Flammenritter nicht in der Höhle, und die Drachen schöpften keinen Verdacht. Dabei wäre es so einfach für sie, fuhr es ihm durch den Kopf. Ein Blick auf meine Kleider ... Ich seh wirklich nicht wie ein Ritter aus. Außerdem bin ich viel kleiner. Doch er konnte nichts tun, als still liegen zu bleiben und seine ganze Hoffnung auf das Dunkel der Höhle und die Ahnungslosigkeit der Drachen zu setzen. Er spürte die Spannung in der Höhle, konnte die Gedanken der Sirrusch beinahe körperlich fühlen. Was haben sie vor? Wenn sie jetzt eine Wache zurücklassen, was dann?

Die Schritte entfernten sich. Alle Drachen schienen die Höhle durch den Eingang zu verlassen. Macht bloß die Tür zu!, dachte er. Und dann hätte er am liebsten laut gejubelt. Knirschend wurde der Felsblock wieder vor die Höhle geschoben, und das wenige Licht, das er durch die Augenlider hatte sehen können, erlosch.

Erst wagte er nicht, sich zu rühren. Angestrengt spitzte er die Ohren. War noch ein Drache in der Höhle? Nein, dann hätte er sicher den Atem hören können oder irgendeine Bewegung. Vorsichtig öffnete er die Augen und richtete sich langsam auf. Mit zusammengebissenen Zähnen wagte er es, die Taschenlampe anzumachen und den Lichtkegel durch die Höhle wandern zu lassen. Die Höhle war leer. Nur er und die reglosen Ritter waren hier. Da fielen ihm seine Freunde ein. Er sprang auf und hastete an der Reihe der Tarasker vorbei. Da lagen sie, Suna und Pero Tafur. Das Herz tat ihm weh vor Kummer, als er sich neben sie kniete und Sunas Gesicht berührte. Es fühlte sich kalt an, kalt und leblos. Florin spürte, dass ihm Tränen übers Gesicht liefen. «Diese Ungeheuer», flüsterte er mit erstickter Stimme. «Aber ich hol euch hier raus. Ich verspreche es. Ich hol euch hier raus.»

Ohnmächtige Wut stieg in ihm empor. Aber sie machte ihn nicht blind, sondern gab ihm Kraft. Er sprang auf, wischte sich mit einer trotzigen Geste die Tränen vom Gesicht und richtete den Lichtkegel seiner Taschenlampe entschlossen auf den Gang, den er ganz hinten in der Höhle gesehen hatte. «Ich muss den Ausgang finden», murmelte er. «Und dann irgendwie Ulysses und Wulf.» Er ging durch die Höhle und wollte gerade den Gang an ihrem Ende betreten, als er sich noch einmal umwandte. Das Seil, dachte er, ich sollte das Seil mitnehmen. Er ging zurück, rollte das Seil zusammen und packte es in seinen Rucksack.

Doch als er aufbrechen wollte, zögerte er wieder. Wenn Drachen durch den Gang in die Höhle gekommen sind, kann ich auch anderen begegnen, ging es ihm durch den Kopf. Mit meinem Taschenmesser kann ich nicht viel gegen sie ausrichten. Nachdenklich ging er an der Reihe der Tarasker entlang, bis er vor Konrad von Wartenberg stand. Der alte Mann hielt immer noch sein Schwert in der Hand, so wie in dem Augenblick, in dem er unter der Berührung des

Flammenritters zusammengebrochen war. Florin beugte sich über ihn und versuchte sanft, die Hand des Ritters zu öffnen. Doch dann brauchte er seine ganze Kraft, um die Finger vom Heft des Schwertes zu lösen, so erstarrt war die Hand. Endlich hielt er das Schwert in den Händen. Ein bisschen groß für mich, dachte er. Und wer weiß, ob ich überhaupt was damit anfangen kann, wenn's drauf ankommt. Wär gut, wenn ich es irgendwo reintun könnte. Er kniete sich neben den alten Mann, und mit viel Mühe gelang es ihm, das Schwertgehänge zu öffnen und unter dem reglosen Körper hervorzuziehen.

Dann stand er auf und blickte etwas ratlos darauf. Wenn er es um seine Mitte tragen würde, würde das Schwert am Boden schleifen. Außerdem war der Gürtel zu lang für ihn und würde runterrutschen. Florin kratzte sich am Kopf. Ihm fiel ein Ritter ein, den er einmal in einem Abenteuerfilm gesehen hatte. Der hatte sein Schwert auf dem Rücken getragen. Genau, dachte er, so müsste es gehen. Er nahm seinen Rucksack ab, schob das Schwert in die Scheide und legte sich das Schwertgehänge schräg um den Leib. Das passt, dachte er. Könnte besser sein, aber besser als gar nichts ist es allemal. Jetzt noch den Rucksack drüber. So, geschafft. Und damit wandte er sich endgültig wieder dem Gang zu. Bald hatte er die Höhle verlassen und begann seinen Weg ins Unbekannte. Eine Weile führte der Gang geradewegs und eben in die Felsen hinein. «Hoffentlich geht's nicht direkt in den Vulkan hinein», flüsterte er, und der Hall seiner Stimme ließ ihn rasch wieder verstummen. Sein Traum fiel ihm ein, der Traum, in dem er auf der Flucht plötzlich Flügel bekommen hatte, die im Feuer des Vulkans verbrannt waren. Na, das mit den Flügeln ist ja nicht möglich, also brauch ich mir keine Sorgen zu machen. Was machen jetzt wohl die andern? Ulysses und Wulf. Die haben sicher gesehen, was mit Suna und Pero Tafur passiert ist. Das muss schrecklich für sie gewesen sein. Vor allem für Wulf. Na ja, viel besser bin ich auch nicht dran. Obwohl, ich kann wenigstens was tun. Aber die beiden? Was können die schon anderes tun als warten? Das würde ich nicht aushalten. Heiß ist es hier. Es wird sogar immer heißer. Das kann ja heiter werden. Hoppla, was ist das? Vor ihm verzweigte sich der Gang. Die eine Verzweigung führte deutlich in die Tiefe. Florin glaubte sogar, ganz schwach einen Feuerschein zu erkennen. Die andere Verzweigung schien nach oben zu führen. Na, da brauch ich ja nicht lange zu raten, wo's langgehen soll, dachte er. Und er wählte den Weg, der nach oben führte, wobei er nicht vergaß, mit dem Stein, den Pero Tafur ihm gegeben hatte, ein Zeichen an den Fels zu malen.

In ausladenden Windungen stieg der Gang unaufhörlich nach oben an. Florin atmete erleichtert auf. Nicht, dass es spürbar kühler geworden wäre, aber wenigstens wurde es nicht noch heißer. Florin kam durch zwei große Höhlen, die aber verlassen schienen. Ungefährdet konnte er sie durchqueren und seinen Weg fortsetzen. Ein anderer Gang als dieser tat sich nicht auf, sodass er auch gar keine andere Wahl hatte.

Der Gang schien kein Ende nehmen zu wollen, und Florin begann sich schon zu fragen, ob er ihn bis an den Rand des Vulkankraters bringen würde, als er plötzlich vor sich einen schwachen Lichtschein zu sehen glaubte. Rasch schaltete er die Taschenlampe aus. Jetzt konnte er das Licht deutlicher erkennen. Die Hoffnung trieb ihn an. So schnell wie möglich eilte er den Gang weiter aufwärts, und nach wenigen Minuten hatte er den ersehnten Ausgang erreicht. Einen Augenblick zögerte er noch, dann kniete er sich dicht neben die Felswand und wagte es, einen Blick hinauszuwerfen.

Unter dem dunklen Dach aus schwarzem Rauch fiel ein dämmriges, fahles Licht auf die Felsen, die unter ihm steil in die Tiefe abfielen. Und es ging entsetzlich tief abwärts. Er musste weit nach oben gestiegen sein. Florin warf einen vorsichtigen Blick nach oben. Weit ist es nicht mehr bis zur Spitze, dachte er. Im fahlen Licht schien es ihm trotz der sicher noch großen Entfernung, als könne er die dunkle Wolkendecke mit der Hand berühren.

Florin sah wieder nach unten und ließ den Blick über die Ebene am Fuß des Vulkans schweifen und über die Berge, die ihm zu beiden Seiten gegenüberlagen. Wo war der Ausguck mit Ulysses und Wulf? Der muss in dem Berg da rechts sein, dachte er. Auf der Ostseite. Ob die mich hier sehen können? Wahrscheinlich nicht. Ich bin zu weit weg. Weiter im Norden als die Höhle mit den Taraskern. Er zog sich zurück und kauerte sich auf den Boden. Die Schwertscheide kratzte über den Fels, und Florin zuckte bei dem Geräusch zusammen. Was jetzt?, dachte er. Über die Felsen nach Osten klettern? Das wird das Beste sein. Wenn ich das überhaupt schaffen kann. Mal sehen. Er beugte sich wieder aus der Felsöffnung hinaus und musterte die Felsen zu seiner Rechten. Mist! Das schaff ich nie. Viel zu glatt. Pero Tafur hätte das vielleicht gekonnt oder Suna, aber ich niemals. Ein Stich fuhr ihm durchs Herz, als er an die beiden dachte. Sie fehlten ihm sehr.

Florin blickte in die Tiefe. Nicht weit unterhalb der Öffnung entdeckte er ein kurzes Felsband. Das ist es!, dachte er. Ich könnte ja hinabsteigen. Und dann am Fuß des Vulkans nach Osten gehen. Da sind doch die Felsen. Da sieht man mich auch nicht. Klar, das ist es. Das ist noch viel besser. Aber Ulysses und Wulf … wär doch gut, wenn die wüssten, dass ich noch lebe. Bloß wie?

Die Taschenlampe!, fuhr es ihm durch den Kopf. Ich könnte doch Lichtzeichen geben. Die darf aber sonst keiner sehen. Er suchte den Felshang und den Himmel nach Drachen ab. Doch es war kein Sirrusch zu entdecken. Er atmete erleichtert auf und blickte dann zu dem Berg im Osten hinüber, in dem sich das Felsenfenster befinden musste. Mit einem Stoßgebet richtete er die Taschenlampe in die Richtung, in der er seine Freunde vermutete, und ließ sie ein paar Mal kurz aufleuchten. Mit kleinen Pausen wagte er dies noch zweimal zu wiederholen, wobei er immer wieder ängstlich nach den Sirrusch Ausschau hielt. Mehr konnte er nicht tun. Also verstaute er die Taschenlampe, holte dafür das Seil hervor und sah sich nach einem Felsen um, um den er das Seil schlingen konnte. Er würde es nicht festbinden, sondern in zwei Hälften herabhängen lassen. Er konnte es ja nicht hier zurücklassen. Sicher würde er es auf seinem Abstieg mehr als einmal brauchen. Der Weg nach unten war sehr weit.

Ein großer Felszacken schien ihm sicher genug. Er legte das Seil um den Stein und ließ es nicht hinabfallen, sondern langsam durch seine Hände gleiten, damit es nicht auf den

Felsen aufschlug. Jedes Geräusch konnte ihn verraten. Endlich war es so weit. Einen Augenblick dachte er mit Sorge an seine Arme, die noch nie besonders kräftig gewesen waren, dann packte er die beiden Seilhälften mit den Händen und schwang sich im Vertrauen auf sein geringes Gewicht über den Rand hinaus. Zuerst hing er wie ein nasser Sack über der Tiefe und wagte weder, sich zu bewegen, noch, einen Blick hinabzuwerfen. Dann dachte er an Suna. Was würde sie sagen, wenn sie ihn so sehen würde? Dann hätte sie allerdings ein Recht, ihn wieder Floh zu nennen.

Florin atmete tief durch, und es gelang ihm, seine Beine anzuziehen und die Füße gegen die Felswand zu stemmen. Dann ging es besser, als er gedacht hatte. Stück für Stück kletterte er hinab und achtete darauf, immer beide Seilhälften gleichzeitig zu fassen. Einmal rutschte er mit den Füßen ab und schlug gegen die Felsen. Er unterdrückte einen Schmerzenslaut und schloss die Augen. Hoffentlich hat das keiner gehört, dachte er. Doch als nichts geschah, stemmte er die Füße erneut gegen die Felswand und setzte seinen Abstieg fort.

Als er endlich das Felsband erreichte, war er schweißgebadet. Erschöpft und zitternd legte er sich mit dem Gesicht nach unten auf den Fels und ruhte sich einen Augenblick aus. Wie soll ich das bloß schaffen, wenn ich jetzt schon so kaputt bin?, dachte er und sah über den Rand des Felsenbands in die Tiefe. Dann sah er etwas, was ihn aufatmen ließ. Etwas weiter unterhalb wurde der Berghang weniger steil, und es gab zahlreiche Felsvorsprünge, an denen er sich festhalten konnte. Nur noch ein Abstieg trennte ihn von diesen

Felsbrüchen. Sieht gut aus, dachte er. Aber ob ich es noch vor Einbruch der Dunkelheit bis nach unten schaffe? Ihm war nicht wohl bei dem Gedanken, die Nacht irgendwo am Hang des Vulkans verbringen zu müssen.

Doch er hatte neuen Mut gefasst und richtete sich langsam auf. Dicht an die Felswand gelehnt, zog er am Seil, bis das Ende sich über ihm löste und herabfiel. Es gelang ihm, das Seil aufzufangen. Zwei Schritte weiter links fand sich ein Vorsprung, um den Florin das Seil wieder in zwei Hälften herablassen konnte. Wieder fasste er die beiden Seilhälften und ließ sich zum zweiten Mal über den Abgrund hängen. Dann hieß es wieder Beine hochziehen, Füße gegen die Wand stemmen, ein Stück weit hinablassen, nachfassen, ein um das andere Mal. Bald taten seine Arme weh, und seine Hände wurden taub. Seine Beine zitterten, und seine Füße wollten kaum noch seinem Willen gehorchen. Doch er biss die Zähne zusammen und arbeitete sich weiter nach unten. Ich muss es schaffen, dachte er verzweifelt. Ich muss einfach. Und obwohl ihm der Schweiß übers Gesicht lief, begann er vor Erschöpfung zu frieren.

Plötzlich ging alles sehr schnell. Knapp zwei Meter trennten ihn noch von seinem Ziel, als seine verschwitzten Hände von einer der Seilhälften abrutschten. Noch immer das Seil umklammernd, stürzte er rücklings in die Tiefe und schlug schwer auf dem Boden auf. Zu seinem Glück dämpfte sein Rucksack den Fall. Doch sein Kopf schlug heftig gegen einen Stein und er blieb benommen liegen.

Wie durch einen Nebel sah er das Seil, das, sich im Fluge schlängelnd, herabfiel. Und wie durch Watte hörte er, wie sich einige Steine lösten und andere Steine mit sich rissen, immer mehr und mehr, bis sich eine wahre Flut von Steinen über den Hang des Vulkans ergoss und polternd in die Tiefe stürzte. Noch während die Steine weit entfernt aufschlugen und sich der Lärm langsam legte, drang ein anderes Geräusch an seine Ohren. Ein Geräusch, das er kannte, das Sausen von großen Schwingen, die sich ihm rasch näherten. Von vielen Schwingen! Doch hilflos blieb er liegen. Er hatte nicht mehr die Kraft, sich zu wehren, davonzulaufen. Was hätte es ihm auch nützen können? Er wollte nur noch liegen bleiben und sich ausruhen. Sollten sie doch mit ihm machen, was sie wollten.

Weit über sich sah er die dunklen Rauchwolken aus dem Vulkan hervorquellen. Eine der Wolken löste sich von der schwarzen Decke und sank herab. Viel zu schnell für eine Wolke, dachte er noch, als diese wie ein riesiger Felsen auf ihn herabfiel, so als würde der Vulkan selbst den Eindringling erschlagen wollen. Dann hatte der Fels Klauen, die ihn packten, ihn mit sich rissen, höher und höher hinauf, zurück zu den wogenden Rauchwolken und in diese hinein, sodass er das Gefühl hatte, in einem nächtlichen Meer aus beißendem Qualm zu versinken. Der Qualm legte sich ihm auf die Lungen, und ein quälender Husten rüttelte ihn wach.

«Halt dir was vor deine Nase und den Mund», zischte eine Stimme über ihm. Ulysses!, fuhr es Florin durch den Kopf. Dann zog er, ohne noch weiter nachzudenken, sein T-Shirt, das er unter der offenen Windjacke trug, bis über seine Nase und presste den Stoff keuchend ans Gesicht. Wie schon einmal hielten ihn die Klauen des Drachen fest und behutsam zugleich, und obwohl er in diesem Rauch fast zu ersticken drohte, hätte Florin doch am liebsten laut gejubelt. Über sich hörte er die Schwingen des Drachen durch die Luft sausen, und der Wind pfiff ihm um die Ohren. Und obwohl es in der Dunkelheit der schwarzen Wolken so schien, als würden sie nicht von der Stelle kommen, wusste Florin doch, dass er gerettet war, dass Ulysses ihn von diesem unseligen Ort forttrug, weit fort und in Sicherheit.

TEIL SIEBEN

Dahschur

Feurige Lichter drangen durch den dichten Qualm und schienen ihn in Brand zu setzen. Was war das? Warum flogen sie über den Krater des Vulkans? Doch dann trieb ihm der beißende Rauch Tränen in die Augen, und Florin kniff sie zusammen. Endlich, als er schon glaubte, keine Luft mehr zu bekommen, zerrissen die dunklen Wolken, und der Drache schoss ins Freie. Florin atmete dankbar die frische Luft ein, drehte sich vorsichtig auf den Bauch und blickte hinab. Doch wenn er erwartet hatte, die Ebene unter sich zu sehen, die am Nordhang des Rasul begann, so sah er sich getäuscht. Die Gegend, über die sie nun flogen, war ihm unbekannt. Fels reihte sich an Fels, und die untergehende Sonne warf scharfe Schatten auf die zerrissene Landschaft.

«Wo fliegen wir hin?», rief Florin.

Doch die Antwort kam nicht von Ulysses, sondern zu seiner Freude hörte er Wulfs Stimme, die ihm zurief: «Nach Süden. Zum Meer.» Also war der Ritter bei ihnen. Er musste auf Ulysses' Rücken sitzen.

«Warum nicht nach Norden?», fragte Florin laut zurück. «Warum nicht zum Land der Garuda?»

«Das erwarten sie doch nur von uns», kam die Antwort. «Nein, dort sind zu viele von ihnen. Keine Chance durchzukommen.»

«Wie habt ihr mich …?», rief Florin, doch ein Ruf Wulfs unterbrach ihn. «Achtung, Ulysses! Drei von ihnen folgen uns!»

Florin konnte die Verfolger nicht sehen. Der Leib des Drachen versperrte ihm die Sicht. Doch er spürte, dass Ulysses seine Anstrengungen verdoppelte, und sogleich schossen sie in solch atemberaubender Geschwindigkeit durch die Luft, dass Florin Hören und Sehen verging.

«Gut so!», hörte er Wulf rufen. «Sie sind schwerer als Ihr. Wir können es schaffen.»

Warum zum Meer?, dachte Florin. Und indem er seine Augen mit den Händen gegen den scharfen Wind schützte, gelang es ihm, wieder einen Blick nach unten zu erhaschen.

Die Felsen zogen rasend schnell unter ihnen dahin. Dann brachen sie ab, und er sah eine weite Ebene, die sich in sanften Wellen unabsehbar zu beiden Seiten erstreckte. Florin glaubte, einzelne grüne Flecken zu erkennen, die immer näher zusammenrückten, bis ein dichter grüner Teppich die Hügel bedeckte. Vereinzelt ragten Felsen wie Inseln empor. Hin und wieder wies der grüne Teppich kahle Stellen auf, doch war diese Landschaft unbestreitbar fruchtbarer als alles, was Florin nach den Erzählungen des Drachen erwartet hatte. Wo waren hier die furchtbaren Zerstörungen des Krieges zwischen den Garuda und den Sirrusch? Hätte der Boden nicht verbrannt sein müssen? Wie passte diese Steppe mit den nun auftauchenden Bäumen, die in kleinen Waldungen beieinander standen, und den dahinziehenden Herden von Tieren, die unter den Schatten der Drachen fluchtartig auseinander stoben und davonjagten, zu den Bildern des Schreckens, die sich Florin vorgestellt hatte?

«Ulysses», rief er durch den peitschenden Wind. «Wo sind wir? Wie ist das möglich?» Doch der Drache gab ihm keine Antwort, sondern schien seine Kraft für den rasenden Flug zu sparen.

Florin versuchte gegen den Wind nach Süden zu blicken. Da sah er eine dunkle Linie am Horizont auftauchen, die bald schon deutlicher wurde. Das Meer!, durchzuckte es ihn, als er die Küste erkannte. Aber warum? Was haben wir davon, wenn wir das Meer erreichen?

In diesem Augenblick löste sich ein Vogelschwarm vom Boden und stieg an der Küste auf. Doch es waren keine Vögel. Die Entfernung hatte Florin getäuscht. Denn rasch wuchsen diese Vögel in erschreckendem Maße, und Florin zählte über ein Dutzend Drachen, die durch die Luft auf sie zujagten.

«Die Sirrusch!», rief Florin entsetzt. «Da vorne! Pass auf, Ulysses!»

Doch Ulysses hatte die Sirrusch schon bemerkt und änderte die Flugrichtung. War er bisher recht dicht über dem Erdboden geflogen, so stieg er nun immer höher und höher in den Himmel hinauf.

«Wie konnten wir die vergessen?», hörte Florin Wulf rufen. Der Wind zerfetzte die Worte des Ritters, doch Florin konnte gerade noch verstehen, was Wulf Ulysses zurief. «Das müssen die Sirrusch sein, die die gefallenen Drachen zum Meer gebracht haben. Was habt Ihr vor, Ulysses?»

Doch wieder gab der Drache keine Antwort, sondern stieg weiter unter Aufbietung all seiner Kräfte in den Himmel hinauf. Florin spürte, wie der Druck in seinen Ohren zunahm und sich eine sonderbare Leere in seinem Magen breitmachte. Nicht weit vor ihnen sah er die Sirrusch, auf die Ulysses nach wie vor unverdrossen zuhielt. Die Sirrusch flogen etwas tiefer als sie, da sie später als Ulysses zum Steigflug angesetzt hatten. Schon war Ulysses über ihnen. Wollte er über sie hinwegfliegen? Das konnte er nicht schaffen, zu lang gestreckt war die Gruppe der Feuerdrachen. Gleich mussten sie in der Luft mit ihnen zusammenstoßen.

Doch in diesem Augenblick schloss Ulysses zu Florins Entsetzen seine Schwingen und stürzte in einem Bogen in die Tiefe. Florin schrie auf. Gleich würden sie auf die Sirrusch prallen. Doch kurz bevor dies geschah, sah Florin, dass die überraschten Feuerdrachen instinktiv zur Seite wichen, um dem stürzenden Gegner auszuweichen. Dabei gerieten die dicht fliegenden Drachen aneinander, und mehrere von ihnen wurden aus der Bahn geworfen. Wie ein Stein aber stürzte Ulysses durch die Gruppe der Sirrusch, riss wieder die Schwingen auf und zog, den Schwung nutzend, unter ihnen davon. Die Feuerdrachen dagegen wurden von ihrem Schwung in die entgegengesetzte Richtung fortgetragen und waren sicher in heillose Verwirrung geraten.

Wenn ihm von dem steilen Fall und der plötzlichen Kehrtwendung des Drachen nicht so schlecht geworden wäre, hätte Florin am liebsten Bravo geschrien. So aber hielt er sich die Hand vor den Mund und versuchte, das unten zu behalten, was ihm gewaltig in den Hals zu steigen drohte. Er atmete tief ein und wartete, bis sich sein Magen wieder etwas beruhigt hatte. Dann hielt er Ausschau nach der Küste.

Es konnte nicht mehr weit sein. Schon konnte er die toten Drachen erkennen, die dicht an der felsigen Küste lagen, und die schäumenden Wogen, die sich an den Felsen brachen. Doch Ulysses wurde zusehends langsamer. Er schien erschöpft zu sein. Seine Geschwindigkeit ließ mehr und mehr nach. Er schwankte und schien sich kaum noch in der Luft halten zu können.

«Sie holen auf!», rief Wulf. «Wir schaffen es nicht!»

Florin sah sich verzweifelt um. Gab es denn keinen Ausweg für sie? Nichts, wohin sie flüchten konnten? Nur das Meer, das so nah und doch so unerreichbar schien? In diesem Augenblick wich ihm das Blut vor Entsetzen aus dem Kopf. Er hatte nach Westen geblickt, und was er sah, ließ ihn aufschreien: «Ulysses, Wulf! Da, im Westen! Seht doch nur! Drachen! Sirrusch! Und es sind so viele!»

«Verdammt», hörte er Wulf rufen. «Das müssen gut hundert von den Biestern sein. Jetzt ist alles aus! He, Augenblick mal! Das gibt's doch nicht! Die haben es ja gar nicht auf uns abgesehen!»

Doch bevor Florin noch fragen konnte, was Wulf damit meinte, da flog Ulysses auch schon einen engen Bogen und verharrte auf der Stelle. Und nun konnte auch Florin das erstaunliche Schauspiel sehen, das sich vor ihnen abspielte.

Das dunkle Heer der Sirrusch, die von Westen kamen, teilte sich und schnitt den Verfolgern, die auf nichts anderes als auf Ulysses geachtet hatten, den Fluchtweg ab. Dann blähte sich der Schwarm zu einer riesigen Wolke auf, in deren Innerem die Jäger nun selber unentrinnbar in der Falle steckten. Florin konnte ihre Verfolger in der dichten Mauer aus schuppenbedeckten Leibern und schlagenden Schwingen nicht mehr sehen. Die äußeren Drachen verharrten wie eine undurchdringliche Barriere auf der Stelle. Der Kampf musste im Innern stattfinden. Vereinzelt drangen röchelnde Schreie durch das Rauschen der Flügel, dann stürzte auch schon der erste der Verfolger als lebloses Bündel aus Fleisch, Knochen und zerfetzten Schwingen zur Erde. Bald folgten ihm weitere tödlich verwundete Tiere, die hilflos auf dem Boden aufschlugen und sich zu einem abscheulichen Leichenhaufen auftürmten, um den sich eine dunkle Blutlache wie ein See ausbreitete. So schnell und überraschend der ungleiche Kampf begonnen hatte, so schnell war er auch beendet. Keiner der Verfolger überlebte den Angriff. Aus dieser Übermacht gab es kein Entrinnen.

Die Wolke formierte sich neu, und in wenigen Augenblicken befanden sich Ulysses und seine Gefährten nun selber inmitten dieser Furcht erregenden Drachenschar. Sollten sie die nächsten Opfer sein? Doch warum zögerte das Heer der Feuerdrachen? War Ulysses nicht ein Garuda, ein Todfeind der Sirrusch?

Die Wolke, die sie anfangs dicht umschlossen hatte, wich zurück und machte einem Drachen Platz, der es an Größe ohne weiteres mit dem Khras aufgenommen hätte. Doch während die Schuppen des Khras tiefschwarz wie die Nacht gewesen waren, zeigten die Schuppen dieses Riesen, der das Heer anführen musste, einen sonderbar rotgoldenen Glanz. Florin spürte, dass der große Drache seine Gedanken auf Ulysses richtete, und wirklich ließ sich Ulysses gleich darauf in die Tiefe sinken und setzte auf dem Boden auf. Wortlos hob er Florin empor, und Wulf half diesem, sich vor ihm auf den Rücken des Drachen zu setzen. Dann ließ Ulysses erschöpft seine müden Schwingen hängen und wartete auf das, was nun kommen mochte.

Der mächtige Anführer des Heeres ließ sich ihnen gegenüber nieder, und nachdem sich alle Sirrusch in einem weiten Kreis um sie gelagert hatten, begann ein langes, stummes Zwiegespräch zwischen Ulysses und dem Sirrusch. Mit wachsender Spannung verfolgte Florin jede Regung der beiden Drachen, in der Hoffnung, irgendetwas zu erkennen, was ihm den Inhalt des Gesprächs hätte verraten können. Doch wenn er überhaupt etwas ahnen konnte, dann nur, dass die Spannung, die zu Beginn des Zwiegesprächs bedrohlich gewesen war, sich veränderte und zunehmend freundlicher wurde, obwohl ihm dieses Wort angesichts der Gefahr, in der sie schwebten, nicht ganz passend erschien.

Als der Gedankenaustausch zwischen den beiden Drachen endlich zu Ende ging, war es dunkel geworden. Doch das Licht des aufgehenden Mondes, der nahezu voll war, tauchte die Landschaft und die Drachenleiber in ein kühles, märchenhaftes Licht, das die Gefahr in seinem silbernen Schein aufzuheben schien. Von der Küste her erklang das unentwegte Rauschen des Meeres, und vereinzelt waren noch die

Schreie von Möwen zu hören, die sich um den besten Schlafplatz stritten.

«Ihr könnt von meinem Rücken steigen», wandte sich Ulysses an seine Gefährten. «Die Gefahr ist vorüber.»

Wulf ließ sich zu Boden gleiten, und Florin folgte mit Ulysses' Hilfe. Dann setzten sie sich dicht unter Ulysses Kopf auf den grasbedeckten Boden und lehnten sich an den Drachen. Als Florin einen Blick auf Wulfs Gesicht warf, erschrak er zutiefst. Selbst im Mondlicht war deutlich zu erkennen, wie eingefallen und gezeichnet das Gesicht des Ritters war. Florin konnte sich vorstellen, was Wulf empfinden musste. Hatte er nicht mit ansehen müssen, wie Suna in die Hände des Khras gefallen war und unter der Berührung des Flammenritters das Bewusstsein verloren hatte? Musste er sich nicht große Vorwürfe machen, weil er ihr nicht hatte helfen können, und musste die Sorge um seine Tochter ihn nicht entsetzlich quälen? Doch zugleich spürte Florin auch, wie sich der Ritter mühsam beherrschte um nicht blindwütig in neues Unheil zu rennen, sondern einen Weg zu finden, um Suna und all die anderen doch noch zu retten.

«Wir haben unerwartet Hilfe gefunden», sagte Ulysses in diesem Augenblick. «Diese Feuerdrachen nennen sich die Chnum. Das bedeutet in der Sprache der Sirrusch ‹Nest des Widerstands›. Ihr würdet sie wohl als Rebellen bezeichnen. Denn das sind sie. Rebellen, die sich gegen die Unterdrückung durch den Khras aufgelehnt haben und einen Kampf gegen ihn führen, von dem wir Garuda in der Enge unseres Gefängnisses nicht einmal etwas geahnt haben. Der Drache, dem ich meine Gedanken geöffnet habe, ist der Arkan, der

Führer der Chnum. Er hat mich gebeten, euch zu berichten, was er mir über die Chnum gesagt hat, damit er sich erinnern kann.»

«Sich erinnern?», fragte Wulf. «Was meint Ihr damit?»

«Damit er sich an eure Sprache erinnern kann», erwiderte Ulysses.

«Ja, kennt er sie denn?», fragte Florin verblüfft. «Ich meine, woher kennt er sie denn?»

«Er kennt sie», antwortete Ulysses. «Zumindest so wie der Meister sie einst gehört und gesprochen hat. Damals hat sie anders geklungen, denn viel Zeit ist vergangen, seit der Arkan in eurer Welt gelebt hat. Ja, ihr habt richtig gehört, in eurer Welt. So wie der Meister ist der Arkan einer der Alten, die einst die Welt der Menschen betreten haben.»

«Ist er einer der Sirrusch, die den Drachensöhnen die Flammenschwerter gegeben haben?», fragte Wulf nachdenklich.

«Ja», sagte Ulysses.

«Und Ihr meint, dass wir ihm vertrauen können?», fragte Wulf misstrauisch.

Doch es war nicht Ulysses, der diese Frage beantwortete, sondern der Arkan selbst, der sich zu ihrer Überraschung an sie wandte: «Ihr könnt ... mir ... vertrauen», sagte er stockend, und seine Stimme war tief und klangvoll. «Er, den ihr Ulysses ... nennt, hat wahr ... gesprochen. Viel ... Zeit ist vergangen, seit ... jenen Tagen. Zeit, in der ... Sinne sich ... wandeln können. Fremde Worte ... erklärt Ihr es ... ihnen.»

«Es ist wahr, was Ihr vermutet habt, Wulf», sagte Ulysses. «Der Arkan ist einer der Sirrusch, die die Drachensöhne gegen ihre eigenen Väter aufstachelten und ihnen die Flammenschwerter gaben. Doch wie Ihr wisst, schlug der Plan fehl. Die Flammenschwerter erhoben sich auch gegen die Sirrusch und vertrieben alle Drachen aus der Welt der Menschen. Der Arkan war es auch, der anfangs den Krieg gegen die Garuda anführte. Doch er gehört ebenso zu denen, die einsahen, dass dieser Krieg die Welt der Drachen vernichten musste, und er war einer der Häupter der Sirrusch, die gemeinsam mit den Garuda das zweifache Siegel schlossen, das das Drachenfeuer auslöschte. Dann aber wurde der Friede gebrochen, und der Friedensbrecher besiegte ihn im Zweikampf und wurde an seiner Stelle der neue Khras. Was auch immer er getan haben mag, das in unseren Augen als ein Verbrechen erscheint, so hat er dafür büßen müssen. Der Zweikampf, der ihn beinahe das Leben gekostet hat, die lange Knechtschaft unter der grausamen Herrschaft des Khras und der verlustreiche Kampf im Widerstand waren Strafe genug. Und vergesst nicht, so sehe ich es, ein Garuda. In den Augen der Sirrusch ist alles, was geschehen ist, eine gerechte Sache gewesen. Wenn auch für die Chnum nur bis zu dem Zeitpunkt, an dem der Friede gebrochen wurde. Danach brach auch für die Sirrusch eine dunkle Zeit an, in der Gerechtigkeit keinen Platz mehr hatte.»

Eine Weile herrschte Schweigen, während Wulf und Florin das Gehörte erst einmal verdauten. Dann fragte Wulf: «Und welche Hilfe können wir von den … Chnum erwarten? Warum haben sie uns verschont?»

«Wir können uns gegenseitig helfen», antwortete Ulysses. «Darum wurden wir verschont, weil die Chnum sich von denen, die von ihren Feinden verfolgt wurden, Unterstützung für ihren Kampf erhoffen. Die Chnum haben alles beobachtet, was sich um Kai-Schergat ereignet hat. Sie wissen, dass die Drachenritter über die schwarzen Felsen gekommen sind und besiegt wurden. Und sie haben den Flammenritter gesehen. Diese Waffe ist auch für die Chnum eine große Gefahr. Mit ihr wird es dem Khras ein Leichtes sein, den Widerstand zu zerschlagen. Was auch immer die Sirrusch oder die Chnum mit den Garuda und den Menschen entzweit, diese Gefahr vereint uns. Ja, sie muss uns vereinen, denn nur einem Bündnis unserer Kräfte mag es gelingen, sie zu besiegen.»

«Und Ihr meint wirklich, dass zwischen den Sirrusch, auch wenn sie sich Rebellen nennen, und den Garuda Frieden herrschen kann?», fragte Wulf.

«Nun, Frieden ist vielleicht ein zu großes Wort», erwiderte Ulysses. «Lasst es uns einen Waffenstillstand nennen. Der Frieden ist Sache der Zukunft, die wir uns erst erobern müssen.»

Wulf sah einen Augenblick schweigend vor sich auf den Boden, dann stand er entschlossen auf und wandte sich an den Arkan: «Ich bin ein Ritter, und Worte wie Bündnis und Waffenstillstand sind die Sprache eines Ritters. Wenn Euch also meine Hilfe nicht als zu gering erscheint, so biete ich sie Euch an. Und ich gebe Euch das Wort eines Drachenritters, dass mein Schwert das Eure ist, solange dieser Kampf währt.»

«Eure Hilfe erscheint mir nicht ... zu gering», antwortete der Arkan. «Ihr und Eure ... Gefährten habt ... neue, große Gefahr in unsere ... Welt gebracht, doch mag sich diese Gefahr auch … gegen den Khras wenden und … unserem Bündnis … zum Wohl gereichen. Doch scheint Ihr noch eine Bitte zu haben.»

«Ihr habt mich durchschaut», sagte Wulf und verbeugte sich leicht. «Ich werde in Zukunft darauf achten müssen, meine Gedanken nicht auf dem Gesicht zu tragen. Aber Ihr habt Recht, ich habe eine Bitte. Wenn wir siegen sollten, bitte ich Euch, mich und meine Gefährten unbehelligt ziehen zu lassen.»

«Ihr verlangt viel», entgegnete der Arkan. «Mehr als ich euch jetzt … zugestehen kann. Doch so viel sei euch gewährt: Wenn wir siegen, mag der gemeinsame Rat der Garuda und der Sirrusch über eure Zukunft und über die unsere entscheiden. Erscheint Euch dies … genug?»

Wulf zögerte. Dann nickte er und meinte: «Es erscheint mir für den Augenblick genug und … gerecht.»

«Dieses Wort … ehrt mich», erwiderte der Arkan, der ihre Sprache immer müheloser verwendete. «Und lässt mich für die Zukunft hoffen, wenn es eine solche für uns noch gibt. Doch nun lasst uns aufbrechen. Wer weiß, wie lange es noch dauern mag, bis das Verschwinden eurer Verfolger in Kal-Schergat bemerkt wird.»

«Und wohin bringt Ihr uns?», fragte Wulf.

«Nach Dahschur», antwortete der Führer der Chnum. «Dort seid ihr in Sicherheit, denn nicht einmal der Khras kennt unser Versteck.»

«Und die Toten?», fragte Ulysses. «Wollt Ihr sie hier zurücklassen? Gewiss, es sind Eure Feinde, doch sollte selbst den Feinden nicht der wahre Tod genommen werden.»

Der Arkan sah Ulysses erstaunt an. «Ihr überrascht mich. Nie hätte ich solche Worte von einem Garuda erwartet.»

«Es waren nicht die Garuda, die den alten Streit begannen», erwiderte Ulysses.

«Wollt Ihr etwa behaupten, es seien die Sirrusch gewesen?», entgegnete der Arkan scharf und sah Ulysses wütend an. Eine gefährliche Spannung entstand zwischen den beiden.

«Schöner Waffenstillstand», murmelte Florin. «Ein falsches Wort, und schon liegen sie sich in den Haaren.»

Die beiden Drachen hatten seine Worte gehört und sahen ihn verärgert an. Doch dann senkten sie beschämt die Köpfe, und der Arkan sagte: «Nun, wir können die Toten nicht mit uns nehmen. Doch man wird sie finden. Mögen die, die ihre Namen kennen, sie dem Meer überantworten.» Dann wandte er sich brüsk ab, und die Chnum sammelten sich zum Aufbruch.

Ulysses half Wulf und Florin wieder auf seinen Rücken hinauf. Er schien sich so weit erholt zu haben, dass er sie noch eine Weile tragen konnte. Die Chnum nahmen den Garuda und die beiden Menschen in ihre Mitte und erhoben sich in die Luft. Zur Überraschung ihrer neuen Verbündeten wandten sie sich der Küste zu, und bald schon flogen sie über das Meer, über dessen Wellen das Licht des Mondes eine silberne Straße legte, die sich bis zum Horizont erstreckte.

Es war ein unwirkliches Licht und ein unwirklicher Flug. Doch obwohl Florin spürte, wie erschöpft er war und dass die Müdigkeit in ihm langsam wie eine dunkle Flut anstieg, genoss er doch diesen Flug wie einen unglaublichen Traum. Unter sich sah er die Wellen des Meeres dahingleiten, über die das Mondlicht wie silberne Kiesel hüpfte, und um sie herum flog das Heer der Chnum, Drache neben Drache, Flügel an Flügel, wie eine schimmernde, bewegte Landschaft oder wie ein riesiger fliegender Teppich, auf dem sie neugierig und gespannt einem fernen Ziel entgegenglitten, dem Versteck der Chnum, das der Arkan Dahschur genannt hatte.

Wo mochte dieses Dahschur liegen? War es ein anderes Land jenseits des Meeres? Was wusste er schon über diese Welt? So wenig hatte er bisher von ihr gesehen. Nicht mehr als Furnival, das letzte Tal der Garuda, und die Felsen und Ebenen bis zum Vulkan Rasul und jene, die sich hinter diesem bis zum Meer erstreckten. Nicht mehr also als einen schmalen Korridor von Tiamat, der Zwillingserde, die doch gleich groß sein sollte wie seine Welt, mit Ländern, Kontinenten, Meeren, Lebewesen. Ja, was für Lebewesen mochte es noch in dieser Welt geben, die die Drachen Jawzahr nannten? Er kannte die Garuda und die Sirrusch, und er hatte von den sagenhaften Mazandar, den großen Wasserdrachen, gehört. Und natürlich hatte er die Tiere in der Höhle des Meisters gesehen, Tiere, wie es sie auch in seiner Welt gab. Und dann waren da noch die Herden gewesen, die über die Ebene vor der Küste gezogen waren, und die Möwen über dem schäumenden Rand des Meeres. Aber was gab es noch?

Dschungel? Eisfelder? Wüsten? Und was lebte in diesen? Was lebte auf der Erde, in den Lüften, in den Meeren? Oder hätte er fragen müssen, was dort den Krieg und das Drachenfeuer überlebt hatte? Leise rief er nach Ulysses und stellte ihm diese Fragen.

«Ich weiß es nicht», kam die Antwort Ulysses'. «Doch das grüne Land an der Küste lässt mich hoffen, dass Jawzahr sich erholt hat, dass die Wunden des Krieges verheilt sind. Vielleicht wissen die Chnum mehr darüber. Wir Garuda haben schon zu lange in viel zu engen Grenzen gelebt.»

Damit musste Florin sich zufrieden geben. Eine Weile blickte er schweigend auf das Meer und hoffte, dass sich dort etwas zeigen würde. Fische oder Größeres. Vielleicht sogar einer der sagenhaften Mazandar. Doch wenn das Meer voll Leben war, so zeigte sich dieses nicht. Nichts durchbrach oder kräuselte auch nur die glatten Wellen der spiegelnden Fläche.

Florin spürte plötzlich, wie hungrig er war. Wenn es etwas in dieser Welt nicht gibt, dachte er, dann regelmäßige Essenszeiten. Mama wäre nicht gerade begeistert. Jetzt ein schönes warmes Essen zu Hause, das wär's. Nun ja, wenigstens muss ich nicht verhungern. Und er nahm den Rucksack ab und holte sich etwas Brot und ein paar Früchte heraus.

Auf einmal spürte er Wulfs Hand an seinem Rücken, die nach dem Schwert fasste. «Woher hast du das?», fragte der Ritter.

«Ich hab es in der Höhle an mich genommen», antwortete Florin. «Ich dachte, dass es besser wäre, eine Waffe zu haben, nur für den Fall, dass ich in den Gängen einem der Sirrusch begegnet wäre. Wahrscheinlich hätte ich aber nicht viel damit anfangen können. War es nicht recht, dass ich es genommen habe? Wollt Ihr es haben?»

«Nein, behalte es, zumindest bis wir in diesem Dahschur sind», erwiderte Wulf. «Dann kannst du es mir ja geben. Auch wenn es sein Feuer verloren hat, so würde ich das Schwert meines Vaters doch gerne im Kampf gegen die Sirrusch tragen. Und sei unbesorgt, es war nicht unrecht, dass du es an dich genommen hast. Wer weiß, vielleicht kann es uns noch von Nutzen sein.» Dann setzte er hinzu: «Es scheint, dass wir unser Ziel erreicht haben.»

Florin sah von seiner Mahlzeit auf. Es dauerte eine Weile, bis er begriff, was der Drachenritter gemeint hatte. Vor ihnen tauchte eine große Insel auf. Das also ist Dahschur, dachte er, eine Insel. Kein schlechtes Versteck.

Drei hohe Vulkane erhoben sich auf dem Eiland, die ihnen mit ihrem feurigen Schein wie Leuchttürme den Weg in der Nacht wiesen. Schon setzten die Drachen zur Landung an. Dicht vor der Insel teilten sie sich in mehrere Gruppen auf, die sich auf den Hängen der drei Vulkane niederließen und sich durch große Öffnungen in ihre Höhlen zurückzogen. Ulysses blieb in der Gruppe, die dem Arkan folgte. Doch als Florin schon befürchtete, dass man sie in eine der feurigen Höhlen in der Tiefe eines Vulkans bringen würde, stellte er erleichtert fest, dass ihre Gruppe auf einer großen Felsplatte landete, über die sich eine andere Platte wie ein natürliches Zeltdach spannte. Dahinter öffnete sich eine geräumige Höhle. Der flackernde Schein des unterirdischen Feuers fiel durch einen weiten Gang in die Höhle und warf bizarre Schatten auf die scharfkantigen Felswände.

«Hier könnt ihr die Nacht verbringen», sagte der Arkan. «Morgen früh wollen wir besprechen, was getan werden kann. Jetzt solltet ihr ruhen. Ihr habt einen schweren Weg hinter euch und wohl keinen leichteren vor euch.» Dann wandte er sich ab und schritt seinem Gefolge in die Tiefe des Vulkans voran.

«Nun, Gefangene scheinen wir nicht zu sein», meinte Wulf zufrieden, wenn auch erstaunt. «Nicht eine einzige Wache haben die Chnum zurückgelassen.»

«Oh, Ihr könnt sicher sein, dass wachsame Augen auf uns ruhen», entgegnete Ulysses. «Doch immerhin sind die Chnum so höflich, es uns nicht spüren zu lassen.»

Als Florin vom Rücken des Drachen stieg und den Boden berührte, begann sich alles um ihn herum zu drehen, und er wäre gefallen, wenn Wulf ihn nicht aufgefangen hätte. Die Anspannung, die ihn aufrecht gehalten hatte, ließ nach, und die Erschöpfung machte sich bemerkbar. Wulf hob Florin auf seine Arme und sah sich suchend um. In diesem Augenblick flog ein Drache dicht über sie hinweg und ließ ein großes Bündel dicht belaubter Zweige fallen. «Die Chnum sind anscheinend bessere Gastgeber, als ich befürchtet hatte», meinte Wulf scherzend. Dann setzte er Florin sanft auf die Zweige, nahm ihm den Rucksack und das Schwert ab und bettete ihn, so gut es eben ging. Er deckte ihn mit Zweigen zu, und Florin hörte ihn noch sagen: «Schlaf gut, kleiner Schildknappe. Du hast Ruhe verdient», da stürzte er auch schon in den Schlaf wie in einen dunklen Schacht.

Als er sanft geweckt wurde, fiel es ihm schwer, vom Grunde des lichtlosen Brunnens, in dem er zu liegen schien, hinaufzusteigen. Da hörte er Wulfs Stimme sagen: «Es tut mir Leid, dich wecken zu müssen, aber ich halte es für besser, wenn du bei den Beratungen dabei bist. Wer weiß, wann du wieder auf dich allein gestellt bist.»

Florin schlug die Augen auf. Der Morgen dämmerte eben erst. Florin setzte sich hastig auf. Dann stöhnte er leise. «Muskelkater?», fragte Wulf, und Florin nickte. «Kein Wunder», meinte der Ritter, «aber vielleicht ist es ein Trost für dich, wenn ich dir sage, dass ich großen Respekt vor dir habe. Du bist wirklich ein tapferer und kluger Junge.»

Florin sah ihn mit offenem Mund an. Er? Tapfer und klug? Ein Angsthase wie er?

Wulf lachte über sein Gesicht, das sicher wie ein großes Fragezeichen aussehen musste. Er strich ihm über die Haare und meinte: «Mir scheint, du musst noch lernen, an dich selbst zu glauben. Der Ritter in dir scheint noch nicht erwacht zu sein. Und der junge Florin wohl auch noch nicht so ganz. Aber Scherz beiseite. Ich habe das, was ich sagte, wirklich ernst gemeint. In dir steckt viel mehr, als es den Anschein haben mag. Du hast es längst bewiesen!»

«Danke», sagte Florin leise, und er schämte sich nicht einmal, als seine Augen sich mit Tränen füllten. Auf einmal erschien alles, was ihn geängstigt hatte, in einem ganz anderen Licht. Er fühlte Mut in sich, Mut, seinen Ängsten entgegenzutreten, in der Schule, seinetwegen auch im Ferienlager oder wo auch immer diese Dummköpfe ihn plagen wollten. Die haben doch gar keine Ahnung, was wirklich Angst machen kann, dachte er. Diese Einfaltspinsel! Und er fühlte sich erleichtert und sehr viel besser. Beinahe munter sah er Wulf an und fragte: «Und Ihr? Wie habt Ihr geschlafen?»

Wulf lachte und meinte: «So ist es gut. Danke der Nachfrage. Nun, ich habe nicht so gut geschlafen, aber das spielt keine große Rolle. Meine Hand ist dennoch stark genug, ein Schwert zu halten. Und was deine Höflichkeit betrifft, so würde ich dir zwar gerne das Du anbieten, aber für einen Knappen gehört es sich nicht, seinen Ritter so anzusprechen. Verstanden?» Florin sah ihn glücklich strahlend an. Knappe! Er! Und er nickte begeistert. «Gut», fuhr Wulf fort. «Dann lass uns jetzt etwas essen.» Florin sah sich nach Ulysses um und erblickte den Drachen, der am Rand der Felsplatte lag und aufs Meer blickte. «Guten Morgen, Ulysses», rief er fröhlich, denn egal, was auch geschehen mochte, jetzt erschien ihm dieser Morgen einfach herrlich. Der Drache drehte sich nach ihm um, erhob sich und trottete zu ihnen hinüber.

«Es freut mich, dich bei so guter Laune zu sehen», sagte er freundlich und blickte auf den Jungen, der hungrig aß und trank.

«Noch immer keinen Hunger?», fragte Florin.

«Die Chnum haben mich nicht vergessen und mir etwas zu essen gebracht», erwiderte Ulysses. «Nein, keine Sorge. Nicht nur geschmolzene Steine. Ich habe mir erlaubt, meine Mahlzeit zu mir zu nehmen, während ihr geschlafen habt. Meine Speise wäre für eure Augen wohl etwas … nun, sagen wir, zu roh gewesen.»

Florin schluckte und murmelte: «Wie rücksichtsvoll.

Danke.» Dann meinte er: «Ich habe euch noch gar nicht gefragt, was eigentlich gestern am Vulkan passiert ist. Warum sind Suna und Pero Tafur gefangen genommen worden? Und wie habt ihr mich gefunden?»

Ein Schatten fiel über das Gesicht des Drachenritters. Florin sah wieder die Sorge in seinen Augen, und er spürte, dass sich der Ritter die ganze Zeit nur mühsam beherrschte und dass ihm die Scherze nicht leicht gefallen sein mussten. Florin schalt sich selber. Wie hatte er seine Freunde auch nur einen Augenblick vergessen können? Und plötzlich erschien ihm der Wind kühler als zuvor, und er wusste, dass ihnen nichts Leichtes bevorstand.

Da Wulf schwieg, sagte Ulysses: «Die Sirrusch haben Suna und Pero Tafur überrascht. Doch wenigstens haben wir ihnen Gleiches mit Gleichem vergolten und sie mit derselben List geschlagen.» Als Florin ihn verständnislos ansah, fuhr er erklärend fort: «Sie kamen aus den dunklen Wolken des Rasul, in denen sie wohl Wache gehalten hatten, ohne dass wir sie bemerken konnten. Vier oder fünf von ihnen, die Suna und Pero Tafur entdeckt haben müssen, ließen sich wie Steine auf sie herabfallen. Und wie schon die anderen im Kampf gegen die Tarasker haben sie nicht auf die Wunden geachtet, die ihnen die beiden geschlagen haben, sondern nichts anderes im Sinn gehabt, als Suna und Pero Tafur zu entwaffnen. Dann hat es nicht lange gedauert, bis der Khras erschienen ist und der Flammenritter ihnen ihre Kraft genommen hat.»

«Und wie habt ihr mich gefunden?», fragte Florin.

«Das hast du Ulysses zu verdanken», sagte Wulf mit heiserer Stimme. «Wenn es nach mir gegangen wäre, wäre wohl noch größeres Unheil angerichtet worden. Denn als ich sah, dass Suna und Pero Tafur angegriffen wurden, wollte ich sogleich zu ihnen, irgendwie, nur schnell und ohne Rücksicht auf Verluste. Doch Ulysses hat mich gepackt und zu Boden geworfen, sodass ich mich nicht mehr rühren konnte und tatenlos mit ansehen musste, was mit den beiden geschah. In diesem Augenblick hätte ich Ulysses am liebsten … na ja, du kannst es dir sicher vorstellen. Dabei hatte er natürlich Recht und im Gegensatz zu mir einen kühlen Kopf bewahrt. Aber schließlich kam ich wieder zu mir, und wir überlegten, was zu tun sei, und vor allem, was mit dir geschehen sein mochte. Was wir sahen, war sehr verwirrend für uns. Suna und Pero Tafur wurden zu den anderen in die Höhle gebracht, doch dann kamen mehr Sirrusch aus der Höhle heraus, als hineingegangen waren. Was also ging da vor sich? Wo warst du? Das Einzige, was wir sicher wussten, war, dass der Khras mit dem Flammenritter die Höhle nicht betreten hatte. Also konnten wir vermuten, dass du irgendwie entkommen bist, und uns blieb nichts anderes übrig, als zu warten und den Vulkan zu beobachten, in der Hoffnung, ein Lebenszeichen von dir zu entdecken. Jetzt können wir dich ja endlich fragen, wie es dir gelungen ist, den Sirrusch zu entgehen.»

Da erzählte Florin ihnen von dem schrecklichen Augenblick, in dem das Seil in die Höhle gefallen war und wie er sich neben die Drachenritter gelegt hatte und so von den Sirrusch, die von zwei Seiten gekommen waren, übersehen worden war. Und er schilderte ihnen seinen Weg durch den Felsengang bis ins Freie. «Habt ihr die Lichtzeichen gesehen, die ich mit meiner Taschenlampe gemacht habe?», fragte er schließlich.

«Ja», antwortete Wulf. «Das war eine gute Idee.» Dann sah er Florin kopfschüttelnd an und meinte: «Du bist wirklich ein Teufelskerl! Sich einfach neben die Drachenritter zu legen. Wer kommt schon auf solch einen Gedanken, und dann noch in solch großer Gefahr? Vielleicht sollte eher ich bei dir Knappe werden.»

Florin wurde rot und stammelte: «Ritter sein, das … das ist mehr als nur ein paar Ideen im Kopf haben.»

«Da hast du Recht», erwiderte Wulf, «doch auf jeden Fall hast du das Zeug dazu.»

«Und … wie ging es weiter?», fragte Florin mit hochrotem Kopf.

«Nun, wir haben das getan, was uns die Sirrusch vorgemacht hatten», antwortete Ulysses. «Als wir die Lichtzeichen sahen, nahm ich Wulf rasch auf den Rücken, und wir verließen die Höhle durch die Schlucht, durch die wir gekommen sind. Dann konnte ich in der Deckung der Berge zu der dunklen Rauchwolke hinauffliegen und in ihrem Schutz bis zu dir gelangen. Gerade noch rechtzeitig, denn inzwischen hattest du ja lautstark auf dich aufmerksam gemacht.»

«Das war keine Absicht», sagte Florin verlegen. «Ich wusste doch nicht, ob ihr mich gesehen hattet, und dachte, dass es am besten sei, zum Fuß des Vulkans hinabzusteigen und zwischen den Felsen bis zu euch zu schleichen. Aber es war zu viel für mich, und ich bin abgestürzt. Es wäre wohl besser gewesen, wenn ich auf euch gewartet hätte.»

Wulf legte ihm eine Hand auf die Schulter und sagte: «Du

brauchst dich nicht zu entschuldigen. Du hast getan, was du für richtig gehalten hast. Du warst auf dich allein gestellt und musstest also auch selber Entscheidungen treffen. Mehr konntest du nicht tun. Es ist ja auch alles gut gegangen, obwohl ich in den Rauchwolken fast erstickt bin.» Und er schüttelte sich bei dieser Erinnerung.

In diesem Augenblick trat der Arkan mit mehreren anderen Drachen aus der Höhle, und die Chnum ließen sich ihnen gegenüber in einem Halbkreis nieder.

«Ich sehe euch bei Kräften», eröffnete der Arkan das Gespräch. «Das ist gut, denn es wird Zeit zu entscheiden, was zu tun ist. Dieser Tag mag die Entscheidung bringen.»

«Glaubt Ihr, dass es schon so weit ist?», fragte Ulysses.

«Die Dinge sind in Bewegung geraten», erwiderte der Arkan. «Die Drachenritter haben Jawzahr betreten, und aus ihrer Kraft wurde der Flammenritter geschaffen, der all unsere Pläne zunichte machen kann. Und der Khras ist gewarnt worden. Er weiß, dass ihr entkommen seid, und er hat inzwischen wohl die Toten an der Küste gesehen. Er ist schlau und wird unser Bündnis erraten. Noch ist es nur eine Vermutung, doch wird er nicht so lange zögern, bis er Gewissheit hat.» Er schwieg einen Augenblick und blickte nachdenklich auf Ulysses, dann fuhr er fort: «Ihr habt offen zu uns gesprochen. Wir wissen nun, dass der Khras Eurem Volk den wahren Tod nehmen will. Doch seid gewiss, dass es seine Absicht ist, diesen Frevel auch an uns zu begehen. Nur er und seine Getreuen sollen in den Mazandar wieder geboren werden, damit er und die seinen werden wie die Mazandar.»

«Glaubt Ihr, dass dies geschehen kann?», fragte Wulf.

«Dies ist nicht der Ort, Dinge zu enträtseln, die größer sind als wir», entgegnete der Arkan. «Doch eines ist gewiss: Es mag nur ein Irrglaube sein, ein Frevel, doch mindert dies nicht die Gefahr, die uns droht. Denn der Khras wird nicht ruhen, bis er uns alle vernichtet hat und der Wind unsere Asche zerstreut. In dieser Gefahr gibt es keinen Unterschied zwischen den Chnum und den Garuda … und den Menschen. Also müssen wir dieser Gefahr gemeinsam entgegentreten.»

«Mein Schwert ist das Eure», sagte Wulf mit fester Stimme und zog das Drachenschwert aus der Scheide. Dann hob er die Klinge hoch und fuhr fort: «Diese Klinge ist einst im Drachenfeuer geschmiedet worden, und das Feuer erwachte im Kampf gegen den Khras. Doch es wurde ihm genommen, und nun ist es nicht mehr als jedes andere Schwert. Doch auch nicht weniger. Auch ohne das Drachenfeuer mag es noch manche Tat vollbringen. Wenn es auch leider nicht stark genug sein wird, den Flammenritter zu besiegen.»

Der Arkan blickte nachdenklich auf das Schwert und sagte: «Dies also ist das letzte der Drachenschwerter. Es wäre vielleicht besser gewesen, wenn es damals wie alle anderen Schwerter vernichtet worden und nie nach Jawzahr gekommen wäre. Doch die Zukunft mag erweisen, ob es noch anderes bewirken kann als nur Unheil wie bisher. Nur dass Ihr sagt, dieses Schwert könne den Flammenritter nicht besiegen, erscheint mir nicht richtig.»

«Wie meint Ihr das?», fragte Wulf erstaunt. «Das Schwert hat seine Kraft verloren. Nur mit meiner Stärke allein kann ich den Flammenritter nicht besiegen.»

«Dann besiegt ihn nicht mit Eurer Stärke, sondern mit

Eurer Schwäche», entgegnete der Arkan, und als sie ihn verständnislos ansahen, fuhr er fort: «Vergesst nicht, wen ihr vor euch habt. Ich habe einst zu jenen gehört, die die Kunst beherrschten, diese Schwerter im Drachenfeuer zu schmieden. Und wer als der Schmied sollte diese Klinge und ihre Geheimnisse besser kennen? Das Drachenfeuer mag ihm genommen worden sein, und in euren Augen mag es ein unscheinbares Schwert sein, das sich in nichts von anderen Schwertern unterscheidet. Welch ein Irrtum! Dieses Schwert ist nicht nur im Drachenfeuer geschmiedet worden, es hat dieses Feuer auch an sich gebunden. Unscheinbar ist ein Drachenschwert, wenn es ruht, doch in jedem Kampf gegen einen Drachen ist es von neuem erwacht. Aber wie sollte ein einfaches Schwert dieses Feuer an sich binden können? Nur die Magie eines Drachenschwertes vermag dies. Jene Magie, die die Schmiede diesen Schwertern einst verliehen haben. Und niemand sonst als seine Schmiede können diesem Schwert seine magische Kraft nehmen.»

Ungläubig ruhten ihre Blicke auf dem Schwert, das Wulf flach in seinen Händen hielt. Dann sah Wulf auf und fragte: «Und Ihr meint wirklich, dass dieses Schwert der Schlüssel im Kampf gegen den Khras sein könnte? Doch wenn, was soll das bedeuten, wenn Ihr sagt, dass nicht meine Stärke, sondern nur meine Schwäche den Khras besiegen kann?»

Der Arkan überlegte, dann antwortete er: «Ich werde versuchen, es zu erklären. Der Khras ist stark und mächtig und kennt nichts anderes als Stärke und Macht. Und jede Waffe, die er ersinnt, wird stets auf die Stärke seiner Gegner zielen. Darum hat er das magische Feuer erschaffen, das seine Kraft aus der Kraft seiner Feinde nährt, und aus der Begegnung mit den Drachenrittern entstand ein mächtiges Spiegelbild, der Flammenritter. Keine Kraft kann den Flammenritter übertreffen, denn jede Kraft verleiht ihm noch größere Stärke. Doch was wäre, wenn sich dem Khras ein Gegner stellen würde, der schwach ist, der nicht danach trachtet, ihn zu besiegen, der dem Flammenritter keine neue Stärke verleiht? Stößt dann die Stärke des Flammenritters nicht in eine Leere, in der sie sich verzehrt, eine Leere, die sich nun ihrerseits von der Macht des magischen Feuers nährt?»

«Ach du liebes bisschen», stöhnte Florin. «Müssen sich Drachen denn immer so kompliziert ausdrücken?»

Der Arkan sah ihn an und erwiderte freundlich: «Es ist niemals einfach, sich mit der Magie zu befassen. Sie bindet Kräfte der Natur, die nur mit den Sinnen erfahren werden können, aber kaum zu beschreiben sind. Darum drücken wir uns in Bildern aus, die sicherlich nicht einfach zu verstehen sind. Doch denke an das, was ich gesagt habe, an die Magie des Schwertes. Sie hat das Drachenfeuer an sich gebunden, bis es dem Schwert genommen wurde. Und das Schwert wurde auch zur Brücke, über die das magische Feuer des Khras die Kraft des Drachenritters an sich ziehen konnte. Diese Fähigkeit hat das Schwert dabei nicht verloren, die Fähigkeit, eine Brücke zu sein, auf der Kräfte wie von Ufer zu Ufer hinüberwechseln können. Doch um den Khras zu besiegen, um die verlorene Kraft wiederzugewinnen, und mehr noch, auch die Stärke und Macht des Khras an sich zu ziehen, dafür muss derjenige, der das Schwert hält, frei sein von Stärke, frei vom Willen zu siegen. Er muss schwach sein.» – «Das erscheint mir so widersinnig», entfuhr es Wulf. «Zu siegen, ohne siegen zu wollen, wie sollte das möglich sein? Könnt Ihr Euch vorstellen, stark zu sein, indem Ihr schwach seid?»

«Ja, das könnte ich», entgegnete der Arkan. «Die lange Beschäftigung mit der Magie befähigt mich dazu. Doch ist dies für den Kampf, den es zu führen gilt, nicht von Nutzen.»

«Warum?», fragte Wulf.

«Habt Ihr vergessen, dass nur ein Mensch das Schwert führen kann?», fragte der Arkan. «Also muss derjenige, dessen Schwäche den Khras besiegen soll, ein Mensch sein, ein Ritter wie Ihr.»

«Aber wie?», seufzte Wulf.

«Ihr müsst Euch befreien», sagte Ulysses. «Von all Euren Gedanken, die den Sieg wünschen. Eure Hand darf das Schwert nicht als Waffe führen, und Ihr dürft Eurem Gegner nicht als Krieger gegenübertreten.»

«Vergesst nicht, dass der Khras meine Gefährten, meinen Vater und meine einzige Tochter in seiner Gewalt hat», begehrte Wulf auf. «Wie sollte ich das vergessen können? Und selbst wenn, was kann ein Schwert anderes sein als eine Waffe, und was kann ich anderes sein als ein Krieger, wenn ich das Schwert führe?»

«Das Schwert ist nur eine Waffe, wenn ein Wille da ist, der es dazu macht», erwiderte der Arkan.

«Schon der Schmied, der dieses Schwert geschmiedet hat, hat es als Waffe gedacht», wandte Wulf ein.

«Ihr habt Recht», sagte der Arkan mit trauriger Stimme. «Das will ich nicht leugnen. Doch es liegt an Euch, dies zu ändern.»

«Ich geb's auf», seufzte Wulf. «Wir drehen uns im Kreis. Aber nehmen wir an, es gelingt mir. Nehmen wir an, ich kann dem Khras … leer gegenübertreten. Was kann dies bewirken?»

«Das Schwert wird wieder eine Brücke sein», antwortete der Arkan. «Eine Brücke, über die die Kraft des Flammenritters und auch des Khras in Euch übergehen kann. Und Ihr werdet kampflos siegen.»

«Weiß denn der Khras nicht, wie gefährlich das Schwert für ihn ist?», fragte Florin.

«Nein, wie sollte er es wissen?», entgegnete der Arkan. «Er wurde geboren, lange nachdem die Schmiede die Schwerter erschaffen haben. Er kennt die Geheimnisse der Drachenschwerter nicht. Für ihn ist dieses Schwert, dem er das Drachenfeuer geraubt hat, so wertlos, wie es dies für euch war, bevor ich euch seinen wahren Wert enthüllt habe.»

«Na dann», meinte Florin und sah Wulf an. «Glaubt Ihr, dass Ihr es schaffen könnt?»

Wulf sah nachdenklich auf das Schwert. Dann sagte er leise: «Ich weiß es nicht. Aber ich werde es versuchen. Und wenn es mich mein Leben kostet. Denn was wäre dieses Leben noch wert, wenn ich Suna verlieren müsste, um es zu behalten?»

«Haltet an diesem Gedanken fest», sagte der Arkan. «Diese Furchtlosigkeit mag ein guter Anfang sein. Denn wenn Ihr ohne Angst vor dem Tod seid, so mag Euch dies von den Leidenschaften des Lebens befreien.»

«Wir werden sehen», entgegnete Wulf. «Doch nun haben wir zwar eine Waffe, aber noch keinen Plan. Noch stehe ich dem Khras nicht gegenüber. Zwischen mir und ihm stehen die Sirrusch. Freiwillig wird er sich dem Kampf mit mir vielleicht nicht stellen, solange seine Kämpfer dies für ihn tun können.»

«Das stimmt», meinte der Arkan. «Also wird es die Aufgabe der Chnum sein, die Sirrusch von Euch fern zu halten und dafür zu sorgen, dass Ihr dem Khras allein gegenüberstehen werdet.»

«Seid ihr denn stark genug?», fragte Ulysses.

«Ihr meint, um einen offenen Angriff auf Kal-Schergat zu wagen?», entgegnete der Arkan. «Nein, dafür sind wir zu schwach. Kal-Schergat ist eine starke Festung, und die Sirrusch sind uns zahlenmäßig weit überlegen. Aber es gibt einen anderen Weg.»

«Was für einen anderen Weg?», fragte Wulf und verzog das Gesicht. «Ich hoffe, dass es diesmal etwas … Handfesteres ist und nicht wieder etwas … was ist und gleichzeitig doch nicht ist.»

Der Arkan lachte und erwiderte: «Seid ohne Sorge. Dieser andere Weg wird ganz nach Eurem Geschmack sein. Wir werden Kal-Schergat zerstören und in der Verwirrung, die daraus entsteht, den Sirrusch zumindest so lange Widerstand leisten können, bis Ihr Euren Kampf gegen den Khras bestanden habt. Wenn Ihr siegt, dann werdet Ihr eine Waffe in Euren Händen haben, die auch den Sieg über die Sirrusch davontragen wird.»

«Aber wie wollt Ihr Kal-Schergat zerstören ohne einen offenen Angriff?», fragte Wulf ungläubig.

«Einst war ich der Khras», erwiderte der Arkan. «Einstmals war Kal-Schergat mein Heim. Ich kenne also den Rasul. Ich weiß, welche Kräfte im Inneren dieses Vulkans schlummern. Und ich weiß, wie diese Kräfte zu wecken sind.»

«Dafür müsstet Ihr aber erst den Rasul betreten», meinte Ulysses.

«Ja», antwortete der Arkan. «Und dies werde ich auch tun.»

«Glaubt Ihr, dass Ihr ihn erreichen könnt, ohne von den Sirrusch entdeckt zu werden?», fragte Wulf. «Am Krater mag Euch die Rauchwolke zwar verbergen, doch bis dahin ist der Weg offen und weit.»

«Das ist nicht der einzige Weg in den Rasul», entgegnete der Arkan. «Ich werde den verborgenen Weg gehen, durch die Feuer der Tiefe. Es gibt Verbindungen zwischen den Vulkanen. Auch zwischen den Vulkanen von Dahschur und dem Rasul.»

«Wird das lange dauern?», fragte Wulf besorgt. «Die Zeit drängt.»

«Noch heute Abend wird der Rasul erwachen», antwortete der Arkan.

«Das mag zu spät sein», wandte Wulf ein. «Nach allem, was geschehen ist, wird der Khras das Land der Garuda vielleicht schon heute angreifen.»

«Ich denke, dass der Arkan dafür gesorgt hat, dass dieser

Angriff sich noch etwas verzögert», meinte Ulysses. «Oder war es eine Täuschung, was ich diese Nacht gesehen habe? War es nicht das Heer der Chnum, das Dahschur heute Nacht wieder verlassen hat?»

«Ihr habt richtig gesehen», sagte der Arkan. «Die Chnum sind übers Meer zurückgekehrt und haben sich in kleinen Gruppen in den Bergen um Kal-Schergat verteilt. Der Khras wird seine Aufmerksamkeit noch eine Weile den vielen kleinen Angriffen der Chnum widmen müssen. Noch weiß er nicht, dass es nur Scheinkämpfe sind. Und bis er es erkannt hat, wird es zu spät sein.»

«Was heißt das, wenn der Rasul erwacht?», fragte Florin. «Soll das etwa bedeuten, dass der Vulkan ausbrechen wird? Aber was geschieht dann mit den Taraskern? Die sind nicht so feuerfest wie die Sirrusch.»

«Keine Sorge», entgegnete der Arkan. «Auch daran habe ich gedacht. Es wird uns zwar nicht viel Zeit bleiben, denn ich kann die Kräfte des Vulkans, wenn sie einmal befreit sind, nicht lange bändigen, dennoch werden die feurigen Ströme anfangs langsam ansteigen und nur die unteren Höhlen überfluten. Wenn die Erde bebt, wird dies für die Chnum das Zeichen zum Angriff sein. Dieser Angriff wird in zwei Wellen erfolgen. Die erste, größere Welle wird die Sirrusch an sich binden und vom Vulkan abziehen. Die zweite Welle richtet sich auf die Höhle, in der die Tarasker gefangen gehalten werden. Wenn alles gelingt, sollten sie befreit und in Sicherheit sein, bevor ich die Kräfte der Tiefe nicht mehr halten kann.»

«Wenn das nur gut geht», seufzte Florin. «Und die Sirrusch? Was geschieht mit ihnen? Wollt ihr sie wirklich alle töten? Es sind doch schon so viele getötet worden? Hat das denn nie ein Ende?»

«Sie folgen dem Khras», meinte der Arkan. «Sie sind Feinde. Wenn wir sie nicht töten, werden sie nicht zögern, uns zu vernichten.»

«Aber Ihr habt doch gesagt, dass der Khras euch unterdrückt hat und dass ihr deshalb Rebellen geworden seid», entgegnete Florin. «Vielleicht ist es bei den Sirrusch genauso. Wenn der Khras besiegt ist, könnte es doch sein, dass sie nicht mehr gegen euch kämpfen.»

«Sie werden niemals aufgeben», meinte der Arkan. «Denn von uns erwarten sie nichts anderes als den Tod.»

«Solange ihr nichts anderes im Sinn habt, als sie zu vernichten», sagte Florin wütend, «wird sich auch nie was ändern.»

Der Arkan sah ihn erstaunt an. Dann senkte er den Blick und sagte: «Ich werde über deine Worte nachdenken. Doch fürchte ich, dass die Zeit für eine Veränderung zu knapp ist. Die Schlacht hat bereits begonnen. Ich muss euch nun verlassen. Ich werde in die Feuer der Tiefe tauchen, um den Rasul auf diesem Weg zu erreichen. Meine Gefährten werden euch nach Kal-Schergat begleiten. Dort wird es an euch sein, den richtigen Zeitpunkt zu wählen, an dem das Schwert dem Khras entgegentritt. Doch wartet, bis die Erde bebt und das Zeichen zum Angriff gibt.»

«Das Glück sei mit Euch», sagte Wulf. «Wir sehen uns wieder, wenn der Sieg unser ist.»

«Hoffen wir, dass es so sein wird», erwiderte der Arkan. Er

erhob sich und wandte sich ab. Sie sahen ihm nach, bis er durch den Gang am Ende der Höhle verschwunden war.

«Worauf warten wir noch?», fragte Wulf und sprang auf. «Lasst uns keine Zeit verlieren und sogleich aufbrechen.»

Schon bald ritten er und Florin auf Ulysses' Rücken durch die Luft und ließen Dahschur, das Versteck der Chnum, rasch hinter sich zurück. Umringt von ihren Begleitern, zogen sie über das Meer, einem Kampf entgegen, dessen Ausgang mehr als ungewiss war.

Es war heller Morgen, als sie Dahschur verließen. Die Sonne hatte sich längst vom Horizont gelöst, und das Meer schien in unzählige blendende Lichter zu zersplittern. Doch Florin hatte kaum ein Auge für diesen herrlichen Anblick. Ihm bereitete der strahlend blaue Himmel nur Sorge. Viel lieber wäre es ihm gewesen, der Himmel wäre von dichten Wolken bedeckt gewesen, in deren Schutz sie die Küste hätten anfliegen können. Hatte Wulf nicht gesagt, dass es für den Arkan zu gefährlich sei, sich dem Rasul offen zu nähern? Und wie stand es mit ihnen? Er beugte sich vor und fragte: «Ulysses, glaubst du nicht, dass wir wieder den Sirrusch in die Arme fliegen? Wenn die Chnum so viel Unruhe um Kal-Schergat herum stiften, dann muss es doch nur so von Sirrusch wimmeln.»

«Ich habe auch schon daran gedacht», antwortete Ulysses.

«Aber vielleicht hast du nicht bemerkt, dass wir Dahschur in nordöstlicher Richtung verlassen haben. Wir werden die Küste nicht an derselben Stelle erreichen, an der wir gestern aufgebrochen sind. Ich vermute, dass die Chnum wissen, wie sie den Sirrusch aus dem Weg gehen können.»

«Na, hoffentlich fallen die Sirrusch nicht schon über uns her, bevor wir die Küste erreicht haben», meinte Florin besorgt. «Hier gibt es nicht besonders viele Verstecke.»

«Nicht einmal der Khras selbst würde uns über dem Meer angreifen», sagte Ulysses. «Das Meer ist das Reich der Mazandar, und die Mazandar würden jeden bestrafen, der es wagt, den Frieden ihres Reiches zu brechen. Denk an die Hochzeitsflüge der Garuda, von denen ich dir erzählt habe. Auch sie bleiben verschont, weil die Sirrusch sie über dem Meer niemals stören würden. Nein, hier sind wir sicher.»

Etwas erleichtert lehnte sich Florin wieder zurück. Dann sah er sich nach Wulf um. Das Gesicht des Ritters war zugleich von Vorfreude und Unruhe gezeichnet. Sicher war er froh, dass das untätige Warten ein Ende hatte und er endlich etwas unternehmen konnte, um Suna und die anderen zu befreien. Aber andererseits musste es ihm nicht wenig Sorge bereiten, wie er dem Khras begegnen sollte. Was der Arkan gesagt hatte, war zwar verständlich gewesen, aber es in die Tat umzusetzen war etwas ganz anderes. Das war nichts, worauf die vielen Stunden, in denen ein Drachenritter den Schwertkampf trainiert, ihn hätten vorbereiten können. Dies war Neuland, das der Ritter betrat, und er würde alles zurücklassen müssen, was er erlernt hatte.

Wulf bemerkte Florins Blick, und er versuchte zu lächeln.

«Es tut gut, nicht nur von Drachen umgeben zu sein», sagte er leise. «So recht kann ich mich noch immer nicht an sie gewöhnen. Da ist mir ein menschliches Gesicht doch lieber.»

«Und Ulysses?», fragte Florin. «Habt Ihr denn nicht auch das Gefühl, dass er Euch irgendwie nahe steht?»

«Du meinst, weil wir die Nachfahren der Drachensöhne sind», sagte Wulf nachdenklich. «Weil in unseren Adern Drachenblut fließt. Ich muss gestehen, nein. Vielleicht ist das Drachenblut bei mir schon zu dünn.»

«Das ist doch bei mir nicht anders», widersprach Florin. «Und trotzdem ist Ulysses für mich wie … na ja, eben wie ein Bruder. Ich glaub, das hab ich schon mal gesagt.»

«Das hast du wirklich», erwiderte Wulf und musste lächeln. «Und ich glaube dir auch. Du bist jung und nicht in demselben Glauben wie ich aufgewachsen. Du magst ein Drachensohn sein, aber ein Drachenritter bist du eben nicht. Du bist frei von unseren Vorurteilen und unseren festen Vorstellungen und kannst noch dem folgen, was dein Gefühl dir sagt. Das ist ein großer Vorteil, um den ich dich beneide.»

«Es muss eine Enttäuschung für Euch sein, dass es in Tiamat keine Schätze gibt», meinte Florin. «Also war alles umsonst.»

«Eine Enttäuschung?», entgegnete Wulf. «Vielleicht. Sicher wird es den Taraskern nicht leicht fallen, aber die Schätze werden noch das Geringste sein, was sie verschmerzen müssen. Viel schwerer wird es sein zu akzeptieren, dass nichts so ist, wie wir geglaubt haben, und dass unser Leben seinen Sinn verliert oder … sich einen neuen Sinn suchen muss.»

«Und glaubt Ihr, dass sie Tiamat immer noch erobern wollen?», fragte Florin. «Es wäre sicher nicht recht, den Drachen ihre Heimat zu …» Er verstummte.

«Stehlen wolltest du wohl sagen», sagte Wulf. «Sprich es ruhig laut aus. Wenn wir das täten, wären wir nicht besser als gemeine Diebe.» Er seufzte und fuhr fort: «Ich fürchte, ich kann es jetzt nicht mehr anders sehen als du. Als die Drachen für mich nur Bestien waren, die es zu töten galt, war alles noch einfach. Tiamat sollte unser werden, damit wir in dieser Welt endlich wirklich als Ritter leben konnten und unser wahres Wesen nicht länger vor den Augen der Welt verbergen mussten. Aber jetzt? Jetzt haben sich diese Bestien als Wesen gezeigt, die uns Menschen erschreckend ähnlich sind. Sie können denken und sprechen, wenn sie dies auch meistens nicht auf die gleiche Weise wie wir tun. Sie irren, streiten und bekriegen sich wie die Menschen. Und sie haben sich sogar ein Bild von ihrer Welt gemacht, das nicht geringer zu schätzen ist als das, woran wir Menschen glauben. Zumindest klingt es nicht viel unfassbarer als alles, was wir Menschen uns zusammenreimen. Nein, ich denke, ich würde es vorziehen, Tiamat den Drachen zu überlassen. Ich glaube nicht, dass wir das Recht haben, ihnen diese Welt zu nehmen.»

«Hoffentlich denken das auch die anderen», meinte Florin.

«Wenn sie je wieder die Gelegenheit haben, sich Gedanken darüber zu machen», sagte Wulf, «dann … ja, doch ich bin sicher, dass sie wie ich denken werden. Die Tarasker sind Ritter, und das Ziel, das sie sich setzen, muss ehrenvoll sein. Nur darf nie jemand außer den Taraskern von Tiamat erfahren.»

«Warum?», fragte Florin.

«Glaubst du, dass die Menschen so denken, wie … die Tarasker es sicher tun werden?», entgegnete Wulf. «Ein bisschen Geschichtsunterricht wirst du doch in der Schule wohl schon gehabt haben, nicht wahr? Klang das nach Friedfertigkeit und Achtung vor dem Eigentum anderer?» Florin schüttelte stumm den Kopf, und Wulf fuhr seufzend fort: «Aber wir reden über ungelegte Eier. Noch haben wir ganz andere Sorgen. Und es ist noch lange nicht gesagt, dass jemals eine Nachricht über Tiamat unsere Welt erreicht. Nun, bald werden wir es ja wissen. Da ist schon die Küste zu sehen.»

Florin wandte sich wieder nach vorne und sah nun auch die deutliche Linie der Küstenfelsen, an denen sich die Wellen brachen. Wie Ulysses gesagt hatte, erreichten sie die Küste an einer Stelle, die weiter östlich von dem Ort lag, an dem die Sirrusch von den Chnum besiegt worden waren. Ein schmaler Strom mündete an dieser Stelle ins Meer. Das Flussbett wurde von spitzen Felsen eingesäumt. Es machte den Anschein, als hätte ein gewaltiges Messer dem Land einen groben Schnitt beigebracht, der wie eine Wunde das Meer und die Berge verband.

Hier sanken die Chnum bis nahe an die Wasseroberfläche und hielten im Schutz des Felsenbettes auf die Berge zu. Der Fluss wand sich in einem weiten Bogen bis zu den steilen Ausläufern des Tarangebirges. Florin sah die bizarren Spiegelbilder der Drachen über das Wasser gleiten. Die dunklen roten und schwarzen Farben der Chnum, die den grünen, zuweilen golden schimmernden Schatten von Ulysses umrahmten.

Gegen Mittag erreichten sie die Berge. Dort glitten die Drachen vorsichtig von einer Schlucht in die nächste und nahmen nicht selten weite Umwege in Kauf, um nicht über die Gipfel der Berge fliegen zu müssen und damit zu riskieren, von den Sirrusch entdeckt zu werden. Auch so war die Gefahr schon groß genug, den Sirrusch, die die Berge um Kal-Schergat nach den Gruppen der Chnum absuchen würden, zu begegnen.

Doch sie hatten Glück und kamen ungefährdet voran. Als Florin eine der Schluchten, durch die sie flogen, auf einmal bekannt vorkam, sah er auch schon die Höhle vor sich, die ihnen erst vor kurzem als Aussichtspunkt auf die Hänge des Rasul gedient hatte. Hier also würden sie den Abend und das Zeichen zum Angriff erwarten.

Kaum hatten sie die Höhle betreten, als die Chnum wieder abhoben und sie zurückließen. Wenn der Angriff begann, würden sie sich mit ihren Kampfgenossen vereinen. Bis dahin konnten sie dazu beitragen, mit Scheinangriffen die Sirrusch hinzuhalten.

Ulysses, Wulf und Florin nahmen wieder ihren Ausguckposten am Felsenfenster ein und blickten auf den Rasul. Florin spürte einen Stich im Herzen, als er die Höhle wieder sah, in der die Tarasker gefangen gehalten wurden. Wie mochte es ihnen gehen? Wie sehr hatten sie schon unter dem Entzug ihrer Lebenskraft gelitten? Wie alt mochten sie geworden sein?

Die Sonne verbarg sich über der Rauchwolke, die noch immer träge aus dem riesigen Krater des Vulkans aufstieg. Ein dumpfer, trüber Schatten färbte die schroffen Hänge.

Und obwohl die Scheinangriffe der Chnum ihre Wirkung nicht zu verfehlen schienen und große Verbände der Sirrusch immer wieder in höchster Eile ausschwärmten, um doch nur unverrichteter Dinge wieder zurückzukehren, herrschte eine drückende Stille, die das Sausen der Schwingen und das Fallen von Steinen, die in die Tiefe stürzten, kaum zu durchbrechen vermochte.

«Die Schlacht hat begonnen», hatte der Arkan zu ihnen gesagt. Florin spürte auf einmal, dass die Ruhe, die noch zu herrschen schien, nur eine trügerische war. Die Gefahr war da, war immer schon da gewesen, seit sie Tiamat betreten hatten. Und das, worauf sie warteten, mochte nur der schreckliche Höhepunkt eines Sturms sein, dessen Winde sie schon lange vor sich hergejagt hatten.

TEIL ACHT

Der Meister

An diesem Nachmittag kroch die Zeit zäher dahin, als Florin es jemals erlebt hatte. Die anwachsende Spannung war kaum noch zu ertragen. Stunde um Stunde verrann, ohne dass sie anderes tun konnten, als zu warten. Die Sirrusch kamen und gingen, aber nichts Nennenswertes geschah. Der Khras ließ sich nicht blicken, und niemand schien die Höhle mit den gefangenen Taraskern zu betreten. Zumindest nicht von außen. Was sich im Inneren der Höhle abspielen mochte, war nicht zu erraten.

Hin und wieder warf Florin einen scheuen Blick auf Wulf, der sich zurückgezogen hatte. Lange hatte er neben ihnen gesessen und die Hänge des Rasul beobachtet, und Florin hatte gesehen, wie steinern sein Gesicht jedes Mal wurde, wenn er einen Blick auf den großen Felsblock warf, der den Zugang zu Suna, zu seinem Vater und seinen Freunden versperrte. Sie waren so nah und doch so unerreichbar. Es musste schrecklich für ihn sein. Schließlich zog er sich zurück und setzte sich in den tiefen Schatten der Höhle. Dort saß er gegen die Felswand gelehnt, mit geschlossenen Augen, das blanke Drachenschwert flach in seinen Händen. Versuchte er sich auf den sonderbaren Kampf, der ihm bevorstand, vorzubereiten, diesen Kampf, der nur zu gewinnen war, wenn er nicht kämpfte? Florin wagte nicht, ihn anzusprechen. Ja, er wagte es nicht einmal, mit Ulysses zu reden, da er fürchtete, jedes Wort könne den Drachenritter stören. Es hing so entsetzlich viel davon ab, dass es Wulf gelang, seine Aufgabe zu verstehen und so zu handeln, wie es der Arkan erklärt hatte.

Ob der Arkan es rechtzeitig schaffen würde? Was für ein unglaublicher Weg, den der Führer der Chnum in diesem Augenblick gehen musste! Irgendwo im Innern der Erde bewegte er sich durch die Feuer der Tiefe. Florin hatte genug Filme im Fernsehen gesehen, in denen Vulkane ausbrachen und gewaltige Lavamassen über ihre Hänge flossen. Er erinnerte sich an die feurigen, zähen Ströme aus flüssigem Gestein. Und durch diese unvorstellbare Hitze bahnte sich der Arkan seinen Weg! Wie war das nur möglich? Was für sonderbare Wesen waren die Sirrusch, die in diesem Feuer nicht verbrannten?

Florin starrte auf den Vulkan, auf die undurchdringlichen, langsam quellenden Rauchwolken, die aus seinem Krater aufstiegen und die giftgelben und schwarzen Schwaden, die über seine Hänge waberten. Nichts schien das lastende Schweigen durchbrechen zu können, das die bedrohliche Macht des Rasul um sich verbreitete. Kein Anzeichen deutete auf einen bevorstehenden Ausbruch hin. Und diesen Koloss wollte der Arkan aus seinem Schlaf reißen? Welche

Macht sollte dies bewirken können? Wo steckt dieser Kerl bloß?, dachte Florin. Das ist ja kaum noch auszuhalten.

Plötzlich hörte er, wie Wulf sich erhob und näher kam. Er sah sich fragend nach dem Ritter um. Doch Wulf sah mit großen Augen über sie hinweg und schien sie nicht wahrzunehmen. «Etwas geschieht», sagte er.

«Ja», erwiderte Ulysses. «Ich kann es auch fühlen.»

Florin verstand nicht, wovon die beiden sprachen. Er sah zum Vulkan hinüber, aber es schien sich nichts verändert zu haben. Die tief stehende Sonne warf einen scharf geschnittenen Lichtkorridor durch einen schmalen Spalt, den die Berge und die Rauchwolke freiließen. Fast schien es, als würde sich das Licht um den Rasul herumschleichen, um einen Teil seiner Hänge und die Ebene am Fuß des Vulkans für die bevorstehende Schlacht aus den dämmrigen Schatten reißen zu können. Nur noch wenige der Sirrusch waren unterwegs. Die Chnum mussten ihre Angriffe eingestellt haben, um sich für den entscheidenden Augenblick zu sammeln.

Dann spürte auch er es. Erst war es ein feines Zittern, das sich kaum merklich von den Felsen auf seinen Körper übertrug. Dann begann der Boden unter ihren Füßen immer deutlicher zu beben, und die Welt um sie schien ins Wanken zu geraten. Feiner Staub und kleine Steine lösten sich von der Decke der Höhle und rieselten auf sie herab. «Steigt auf meinen Rücken!», sagte Ulysses. Seine Stimme blieb ruhig, aber Florin konnte spüren, dass die Dinge in Bewegung geraten waren und er sie zur Eile antrieb. Schon kurz darauf verließen sie die Höhle, und Ulysses schwang sich an den Wänden der Schlucht bis zum Gipfel des Berges hinauf, der sich dem Rasul gegenüber erhob. Von dort hatten sie eine gute Sicht auf das Geschehen. Die Sirrusch würden sie hier nicht zu fürchten haben, denn deren Aufmerksamkeit galt in diesem Augenblick ganz anderen Ereignissen.

Die Rauchwolke über dem Krater des Vulkans zerriss in einen heißen Luftstrom, den die Erde selber auszuatmen schien. Ein dumpfes Grollen begleitete die Erscheinungen, ein Grollen, das langsam anwuchs und immer stärker und ohrenbetäubender wurde, sodass es beinahe den Anschein hatte, als ob es die Stimme des erwachenden Vulkans selber wäre, die die Erde erbeben ließ. Feurige Lichtergarben durchzuckten den schwarzen Qualm, und glühende Geschosse wurden in den Himmel, der sich zusehends verfinsterte, geschleudert. Dunkle Wolken zogen sich über ihnen zusammen, als wollte der ganze Himmel an diesem Schauspiel der entfesselten Naturgewalten teilhaben. Aus Spalten und Felsöffnungen schoss gelber und weißer Dampf, und schon quollen am Fuß des Vulkans die ersten Lavabäche aus den Höhlen. Noch waren sie vereinzelt und schmal, doch ihre Ströme erschienen wie das Blut des Vulkans, das aus ersten Wunden sickerte, und der Rasul brüllte auf wie ein verwundetes Tier.

«Die Sirrusch!», stieß Florin aufgeregt hervor.

Beinahe gleichzeitig schossen sie aus zahlreichen Höhlenöffnungen, als hätte eine riesige Faust diesen gigantischen Bienenkorb aufgescheucht. Wild flatterten sie durcheinander, wie übergroße, aus dem Schlaf gerissene Fledermäuse, die geblendet durch das helle Licht taumeln. Der Ausbruch schien sie überrascht zu haben und verfehlte nicht seine

Wirkung auf sie. Für einen Augenblick vergaßen sie ihre Wachsamkeit, und die Chnum ließen ihnen nicht die Zeit, sich zu besinnen. Blitzschnell tauchten sie zwischen den Bergen auf, und wie ein Sturmwind brachen sie über die verwirrten Sirrusch herein. Wild wirbelten die dunklen Leiber der Drachen durcheinander. Freund war von Feind nicht zu unterscheiden, und die erschreckten Sirrusch, denen die Zähne und Klauen der Chnum tiefe Wunden rissen, fielen in diesem heillosen Durcheinander nicht selten über ihre eigenen Gefährten her.

So schnell wie der Angriff erfolgt war, so schnell brach er wieder ab. Die Chnum zogen sich zurück und bildeten eine dunkle Wolke, die dem Vulkan gegenüber in der Luft verharrte. Die Sirrusch ließen voneinander ab und warfen sich herum. Jetzt erkannten sie den Feind und stürzten sich ihm in blinder Wut entgegen. In diesem Augenblick löste sich aus dem Wogen der mächtigen Leiber ein riesiger Schatten. Florin erkannte den Khras, der sich dem Angriff der Sirrusch entgegenstellte und einen gellenden Schrei ausstieß, um sie davon abzuhalten, sich blindlings ins Verderben zu stürzen. Doch es war vergeblich. Bis auf einige wenige, die sich dicht bei ihrem Herrn hielten, hörten die Sirrusch nicht auf ihn, sondern hetzten hinter den Chnum her, die sich rasch verteilten und so den Gegenangriff der Sirrusch zersplitterten und von den Hängen des Vulkans abzogen.

Der Khras schien erst nicht zu wissen, wohin er sich wenden sollte. Doch dann jagte er mit den wenigen, die bei ihm geblieben waren, hinter den Sirrusch her, um sie wieder zusammenzurufen.

Jetzt löste sich ein großer Trupp der Chnum, der sich bisher versteckt gehalten hatte, aus dem Schatten der Berge und erreichte mit wenigen Flügelschlägen die Höhle, in der die Tarasker lagen. Ein kräftiger Stoß genügte, und der gewaltige Felsblock stürzte krachend in die Tiefe. Rasch betraten die Drachen einer nach dem anderen die Höhle, und jeder von ihnen trug, als er sie wieder verließ, zwei der Tarasker in seinen Klauen. Dann hoben sie wieder ab, wobei die Chnum, die die Drachenritter in den Klauen hielten, von anderen, die keine Last trugen, schützend in die Mitte genommen wurden. Es war keinen Augenblick zu früh gewesen. Schon sahen sie, wie sich auch aus dieser hoch gelegenen Höhlenöffnung ein breiter Lavastrom ergoss, der sich wie ein brennender Fluss den Weg in die Tiefe bahnte.

Da hörten sie einen Schrei, der so gellend war, dass Florin die Haare zu Berge standen. Der Khras, dem es nicht gelungen zu sein schien, sein Heer wieder um sich zu sammeln, war zurückgekehrt und begriff, was geschehen war. Außer sich vor Wut wollte er sich auf die Chnum stürzen, die ihm seine wertvollste Beute raubten. Noch war er weit entfernt. Doch die Chnum machten keine Anstalten zu fliehen, sondern ließen sich am Fuß des Vulkans, außerhalb der Reichweite der Lavaströme, zur Erde sinken, als wäre die Last, die sie trugen, zu schwer für sie. Triumphierend jagte der Khras mit seinen Getreuen auf sie zu.

«Jetzt!», hörte Florin Wulfs Stimme rufen, und Ulysses schwang sich vom Gipfel des Berges und ließ sich wie ein Stein in die Tiefe fallen. Der Khras und seine Häscher waren nur noch wenige Flügelschläge von den Chnum entfernt, als

Ulysses seinen Sturz auffing und auf dem Boden aufsetzte. Rasch glitt Wulf auf die Erde und versetzte Ulysses einen Schlag mit der Hand. Ulysses schwang sich sogleich wieder in die Luft und zog sich ein Stück weit in Richtung des Vulkans zurück. Dort landete er, und Florin verfolgte gebannt das Geschehen.

Die Chnum, die ihre Gefährten, die die Tarasker in den Klauen trugen, schützend umringt hatten, zogen an Wulf und dem Khras vorbei und verwickelten die Sirrusch in einen Kampf, der sie von ihrem Herrn trennte. Wie es der Arkan geplant hatte, standen sich der Drachenritter und der dunkle Fürst allein gegenüber. Noch zögerte dieser, ob er sich nicht den Chnum zuwenden sollte, die seine Leibwächter angriffen, doch dann gewann die Gier nach seiner Beute die Oberhand, und er richtete seine ganze Aufmerksamkeit auf die Körper der Tarasker, die so wertvoll für ihn waren. Die Chnum, die die Tarasker bewachten, rührten sich nicht von der Stelle, sondern stachelten durch ihre Nähe die Gier des Khras noch an. Nur noch dieser eine Ritter stand seinem Ziel im Weg.

Zwei brennende Schneisen züngelten aus den glühenden Augen des gewaltigen Drachen, und vor dem Drachenritter bildete sich das furchtbare Spiegelbild, die flammende Gestalt seines Gegners. Feurige Arme hielten das brennende Schwert, und Schritt für Schritt näherte sich der flammende Ritter, den die sich windenden Feuerschneisen mit den Augen des Khras wie mit Fäden verbanden, seinem vermeintlich hilflosen Opfer. Doch zur Überraschung des Khras kniete Wulf vor dem herannahenden Flammenritter nieder und hielt diesem sein Schwert entgegen, als wollte er es dem Khras wie einen Tribut überreichen.

Da lachte der Drache auf, und obwohl dieses Lachen geschmeidig und gefährlich schön war, schien es Florin doch, als habe er noch nie etwas Entsetzlicheres, noch nie etwas Teuflischeres und Mitleidloseres als dieses Lachen gehört. Mit wenigen Schritten war der Flammenritter bei Wulf und holte mit dem Schwert zu einem vernichtenden Schlag aus. Florin schrie erschrocken auf, als die brennende Klinge in einem Bogen herabfuhr, um das Schwert des Drachenritters aus dessen Händen zu schlagen. Mit einem sonderbaren Klang trafen die beiden Schwerter aufeinander. Doch der Drachenritter wankte nicht, und die schreckliche Gewalt der sausenden Klinge vermochte ihm das Schwert nicht aus der Hand zu schlagen. Wie von einer unfassbaren Kraft gehalten, blieb das flammende Schwert an der unscheinbaren, schartigen Klinge des Drachenschwerts hängen, und so sehr sich der Flammenritter auch bemühte, es gelang ihm nicht, sich von dieser Kraft zu lösen.

Da begann das Drachenschwert zu leuchten. Erst schwach, doch allmählich immer deutlicher, strömte das Feuer des Flammenritters in das Schwert des Drachenritters über. Unverwandt kniete Wulf vor seinem sich windenden Gegner, und es war deutlich zu sehen, dass er nicht die mindeste Kraftanstrengung unternahm, sondern ruhig und sonderbar abwesend sein Schwert hielt, als ginge ihn dieser Kampf nichts an. Es war, als wäre es nicht sein Kampf, sondern allein der Kampf des Flammenritters und des dunklen Fürsten, ein Kampf, den dieser mit sich allein austrug, ein

Kampf, in dem der Khras sich selbst mit seiner eigenen Waffe besiegte. Heller und heller leuchtete das Schwert des Drachenritteres, und immer matter wurden die Flammen seines Gegners und das Glühen in den Augen des Khras. Die Flügel des Drachen sanken herab, und der mächtige Leib schwankte.

Da stieß der Khras einen verzweifelten Schrei aus, und mit diesem erreichte ein wilder Befehl seine Gefolgsleute. Drei von ihnen lösten sich aus dem Kampfgetümmel, jagten an ihrem Herrn vorbei und warfen sich auf die Chnum, die die Tarasker hielten. Wulf musste ihre Schatten, die an ihm vorbeistürzten, gesehen haben, und seine Ruhe zerbrach. Gegen seinen Willen weckte die Sorge um Suna, um seinen Vater und seine Freunde in ihm die Bereitschaft zu kämpfen, sich dem Gegner mit aller Macht und Stärke entgegenzustellen und diesen zu besiegen. Die List des Khras tat ihre Wirkung. Der Drachenritter sprang auf und schlug alle Warnungen und Ratschläge, die der Arkan ihm gegeben hatte, in den Wind. In diesem Augenblick zählte nur noch eines für ihn, den flammenden Gegner und den Khras zu besiegen, um den Taraskern und Suna zu Hilfe eilen zu können. Seine Schwäche kehrte sich in ihr Gegenteil, und seine Stärke begann ihn zu besiegen.

Schon war zu sehen, wie das Feuer zurückwogte, wie das Schwert in Wulfs Händen unruhig zu flackern begann und sein Licht schwächer wurde. Und im gleichen Maße gewann der Flammenritter an Kraft, und die Augen des Khras glühten heller auf. Wulf schwankte und sank langsam auf die Knie zurück. Doch diesmal war es nicht der freiwillige Verzicht auf alle Stärke, sondern der Strom der Kraft, der von ihm abfloss und ihn vernichtend schwächte.

Da hielt es Florin nicht mehr auf Ulysses' Rücken. Verzweifelt wagte er den tiefen Sprung auf die Erde hinab und rannte zu Wulf, während Ulysses, der in seiner Überraschung einen Augenblick zögerte, erschrocken seinen Namen rief und sich in die Luft schwang, um ihn einzuholen und zurückzuhalten.

Florin rannte an den Chnum vorbei, die die Tarasker auf den Boden gelegt hatten, einen schützenden Kreis um sie bildeten und die Drachenritter gegen die wütenden Angriffe der Sirrusch verteidigten. Einer der Sirrusch stieg kurz auf. Ulysses wurde gegen seinen Willen in einen Kampf verwickelt und konnte Florin nicht weiter folgen.

Entsetzt sah Florin, wie Wulf zu Boden sank und sich das wieder hellleuchtende Schwert des Flammenritters ihm näherte, um den Gegner zu seiner wehrlosen Beute zu machen, von dessen versiegender Lebenskraft er sich noch eine Weile nähren würde, bis sie erlosch. «Lass ihn in Ruhe!», schrie Florin, obwohl er wusste, wie sinnlos dies war und in welch große Gefahr er sich begab.

Doch da, völlig unerwartet, stürzte ein gewaltiger Schatten auf den Khras herab. Der Schatten eines riesigen Drachen, der nichts tat, um seinen schrecklichen Sturz abzufangen, und den Khras mit ungeheurer Wucht zu Boden schmetterte. Deutlich konnte Florin die Knochen der beiden mächtigen Körper splittern hören, und ein furchtbarer Schrei erklang, der ihn beinahe taub werden ließ. Schwer schlugen Köpfe und Schwingen der beiden Gegner zu Boden, und Florin sah, dass auch der Flammenritter zur Seite gerissen wurde und in die Knie brach. Die Kraft des Feuers, die Wulf zu Boden gezwungen hatte, brach ab, und das Schwert wurde aus seinen kraftlosen Händen geschleudert. Dicht vor Florin fiel es klirrend zur Erde, und ohne dass er wusste, was er tat, bückte sich Florin danach und hob es auf. Wie im Traum sah er den Flammenritter, der sich schwankend erhob. Doch obwohl er sich leer fühlte, schwach und beinahe wie gelähmt vor Angst und Schrecken, schritt er doch wie unter einem geheimnisvollen Bann auf den Flammenritter zu und hielt ihm das Schwert, dessen Gewicht er kaum zu tragen vermochte, entgegen. Da warf sich der Flammenritter, den die brennenden Bänder, die die Augen des Khras mit ihm verbanden, kaum noch aufrecht hielten, herum, und klingend trafen die beiden Schwerter aufeinander.

Es war, als würde die Zeit stehen bleiben. Florin fühlte sich von einer ungeheuren Kraft erfasst, die ihn vom Boden abzuheben schien. Er spürte nicht mehr die Felsen unter seinen Füßen. Es war, als hätte sein Körper all sein Gewicht verloren. Er sah nichts mehr als die flammende Gestalt und das brennende Schwert, die nach ihm zu fassen schienen, um ihn zu vernichten. Doch das Feuer, das ihn blendete, wurde unruhig, sank in sich zusammen, wurde blass und durchscheinend. Vor Florins ungläubigem Blick löste sich der Flammenritter langsam auf und wurde schließlich zu einem Nichts, während das Feuer ganz und gar in das Drachenschwert überging und Florin, der es hielt, mit einer Kraft ausfüllte, die so übergroß war, dass sie nicht zu seiner eigenen wurde, sondern er selber nur wie eine leere Hülle war, die die

Kraft des Feuers in sich barg. Und die beiden brennenden Bänder verbanden die Spitze des flammenden Drachenschwerts mit den Augen des Khras, die nur noch matt glühten und gebrochen das gleißende Schwert widerspiegelten.

Zitternd wankte Florin auf den Khras zu, und seine Augen, die sich mit Tränen füllten, erkannten die Gestalt des Meisters, die leblos auf dem zerschmetterten Körper des Khras lag. Doch in diesem Augenblick, als Florin schon glaubte, dass der Kampf ein Ende gefunden hatte, sah er, wie der Khras sich noch einmal aufbäumte, und der aufleuchtende Blick seiner Augen traf ihn wie ein schmerzender Schlag. Er fühlte, wie der Wille des mächtigen Drachen an ihm zerrte, wie er versuchte, die Kraft aus seinem Körper zu ziehen und das Feuer des Schwertes wieder an sich zu reißen. Entsetzt hob Florin das Schwert, um den Kopf des Khras zu zerschlagen und diesen grausamen Gegner endgültig zu vernichten.

Doch er konnte nicht zuschlagen. Wie vor einem inneren Auge zogen Bilder an ihm vorbei, die ihn entsetzten, die ihm Angst vor sich selber machten. Er sah die toten Leiber der Pferde vor sich, die schrecklichen Wunden und die abgerissenen Köpfe. Er sah die von den Taraskern getöteten Drachen, über deren Blut die Fliegen schwirrten, die Sirrusch, die mit zerfetzten Flügeln aus der Wolke der Chnum zur Erde stürzten und röchelnd starben, und die beiden Drachen, die so elend unter dem Schwert des Flammenritters und der Gnadenlosigkeit des Khras gestorben waren. All dieses Leiden und all dieses so sinnlos vergossene Blut! Und diesem Grauen sollte er noch mehr hinzufügen? Was unterschied ihn von seinem furchtbaren Gegner, wenn er Gleiches mit Gleichem vergalt? Florin schauderte vor sich selbst zurück, und beim Anblick des zerbrochenen Körpers des Drachen überkam ihn ein solch großes Mitleid, dass er das Schwert wieder sinken ließ. Da erlosch die Kraft des Khras. Sein Wille brach, und was noch an Glut in ihm gewesen war, ging in das Drachenschwert über. Die Augen des Khras erloschen, und sein Kopf sackte auf die Erde.

Eine große Ruhe breitete sich in Florin aus, und er nahm kaum wahr, was sich um ihn herum ereignete. Langsam ging er zu Wulf hinüber und half dem Drachenritter, sich aufzurichten. Er reichte ihm das Schwert, dessen Feuer blasser wurde und langsam erlosch. Dann blickte er sich um und sah Ulysses, der wie durch einen Nebel auf sie zustürzte.

«Weg von hier! Schnell!», stieß der Drache hervor. Und er half Florin und dem schwankenden Wulf auf seinen Rücken zu steigen.

«Der Meister», stammelte Florin.

«Ich weiß», entgegnete Ulysses rasch. «Aber nicht jetzt!» Und schon schwang er sich in die Luft und jagte in Richtung Norden davon. Florin, der den vor ihm sitzenden Drachenritter stützte, warf einen Blick zurück. Er sah, dass die Chnum die Tarasker wieder aufnahmen und sich mit ihnen in Sicherheit brachten. Andere packten den Körper des Meisters. Unter Aufbietung all ihrer Kräfte gelang es ihnen, den schweren Körper in die Luft zu heben und davonzutragen.

Während all dieser eiligen Handlungen wurde Florin allmählich wieder bewusst, wo sie sich befanden und in welch großer Gefahr sie schwebten. Und er konnte nicht begreifen, dass er das Donnern und Brüllen des Vulkans so lange nicht mehr gehört hatte. Wie war es möglich gewesen, dass er so blind und taub für seine Umgebung gewesen war? Er erinnerte sich nur noch an den Kampf gegen den Khras und den Flammenritter, an Ulysses, an Wulf und die Chnum, die die Tarasker gegen die Sirrusch verteidigt hatten. Aber all dies hatte wie in einem luftleeren, von der Außenwelt abgeschirmten Raum stattgefunden. Erst jetzt wieder nahm er das Beben der Erde wahr und den Ausbruch des Vulkans, dessen vernichtenden Kräften nun endlich nichts mehr Einhalt zu gebieten schien.

Krachend zerbarst der Rand des Kraters. Glühende Asche und Felsbrocken wurden weit in den Himmel emporgeschleudert und stürzten flammend auf die Erde nieder. Gewaltige Ströme flüssigen Gesteins wälzten sich von den Hängen des Vulkans, überschwemmten die weite Ebene und brandeten wie die Wogen eines brennenden Meeres an die Berge, von denen sich riesige Felsen lösten, die zischend in den glühenden Wellen versanken. Eine Flammenwand jagte auf sie zu und drohte sie einzuholen. Doch Ulysses und die Chnum schienen uneinholbar, und Florin wusste plötzlich, ohne dass er verstand, wie dies möglich war, dass die Drachen den Druck dieser Flammenwand auszunutzen verstanden, um so der Gefahr für Ulysses und die Menschen zu entgehen.

Schließlich erreichten sie die nördlichen Ausläufer des Tarangebirges. Hier schien sich die Gewalt des Vulkans wie an einer hohen Küste zu stauen, und der Ausbruch des Rasul konnte ihnen nichts mehr anhaben. Doch noch waren sie nicht in Sicherheit. Von allen Seiten näherten sich ihnen die

Chnum, die der Übermacht der Sirrusch nicht mehr standhalten konnten. Die Verfolger waren dicht hinter ihnen. Gleich mussten sie die Chnum eingeholt haben, und auch Ulysses und die Tarasker würden von ihnen eingekreist werden. War dies ihr Untergang? Schon waren die Chnum bei ihnen und bildeten einen schützenden Ring um sie. Doch konnte dieser Schutzwall dem Angriff der Sirrusch überhaupt standhalten? Die Chnum hatten viele Wunden davongetragen, und deutlich war zu sehen, dass die wilde Jagd und der Kampf gegen die Sirrusch, der schon seit Anbruch dieses Tages andauerte, sie erschöpft hatten. Ein letztes Mal hielten die Sirrusch ein und formierten sich neu. Wie in einem zweiten, noch größeren Ring umzingelten sie die Chnum. Dann begannen sie, schneller und immer schneller, alle in einer Richtung um sie herumzufliegen, und im Licht der untergehenden Sonne, die den Himmel blutrot färbte, zog sich der dunkle Kreis immer enger zusammen, und das wilde Auf und Ab der zahllosen Schwingen schien einen Sturm zu entfachen.

Wieder war es Florin, als würde die Zeit stillstehen. Und er hatte das Gefühl, als könne er in diesem Augenblick alles gleichzeitig erfassen. Den feurigen Horizont, das glühende Meer aus Lava und Flammen, das an die Küstenlinie der Berge brandete, den jagenden Kreis der Sirrusch, den schützenden Ring der Chnum, sich selber auf Ulysses und vor sich den geschwächten Wulf. All dies verharrte wie auf einem Bild, das sich nicht zu bewegen schien, als wäre dies ein letztes Anhalten des Atems, bevor das Geschehen sich explosionsartig in flirrende Splitter auflösen würde, in Splitter aus Kampf, aus Blut und Vernichtung.

Gleich würden die Sirrusch über ihnen sein, und Florin ahnte, dass es aus dieser Übermacht kein Entkommen gab. Zu lange schon waren alle Pläne des Arkan gelungen. Nun war der Augenblick erreicht, den er nicht mehr hatte voraussehen können und in dem das Glück umschlagen würde. Der Khras war besiegt worden, doch der Preis dafür würde hoch sein. Die Sieger waren nun selber wieder zu Gejagten geworden.

Doch in diesem Augenblick höchster Gefahr, in dem Florin alle Hoffnung aufgegeben hatte, brach eine Kraft herein, die unerwartet war, gewaltig und unvorstellbar. Denn plötzlich schien sich aus dem aufgewühlten Meer des flüssigen Gesteins eine feurige Welle zu erheben, die höher war als alle, die an die Berge schlugen, eine Welle, die die Küste aus Felsen überstieg und wie eine gigantische Fackel nach ihnen griff. Aus der Spitze dieser Welle löste sich eine brennende Gestalt, ein Drache, dessen Körperformen in den Flammen, die ihn umgaben, kaum zu erkennen waren. Es war, als würde dieser Drache selber ein einziges Feuer sein und aus seinem Inneren Flammen hervorbrechen, die um seinen Leib, seine Klauen, seinen mächtigen Schädel und seine weit ausladenden Schwingen züngelten.

Wie eine Naturgewalt kam dieser flammende Drache über

die Sirrusch und durchbrach ihren Kreis, jagte schneller noch als sie auf der Linie ihres Angriffs entlang, zerschlug ihre Front und zerstreute die Sirrusch in ein wirres Durcheinander aus flüchtenden, taumelnden und entsetzten Einzelwesen, die keinen Zusammenhalt mehr hatten und sich, von ihren Gefährten verlassen, allein und hilflos einem übermächtigen Gegner gegenübersahen. Dann fanden sich zwei, drei und mehr von ihnen. Andere eilten herbei und suchten Schutz in dem anwachsenden Haufen. Mehr und mehr der Sirrusch zogen sich in die rettende Wolke zurück, in der ein jeder von ihnen zu versuchen schien, das schützende Innere zu erreichen, um sich nur ja nicht an der Außenseite dieser Wolke dem furchtbaren Feind gegenüberzusehen. Da zerriss der Ring der Chnum, und gleich darauf sahen sich die verwirrten Sirrusch von denen umzingelt, die noch vor kurzem eine sichere Beute gewesen zu sein schienen. Und über der Wolke der Sirrusch verharrte der flammende Drache wie eine zweite Sonne, die an die Stelle der untergehenden Sonne trat und die Nacht zum Tag werden ließ.

«Wer ist das?», rief Florin. «Was ist das für ein Drache?»

«Der Arkan!», antwortete Ulysses und lachte vor Erleichterung. «Erkennst du ihn denn nicht? Er ist aus den Feuern der Tiefe zurückgekehrt, und die Feuer sind mit ihm gekommen.»

Sprachlos starrte Florin auf die schreckliche und zugleich wunderbare Erscheinung des Drachen, der in der hereinbrechenden Nacht wie ein Sternbild erschien, das sich vom Himmel zur Erde herabgelassen hatte. Selbst jetzt, da er wusste, dass es der Arkan war, der mächtige Führer der

Chnum, konnte es Florin nicht glauben. Und auf einmal begann er zu ahnen, wie entsetzlich der Krieg gewesen sein musste, als die Drachen noch ihr Feuer besaßen und diese Welt in ihren Schlachten verwüstet worden war.

Ein große Spannung breitete sich um den Arkan aus, eine Spannung, die nach der Wolke der Sirrusch griff und auch Ulysses und seine Gefährten erfasste.

«Was geschieht da?», fragte Florin.

«Er spricht zu ihnen», erwiderte Ulysses.

«Und was sagt er?»

«Er bietet ihnen Frieden an», antwortete Ulysses, und er schien überrascht und glücklich zugleich zu sein. «Er sagt ihnen, dass die Schreckensherrschaft des Khras ein Ende hat, und fordert sie auf, sich ihm und den Chnum anzuschließen. Ja, mehr noch. Er sagt ihnen, dass niemand sie dazu zwingen wird, dass sie, wenn sie es wünschen, unbehelligt davonziehen dürfen. Ihr Entschluss soll ein freier sein und nicht eine Folge von Gewalt.»

«Wenn das nur gut geht», murmelte Florin vor sich hin, und doch fühlte er sich auch froh und erleichtert.

Die Chnum zogen sich wieder bis zu ihnen zurück. Auch der Arkan entfernte sich, von den Sirrusch, die sich auf die Erde niederließen und sich zu beraten schienen. Doch schon nach wenigen Augenblicken erhoben sie sich wieder in die Luft, glitten auf sie zu und mischten sich unter die Chnum. Die Reihen schlossen sich, und Freund und Feind waren nicht mehr voneinander zu unterscheiden, denn die Feindschaft, die so viele sinnlose Opfer gefordert hatte, schien nun ein Ende gefunden zu haben.

«Hurra!», rief Florin aus Leibeskräften. «Hoch dem Arkan!»

Der Arkan schien seine Worte gehört zu haben. Ein klangvolles Lachen kam aus den Flammen. Dann schoss der gewaltige Drache in den nächtlichen Himmel hinauf, höher und höher, als wollte er sich zwischen die Sterne stürzen, um dort seinen angestammten Platz wieder einzunehmen. Doch plötzlich löste sich ein dunkler Schatten aus den Flammen, und der Arkan ließ sich in die Tiefe fallen. Und während über ihm der Nachtwind das Feuer verwehte, bis auch die letzten flackernden Flammen erloschen waren, fing der Arkan seinen Sturz knapp über der Erdoberfläche auf und schoss mit dem Schwung seines rasenden Falles auf sie zu.

Bald hatte er sie erreicht und näherte sich Ulysses und seinen Reitern. «Ich sehe, dass die Klauen der Chnum nicht nur die Tarasker mit sich tragen, sondern auch einen Garuda, den ich zu kennen glaube», sagte er übergangslos. «Was ist geschehen?»

Rasch berichtete ihm Ulysses, was sich am Rasul zugetragen hatte. Der Arkan nickte und warf Florin einen nachdenklichen Blick zu, dann meinte er: «Kal-Schergat ist zerstört. Und Dahschur zu weit entfernt. Was schlagt Ihr vor? Wo sollen wir die Tarasker und den Garuda, den Ihr Meister nennt, hinbringen?»

«Ich kann nicht für mein Volk sprechen», erwiderte Ulysses. «Aber Aldajir wäre der nächste sichere Ort. Wenn Ihr erlaubt, werde ich vorauseilen und den Rat der Garuda bitten, die Grenzen für Euch zu öffnen.»

«Habt Ihr solches Vertrauen in mich?», fragte der Arkan.

«Ja», entgegnete Ulysses.

«Dann fliegt voraus», sagte der Arkan. «Und seid unbesorgt. Ihr könnt dem Rat der Garuda versichern, dass nur wenige der Unseren die Grenzen von Furnival überschreiten werden. Nur so viele, wie nötig sind, um die Tarasker und den Meister nach Aldajir zu tragen. Alle anderen werden nach Dahschur zurückkehren.»

«Ich danke Euch», erwiderte Ulysses. «Das wird meine Aufgabe leichter machen.»

«Glaubt Ihr denn, dass die Sirrusch nicht wieder über die Chnum herfallen werden?», fragte Florin besorgt.

«Es gibt keine Chnum mehr, nur noch Sirrusch», antwortete der Arkan. «Die Rebellion hat gesiegt. Und die, die unsere Feinde waren, haben ihr Wort gegeben. Sie werden es nicht brechen. Der Khras, der Friedensbrecher, lebt nicht mehr, und für alle, die er so grausam geknechtet hat, bricht nun eine bessere Zeit an. Ich habe deine Worte nicht vergessen, junger Freund. Es war der Khras, der unser Volk entzweit hat, und nun, nachdem er tot ist, gibt es keinen Grund mehr, weiter Blut zu vergießen.»

«Und Ihr, seid Ihr … der neue Khras?», fragte Florin.

Der Arkan nickte. «Ich bin es … wieder.»

«Es könnte keinen Würdigeren geben», sagte Ulysses erfreut. «Aber lasst uns keine Zeit mehr verlieren. Die Tarasker brauchen Hilfe, und die sterbliche Hülle des Meisters sollte an den Ort zurückkehren, der ihm teuer war.»

«Die sterbliche Hülle?», fragte der neue Khras. «Ihr redet, als wäre er schon tot. Aber noch lebt er. Auch wenn es nicht mehr lange sein wird. Also eilt Euch, damit er an einem schöneren Ort sein Leben beenden kann.»

«Gute Botschaft», sagte Ulysses mit jubelnder Stimme. «Und geeignet, alle Grenzen zu öffnen.»

Ohne noch ein weiteres Wort zu verlieren, wandte sich Ulysses nach Norden und jagte, so schnell er nur konnte, durch die Nacht. Der Meister lebte noch! Diese Nachricht verlieh ihm neue Kräfte, und er schoss durch die Luft, als läge kein langer, ereignisreicher Tag hinter ihnen. Florin blickte sich um und sah, wie die dichten Reihen der Sirrusch sich auflösten. Die Drachen, die die Tarasker und den Meister trugen, schlossen sich dem neuen Khras an, der Ulysses langsam folgte. Alle anderen zogen in einer weiten Front über das Lavameer, das mit seinen leuchtenden Wogen die Dunkelheit erhellte. Es war ein gespenstischer Anblick, und schaudernd dachte Florin an den Khras, dessen zerbrochener Körper irgendwo in der Tiefe dieser unvorstellbar heißen Fluten trieb, leblos und doch von seiner Schuppenhaut davor bewahrt, im flüssigen Gestein zu verbrennen. Und wenn die Steine erst einmal erstarrten, würden sie sein Grab sein. Für ihn gab es keine Wiedergeburt.

Es dauerte nicht lange, bis Florin unter sich die dunklen Felsen erkannte, die die Ebene vor dem Tarangebirge noch von Furnival, dem letzten Hort der Garuda, trennten. Rasch glitten sie über das Labyrinth der verbrannten Schluchten und Grate und erreichten das schöne Tal, das Florin im silbernen Licht des Mondes wie ein vertrautes Zuhause erschien. Er fühlte sich glücklich und erleichtert. Die Gefahren hatten ein Ende. Hier in diesem Tal waren sie in Sicherheit, und er sah dem, was die Zukunft bringen mochte, für sie und für die Drachen, voll Hoffnung entgegen.

Noch immer achtete er auf Wulf, der zusammengesunken vor ihm saß. Doch immerhin hatte der Drachenritter noch die Kraft, sich selber festzuhalten, denn Florin hätte den schweren Körper des Ritters niemals halten können. Nur hin und wieder fasste er nach dem schwankenden Mann, damit seine Nähe ihm Sicherheit gab.

Diesmal verging die Zeit buchstäblich wie im Fluge. Schneller als erwartet sah Florin unter ihnen den hohen Berg, der Aldajir, das Drachenheim der Garuda, in sich barg. Wenig später landeten sie, und Ulysses eilte durch den weiten Gang in den hohen Felsensaal, dessen gewaltige Säulen, ausladende Treppen und weite Säulengänge Florin erneut mit Ehrfurcht und Staunen erfüllten.

Ulysses' Rückkehr musste bemerkt worden sein, denn viele der Garuda hatten sich trotz der späten Stunde in Aldajir eingefunden. Auch der Drachenvater und sein Gefolge erwarteten bereits ihre Ankunft. Ulysses ging rasch durch die zurückweichenden Drachen auf ihn zu und verneigte sich. Dann schien er in großer Eile Bericht zu erstatten. Ungeduldig wartete Florin.

Endlich nickte der Drachenvater. Ulysses wandte den Kopf so weit wie möglich nach Wulf und Florin um und sagte glücklich: «Alles steht bestens. Die Garuda werden den Khras und die Sirrusch an der Grenze in Empfang nehmen und nach Aldajir begleiten. Niemand hier kann sich der Hoffnung verschließen, die Jawzahr eine bessere Zukunft verspricht.»

«Und die Tarasker?», fragte Florin. «Glaubst du, dass ihnen geholfen werden kann?»

«Aber ja», erwiderte Ulysses. «Du wirst es gleich sehen.»

Einer der Garuda trat auf sie zu, hob den schwankenden Drachenritter von Ulysses Rücken und legte ihn in die Klauen des Drachenvaters. Der gewaltige Drache beugte sich über Wulf und schloss die bernsteinfarbenen Augen. Etwas Starkes und zugleich Helles breitete sich um ihn aus, das auch Florin erfasste und mit neuer Kraft erfüllte. Er spürte, wie Müdigkeit und Erschöpfung, die ihn befallen hatten, verflogen.

Lange verharrte der Drachenvater über dem Körper des Ritters. Endlich richtete er sich auf, und Ulysses sprach an seiner Stelle: «Er wird jetzt tief schlafen. Morgen, bei Aufgang der Sonne, wird er gesund und stark erwachen.»

«Danke», sagte Florin mit glücklicher Stimme.

Ulysses wandte sich an den Drachenvater und gab Florins Dank an diesen weiter. Der Drachenvater blickte freundlich auf den Jungen und wieder sagte Ulysses an seiner Stelle: «Das Volk der Garuda hat dir zu danken, Florin. Noch habe ich wenig über das, was geschehen ist, gehört, doch schon das Wenige lässt mich erkennen, wie viel du für unsere Welt getan hast. Sei gewiss, dass dein Name in die Erinnerungen unseres Volkes eingehen wird. Doch lasst uns nun unsere Gäste erwarten.»

Florin verneigte sich stumm, und Ulysses half ihm, von seinem Rücken herabzusteigen. Dann lagerte er sich in der Nähe des Drachenvaters. Wulf wurde zwischen seine mächtigen Beine gelegt, und Florin setzte sich dankbar neben den schlafenden Ritter. Seine Blicke glitten über den mächtigen Felsensaal und über die Gruppen der Drachen, die in majestätischer Ruhe ihre Gedanken austauschten. Sonderbar wohl und geborgen fühlte er sich an diesem fremdartigen Ort. Und während er sich in diesem Anblick verlor, fielen ihm langsam wie von selbst die Augen zu, sein Kopf sank auf Ulysses' Bein, und er schlief ein.

Als er sanft geweckt wurde, fiel sein erster Blick auf Ulysses, der freundlich auf ihn herabblickte. Dann bemerkte er, dass er sich nicht mehr in dem hohen Felsensaal befand, sondern in einer geräumigen Höhle auf einem weichen Lager aus Zweigen und Blättern. Erstaunt setzte er sich auf und sah sich um. An den Wänden der Höhle entlang reihte sich Lager an Lager, auf denen er die Drachenritter entdeckte. Nicht weit von sich entfernt sah er Wulf, Suna und Pero Tafur. Und neben diesem Konrad von Wartenberg und so fort, ein Drachenritter neben dem anderen. Alle Tarasker schienen mit ihm die Nacht in dieser Höhle verbracht zu haben.

«Wie geht es ihnen?», fragte Florin besorgt.

«Gut», antwortete Ulysses. «Aber sei leise. Sie sollen noch schlafen. Bald werden sie genesen sein und können an den Beratungen teilnehmen.»

«Und der Meister?», fragte Florin und dämpfte die Stimme.

«Er will dich sehen», sagte Ulysses statt einer Antwort. «Deshalb habe ich dich geweckt. Komm mit.»

Florin sprang auf die Beine. Doch sogleich wurde ihm schwindlig, und er wäre beinahe gefallen. «Was ist?», fragte Ulysses.

«Ich weiß nicht», wunderte sich Florin. Dann spürte er seinen leeren Magen und seufzte: «Ich fürchte, ich habe einfach nur Hunger. Ich muss ja schon wie ein Gespenst aussehen. Aber keine Sorge, ich glaub, ich hab noch ein paar Reste. Ich trink etwas und ess dann ein bisschen auf dem Weg zum Meister.»

Er zog seine Feldflasche aus dem Rucksack und kramte noch ein paar Wurzeln und ein Stück trockenes Brot hervor. Dann warf er sich den Rucksack über und wollte Ulysses folgen.

«Nein, nein, du kannst nicht zu Fuß gehen», meinte Ulysses. «Unsere Wege sind für Drachen gebaut. Zu lang für deine Beine und die Stufen zu hoch.»

Daran hatte Florin nicht gedacht. Rasch ließ er sich von Ulysses hochheben und stieg auf den Rücken des Drachen, der sogleich eilig die Höhle verließ und durch die langen Gänge und über weite Treppen trabte. Hin und wieder begegneten sie anderen Drachen, die ihnen entweder keine große Beachtung schenkten oder sie mit einem Kopfnicken kurz grüßten. Die Anwesenheit der Menschen schien sich herumgesprochen zu haben und keine besondere Neugier mehr hervorzurufen.

Während sie durch lange Gänge, durch weite Hallen und über große Treppen eilten, wurde Florin langsam klar, wie groß Aldajir sein musste. Doch für die Größe dieses Felsenpalastes begegneten ihnen erstaunlich wenige Drachen, und viele der Höhlen, an denen sie vorbeikamen, sahen leer und verlassen aus. Florin musste an Ulysses' Worte denken. Das Volk der Garuda hatte wohl sehr abgenommen, und wenn sich nicht bald etwas änderte, würde es auch ohne die Angriffe der Sirrusch zum Untergang verurteilt sein.

Wieder sah Florin viele der Irrlichter, die Ulysses Drachenlaternen genannt hatte und die das Felsenreich der Garuda erhellten. Kauzige Wesen waren das, die ein eigenes Leben, unabhängig vom Treiben der Drachen, zu führen schienen. Sonderbar und belustigend war es, ihnen dabei zuzusehen, wie sie über die Wände huschten oder kopfüber an der Decke hingen. Wie in seltsamen Tänzen gingen sie ihrer Wege, begegneten sie einander oder huschten sie um Ecken und durch Felsöffnungen. Es war, als wäre das Licht, das sie spendeten, nicht der eigentliche Zweck ihres Lebens, sondern nur eine Randerscheinung, die den Drachen zugute kam, während andererseits die Irrlichter im Schutz von Aldajir ein sorgenfreies Leben haben mochten.

Schließlich bog Ulysses in einen offenen Säulengang ein, und Florin erblickte die große Haupthalle. Wie gewaltige Bäume, deren Kronen im Halblicht kaum zu erkennen waren, ragten die mächtigen Säulen, die die Wölbungen der Saaldecke trugen, in die Höhe. Durch die Fenster im Norden der Halle drang die Morgendämmerung herein. Wenig später hatten sie die Ebene erreicht, auf der der Drachenvater sich unter dem steinernen Baldachin seines schlichten Throns um den Meister bemühte. Andere Drachen hielten eine Art Ehrenwache um das Sterbelager des Drachen, dessen zerbrochener Leib noch immer gewaltig und mächtig erschien.

Ulysses half Florin abzusteigen, und scheu näherte sich der Junge dem sterbenden Drachen. Auch Florin wusste sogleich, als er ihn sah, wie es um den Meister stand. Und hatte nicht der Arkan, der sich nun wieder der neue Khras nannte, gesagt, dass der Meister nicht mehr lange leben würde? Florin sah wieder den riesigen Schatten, der am Fuß des Rasul auf den Khras herabgestürzt war und diesen mit dem Gewicht seines Körpers zerschmettert hatte, ohne Rücksicht auf sein eigenes Leben.

«Wie war das denn nur möglich?», fragte Florin, und er sprach mehr zu sich selbst, als dass er seine Frage an jemanden gerichtet hätte. «Wieso war er da? Gerade rechtzeitig!»

Ulysses verstand seine Frage und antwortete leise: «Er ist uns gefolgt, gleich nachdem wir ihn verlassen hatten. Und während wir am Felsenfenster gewartet haben, hat er auf einem der nahen Berge Posten bezogen. Dort hat er das Aussehen eines Felsens angenommen und nun seinerseits gewartet. Gewartet, während Suna und Pero Tafur von den Sirrusch gefangen genommen wurden und auch als wir dich fanden und mit dir geflohen sind. Und weiter gewartet, bis wir zurückkehrten und die Chnum Kal-Schergat angriffen. Unverwandt hat er an seinem Platz verharrt und auf den entscheidenden Augenblick gewartet. Als Wulf dem Flammenritter des Khras zu erliegen drohte und der Meister dich auf den Khras zulaufen sah, war dieser Augenblick gekommen. Er ließ sich fallen und traf den Khras an seiner verwundbarsten Stelle, der Sterblichkeit seines Körpers. Er war bereit, dafür sein Leben zu geben.»

«Und er hat den Khras für das bestraft, was er ihm damals angetan hat», meinte Florin traurig.

«Ja, ihm und dem Volk der Garuda», erwiderte Ulysses. «Doch es war nicht nur Rache, was ihn leitete. Der Gedanke, sich zu rächen, hat sein Leben nie bestimmt. Und war auch nicht das, was am Ende dieses Lebens stand.»

«Das wollte ich auch nicht damit sagen», beteuerte Florin betroffen. «Er hat mich und Wulf und auch alle anderen gerettet. Es tut mir so Leid um ihn. Er ist ein … na ja, ein wunderbarer Drache.»

In diesem Augenblick hob der Meister zitternd die Lider, und Florin sah in die bernsteinfarbenen Augen des großen Drachen, die wie von einem Schleier getrübt wurden. Kaum hörbar hörte Florin den Drachen sagen: «Ulysses hat mir alles berichtet. Ihr habt viel vollbracht, und dein Teil daran ist nicht gering. Wenig konnte ich dazu beitragen …»

«Wie könnt Ihr das sagen?», fiel ihm Florin mit erstickter Stimme und Tränen in den Augen ins Wort. «Ihr habt Euer Leben gegeben. Mehr als jeder von uns.»

«Mein Leben ist nur ein flüchtiges Licht», erwiderte der Drache. «Und zu wissen, dass mein Volk weiterleben wird, macht den Tod leicht. Trauere nicht. Freue dich mit mir. Und sei gewiss, es gibt mehr … Anlass … zur Freude, als … als du wissen kannst.»

Seine Stimme brach ab, und er schien mit halb blinden Augen nach jemandem zu suchen. Doch wenn seine Augen auch nicht mehr klar sahen, so fanden seine Gedanken doch noch ihr Ziel. Ulysses eilte an seine Seite und neigte seinen Kopf tief hinab, sodass er das Haupt des Meisters berührte. Florin spürte, wie die letzten Gedanken des sterbenden Drachen Ulysses erreichten. Dann streckten sich die Glieder des Meisters, und nach einem letzten, tiefen Atemzug wurde der Blick der Augen starr. Mit einer zärtlichen Geste drückte Ulysses die Lider des Toten zu und richtete sich langsam auf.

Doch wenn Florin in Ulysses' Augen nichts anderes als Schmerz und Trauer erwartet hatte, so sah er im Gegenteil, dass diese vor Glück strahlten. Verwirrt blickte er den Drachen an und verstand nicht, worüber Ulysses sich in diesem Augenblick so freuen konnte. Ihm selber standen Tränen in den Augen, und er biss sich auf die Lippen, um nicht laut zu weinen.

«Hast du nicht gehört, was er gesagt hat?», sagte da Ulysses zu ihm. «Sei nicht traurig, denn es ist etwas geschehen, was mehr als alles andere Anlass zur Freude gibt.»

«Ich … ich verstehe dich nicht», stammelte Florin.

Da fasste ihn Ulysses mit seinen Klauen, richtete sich auf und hob ihn hoch in die Luft empor. Mit jubelnder Stimme rief er: «Er hat sich erinnert! Er hat sich erinnert!»

«An was denn?», rief Florin außer Atem und zappelte mit den Beinen.

«An seinen Namen!», antwortete Ulysses. «Verstehst du? An seinen Namen! An den geheimen Namen, der verloren gegangen und nun zu ihm zurückgekehrt ist. Und nicht nur zu ihm, sondern auch zurück zu seinem Volk. Nie wieder wird er vergessen werden, und solange es die Garuda gibt, wird sein Name in unserem Lied einen herausragenden Platz einnehmen. Und er wird wahrhaft sterben», fuhr er fort und begann, sich auf seinen Hinterbeinen im Kreis zu drehen und Florin, dem ganz schwindlig dabei wurde, durch die Luft zu wirbeln. «Er wird den wahren Tod sterben und in den Mazandar wieder geboren werden. Doch das ist noch nicht alles!»

«Was denn noch?», rief Florin, und er wusste nicht mehr, ob er lachen oder weinen sollte.

«Er hat mir einen Namen gegeben», entgegnete Ulysses. «Meinen geheimen Namen. Ich bin endlich wirklich geboren worden. Ich bin nicht mehr … Niemand.»

Er umarmte Florin und drückte ihn an seine Brust und Florin presste sich voll Freude an den schuppigen Leib des Drachen. Und er war dabei doch froh, dass Ulysses in seinem Glück nicht vergaß, welch zerbrechlichen Leib er in seinen Klauen hielt.

Schließlich setzte ihn Ulysses wieder sicher auf den Boden zurück und wandte sich an den Drachenvater, der ihrem seltsamen Treiben geduldig, wenn auch nicht wenig erstaunt, zugesehen hatte. Nur wenig später sah Florin, dass die Augen des Drachenvaters und auch diejenigen aller anderen Anwesenden vor Freude zu strahlen begannen. Auf ein Zeichen des Drachenvaters hoben mehrere Drachen den Leib des toten Meisters auf und trugen ihn hinaus.

Florin sah ihnen mit gemischten Gefühlen nach. Er war verwirrt. Der Tod des Meisters hatte ihn tief getroffen, und doch hatte ihn auch die Freude der Drachen darüber berührt, dass der Meister seinen geheimen Namen wieder gefunden hatte und den wahren Tod sterben würde. Was sollte er denken, was fühlen? Was war der Tod? Ein Verlust, der wehtat, oder nur der Abschied von einem Freund, der eine neue Welt betrat, die den Lebenden verschlossen war? In diesem Augenblick kam er sich so jung vor, so unwissend. Doch er ahnte auch, dass es nichts machte, wenn er es nicht verstand, sondern dass es viel mehr darauf ankam, was er fühlte. Und dort, in seinen Gefühlen, fand beides seinen Platz, Trauer und Freude.

«Wohin bringen sie ihn?», fragte er leise.

«Ans Meer», antwortete Ulysses. «Morgen, bei Sonnenaufgang, wird er dem Meer übergeben werden und zum Anfang zurückkehren.» Dann hob er Florin wieder auf seinen Rücken und sagte: «Komm. Es wird Zeit, dass wir die Tarasker wecken.»

Während Ulysses den Weg zurücktrabte, den sie gekommen waren, fragte Florin: «Wo ist der Arkan, ich meine, der … neue Khras?»

«Er und die Chnum … nein, besser die Sirrusch, die ihn begleitet haben, sind noch in Aldajir», erwiderte Ulysses. «Doch nicht als Gefangene, sondern als unsere Gäste. Noch heute wird der Rat zusammentreten. Garuda und Sirrusch werden gemeinsam über die Zukunft von Jawzahr beraten.»

Florin fragte nicht weiter. Er erinnerte sich noch gut daran, wie der alte Streit zwischen dem Khras, als er noch der Arkan der Chnum war, und Ulysses nach wenigen Worten wieder aufgeflammt war. Die Schlacht um Kal-Schergat war nur ein kleiner, erster Schritt gewesen. Noch war der alte Zwist zwischen den beiden Drachenvölkern nicht beigelegt worden. Doch er hoffte so sehr, dass sich ein Weg fand und die Drachen endlich in Frieden leben konnten.

Inzwischen hatten sie die Höhle, in der die Tarasker noch immer in tiefem Schlaf lagen, erreicht. Ulysses setzte ihn ab und sagte: «Ich werde dich jetzt allein lassen. Es ist wohl besser, wenn das Erste, was die Tarasker sehen, wenn sie erwachen, nicht ein Drache ist. Noch wissen nicht alle von ihnen die Wahrheit. Sie werden Zeit brauchen, sie anzunehmen.»

Florin nickte. Ulysses hatte sicher Recht.

«Übrigens sehe ich, dass man für eure Ernährung gesorgt hat», fügte der Drache hinzu.

Florin blickte sich um und entdeckte auf einem Felsblock zahlreiche Früchte, Wurzeln und Nüsse, die zu kleinen Haufen aufgeschichtet waren. Es tat ihm weh, an die Höhle des Meisters zu denken. Denn sicher waren es wieder die Tiere gewesen, die diese Gaben zusammengetragen hatten.

Als Ulysses die Höhle verlassen hatte, weckte Florin Wulf, Suna und Pero Tafur, die sogleich hellwach und munter zu sein schienen und auch wirklich gesund und erholt aussahen. Wulf schloss Suna überglücklich in die Arme, als er sie so wohlauf wieder sah. Pero Tafur, der sich verblüfft umsah, rieb sich unbehaglich den Nacken, als würde er immer noch das Schwert des Flammenritters spüren.

Mit wenigen Worten erklärte Florin ihnen, wo sie sich befanden, und bat sie, die anderen zu wecken. Sie würden noch früh genug erfahren, was geschehen war. Die drei nickten und begannen die Drachenritter zu wecken und sie mit leisen Worten zu beruhigen.

Während sie dies taten, betrachtete Florin aufmerksam

die Gesichter der Tarasker und suchte nach den Spuren des Alters, die ihn in der Höhle des Vulkans Rasul so erschreckt hatten. Doch war davon nichts mehr zu entdecken. Der Drachenvater hatte Wunder bewirkt. Florin dachte voll Erleichterung und Dankbarkeit an ihn.

Schließlich waren alle wach und versammelten sich in einem großen Kreis. Bald stillten sie ihren Hunger mit den Früchten, Wurzeln und Nüssen und tranken aus den noch vorhandenen Feldflaschen, die sich frisch gefüllt neben dem Felsblock fanden. Eine Weile herrschte nachdenkliches und gespanntes Schweigen. Die Tarasker musterten die Höhle, in der sie erwacht waren, mit fragenden und verwirrten Blicken. Schließlich ergriff Konrad von Wartenberg das Wort: «Ich denke, es wird Zeit, dass wir erfahren, was geschehen ist, seit wir von den Drachen angegriffen wurden. Du sagst», wandte er sich an Wulf, «dass wir nicht in Gefahr sind. Doch wo befinden wir uns hier? Was ist dies für eine Höhle? Und warum ist der Junge hier?»

Wulf warf einen langen Blick in die Runde. Er wusste nur zu gut, dass das, was die Tarasker nun erfahren sollten, für sie nur schwer zu glauben sein würde. Dann sagte er: «Dieser Junge ist der Schlüssel zu allem, was geschehen ist. Seit er das Lager der Tarasker betreten hat, hat sein Erscheinen die Dinge ins Rollen gebracht. Durch ihn hat sich das Tor nach Tiamat geöffnet, und gegen seinen Willen hat er diese Welt betreten und Dinge erlebt, die nie ein Mensch vor ihm erlebt hat. Was immer auch in den vergangenen Tagen geschehen ist, er war bei allem dabei oder hat doch von allem gehört. Und mehr noch. Kein anderer Mensch weiß so viel über diese Welt, die wir betreten haben, wie er. Er hat Tiamat gesehen und viel über die Drachen erfahren.»

«Welchen Tag haben wir denn heute?», unterbrach ihn Pero Tafur.

Florin warf rasch einen Blick auf seine Uhr. Dann blickte er Wulf fragend an. Der Ritter nickte zustimmend, und Florin antwortete: «Samstag. Seit die Drachenritter Tiamat am Montag betreten haben, sind mehr als fünf Tage vergangen.»

Die Drachenritter sahen sich betroffen an. So lange sollten sie geschlafen haben?

«Ihr werdet noch mehr staunen, wenn ihr erst erfahren habt, wie viel in nur fünf Tagen geschehen ist», meinte Wulf.

Das kann man wohl sagen, dachte Florin. Er selber konnte es ja kaum glauben.

«Doch nun hört einfach nur zu», fuhr Wulf fort. «Florin soll erzählen. Und ich bitte euch, ihn nicht zu unterbrechen, sondern euch erst einmal alles anzuhören, was er zu sagen hat, so unglaublich es euch auch erscheinen mag. Ich gebe euch mein Wort darauf, dass nichts davon die Unwahrheit ist.»

Florin begann zu erzählen. Und mit wachsendem Staunen erfuhren die Tarasker, was alles geschehen war und wer sie wirklich waren. Alles, woran sie geglaubt hatten und was sie nach Tiamat geführt hatte, erwies sich als falsch. Vor ihnen erstand eine Welt, die anders war als alles, was sie sich hatten vorstellen können. Die Zeit verstrich, doch sie merkten es nicht. Gebannt hingen sie an Florins Lippen und folgten seinen Worten, die ihnen von den Drachen und ihrem seltsamen Leben berichteten, von der gemeinsamen Vergangenheit der Drachen und Menschen und von den Kämpfen und Schrecken der letzten Tage. Auch Florin achtete nicht auf die Zeit, denn auch in ihm wurde alles Erlebte wieder lebendig, und er durchlitt die Anstrengungen, die Ängste und Freuden dieser wenigen Tage ein zweites Mal. Schließlich beendete er seinen Bericht mit den Worten: «Es ist sicher schwer für euch, das alles zu glauben. Aber wenn ihr erlaubt, würde ich gerne Ulysses rufen. Wenn ihr ihn sprechen hört, dann ist das doch so was wie ein erster Beweis. Ihr braucht euch nicht zu fürchten. Ulysses ist ein Freund. Seid ihr einverstanden?»

Konrad von Wartenberg nickte zustimmend, und auch die anderen waren einverstanden. Florin verließ die Höhle und sah sich suchend um. Er entdeckte Ulysses nicht weit vom Höhleneingang entfernt. Rasch ging er zu ihm und fragte: «Hast du die ganze Zeit hier gewartet und alles mit angehört?»

Ulysses nickte und erhob sich statt einer Antwort. Ruhig folgte er Florin und kehrte mit ihm in die Höhle zurück. Die Tarasker hatten sich inzwischen erhoben und viele von ihnen hielten die Hand am Schwertgriff. Florin blickte mit Sorge auf ihre misstrauischen Gesichter.

«Es freut mich, euch bei bester Gesundheit zu sehen», sprach Ulysses sie höflich an. «Seid versichert, dass ihr euch in Aldajir als Gäste fühlen könnt. Ihr seid keine Gefangenen und könnt euch jederzeit frei bewegen.»

Einen Augenblick sahen die Ritter den Drachen sprachlos an. Außer Wulf, Suna und Pero Tafur hatte noch keiner von ihnen einen Drachen sprechen hören. Allmählich begann ihnen klar zu werden, dass etwas Wahres an Florins Worten sein musste, und Florin sah erfreut, dass manche von ihnen die Hand vom Schwert nahmen.

Konrad von Wartenberg fasste sich als Erster. Er trat einen Schritt vor und sagte zögernd: «Wie ich gehört habe, hat uns der … Drachenvater geheilt. Wir sind euch also zu Dank verpflichtet.»

«Es ist wenig, verglichen mit dem, was die Drachenritter für die Garuda getan haben», erwiderte Ulysses.

«Ihr seid sehr höflich für … für einen …» Der alte Wartenberger stockte.

«Für einen Drachen, wolltet Ihr wohl sagen?», fragte Ulysses belustigt und lachte. Sein Lachen, das so schön und klangvoll war, setzte die Drachenritter in Erstaunen, und zugleich schien es sie zu beruhigen. «Nun, ich gebe zu, dass auch ich anfangs solche Höflichkeit von Menschen nicht erwartet habe. Dies scheint wohl etwas zu sein, was uns verbindet.»

Konrad von Wartenberg machte ein erstaunliches Gesicht. Während er mit dem Mund über den Scherz des Drachen zu lächeln versuchte, bildeten sich doch zugleich auf seiner Stirn zahlreiche Falten. Verwirrt wandte er sich an Wulf und fragte: «Und du meinst, dass wirklich alles wahr ist? Alles, was der Junge erzählt hat?» Wulf nickte. Doch ehe er etwas sagen konnte, meinte Ulysses: «Lasst euch Zeit. Ihr habt viel in allzu kurzer Zeit gehört. Erlaubt mir deshalb, euch einzuladen, mit mir Aldajir zu besichtigen. Ein Bild mag mehr erzählen als weitere Worte. Seid ihr dazu bereit?»

Konrad von Wartenberg sah ihn nachdenklich an. Dann verbeugte er sich und sagte: «Ich muss gestehen, dass ich noch zweifle. Doch wie auch immer, so gebietet mir doch die

Ehre eines Ritters, Eure Höflichkeit zu achten und nicht zurückzuweisen. Wir werden Euch gerne folgen.»

«Ich danke Euch für Euer Vertrauen», entgegnete Ulysses. «Doch fürchte ich, dass es eine beschwerliche Wanderung sein wird. Aldajir ist für Drachen erbaut worden. Und ich kann nicht so viele von euch auf meinem Rücken tragen.»

«Das lasst nur unsere Sorge sein», erwiderte Konrad von Wartenberg. «Offensichtlich haben wir ja wahrhaft lange genug geschlafen. Es wird uns nur gut tun, unsere Beine endlich wieder einmal bewegen zu können. Oder hat jemand etwas dagegen einzuwenden?» Und er blickte in die Runde.

Eilig schüttelten die Tarasker die Köpfe. Der Gedanke, auf dem Rücken eines Drachen zu sitzen, war ihnen sowieso nicht geheuer. Selbst wenn sie bereits das eine oder andere von Florins Worten zu glauben begannen, so würde es wohl noch eine geraume Zeit dauern, bis sie sich an den Anblick und die Nähe eines Drachen gewöhnen konnten. Und nicht weniger an den Gedanken, dass sie diesen Drachen nicht als ihren Feind zu betrachten hatten, sondern als einen Gastgeber, der ihnen freundlich gesinnt war.

Bald schon wanderten die Drachenritter hinter Ulysses durch die langen Gänge und weiten Hallen von Aldajir. Staunend sahen sie zum ersten Mal den prächtigen Bau, in dem sie sich wie in einer von Menschenhand errichteten Festung gefühlt hätten, wenn nicht alles so übergroß gewesen wäre. Doch dieser Felsenpalast war für Riesen gebaut worden, und es war nicht wenig beschwerlich für sie, die großen Stufen der Treppen zu ersteigen oder hinabzuspringen. Florin nahm nur zu gerne Ulysses' Angebot an und ließ sich auf seinen

Rücken heben. Die Drachenritter staunten nicht schlecht über den Jungen, dessen Verhalten ihnen recht tollkühn vorkommen musste. Doch Florin lachte nur über ihre verblüfften Gesichter und antwortete ihnen aus luftiger Höhe auf die Fragen, die sie mehr und mehr zu stellen wagten.

Wenn ihnen ein anderer Drache begegnete, zuckten die Tarasker anfangs noch erschrocken zusammen, und ihre Hände fuhren an die Schwertgriffe. Auch die Drachen musterten die Ritter, die so zahlreich durch Aldajir zogen, mit argwöhnischen Blicken, doch waren sie nach kurzem Gedankenaustausch mit Ulysses rasch wieder beruhigt und gingen weiter. Schließlich gewöhnten sich die Drachenritter an die gewaltigen Bewohner von Aldajir und auch an die seltsamen Wesen, die ihnen den Weg leuchteten, an die Irrlichter oder Drachenlaternen, die ihnen anfangs wie kleine Spukgespenster erschienen. Und jede Begegnung und jedes neue Wunder festigte ihren Glauben an das, was Florin ihnen erzählt hatte.

Endlich betraten auch die Drachenritter zum ersten Mal den großen Felsensaal und blieben wie erschlagen von dem überwältigenden Anblick stehen. Staunend glitten ihre Blicke über die weite Halle, über die gewaltigen Säulen, über die hoch über ihnen schwebende Decke des Saales und die schlanken Säulen der Fenster, die den Blick in den hellen Tag freigaben. Dann folgten sie Ulysses bis vor den Thron des Drachenvaters, der sie schon erwartete. Ulysses hob Florin von seinem Rücken und setzte sich neben den Drachenvater, um an seiner Stelle zu den Taraskern zu sprechen.

«Seid willkommen, Drachensöhne, und auch du, Drachentochter», sagte der Drachenvater durch Ulysses zu ihnen, und Florin sah die Freude auf Sunas Gesicht, als der Drache sie nicht vergaß. «Wie ich gehört habe, wurde euch durch Florin alles berichtet, was sich ereignet hat. Auch habt ihr erfahren, wer ihr seid und was Drachen und Menschen verbindet. Ich frage euch nun: Seid ihr bereit, den Worten des Jungen Glauben zu schenken?»

Florin blickte auf die Gesichter der Tarasker. Noch waren sie unsicher. Obwohl sich schon so vieles als wahr erwiesen hatte. Doch schließlich trat Konrad von Wartenberg vor und verneigte sich.

«Niemand hat so lange wie ich das Ziel verfolgt, das uns nach Tiamat geführt hat», sagte er. «Keinem unter uns wird es wohl schwerer fallen als mir, dieses Ziel aufzugeben und die Drachen und ihre Welt so zu sehen, wie sie uns geschildert wurden. Jahr um Jahr habe ich dieses Ziel verfolgt und mich auf den Tag vorbereitet, an dem die Tarasker Tiamat erobern und die Drachen vernichten sollten. Das Tor wurde gefunden und hat sich geöffnet. Doch alles ist anders gekommen, als ich es geplant hatte, und Tiamat ist nicht die Welt, die ich erwartete. Und auch die Drachen sind nicht das, was ich mir unter ihnen vorgestellt habe. Ja, selbst ich scheine nicht der zu sein, für den ich mich gehalten habe. Ob all das wahr ist, fragt Ihr? Ob ich an all das glauben kann? Seht mich an! Dieser Mann, der vor Euch steht, hat einen Verstand und Gedanken, die ein festes Bild über Jahrzehnte aufrechterhalten haben. In diesem Bild hat alles seinen Platz gehabt. Mensch war Mensch und Drache war Drache. Und dieser Verstand soll anderes denken können?»

Konrad von Wartenberg schüttelte den Kopf und fuhr fort: «Ich bin ein alter Mann. Mit meinem Bild der Welt habe ich gelebt und bin ich alt geworden. Dieser Kopf kann sich nicht so schnell ändern. Aber vielleicht gibt es etwas anderes, was einen alten Mann umzustimmen vermag.»

Er richtete sich hoch auf, und zu Florins Schrecken zog er das Drachenschwert, das ihm zurückgegeben worden war, heraus. Er packte es fest mit beiden Händen und richtete es auf den Drachenvater, der ihm ruhig und anscheinend furchtlos entgegenblickte. Sogleich begann das Schwert zu leuchten und stand bald in hellen Flammen. Der alte Wartenberger tat noch einen Schritt auf den Drachenvater zu und sagte: «Vielleicht bin ich starrköpfig, weil ich nicht fähig bin, an dieses andere Bild der Welt zu glauben. Doch vor allem bin ich, Konrad von Wartenberg, ein Ritter, und niemand soll von mir sagen, dass ich nicht den Mut habe, Neuem und Unbekanntem entgegenzutreten.»

Und zur Überraschung aller Anwesenden legte er das Schwert vor dem Drachenvater zu Boden, trat über die Flammen hinweg und näherte sich dem gewaltigen Drachen, bis er ihn mit der Hand berühren konnte. Flach legte er diese auf eine der Schuppen, die grün und golden funkelten, und schloss die Augen. Da legte ihm der Drachenvater eine seiner Klauen sanft auf die Schulter, neigte sich über ihn und schloss seine bernsteinfarbenen Augen, so wie es der Ritter getan hatte. Lange verharrten sie so, schweigend und reglos. Dann löste sich der Ritter, trat zurück und wandte sich um. Hinter ihm erhob sich die mächtige Gestalt des Drachenvaters, doch obwohl der alte Wartenberger nur ein Zwerg gegen diesen Riesen war, erschien er ihnen doch groß und voller Kraft.

«Ich bin ein Drachenritter», sagte Konrad von Wartenberg. «Ich habe die Flamme des Drachenschwerts erkannt, und sie hat mich durch viele Jahre geleitet. Aber es war nicht nur die Flamme des Schwertes, die mich geleitet hat, es war auch das, woran ich geglaubt und was ich gefühlt habe. Diesem Gefühl habe ich mich anvertraut. Ich habe das Schwert abgelegt und mich dem Drachen ohne das Schwert überlassen. Und das, was ihr die Stimme des Blutes nennen mögt, hat zu mir gesprochen. Deshalb sage ich euch, ich, Konrad von Wartenberg, dass ich an das glauben kann, was uns erzählt wurde. Es ist die Wahrheit, und es wird Zeit für die Drachenritter, diese Wahrheit zu sehen.»

Dann trat er zu seinen Rittern und verneigte sich vor dem Drachenvater. Und nicht einer der Ritter zögerte, es ihm gleichzutun.

TEIL NEUN

Das Pfand

Florin fühlte sich erleichtert und glücklich. Was wäre gewesen, wenn die Drachenritter ihm nicht geglaubt hätten? Er wagte sich nicht vorzustellen, was dann hätte geschehen können.

Wieder sprach der Drachenvater durch Ulysses zu ihnen: «Die Garuda wissen euer Vertrauen zu würdigen. Ich bin froh, dass ihr euch der Wahrheit nicht verschließt, und spüre die Wahrhaftigkeit eurer Worte, denen auch ich Glauben schenken kann. Seid versichert, dass ich gezweifelt habe und dass euer Sinneswandel mir umso wertvoller erscheint. Darum auch kann ich den Worten des Meisters Folge leisten. Denn in dieser Nacht, die die letzte seines sterblichen Lebens war, bat er mich darum, die Tarasker an den Verhandlungen der Garuda und Sirrusch teilnehmen zu lassen. Ich knüpfte die Erfüllung dieser Bitte an die Bedingung, dass die Drachenritter bereit seien, die Wahrheit über sich und die Welt der Drachen anzuerkennen. Dies habt ihr getan, und somit lade ich euch ein, am Rat der Drachen teilzunehmen. Der

Meister sagte, dass ihr ein Teil der Ereignisse seid und dass diese durch eure Anwesenheit zu einem besseren Ende finden könnten. Nehmt ihr diese Einladung an?»

«Es ist eine große Ehre für uns», erwiderte Konrad von Wartenberg.

«So bitte ich euch, Platz zu nehmen und mit uns den Khras und seine Begleiter zu erwarten», sagte der Drachenvater durch Ulysses. «Und seid gewiss, dass die Verhandlungen in Gedanken und Worten geführt werden, sodass nicht nur wir Drachen, sondern auch ihr ihnen folgen könnt.»

Die Tarasker machten es sich so gut wie möglich auf dem felsigen Boden bequem. Mehr und mehr Drachen traten aus dem Inneren von Aldajir oder aus dem Gang, der zum Haupteingang führte, in die hohe Halle und ließen sich in kleinen Gruppen nieder. Schließlich erschien auch der Khras mit seinen Begleitern und erhielt einen Ehrenplatz gegenüber dem Thron des Drachenvaters. Florin sprang auf, ging zu ihm und begrüßte ihn erfreut.

«Ich bin glücklich, dich wieder zu sehen, junger Freund», sagte der Khras. «Und wie ich sehe, sind auch die Tarasker genesen.»

«Ja, der Drachenvater hat wahre Wunder vollbracht», erwiderte Florin strahlend.

«Wie ich hörte, werdet ihr am Rat teilnehmen», fuhr der Khras fort. «Man hat mir schon gesagt, dass die Beratungen in Gedanken und in den Worten der Menschen geführt werden sollen. Ich muss gestehen, dass dieser Umstand mich mit größerer Hoffnung erfüllt.»

«Ach, es wird schon alles gut gehen», meinte Florin. «Sirrusch und Garuda haben die Gefahr doch gemeinsam besiegt. Was sollte die Drachen denn jetzt noch trennen? Doch sicher nichts, was nicht mit ein paar Worten in Ordnung gebracht werden kann.»

«Junger Freund», entgegnete der Khras. «Die Fehde zwischen unseren Völkern ist alt, und sie geht weit über die flüchtigen Ereignisse unseres sterblichen Lebens hinaus. Ich fürchte, dass ich deine Zuversicht nicht teilen kann.»

Florin sah ihn betroffen an. Dann nahm sein Gesicht einen trotzigen Ausdruck an, und er sagte: «Aber ihr müsst es schaffen! Es kann doch nicht sein, dass Ihr und Ulysses und der Drachenvater und all die anderen euch nicht vertragt. Ich … ich … ich mag euch doch alle.»

Nun war es der Khras, der ihn betroffen ansah. Dann neigte der gewaltige Drache seinen Kopf zu ihm herab, bis seine Augen dicht vor Florins Gesicht schwebten. «Die Kraft deiner Gefühle ist wie ein guter Stern in diesem Rat. Ich werde daran zu denken versuchen.» Dann richtete er sich wieder auf und wandte sich von ihm ab.

Florin ging unglücklich an seinen Platz zurück. Dort empfing ihn Suna mit den Worten: «Ich muss schon sagen, du pflegst einen erstaunlich vertrauten Umgang mit diesen Riesen … Floh.»

Florin sah sie verärgert an. Dann bemerkte er, dass sie lächelte. Sie fasste ihn bei der Hand, zog ihn neben sich und sagte: «Das war ein Scherz, kleiner Bruder. Ich habe dir ja versprochen, dich nie wieder Floh zu nennen, jedenfalls nicht im Bösen.»

Da konnte auch er wieder lächeln, und dankbar lehnte er

sich an Suna, die ihm den Arm um die Schultern legte und ihn dicht an sich zog. So ist sie mir hundertmal lieber als mit einem Messer in der Hand, dachte Florin. Er erinnerte sich nur zu gut an die andere Suna, die ihm die Klinge an den Hals gesetzt hatte. Sie ist also doch nicht so ein Drache, wie ich gedacht habe, ging es ihm durch den Kopf, und er unterdrückte ein Lachen.

Inzwischen hatten die Verhandlungen begonnen, und Florin verfolgte gespannt die Worte, die zwischen dem Khras und Ulysses, der wieder für den Drachenvater sprach, gewechselt wurden. Erst waren diese Worte Höflichkeiten, die die Verhandlungen eröffneten, und lange blieb der Ton freundlich und gelassen. Erinnerungen wurden ausgetauscht, alte Kämpfe erwähnt und die Positionen der beiden Völker in diesem Streit erörtert und festgehalten. Florin spürte, dass er sich anstrengen musste, damit seine Aufmerksamkeit nicht erlahmte. Die Drachen ließen sich sehr viel Zeit, und es schien, als würden sie um den eigentlichen Streitpunkt einen Bogen machen und sich nur langsam und behutsam an diesen herantasten. Sie erinnerten ihn an Politiker, die er mal im Fernsehen gesehen hatte. Sterbenslangweilig war das gewesen, und er hatte seinen Vater nicht verstehen können, der die Reden gespannt verfolgt hatte. Auch jetzt konnte Florin kaum ein Gähnen unterdrücken. Die Zeit verging, ohne dass sich eine Lösung abzeichnete. Verstohlen warf er einen Blick auf die Gesichter der Tarasker. Sie schienen höflich dem Gespräch zu folgen und verrieten ihre Gedanken mit keiner Miene. Florin seufzte innerlich und begann, Figuren in den Staub zu zeichnen.

Doch plötzlich horchte er auf. Täuschte er sich, oder war der Ton hitziger geworden? Nein, es war wirklich so. Die Worte, die gewechselt wurden, waren schärfer geworden, und auch die Stimmen der Sprechenden, die doch so schön sein konnten, erschienen ihm sonderbar kalt und abweisend. Er merkte, dass sich die immer gleichen Sätze zu wiederholen begannen. Keine der beiden Parteien schien von ihrem Standpunkt abweichen zu wollen. Dann ließen ihn die Worte des Khras erschrocken zusammenzucken.

«So löst das Siegel und gebt uns das Drachenfeuer wieder», sagte der Khras mit scharfer Stimme. «Dieses Pfand mag die Glaubwürdigkeit eurer Worte bekräftigen.»

«Wie könnt Ihr solches verlangen?», hörten sie den Drachenvater durch Ulysses' Mund sagen, und Florin erkannte die Stimme seines Freundes kaum wieder. Nie war sie so hart und kalt gewesen. «Ihr wisst genau, welches Unheil durch die Macht des Feuers über Jawzahr gekommen ist», fuhr diese fremde und Furcht einflößende Stimme fort. «Wollt Ihr den Untergang unserer Welt?»

«Zweifelt Ihr etwa daran, dass die Sirrusch das Feuer beherrschen können?», entgegnete der Khras aufgebracht.

«Ja», antwortete der Drachenvater, und dieses Wort schnitt wie eine scharfe Klinge durch die Luft. «Daran zweifle ich allerdings. Oder nennt mir einen Sirrusch, der dies in der Vergangenheit vermocht hätte.»

«Nennt mir einen Garuda, der besseren Nutzen aus dem Feuer zu ziehen verstand», stieß der Khras wild hervor.

Ein lastendes Schweigen breitete sich wie in dunklen Wellen aus, und Florin spürte, dass sich sein Magen zusammenkrampfte. Also war es wirklich so schlimm, wie der Khras gesagt hatte. Die Feindschaft zwischen den Drachen war alt und schien nicht geschlichtet werden zu können. Aber warum nur?

Florin versuchte verzweifelt, Ordnung in seine Gedanken zu bekommen. Um was ging es schon wieder in diesem Streit? Ulysses hatte es ihm doch erklärt. Um die Wiedergeburt … ja, genau, um die Wiedergeburt in den Mazandar, den großen Wasserdrachen. Die Sirrusch glaubten, dass die Garuda ihnen dieses Recht streitig machen wollten. Aber wie kamen sie bloß auf eine solche Idee? Wahrscheinlich wissen sie das selbst nicht mehr, dachte er. Sie wissen ja nicht mal, wer den Streit angefangen hat. Es ist doch einfach zu blöd!

Aber es musste eine Lösung her. Irgendwie. Irgendetwas, womit beide Seiten zufrieden sein konnten. Was hatte der Khras gesagt? Er hatte doch von einem Pfand gesprochen, das er haben wollte. Das Drachenfeuer! Aber das war natürlich nicht möglich. Es war sicher besser, wenn dieses Feuer schön versiegelt blieb. Nur gut, dass dieses Siegel nicht zu lösen war, außer wenn beide Seiten damit einverstanden waren. Und so weit würde es ja hoffentlich nie kommen.

Wie schön, wenn sie sich einfach das Ehrenwort geben könnten, dass keiner dem anderen was Schlechtes will. Meinetwegen ein Ehrenwort mit einem Siegel, dachte er. Ohne Magie scheint bei den Drachen ja nichts zu klappen. Ja, das wär was, ein Siegel! Aber was für eins? Am einfachsten wäre es natürlich, wenn es etwas mit dem Drachenfeuer und mit dieser Wiedergeburt zu tun hätte. Wenn man zwei Fliegen mit einer Klappe schlagen könnte. Plötzlich setzte er sich ruckartig auf. «Was ist?», flüsterte Suna. «Mach bloß keinen Lärm!»

Doch Florin schüttelte unwillig ihren Arm ab, stand auf und trat einen Schritt vor. «Darf ich was fragen?», sagte er zögernd, und seine Stimme schien ihm wie ein Knallkörper in diese Stille zu platzen.

Alle Augen blickten auf ihn, und der Zorn, den die Drachen gegeneinander hegten, richtete sich auf ihn. Das war kein angenehmes Gefühl, und Florin konnte nicht verhindern, dass er unter der Drohung der vielen Augen zu zittern begann.

Doch auf einmal wurde der Blick des Drachenvaters milder und freundlicher. «Sprich, Drachensohn», sagte er zu Florins Überraschung durch Ulysses zu ihm. Es machte nicht den Anschein, als würde er Florins Frage als Störung oder als unerwünschte Einmischung ansehen.

Florin fasste Mut und fuhr mit heiserer Stimme fort: «Dieses Siegel, das das Drachenfeuer verschließt, ich meine, dieses Siegel, das nur beide, die Garuda und die Sirrusch, gemeinsam öffnen können, kann man … kann man es ändern?»

Der Drachenvater sah ihn nachdenklich an und ließ Ulysses fragen: «Ändern? Was meinst du damit?»

Florin schluckte und versuchte sich so klar wie möglich auszudrücken: «Das Siegel verschließt doch das Drachenfeuer, und zwar für beide, für die Garuda und die Sirrusch. Solange beide Seiten nicht gemeinsam wollen, dass das Siegel geöffnet wird, geht das nicht. Aber wenn man das Siegel auf einer Seite öffnen würde?»

«Auf einer Seite öffnen?», fragte der Drachenvater, und Ulysses' Stimme, die die Stimmung des Drachenvaters widerspiegelte, klang wieder um einiges weniger freundlich. Auch der Khras brummte ärgerlich: «Was soll das bedeuten?»

Florin sah von einem zum anderen. Und er wunderte sich, dass er auf einmal keine Angst mehr hatte. Vielmehr ärgerte er sich über die beiden. Diese Streithammel!, dachte er, und entschlossen fuhr er fort: «Die Sirrusch wollen das Drachenfeuer als Pfand dafür, dass die Garuda ihnen die Wiedergeburt in den Mazandar niemals streitig machen. Das ist doch so! Also ist es ganz einfach. Wenn die Garuda das wirklich jemals tun sollten, dann, und zwar nur dann, öffnet sich das Siegel, und die Sirrusch kriegen das Drachenfeuer und können sich damit wehren. Solange aber die beiden Völker in Frieden leben und niemand dem anderen was wegnehmen will, bleibt das Siegel zu, und keiner kommt an das Drachenfeuer ran. Das gilt natürlich für beide Seiten. Denn wenn die Sirrusch den Garuda was Böses tun wollen, dann kriegen die Garuda das Drachenfeuer. Das ist doch gerecht. Dann ist das Siegel, das das Drachenfeuer verschließt, gleichzeitig das Pfand, das ihr braucht. Na ja, ich kann mir gut vorstellen, dass sich beide Seiten hüten werden, durch einen Krieg oder so was das Siegel zu öffnen und dem Gegner diese Waffe … äh, auszuliefern. Das war's! Mehr habe ich euch nicht zu sagen. Von mir aus könnt ihr euch jetzt ruhig weiterstreiten.» Und wütend trat er zurück.

Einen endlosen Augenblick lang herrschte verblüfftes Schweigen. Dann warf der Khras plötzlich seinen Kopf zurück und begann zu lachen, so laut, dass sich Staub und Steine von der Felsendecke lösten und auf sie herabregneten. Erschrocken hielten sich Florin und die Drachenritter die

Ohren zu. Endlich beruhigte sich der Khras wieder und meinte kopfschüttelnd: «Was für eine Leere muss in unseren großen Köpfen herrschen, wenn dieser Winzling, dieser Spatzenkopf, die Lösung findet, mit der ein Streit beendet werden kann, der seit Drachengedenken unsere Völker entzweit. Denn wer sollte daran zweifeln, dass dies die Lösung ist? Ich gewiss nicht. Und wie ist es mit Euch?», wandte er sich an den Drachenvater.

Die starre Miene des Drachenvaters schien sich zu einem Lächeln zu verziehen. Und Ulysses, der für ihn sprach, sagte mit einem dankbaren und stolzen Blick auf Florin: «Nein, auch ich zweifle nicht daran. Der Meister hat wahr gesprochen. Dieser Junge, sagte er zu mir, ist der Schlüssel zum Frieden für Jawzahr. Denn er verbindet in sich das Beste im Wesen der Drachen und der Menschen. In ihm ist nichts von dem Dunklen, das uns seit undenklichen Zeiten beherrscht, und auch nichts von den unseligen Gedanken, die die Drachenritter nach Jawzahr, das sie Tiamat nennen, geführt haben. Er ist frei und sieht die Dinge mit der Reinheit seines Herzens. So soll es also geschehen. Das Siegel wird neu geschlossen werden, und das Drachenfeuer, das unsere Welt einst fast vernichtet hätte, wird zum Pfand des Friedens für Jawzahr werden.»

«Hurra!», rief da Pero Tafur. «Tarasker, ein Hoch auf Florin!»

Die Drachenritter sprangen auf die Füße, zogen ihre Schwerter und ließen Florin hochleben. Und alle Drachen neigten ihre Köpfe vor ihm. «Genial, einfach genial, Floh», hörte er Suna durch den Tumult rufen, und diesmal war es ihm egal, dass sie ihn so nannte. Es störte ihn nicht einmal, dass sein Gesicht so rot wie ein reifer Apfel sein musste. Er fühlte sich nur unglaublich erleichtert und glücklich. Und er war nicht einmal besonders stolz auf sich, sondern nur froh, dass der Streit der Drachen endlich ein Ende haben sollte.

Wie durch einen Nebel sah er Ulysses' Kopf vor sich auftauchen und hörte seine Stimme, die wieder so schön und klangvoll, ohne Härte und Kälte, wie eh und je war. «Danke, Drachensohn. Wo immer du auch sein wirst, ich werde dich nie vergessen.»

Florin sah zu ihm auf. Zuerst war es nur die Freude über Ulysses' Worte, die ihn bewegte, dann begriff er langsam den Sinn dieser Worte. Wo immer er auch sein würde? Das bedeutete doch, das er nicht mehr hier sein sollte. Aber warum denn? Dann verstand er, was Ulysses meinte. Natürlich würde er nicht hier bleiben können. Er würde in seine Welt zurückkehren. Und er wollte es ja auch. Er wollte zu seinen Eltern zurück. So lange war er schon fort von zu Hause. Er spürte ja deutlich, wie sehr er sich nach seinen Eltern sehnte. Aber er würde ja wiederkommen. Er würde Ulysses doch sicher wieder sehen. Doch irgendetwas sagte ihm, dass es nicht so sein würde, dass Ulysses mit seinen Worten noch mehr hatte sagen wollen. Und obwohl er es nicht wirklich verstand, traf ihn etwas, was wie eine Vorahnung des Abschieds war, so schmerzhaft, dass er in Tränen ausbrach und zu schluchzen begann.

Suna blickte ihn überrascht an. Zuerst hielt sie seine Tränen für Tränen der Freude und dachte, dass er nur verwirrt sei, doch dann merkte sie, dass etwas nicht stimmte.

Voll Zuneigung legte sie ihm die Hände auf die Schultern, beugte sich zu seinem Gesicht hinab und fragte: «Was ist denn, Florin?»

Doch der Junge konnte nicht sprechen. Der Kummer machte ihn stumm. Da schloss ihn Suna in ihre Arme, streichelte ihn sanft und versuchte, ihn wie ein kleines Kind zu trösten. «Schscht, ist ja gut. Wein doch nicht. Es wird schon alles gut.» Dabei warf sie einen Blick auf die um sie stehenden Tarasker, die verstummt waren.

«Was hat er denn nur?», fragte sie und blickte zu Ulysses hinauf.

«Er hat die Frage geahnt, die ich euch im Namen des Drachenvaters stellen muss», antwortete Ulysses, und er sah traurig auf den Jungen herab.

«Welche Frage?», sagte Wulf.

«Die Frage, was ihr nun tun werdet», entgegnete Ulysses. «Jetzt, da zwischen den Drachen Frieden gestiftet wurde, fragen wir euch: Welches ist die Zukunft der Drachenritter und damit auch die Zukunft Florins? In Tiamat, wie ihr unsere Welt nennt, werdet ihr nicht bleiben können.»

Betroffen sahen die Tarasker einander an. Doch zugleich wussten sie auch, dass Ulysses Recht hatte. Konrad von Wartenberg löste sich aus der Gruppe der Ritter und trat an Ulysses' Seite vor den Drachenvater.

«Ihr fragt, welches die Zukunft der Tarasker sein wird», sagte er. «Darauf weiß ich keine Antwort. Nur so viel ist gewiss: Es ist wahr, dass wir nicht in Tiamat bleiben können. Dies ist eure Welt, und wir haben nicht mehr die Absicht, sie euch streitig zu machen. Vielleicht könnten wir euch bitten, in Frieden in Tiamat leben zu dürfen, aber ich glaube nicht, dass der Friede zwischen Drachen und Menschen von Dauer sein würde. Obwohl wir einander gleichen, sind wir doch zu verschieden. Und wichtiger noch als alles: Zwischen uns kann es kein Siegel geben, kein Pfand, das unser Bündnis festigt, denn wir Menschen können ein solches Siegel nicht bewirken. Magie gibt es in unserer Welt nur in Märchen und Legenden. Und nur das Drachenschwert hat einen Abglanz eurer Kräfte in unsere Welt zu tragen vermocht.»

«Ihr werdet also in eure Welt zurückkehren?», fragte der Drachenvater, und wieder war es Ulysses, der mit seinen Worten und Gedanken Menschen und Drachen verband. «Könnt ihr dort als das leben, was ihr seid?»

«Nein», antwortete Konrad von Wartenberg, und auf einmal klang seine Stimme müde und alt. «Für Menschen wie uns ist kein Platz in unserer Welt. Die Zeit der Ritter gehört der Vergangenheit an. Wir würden uns nur zum Gespött der Leute machen, wenn wir versuchen wollten, in aller Öffentlichkeit die Drachenritter, die Drachensöhne zu sein. Nun, das hat nicht eure Sorge zu sein. Dieses Problem müssen wir selber lösen – in unserer Welt.»

«Ihr werdet gewiss eine Lösung finden», sagte der Drachenvater und meinte nachdenklich: «So werdet ihr also das

Tor durchschreiten, und es wird sich hinter euch ...» Er zögerte kurz, dann fuhr er fort: «... schließen?»

Der Ton dieser Worte klang sonderbar, und so mussten es auch die Gedanken des Drachenvaters sein, denn Ulysses schien sie genauestens wiederzugeben. Konrad von Wartenberg sah den Drachenvater fragend an. Er verstand dieses Zögern vor dem letzten Wort nicht.

«Ich meine damit», setzte der Drachenvater hinzu, «für immer schließen?»

Florin schrak zusammen, und wie unter Zwang löste er sich von Suna und tat einige heftige Schritte auf den Drachenvater zu, bis er dicht vor ihm stand. «Nein, nein», stammelte er mit bleichem Gesicht. «Das nicht! Niemals!»

Doch diesmal war es Konrad von Wartenberg, der ihn sanft zu sich zog. Schwer und warm lagen seine großen Hände auf den schmalen Schultern des zitternden Jungen.

«Es tut mir Leid», sagte der Drachenvater, und dabei sah Florin, dass die Augen des sprechenden Ulysses sich vor Kummer trübten. Dann blickte der Drachenvater, auf Konrad von Wartenberg und fragte: «Und Ihr, versteht Ihr mich?»

Der alte Mann nickte. «Ja», erwiderte er. «Das Tor muss sich schließen. Für immer. Das Wort der Drachenritter mag gelten. Über viele Generationen hinweg. Doch andere Menschen würden wohl nicht zögern, die ...» Er lächelte schmerzlich. «... die Schätze von Tiamat an sich reißen zu wollen. Wir können das Tor nicht bis in alle Ewigkeit bewachen und sein Geheimnis wahren. Doch wie ist es möglich, das Tor zu schließen? Könnt ihr es?»

«Nein», entgegnete der Drache. «Wir nicht. Doch die

Flamme des Drachenschwerts, geführt von der Hand eines Menschen, vermag dies. Werdet ihr es tun?»

Konrad von Wartenberg wandte sich den Taraskern zu und zwang auch Florin, sich umzudrehen.

«In dieser Sache kann ich nicht für euch sprechen», sagte der alte Mann. «All die Jahre seid ihr mir gefolgt. Ihr habt meinen Worten Glauben geschenkt und seid mir treu zur Seite gestanden. Nun hat unsere Suche ein anderes Ende gefunden, als wir erhofft haben. Es muss eure Entscheidung sein, ob das Tor sich für immer schließen soll.»

Wulf war der Erste, der, ohne lange zu zögern, zustimmend nickte. Suna tat es ihm nach, und auch Pero Tafur schloss sich ihnen an. Und ein Tarasker um den anderen neigte den Kopf zum Zeichen seines Einverständnisses.

«Ich weiß, dass ich in eurer Schuld stehe», sagte Konrad von Wartenberg, als auch der letzte Tarasker seine Stimme abgegeben hatte, «denn das, was ich euch versprochen habe, hat sich nicht erfüllt.»

Da sagte Pero Tafur mit rauer Stimme: «Das ist Unfug. Wir sind erwachsene Männer und sind dir freiwillig gefolgt. Vergiss nicht, dass es unsere Bestimmung war, so wie es deine war. In uns allen fließt das Blut der Drachen, und uns alle hat die Flamme des Schwertes gezeichnet. Es gibt keine Schuld, aber etwas, woran wir alle glauben und was uns verbindet. Daran wird sich auch nichts ändern, wenn sich das Tor für immer schließt. Pero Tafur ist und bleibt ein Drachenritter. Und was sagt ihr, Männer?»

Wortlos zogen die Tarasker ihre Schwerter und hoben sie in die Luft. Da wandte sich Konrad von Wartenberg wieder dem Drachenvater zu und sagte: «Wie Ihr seht, gibt es noch Hoffnung für uns. Jetzt glaube auch ich es: Auch für uns wird sich eine Lösung finden. Und seid unbesorgt, das Tor wird sich schließen. Ich, Konrad von Wartenberg, gebe Euch mein Wort darauf, dass meine eigene Hand es sein wird, die das Drachenschwert führt.»

Der Drachenvater verneigte sich tief vor den Rittern, und alle Drachen taten es ihm gleich. Dann sagte er: «Ihr handelt wahrhaft ehrenhaft, so wie es die alten Erinnerungen von den edelsten Rittern berichten. Mit dieser Tat erweist ihr euch als die wahren Söhne der Drachen. Dafür wollen wir euch mit einer Gunst danken, die mehr ist als alles, was wir euch geben könnten. Morgen, bei Aufgang der Sonne, wird die sterbliche Hülle des Meisters dem Meer übergeben werden. Und ihr werdet dabei sein dürfen, wenn das Lied der Drachen die Mazandar ruft, und mit uns werdet ihr die Mazandar sehen, deren Anblick herrlich und erhaben ist. Bis dahin seid unsere Gäste und betrachtet Aldajir, das Drachenheim der Garuda, als das eure.»

In diesem Augenblick ließ sich der Khras vernehmen. «Erlaubt auch mir und meinen Begleitern, dem Meister, dem auch wir so viel verdanken, die letzte Ehre zu erweisen und an der Übergabe seines Leibes teilzunehmen.»

«So soll es sein», erwiderte der Drachenvater. «Möge eure Anwesenheit unser Bündnis bestärken und das Lied der Garuda die neue Zukunft besingen.»

«Wer weiß», fügte der Khras hinzu, «vielleicht wird es eines Tages ein Lied geben, das Garuda und Sirrusch gemeinsam singen.»

Mit diesen hoffnungsvollen Worten endete die Versammlung, und die Drachen verließen den Felsensaal. Florin nahm kaum wahr, was um ihn herum vor sich ging. Die Worte, die gesprochen wurden, erreichten ihn zwar, doch er weigerte sich, sie wirklich zu hören, denn all diese Worte taten nichts anderes, als seinen Kummer noch zu verstärken.

«Florin!» Wie von weitem hörte er die Stimme Ulysses'. Aber er sah ihn nicht an, sondern starrte unentwegt auf den felsigen Boden. «Komm mit mir, Florin. Lass uns die letzte Nacht gemeinsam an einem anderen Ort verbringen.»

Nun blickte Florin doch auf. Verstockt und abwehrend sah er den Drachen an und Ulysses spürte, wie sich der Junge verschloss. «Bitte», sagte er leise. «Komm mit mir!»

Florin zuckte mit den Schultern und murmelte: «Meinetwegen. Ist ja doch alles egal.» Er ließ es zu, dass Ulysses ihn hochhob, und kletterte auf den Rücken des Drachen.

«Werdet ihr ohne mich zurechtkommen?», wandte Ulysses sich an die Tarasker.

«Ja», antwortete Wulf für alle. «Notfalls werden wir uns mit Händen und Füßen verständigen.»

«Das wird nicht nötig sein», mischte sich der Khras ein. «Wenn ihr erlaubt, stehe ich euch gerne zur Verfügung.»

«Es ist uns eine Ehre», entgegnete Wulf dankbar.

«Pass gut auf ihn auf», sagte Suna zu Ulysses.

«Oh, keine Sorge», erwiderte Ulysses. «Wir passen immer aufeinander auf.»

Dann wandte er sich ab und trottete langsam dem Ausgang von Aldajir entgegen. Bald schon schwang er sich in die Luft und glitt in Richtung Süden.

Es war spät geworden. Im Westen berührte die Sonne schon den Horizont und warf lange Schatten über das Land. Florin sah die Berge, die nun keine Grenze mehr zwischen den Drachenvölkern waren. Doch sein Kummer saß zu tief, als dass er Freude darüber hätte empfinden können. Er war wie blind für die Schönheit des Fluges, des Abends und der Landschaft, die unter ihnen dahinzog. Stumm saß er auf dem Drachen und fragte nicht einmal, wohin sie flogen.

Schließlich ließ sich der Drache tiefer sinken, und Florin erkannte den Berg, in dem sich die Höhle des Meisters befand. Der Drache landete sanft und ließ Florin absteigen. Immer noch schweigend betraten sie die Höhle. Sie gingen zu dem grünen Hügel am anderen Ende der Höhle und ließen sich am Rande des kleinen Baches im weichen Gras nieder. Florin hielt sich von Ulysses fern und setzte sich in einiger Entfernung von ihm ins Gras.

Lange Zeit fiel kein Wort. Das Licht der untergehenden Sonne, das durch die Felsspalten in die Höhle fiel, erlosch, und die Irrlichter taten ihren freiwilligen Dienst. Ihr flirrendes Licht huschte über den Wasserfall, durch die Höhle, und hin und wieder leuchtete ein Augenpaar auf, das dieses Licht widerspiegelte. Denn noch immer suchten die Tiere den Frieden dieser Höhle auf, als wäre der Meister noch unter ihnen. Es schien, als würde sein Bann selbst seinen Tod überdauern.

Endlich brach Ulysses das Schweigen. Doch es schien, als würde er zu sich selber sprechen: «Hier hat der Meister gelebt, und hier habe ich ihn lange Zeit gepflegt, als sein

Verstand sich verwirrt hatte und seine Erinnerungen von Dunkelheit verborgen wurden. Hier an diesem Ort des Friedens, den er so geliebt hat, war auch mein Zuhause, als ich wie er ein Ausgestoßener, ein Namenloser war. Nichts hätte mich dazu bringen können, ihn zu verlassen, denn ich habe ihn geliebt. Nicht einmal der Verlust des wahren Todes war stärker als meine Liebe zu ihm. Nun ist er tot. Er hat sein Leben für das gegeben, was er geliebt hat. Und mit seinem letzten Atemzug hat er mir meinen geheimen Namen gegeben. Du würdest ihn nicht verstehen, Florin, doch wenn du es könntest, würdest du erkennen, dass dieser Name all die Liebe in sich birgt, die den Meister und mich verband. Dieser Name erzählt die Geschichte unseres gemeinsamen Lebens, in der er mein Meister war und ich sein Schüler.»

Ulysses schwieg, und Florin hörte in der plötzlichen Stille das Rauschen des Wasserfalls, das Plätschern des Baches und die Laute der Tiere, die sich in der dunklen Höhle tummelten. Dann fuhr der Drache fort: «Doch nun ist er tot. Und ich empfinde sowohl tiefe Trauer als auch große Freude. Trauer, denn er wird mir fehlen, ja, er fehlt mir jetzt schon, und dieser Ort erscheint mir, so schön er ist, fremd und leer. Freude aber, weil ich weiß, dass er seinen geheimen Namen wieder gefunden hat und den wahren Tod sterben wird. Er wird wieder geboren werden und eine andere Welt betreten, in die ich ihm eines Tages folgen werde. Hat er mich also wirklich verlassen? Und muss ich wirklich traurig sein? Sollte die Freude über das, was er gewonnen hat, die Trauer nicht überwiegen?»

Wieder schwieg der Drache, und Florin hatte das Gefühl, die Höhle mit anderen Augen zu sehen. «Es ist schön hier», sagte er leise.

«Ja», sagte Ulysses.

«Die Tiere sind hier geblieben», sagte Florin.

«Ja.»

«Als wäre der Meister immer noch hier. Wirst du hier wohnen?», fragte Florin.

«Meinst du, ich sollte?», entgegnete Ulysses.

«Ja, ich denke schon», meinte Florin. «Er war gerne hier. Einer muss doch auf diesen Ort aufpassen. Das musst du mir versprechen.» Dann fuhr er mit zitternder Stimme fort: «Du wirst mir fehlen, Ulysses.»

«Du mir auch, kleiner Bruder», sagte Ulysses. «Komm zu mir. Uns bleibt nur noch so wenig Zeit.»

Florin stand auf und sprang über den Bach. Dann setzte er sich zwischen Ulysses' Vorderbeine und lehnte sich an die Schuppenhaut seiner Brust.

«Ich werde für dich singen», sagte Ulysses leise. «Hör mir gut zu. Mit deinem Herzen kannst du verstehen, was ich singe.»

Ulysses begann zu singen, und seine Stimme, die die weite Höhle mit ihren Klängen erfüllte, zog Florin in ihren Bann. Und ohne die Worte zu verstehen, wusste Florin, was das Lied des Drachen zu ihm sagte.

Als er erwachte, sah er Ulysses' Haupt über sich. Der Drache blies ihm die Haare aus der Stirn und hatte ihn dadurch geweckt.

«Habe ich lange geschlafen?», fragte Florin.

«Die Sonne wird bald aufgehen», antwortete Ulysses. Dann habe ich die ganze Nacht verschlafen, dachte Florin. Aber er blieb still liegen, um diesen friedlichen Augenblick nicht zu stören. Er wusste, dass es das letzte Mal war, dass er an Ulysses' Seite erwachte.

«Schläfst du nie?», fragte er.

«Doch, aber nicht in dieser Nacht», erwiderte Ulysses und sah liebevoll auf ihn hinab. «Ich habe dich angesehen. Dein Bild soll in meiner Erinnerung nie verblassen.»

«Bist du böse, dass ich geschlafen habe?»

Ulysses lachte leise. «Nein», entgegnete er. «Du warst doch bei mir.»

Aber nicht mehr lange, dachte Florin beklommen und fühlte, wie der Kummer in ihm wieder anwuchs. «Ich weiß, was du mir gestern sagen wolltest, als du über den Meister gesprochen hast», sagte er. «Ist es falsch, traurig zu sein?»

«Nein», sagte Ulysses. «Das gehört dazu. Aber gibt es denn nichts anderes in dir als Traurigkeit?»

Florin schwieg. Dann meinte er leise: «Wenn sich das Tor für immer schließt, dann … dann wird es dir in vielem besser gehen als früher, bevor die Drachenritter nach Tiamat gekommen sind. Dir und allen Drachen von … Jawzahr. Du bist wirklich geboren worden und wirst den wahren Tod finden. Und die Drachen haben Frieden geschlossen. Das macht mich … froh.»

«Und glaubst du, dass du mit mir glücklich darüber sein kannst?», fragte Ulysses. «Verstehst du, dass es gut war, dass du unsere Welt betreten hast? Und kann dich das Gute, das daraus entstanden ist, nicht ein wenig über den Abschied hinwegtrösten?»

«Doch», erwiderte Florin. «Natürlich freue ich mich für dich. Aber es tut so weh, daran zu denken, dass wir getrennt werden, für immer.»

«Wer sagt dir, dass das so ist?», widersprach Ulysses. «Wusstest du von Tiamat, bevor du es gesehen hast? Kann es nicht sein, dass es noch ganz andere Welten gibt, in diesem Leben oder selbst nach unserem Tod? Wir wissen so wenig, Florin, und wir sorgen uns viel zu viel.»

«Und ich bin noch ein Kind», meinte Florin. «Ich verstehe nicht viel von solchen Dingen.»

«Doch, mehr als du glaubst», entgegnete Ulysses. «Vertraue auf deine Gefühle. Und außerdem, du bist zwar noch ein Kind, aber ich müsste mich täuschen, wenn du in den vergangenen Tagen nicht um einiges erwachsener geworden bist.»

«Das kann sein», sagte Florin und musste lachen. «Älter und magerer wahrscheinlich auch. Sicher habe ich sogar ein paar Falten im Gesicht.»

«Schön, dich wieder lachen zu hören», meinte Ulysses. «So möchte ich dich in Erinnerung behalten. Aber keine Sorge, mehr als Lachfalten kann ich nicht entdecken. Und ich wünsche dir, dass das noch lange so bleibt. Doch nun iss was. Die Tiere haben dir bereits ihre Gaben gebracht.»

Florin setzte sich auf und sah die beiden kleinen Haufen

mit frischen Wurzeln, Früchten und Nüssen, die ihm schon so vertraut waren. Er aß sich satt, packte die Reste ein und trank aus dem klaren Bach.

Als er fertig war, sagte Ulysses: «Es wird Zeit, dass wir aufbrechen, damit wir nicht zu spät kommen. Allzu lange werden sie nicht auf uns warten.»

Sie durchquerten die Höhle. Am Ausgang wandte sich Florin noch einmal um und warf einen letzten Blick auf diesen schönen, friedlichen Ort. Es gibt wirklich eine ganze Menge, was mir fehlen wird, dachte er. Aber er wusste auch, dass er nicht undankbar sein durfte. Denn immerhin hatte er all dies sehen und erleben dürfen.

Er folgte Ulysses durch den Gang und stieg auf seinen Rücken. Der Drache schwang sich in die Luft und sagte: «Halt dich fest. Ich werde mich ein wenig beeilen. Vielleicht holen wir die anderen noch vor dem Meer ein.»

Mit mächtigen Flügelschlägen gewann er rasch an Geschwindigkeit, und bald brausten sie wie ein Sturmwind durch die Luft. Doch Florin war ohne Furcht. Im Gegenteil, er genoss diesen rasenden Flug und den scharfen Wind, der ihm beinahe den Atem verschlug. Er hatte sich entschlossen, diese letzten Stunden mit Ulysses voll auszukosten, jeden kostbaren Moment. Der Kummer mochte warten. Jetzt sah er sich an den Bergen und der Landschaft unter ihnen satt, und sein Herz schlug höher. Er spürte, dass er Ulysses so nah wie niemals zuvor war, als wären sie zusammengewachsen und als hätte er selber Flügel, die sie weiter und weiter Richtung Norden trugen.

Schon sahen sie Aldajir unter sich vorbeigleiten und in

der Ferne zahlreiche dunkle Punkte, die immer größer wurden und schließlich als Drachen zu erkennen waren. Nur wenig später hatte Ulysses sie eingeholt, und Florin entdeckte die Tarasker, die jeder für sich allein auf einem der Drachen ritten. Ulysses zog an der langen Reihe der Garuda und Sirrusch vorbei, und Florin sah, wie manche der Drachenritter ihm zunickten, wobei sie sich aber fest an einen Rückenstachel klammerten. Nun ja, viel Gelegenheit hatten sie ja wahrhaftig nicht gehabt, um sich an diese ungewohnte Art des Reisens zu gewöhnen. Florin erlaubte sich den Spaß, ihnen mit beiden Händen zuzuwinken.

Schließlich hatten sie die Spitze des Zuges erreicht und trafen auf den Drachenvater und auf den Khras, der es sich nicht hatte nehmen lassen, Konrad von Wartenberg höchstpersönlich auf seinem Rücken zu tragen. Erneut bewunderte Florin den unerschütterlichen Mut des alten Mannes. Aufrecht saß er auf seinem sonderbaren Reittier, und es hatte den Anschein, als wäre er auf dem Rücken eines Drachen aufgewachsen und nicht im sicheren Sattel eines Pferdes, dessen Hufe niemals den Boden verließen. Dicht hinter dem Khras sah Florin auch Wulf, Suna und Pero Tafur auf Drachen sitzen, wobei Wulf noch die beste Figur von den dreien machte, da für ihn der Ritt auf einem Drachen nichts Neues mehr war. Außerdem hatte er ja Ulysses bei Höchstgeschwindigkeit und selbst dessen Sturzangriff auf die Sirrusch gut überstanden. Da konnte ihn dieser stille, friedliche Flug wohl kaum aus der Fassung bringen.

Ulysses näherte sich dem Drachen, auf dem Suna saß, und rief: «Ich habe gut auf ihn aufgepasst. Zufrieden?»

Suna nickte, wobei sie geradeaus sah und es vermied, nach unten zu blicken. Dann nahm sie ihren ganzen Mut zusammen, sah zu ihnen hinüber und fragte: «Geht es dir besser, Florin?»

Florin lächelte und antwortete: «Ja, hier oben allemal. Es geht doch nichts über einen schönen Flug auf dem Rücken eines Drachen.»

«Mach dich ruhig lustig über mich», entgegnete Suna. «Das hast du dir verdient. Als Wiedergutmachung für das Messer. Damit steht es eins zu eins. Aber das nächste Mal werden die Karten neu gemischt.»

Florin beugte sich vor und rief Ulysses, unhörbar für Suna, etwas zu. Ulysses warf dem Drachen, auf dem Suna saß, einen Blick zu, und ehe seine Reiterin noch wusste, wie ihr geschah, da faltete ihr Reittier die Flügel zusammen, ließ sich in die Tiefe fallen und fing den Sturz knapp über den Berggipfeln wieder auf. Florin hörte Sunas Aufschrei unter sich verklingen, dann kehrte der Drache wieder an ihre Seite zurück, und Suna warf Florin einen vor Wut funkelnden Blick zu.

«Das habe ich sicher dir zu verdanken», rief sie empört.

«Du hast doch gesagt, dass die Karten beim nächsten Mal neu gemischt werden», rief Florin lachend zurück. «Nun, das war das nächste Mal. Zwei zu eins. Jetzt bist du am Zug.»

«Oh, du … du …», hörte er Suna hinter sich noch rufen, doch Ulysses zog davon und ließ sie weit zurück. Hinter ihnen verhallten ein paar saftige Flüche.

Da entdeckte Florin am Horizont, an dem der erste Schein der Morgendämmerung zu sehen war, die Küste und wurde wieder ernst. «Danke», rief er Ulysses zu. «Das hat gut getan. Aber ich habe trotzdem nicht vergessen, wohin wir fliegen.»

«Ich weiß», sagte Ulysses. «Du brauchst dich aber nicht zu schämen. Der Meister hätte sicher auch seinen Spaß an unserem Streich gehabt. Er verstand es zu lachen.»

Sie landeten eben gerade an der Küste, als die Sonne ihre ersten Strahlen über den Rand des Meeres sandte. Auf der steilen Küste, an der sich die Wellen schäumend brachen, fanden sie die Garuda vor, die den Meister hierher getragen und die Nacht bei ihm gewacht hatten.

Die Drachen stellten sich in einem weiten Halbkreis um den toten Körper des Meisters auf. Florin stieg von Ulysses' Rücken und stellte sich unter das Haupt des Drachen. Er sah, dass auch die Tarasker von ihren Reittieren stiegen und sich in seiner Nähe aufstellten. Suna machte Anstalten, zu ihm zu kommen, und schüttelte die geballte Faust gegen ihn. Doch dann merkte sie, dass Florin sie nicht beachtete, und schämte sich für ihr Verhalten.

«Was geschieht nun?», flüsterte Florin. «Sie werden den Meister doch nicht einfach ins Meer werfen?»

«Du wirst schon sehen», antwortete Ulysses. «Aber, auch wenn ich deine Stimme gerne höre, bitte ich dich doch, jetzt zu schweigen.»

Florin nickte hastig und wartete gespannt auf das, was nun geschehen sollte. Zuerst tat sich gar nichts. Die Drachen warteten schweigend, bis die Sonne sich halb über dem Horizont erhoben hatte und sich eine gleißende Straße bis zur Küste erstreckte. Dann begannen sie, erst leise, dann immer lauter, zu singen. Wieder zog ihn der Gesang der Drachen in

Bann. Doch hatte er bisher nur Ulysses allein singen hören, und schon dies hatte ihn stets tief berührt. Der gemeinsame Gesang so vieler Drachen dagegen tat noch mehr. Er schien ihn, die Felsen, das Licht, den Wind und selbst die Sonne in Schwingung zu versetzen. Nicht in eine vernichtende Schwingung, sondern in eine, die Kraft verbreitete, eine Kraft, die alles erfasste.

Plötzlich sah Florin zu seiner Überraschung, dass der Körper des toten Meisters sich zu regen begann. Etwas hob ihn empor, weit über den Erdboden. Noch hingen sein Kopf, sein Hals, seine Beine und seine Schwingen kraftlos herab, doch schon begannen auch diese sich wie mit neuem Leben zu füllen. Die Beine gingen in Flughaltung über, der Hals streckte und der Kopf hob sich, die Schwingen des Meisters setzten sich in Bewegung und trugen den Drachen mit majestätischen Schlägen höher und weiter, über den Rand der Küste hinaus und weit übers Meer. Dann, in dem Augenblick, in dem sich die Sonne vom Rand des Meeres löste, falteten sich die Schwingen des Drachen zusammen, und der Körper stürzte, Kopf voran, ins Meer und durchbrach den glitzernden Spiegel.

Da begann sich das Meer selber zu regen. Etwas, was das Lied der Drachen gerufen haben musste, etwas, was anders war als die blendenden Wellen, kräuselte die Oberfläche, brachte sie zum Schäumen, zum Brodeln und Kochen, und nie Gesehenes tauchte aus der Tiefe des Meeres auf und pflügte in weiten Kreisen durch die salzigen Fluten. Die Mazandar!, durchzuckte es Florin. Die Wasserdrachen! Sie sind es wirklich!

Florin fand keine Worte in sich, um den unglaublichen Anblick zu beschreiben. Die Größe der Wasserdrachen überstieg alles Vorstellbare, und selbst die gewaltigen Leiber der Garuda und der Sirrusch erschienen daneben wie Winzlinge, die an den endlos anmutenden Gestalten dieser Giganten der Meere wie Wassertropfen heruntergleiten mussten. Florin erfasste kaum die Form dieser zum Leben erwachten Naturgewalten, die doch Köpfe hatten und Hälse und auch Flügel haben mussten, die sie durch die Lüfte tragen konnten, wenn das, was Ulysses ihm erzählt hatte, stimmte. Doch warum sollte er daran zweifeln? Sah er denn die Mazandar nicht vor sich? Oder war dieser endlose Reigen aus schimmerndem Blau und Silber nur eine Täuschung, ein Traum, der aus dem Zauber des Drachenliedes entstanden war?

Doch solche Gedanken konnte Florin nicht einmal zu Ende denken. Er konnte nur schauen und hören und in einer Weise staunen, die seine Fähigkeit zu staunen weit überstieg. Aber wenn er das, was er sah und hörte, mit seinen Sinnen auch kaum erfassen, geschweige denn begreifen konnte, so erwachte in ihm doch eine Ahnung dessen, was die Drachen empfinden mussten, und er begann sie zu verstehen. Dies waren die Mazandar. Dies war der Ursprung der Drachen und ihr Ende, ihr wahrer Tod und ihre Wiedergeburt. Denn diese Wesen öffneten den Blick in eine Welt, die jenseits dessen lag, was noch vorstellbar war.

Irgendwann zogen sich die Mazandar zurück, und es schien Florin, dass eine Ewigkeit vergangen war. Irgendwann blieb nur noch die Erinnerung an das strahlende Blau und Silber, das sich mit den Wellen vermischte und sich in diesen aufzulösen schien. Und mit diesen Farben erlosch das Lied der Garuda. Als nur noch das Meer zu sehen und zu hören war, blieben alle reglos und still stehen, und es dauerte lange, bis der Nachhall des Liedes und des unglaublichen Erlebnisses in ihnen verklang. Doch die Erinnerung würde bleiben, solange sie lebten.

«Es wird Zeit», hörten sie plötzlich die Stimme Ulysses' das Schweigen durchbrechen, und sie wussten, dass es der Drachenvater war, der durch Ulysses zu ihnen sprach. «Zeit für euch, Jawzahr zu verlassen. Geht mit der Erinnerung an das, was ihr hier gesehen habt, und behaltet euer Tiamat in guter Erinnerung.»

Schweigend stiegen die Tarasker auf die Rücken der Drachen, und auch Florin ließ sich von Ulysses emporheben und machte sich für den letzten Flug bereit. Ein Kloß saß ihm in der Kehle, und er brachte kein Wort heraus.

Die Drachen hoben ab und wandten sich erst nach Süden und dann, als sie Aldajir hinter sich gelassen hatten, in Richtung Osten. Schneller als erwartet erreichten sie den sonderbaren, halbkugelförmigen Berg, der das Gegenstück des weiten Talkessels war, des Abdrucks, den der Komet in Florins Welt hinterlassen hatte, als aus der ungeheuren Wucht seines Aufpralls Tiamat, die Zwillingserde, entstand. Die Drachen landeten auf der Lichtung vor dem Tor, dessen dunkler Spiegel sich ihnen schwarz und scheinbar undurchdringlich entgegenstellte. Die Tarasker stiegen ab und sammelten sich vor dem Tor. Auch Florin kletterte mit Ulysses Hilfe hinab. Dann wusste er nicht weiter. Er war wie gelähmt und konnte keinen klaren Gedanken fassen. Ulysses beugte seinen Kopf zu ihm hinunter, und Florin schlang seine Arme um ihn. Er spürte die schuppige Haut des Drachen, die glatt und hart und doch warm und lebendig war, an seiner Wange, die feucht von Tränen war.

«Ich trage den Namen, den du mir gegeben hast, kleiner Bruder», flüsterte Ulysses. «Weil wir uns begegnet sind, bin ich neu geboren worden, und wenn ich eines Tages zu den Mazandar zurückkehre, dann wird dieser Name im Lied der Garuda neben meinem geheimen Namen und auch neben deinem seinen Platz finden. Nichts kann uns wirklich trennen. Fühlst du das denn nicht, Florin?»

«Doch, doch», stammelte Florin unter Tränen. Dann löste er sich von Ulysses und trat einen Schritt zurück. Die bernsteinfarbenen Augen des großen Drachen sahen ihn voll Zuneigung an. «Ich werde dich nie vergessen, Ulysses», sagte Florin.

«Ich weiß», erwiderte Ulysses.

Da wandte sich Florin heftig ab und lief zu den Taraskern. Suna zog ihn zu sich und legte ihm den Arm um die Schultern.

«Lebt wohl, Drachensöhne», sagte der Drachenvater mit Ulysses' Stimme. «Ihr seid stark, und diese Stärke wird euch gut durch das Leben führen. Ihr werdet euren Weg finden.»

Die Drachenritter verneigten sich und wandten sich um. Sie entzündeten mehrere einfache Fackeln, die sie rasch aus ein paar trockenen Zweigen gewunden hatten. Wulf trat vor und berührte mit einer dieser Fackeln den schwarzen Spiegel. Der glatte Stein ging in Flammen auf, die sich sogleich wieder auflösten und den Weg in ihre Welt freigaben. Vor sich sahen sie im Licht von Tiamat die Höhle, von der aus sie die Welt der Drachen betreten hatten. Ohne zu zögern, durchschritten die Tarasker das Tor und wandten sich wieder um. Als Wulf über die Grenze schritt, legte er die Fackel auf den Boden, sodass ihr Feuer noch immer den Fels berührte. Das Tor würde offen bleiben, bis die Fackel erlosch.

Florin hielt den Blick unverwandt auf Ulysses gerichtet, als könne er so die Zeit verlängern, die ihnen noch blieb, um einander zu sehen. Dann hörte er die Stimme Konrad von Wartenbergs sagen: «Es tut mir Leid, mein Junge, aber es wird Zeit, dass ich das Versprechen, das ich gegeben habe, erfülle.»

Florin nickte und hob die Hand zu einem letzten Gruß. Er sah, wie Ulysses die Flügel ausbreitete und ihm antwortete. Da zog Konrad von Wartenberg das Drachenschwert hervor, das schon nach wenigen Augenblicken hell brannte. Er trat an das Tor und berührte mit der Flamme des Schwertes den unsichtbaren Spiegel. Da sahen sie, wie sich feine Risse bildeten, die das Bild von Tiamat durchzogen und mehr und mehr zu trüben begannen. Dichter und dichter wurde das Netz dieser Risse, und ein immer undurchdringlicher werdender Nebel begann das Tor zu verschließen. Nur noch schemenhaft sah Florin die Gestalt des Drachen, dann erklang ein Geräusch, als würde etwas Großes zerbrechen. Der Spiegel verschwand, und mit ihm erlosch das Drachenschwert. Nichts blieb zurück als die alte, schartige Klinge, und sie wussten, dass sich das Drachenfeuer nie wieder entzünden würde. An der Stelle aber, an der sich das Tor befunden hatte, sahen sie im flackernden Licht der Fackeln eine hohe, dunkle Felsplatte, die von zahllosen Rissen durchzogen wurde und in der sich nichts mehr spiegelte, nicht einmal der Schein der brennenden Fackeln.

TEIL ZEHN

Die Rückkehr

«Na dann», brummte Pero Tafur. «Ich würde sagen, marsch nach Hause. Und diesmal auf Schusters Rappen.»

«Bist du in Ordnung?», fragte Suna Florin.

Florin nickte und antwortete leise: «Geht schon.»

Aber Suna wich nicht von seiner Seite und legte ihm wieder den Arm um die Schultern. So ging sie mit ihm hinter den Taraskern her, und Florin war ihr dankbar dafür.

Langsam verließen sie die Höhle und wanderten durch den langen Felsengang. Sie verloren nicht viele Worte. Jeder hing seinen Gedanken nach. Dann erreichten sie den Ausgang der Höhle, und obwohl das immer noch dichte Herbstlaub das Licht der Sonne milderte, blieben sie doch geblendet stehen.

«Keine Müdigkeit vorschützen», trieb sie Pero Tafur wieder an. «Denkt an die Frauen, die auf uns warten. Die werden manchem von uns die Löffel langziehen.»

Ein paar versuchten zu lachen, doch waren sie nicht zum Scherzen aufgelegt, und ihr Lachen erstickte im Keim.

Schweigend folgten sie Konrad von Wartenberg, der aufrecht vor ihnen den Pfad entlangging und sie übers freie Feld zum Lager zurückführte. Von weitem schon hörten sie einen Ruf. Eine der Frauen hatte sie gesehen. Sie verschwand zwischen den Zelten, und wenig später kamen ihnen die Frauen entgegen, allen voran Isa.

Als sie aufeinander trafen, blieben die beiden Gruppen stehen, und der alte Wartenberger sagte: «Wie ihr seht, kommen wir ohne Schätze und zu Fuß. Doch wir gehen erhobenen Hauptes. Keine Sorge, wir sind wohlauf. Uns ist kaum ein Haar gekrümmt worden.»

«Kaum ein Haar gekrümmt, so, so», meinte Isa und tat so, als wollte sie ihm gleich hier eine Standpauke halten. Doch die Erleichterung und das lange Warten standen ihr ins Gesicht geschrieben und straften ihre Worte Lügen. «Kaum ein Haar gekrümmt also. Nun, wenn du so etwas sagst, bekomme ich schon allein davon graue Haare. Da werden sich wohl viel mehr als ein paar gekrümmte Haare hinter solchen Worten verbergen.»

«Lass es gut sein, Isa», sagte Konrad von Wartenberg. «Wir sind müde. Wir haben Dinge erlebt, die alles verändert haben. Wir sind nicht mehr dieselben, die vor wenigen Tagen aufgebrochen sind, um eine Welt zu erobern.» Isa schwieg betroffen. Sie sah den Ernst in den Augen ihres Mannes, und ihr Blick glitt über die Gesichter der Tarasker, die Gesichter von Suna, Wulf, Pero Tafur und all den anderen und blieb zuletzt an Florin hängen. Erleichtert sah sie, dass wirklich alle unversehrt zurückgekommen waren.

«Für euch mögen es nur wenige Tage gewesen sein …»,

sagte sie leise, doch sie führte den Satz nicht zu Ende. Dennoch wusste jeder, was sie meinte. «Aber gut, ich werde vorläufig nichts mehr sagen. Ihr habt uns Frauen das Warten ja zur Genüge gelehrt. Ihr werdet uns noch früh genug mit euren Schauergeschichten die Abende vergällen. Kommt!»

Sie und die anderen Frauen fassten ihre Männer unter und gingen mit ihnen zum Lager zurück. Als sie bei den Zelten ankamen, sagte Konrad von Wartenberg: «Lasst uns noch einen Augenblick zusammenbleiben, bevor wir auseinander gehen. Doch für diesmal noch nur diejenigen, die Tiamat betreten haben. Verzeih mir, Isa.»

«Schon gut, du alter Querschädel», sagte Isa. Dann sah sie zur Seite, damit niemand ihre Tränen sehen sollte.

Die Tarasker betraten das große Versammlungszelt und nahmen ihre gewohnten Plätze ein. Konrad von Wartenberg setzte sich auf den geschwungenen Sessel unter das Wappen der Wartenberger, das flammende Schwert und den Drachen. Wulf und Suna traten ihm zur Seite und zogen auch Florin mit sich. Als Florin die Gemeinschaft so versammelt sah, kam es ihm kurz so vor, als wären all diese Tage nicht geschehen, als wäre dies immer noch dieselbe Versammlung, die er damals belauscht hatte. Aber natürlich war dies nur eine vage Erinnerung, an deren Stelle die Wirklichkeit trat. Er lag in keinem Versteck. Er stand offen vor den Drachenrittern, und alle Erlebnisse hatten sich wirklich zugetragen.

«Tja, Männer», sagte der alte Wartenberger jetzt, «unsere Fahrt ist zu Ende. Und wir kehren mit leeren Händen zurück. Unsere Pläne sind fehlgeschlagen, weil sie von Beginn an ein Irrtum waren. Unsere Fahrt war also vergebens.»

«Das ist nicht wahr, Vater», widersprach Wulf. «Es mag zwar richtig sein, dass unsere Hände leer sind. Aber wir haben Dinge gesehen, von denen andere Menschen nicht einmal zu träumen imstande sind. Das, wonach wir gesucht haben, hat sich als Wirklichkeit erwiesen. Was macht es schon, dass wir keine Schätze erobert haben? Brauchen wir sie denn? Haben wir nicht alles, was wir zum Leben benötigen? Ich für mein Teil bin um vieles reicher zurückgekehrt.»

«Wulf hat Recht», rief einer der Tarasker. Es war van Smitten, der den Maschinendrachen instand gehalten hatte.

«Und was soll nun aus uns werden?», fragte der alte Wartenberger heftig. «Willst du etwa wieder den Drachen zusammenflicken?»

«Warum nicht?», fragte van Smitten und trat vor. «Bevor du mir die Augen geöffnet hast für das, was ich wirklich bin, war ich ein einfacher Elektriker. Ich habe kilometerlange Kabel verlegt. Tagaus, tagein. Mein Leben war ein einziges langes Kabel, und am Ende meines Lebens hätte mich nichts als ein Kurzschluss erwartet. Doch dann bin ich ein Drachenritter geworden, ein Fahrender. Ein Mann, dessen verborgenste Träume wahr geworden sind. Glaubst du wirklich, ich würde freiwillig in mein graues Kabelleben zurückkehren? Wir sind in Tiamat gewesen, und das werde ich mein Lebtag nicht vergessen. Jetzt ist das Tor zu, und wir werden keine Welt erobern und keine echten Drachen mehr bekämpfen. Na und? Für mich hat sich vieles und nichts verändert. Ich bin und bleibe ein Tarasker und warum nicht wieder ein Cascadeur der Groupe de Tarascon? Sag mir, was daran falsch sein soll.»

«Wir sind Ritter, keine Schausteller», entgegnete Konrad

von Wartenberg aufgebracht. «Wir haben die Ehre und die Ideale der Ritter zu befolgen und zu wahren.»

«Wir sind keine Ritter», sagte da Pero Tafur. «Wir sind Drachensöhne. Du selber hast gesagt, dass das, woran wir geglaubt haben, ein Irrtum war. Das ist nur zu wahr. Es gibt keine Ritter mehr. Die sind längst ausgestorben. Das Einzige, was aus dieser vergangenen Zeit geblieben ist, ist das Blut, das in unseren Adern fließt. Das Blut, aus dem unsere Träume entstehen. Für diese Träume leben wir. Diesen Träumen allein sind wir verpflichtet, und diese Träume sollten wir am Leben erhalten. Dass wir die Groupe de Tarascon sind, hält uns zusammen und bewahrt uns davor, unsere Träume im grauen Alltag zu verlieren. Die Maske, die wir getragen haben, ist unser wahres Gesicht, wirklicher als das Trugbild, dem wir nachgelaufen sind.»

Konrad von Wartenberg sah die Tarasker mit bleichem Gesicht an. «Seid ihr alle dieser Meinung?», fragte er heiser. Langsam nickte einer nach dem anderen. «Ich weiß nicht, ob ich mich dieser Meinung anschließen kann», sagte der alte Mann. Er zog das Drachenschwert hervor, sah lange auf die abgewetzte, unscheinbare Klinge und stieß sie schließlich fest in den Holzboden. «Ich bin nicht mehr wert, dieses Schwert zu tragen», sagte er bitter.

«Ich verstehe Euch nicht», brach es aus Florin, der lange schweigend zugehört hatte, heraus. «Man ist doch nicht nur ein Ritter, wenn man eine Rüstung trägt und Drachen erschlägt. Ritter sein bedeutet doch viel mehr.»

Konrad von Wartenberg sah ihn scharf an und fragte: «So, was also ist ein Ritter deiner Meinung nach?»

«Na ja», erwiderte Florin eingeschüchtert. «Ich weiß auch nicht genau, wie ich es sagen soll. Jemand, der tapfer ist, jemand, der anderen hilft …» Dann verstummte er unter dem harten Blick des alten Mannes.

«Florin hat Recht, Vater», kam ihm Wulf zu Hilfe. «Hast du vergessen, was du mich gelehrt hast? Hast du nicht selber von der Ehre und den Idealen gesprochen, die einen Ritter ausmachen? Ist es nicht so, dass du mir gesagt hast, dass diese Ehre und diese Ideale noch vor dem Schwert stehen? Warum sollten wir diese Ehre und diese Ideale denn verlieren?»

Konrad von Wartenberg sah seinen Sohn zweifelnd an. Doch es war ihm anzusehen, dass die Worte Wulfs Wirkung zeigten.

«Ich will dir eine Frage stellen, Vater», fuhr Wulf fort, und er fasste Florin am Arm und stellte ihn vor sich. «Hältst du diesen Jungen für einen Ritter?»

«Willst du dich über mich lustig machen?», fragte Konrad von Wartenberg verärgert.

«Also nein», stellte Wulf befriedigt fest. «Doch als ich im Kampf mit dem Flammenritter versagt habe und mir die Kraft geraubt wurde, wer hat da das Drachenschwert ergriffen? Nein, warte! Unterbrich mich nicht! Erinnerst du dich nicht mehr an das, was Florin empfunden hat, als er das Schwert hob, um den Khras zu erschlagen, und es dann doch nicht tat und eben deshalb der Khras besiegt wurde? Weißt du, was der Grund dafür war?»

Der alte Mann sah betroffen auf Florin, dann nickte er und sagte: «Sein … sein Mitleid.» Er sah Wulf an und fügte hinzu: «Du denkst an Parzival, nicht wahr?»

«Ja, Vater», sagte Wulf.

«Was meint ihr damit?», fragte Florin verwirrt. «Ich verstehe nicht, wovon ihr redet.»

Da kniete sich Wulf hin, drehte den Jungen zu sich, sodass ihre Augen auf derselben Höhe waren, und fragte: «Kennst du die Geschichten um König Artus und die Ritter der Tafelrunde?»

«Klar doch», antwortete Florin. «Die kennt doch jedes Kind.»

«Gut», meinte Wulf. «Dann hast du sicher auch schon von Parzival gehört, der lange als unwissender Tor aufwuchs und doch der auserwählte Ritter wurde, der den heiligen Gral fand.» Florin nickte, und Wulf fuhr fort: «Als Parzival zum ersten Mal die Gralsburg entdeckte und vor dem schwer verwundeten König Amfortas stand, wagte er es nicht, den König nach seiner Wunde zu fragen, und er musste die Burg wieder verlassen, ohne den Gral zu erlangen. Von da an suchte er viele Jahre vergeblich nach der Gralsburg. Endlich, als er die Hoffnung schon aufgegeben hatte, fand er sie ein zweites Mal, und dieses Mal stellte er die entscheidende Frage, die Frage des Mitleids nach den Schmerzen des Königs Amfortas. Und aus Parzival wurde der Gralshüter, denn das Mitleid ist die erste und höchste Tugend der Ritterschaft.»

Wulf erhob sich und wandte sich wieder an seinen Vater: «Es ist wahr, Florin ist kein Ritter. Und doch hat sich die Tugend des Mitleids in diesem Jungen als wirksam erwiesen, und er, der kein Ritter ist, hat wie ein Ritter gehandelt und gesiegt. Ist es also wichtiger, vor den Augen der Welt ein Ritter zu sein, als die Tugenden der Ritterschaft zu befolgen?»

Beschämt sah der alte Wartenberger zu Boden. Dann erhob er sich langsam und reichte Florin die Hand. «Ich habe dich um Verzeihung zu bitten», sagte er. Er löste das Drachenschwert aus dem Holz und wandte sich an die Tarasker. «Ich habe mich geirrt», sagte er, «wieder einmal. Ich sollte anfangen, auf meine alten Tage endlich klüger zu werden. Isa hat Recht, wenn sie mich einen alten Querschädel nennt. Also dann, Männer, heute ist ein freier Tag, doch morgen geht es wieder frisch ans Werk. Van Smitten, befass dich mal wieder mit den Kabeln unseres teuren Drachen. Wenn du einen Kurzschluss fabrizierst, weißt du, was ich dir dazu sagen werde. Und ihr anderen wisst ja, was ihr zu tun habt. Wir brauchen neue Pferde, neue Sättel, neue Waffen. Die Groupe de Tarascon will doch die Zuschauer nicht enttäuschen, nicht wahr?»

«Hoch die Tarasker! Hoch Tarascon!», rief Pero Tafur. «Ein Hoch auf den alten Querschädel!» Lachend fielen die Tarasker in seine Hochrufe ein.

Konrad von Wartenberg schwang grimmig das Schwert über den Köpfen der Männer, die sich unter den sausenden Hieben duckten, und knurrte sie an: «Macht, dass ihr verschwindet, oder ihr werdet eure eigenen Schädel bald nicht mehr wiedererkennen!» Lachend drängten sich die Tarasker aus dem Zelt. Nur Pero Tafur blieb zurück.

Der alte Wartenberger schüttelte nochmal empört den Kopf, dann wandte er sich wieder an Florin. «Und du, was machen wir mit dir? Wann wirst du eigentlich zu Hause erwartet? Oder hast du das vergessen?»

Florin erschrak. Hastig blickte er auf seine Uhr. Gott sei Dank! Erst zwei Uhr nachmittags!

«So um vier Uhr», sagte er kleinlaut.

«Gerade noch Zeit genug, um mit uns etwas zu essen», meinte Konrad von Wartenberg.

«Ich bringe dich nach Hause», sagte Wulf. «Keine Widerrede!»

«Ich komme mit!», rief Suna.

«Und ich natürlich auch», fügte Pero Tafur hinzu. «Immerhin waren wir vier eine schlagkräftige Truppe, wenn auch nicht sehr lange», fügte er mit einer Grimasse hinzu.

«Gut, so viele Pferde haben wir noch», meinte Konrad von Wartenberg. Dann blickte er wieder auf das Schwert in seinen Händen. «Du hast viel für uns getan, Florin. Glaub nicht, dass ich dir nicht dankbar bin. Du bist ein großartiger kleiner Kerl. Aber dennoch für einen Ritter noch etwas zu klein.» Er sah Florin fest in die Augen. «Du bist ein Drachensohn wie wir. Und nach allem, was geschehen ist und was uns nun verbindet, bist du einer der Tarasker. Du wirst immer bei uns willkommen sein.» Und er streckte ihm die Hand hin.

Florin sah ihn sprachlos an und konnte sich nicht rühren vor Glück.

«Na, komm schon, schlag ein», brummte Pero Tafur und gab ihm einen Stoß. «So übel ist es auch nicht, zur Groupe de Tarascon zu gehören. Auch wenn wir nur … Schausteller sind.»

Hastig fasste Florin die große Hand des alten Wartenbergers, die sich warm um seine kleine Hand schloss. «Ich … ich … wollte nicht …», stotterte er.

«Schon gut», sagte Konrad von Wartenberg und schüttelte beschwichtigend den Kopf. «Du brauchst nichts zu sagen. Und wenn du uns besuchst, dann bring auch deine Eltern mit. Ich würde mich freuen, deine Mutter und vor allem auch deinen Vater kennen zu lernen. Immerhin ist dein Vater ein Rickstorp. Das ist ein altes edles … nun, sagen wir, Drachengeschlecht.» Und er schmunzelte.

«Kommst du nicht mit, Vater?», fragte Wulf.

«Nein», antwortete dieser. «Es gibt hier jemanden, dem ich eine ganze Menge Antworten schulde.»

Sie verließen gemeinsam das Zelt, und nach einer raschen Mahlzeit bestiegen Wulf, Suna und Pero Tafur drei der Ersatzpferde, die den Taraskern noch geblieben waren. Suna streckte Florin die Hand hin und sagte: «Komm, du kannst mit mir reiten!»

Florin fasste schon nach ihrer Hand, doch dann zog er sie zögernd wieder zurück.

«Was ist?», fragte Suna erstaunt.

«Na ja, ich weiß nicht … die Karten …», meinte er vorsichtig.

«Die Karten?», wunderte sich Pero Tafur. «Was soll das heißen? Hat dir etwa Isa schlechte Karten für die Zukunft gelegt? Junger Anwärter auf die Ritterschaft steigt hinter Prinzessin in dreckiger Kleidung aufs Pferd und reitet seinem Verderben entgegen oder so was?»

Suna schlug mit der Hand nach ihrem Großonkel, der ihr geschickt auswich. «Ich geb dir gleich was! Von wegen dreckige Kleidung! So wie du aussiehst, gewinnst du wohl selber keinen Schönheitswettbewerb.» Dann sagte sie zu Florin:

«Keine Sorge, ich habe nicht vor, mich jetzt schon an dir zu rächen. Die Karten können später neu gemischt werden. Ich werde schon noch eine Gelegenheit finden, ein Hühnchen mit dir zu rupfen. Also, komm schon!»

Diesmal fasste Florin zu und ließ sich hinter Suna aufs Pferd ziehen. Die drei lenkten ihre Pferde durch das Zeltlager und über den leeren Turnierplatz bis zum Südausgang. Dort gaben sie ihren Tieren die Sporen, und Florin dachte sehnsüchtig an Ulysses' ruhigen Gang, während sein Hinterteil schmerzhaft auf und ab geschleudert wurde.

Sie hielten sich von der Landstraße fern und in der Nähe der Wälder, damit sich nicht zu viele über ihr Aussehen wunderten. Glücklicherweise waren an diesem Feriensonntag nur wenige Menschen unterwegs, und diese konnten sie nur aus der Ferne sehen und hielten sie wohl für ganz gewöhnliche Reiter. Nur ein Bauer, den sie auf seinem Acker überraschten, sah ihnen mit offenem Mund nach. Aber vermutlich würde er eher seinen Augen nicht trauen als begreifen, wer da an ihm vorbeiritt.

Endlich sahen sie Hohstetten vor sich auftauchen. Wenn er sonst früher immer über den weiten Weg bis zur nächsten Bushaltestelle geschimpft hatte, so war er diesmal froh, dass das Haus seiner Eltern so weit außerhalb des Dorfes lag. Sie näherten sich Florins Heimatdorf von Westen her und hielten ihre Pferde in Sichtweite seines Zuhauses an. Florin erkannte seine Eltern, die im Garten saßen und wie jeden Sonntagnachmittag Tee tranken. Sie drehten sich nach ihnen um und wunderten sich sicher über die seltsamen Reiter, die wie eine Fata Morgana auf freiem Feld erschienen waren.

«Glaubst du, dass du es allein schaffst?», fragte Wulf.

«Ja», antwortete Florin. «Es ist auch besser so.»

«Da hast du sicher Recht», brummte Pero Tafur. «Diese heißen Kartoffeln musst du schon selber aus dem Feuer picken.»

«Viel Glück, Florin», sagte Suna und half ihm abzusteigen.

«Wir warten hier», meinte Wulf. «Wenn du Hilfe brauchst, kannst du uns rufen. Wenn aber alles gut geht, kannst du uns ja zum Abschied winken. Auf alle Fälle schon mal auf Wiedersehn.»

Er beugte sich herab und schüttelte Florin die Hand. Suna und Pero Tafur schlossen sich ihm an.

Florin wandte sich seinem Zuhause zu, dann sagte er noch: «Es kann aber lange dauern.»

«Macht nichts», erwiderte Pero Tafur. «Wir haben Zeit. Im Augenblick laufen uns keine Drachen oder Schätze oder so was weg.»

Florin lächelte etwas verkrampft, dann holte er tief Luft und näherte sich tapfer dem Haus. Inzwischen hatten ihn seine Eltern erkannt und kamen ihm besorgt entgegen. Florin öffnete die Gartentür und ging auf sie zu.

«Was ist denn los?», fragte seine Mutter erschrocken. «Wer sind diese Leute, mit denen du gekommen bist? Und wie siehst du überhaupt aus?»

«Das muss ja ein wildes Lager gewesen sein», meinte sein Vater und sah ihn stirnrunzelnd an.

Florin nahm seinen ganzen Mut zusammen. Er dachte an seine neuen Freunde und an Ulysses. «Ich … ich war nicht im Ferienlager», sagte er schließlich und sah dem Donnerwetter entgegen, das nun sicher über ihn hereinbrechen würde.

Er sah, dass seine Mutter blass wurde. Doch als sie den Mund öffnete und ihn mit Fragen überschütten wollte, fasste sein Vater nach ihrer Hand, warf ihr einen Blick zu und schüttelte den Kopf. Dann sah er auf Florin, und sein Gesicht spannte sich. Doch dann sagte er nur: «Ich denke, dass du uns eine Menge zu erzählen hast.»

Florin nickte. Er hatte das Gefühl, vor Scham im Erdboden versinken zu müssen. Aber er riss sich zusammen und sah seinem Vater offen in die Augen. Sein Vater stutzte und sagte leise: «Du siehst so … anders aus, Florin.» Dann fügte er hinzu: «Lass uns ins Haus gehen. Ich habe das Gefühl, dass uns eine lange Geschichte erwartet.»

Er legte Florin einen Arm um die Schultern und wollte schon mit ihm und Florins Mutter zum Haus gehen, als er sich noch einmal umblickte und fragte: «Und deine … Begleiter? Sollten wir sie nicht hereinbitten?»

«Nein, das ist schon gut», sagte Florin. «Sie warten gerne.»

«Wenn du meinst», sagte seine Mutter verwirrt, und sie gingen ins Haus. Sein Vater nahm ihm den Rucksack ab, und seine Mutter fragte: «Hast du Hunger, Florin?»

«Nein, ich habe gerade etwas gegessen», antwortete er.

Sie setzten sich an den Küchentisch. Sein Vater und seine

Mutter nebeneinander auf die Küchenbank und Florin ihnen gegenüber auf einen Stuhl. Still saßen seine Eltern dicht beieinander, und seine Mutter hielt die Hand seines Vaters, als suche sie Halt. Plötzlich kamen sie ihm hilflos und zerbrechlich vor. Und er spürte, wie viel sie ihm bedeuteten. Noch einmal holte Florin tief Luft, dann begann er zu erzählen, von Anfang an. Sein Vater hatte Recht, es war wirklich eine lange Geschichte.

Noch einmal zogen seine Erlebnisse an ihm vorbei. Alles, was seit dem Turnier geschehen war und mit der Rückkehr aus Tiamat sein Ende gefunden hatte. Er verschwieg ihnen nichts, keine Lüge, keine Ängste, keine Gefahr und keinen Kummer. Er hatte sie einmal belogen. Das würde er kein zweites Mal tun.

Als er zu Ende erzählt hatte, war es spät geworden. Die tief stehende Abendsonne schien durchs Fenster. Florin sah die blassen Gesichter seiner Eltern, die ihn mit großen, erschrockenen Augen anblickten. In viel zu kurzer Zeit hatten sie von all den Gefahren gehört, die sein Leben bedroht hatten.

«Es … es tut mir Leid», sagte er leise.

Sein Vater fand zuerst seine Sprache wieder. «Du musst dich nicht entschuldigen», sagte er wie abwesend. «Nach allem, was wir gehört haben, kannst du ja eigentlich nichts dafür.»

Florin sah seinen Vater verblüfft an. Das hatte er nicht erwartet. Er hatte strenge Worte, harte Strafen erwartet und war bereit gewesen, alles anzunehmen. Und nun dies!

«Aber ich habe euch angelogen», wandte er ein. «Ich habe deine Unterschrift gefälscht. Ich …»

«Ich weiß nicht, ob ich anders gehandelt hätte», entgegnete sein Vater. «Was wäre gewesen, wenn ich das Schwert gesehen hätte und nicht du? Was, wenn die Flamme in mir gebrannt hätte?»

«Glaubst du denn wirklich, dass das alles wahr ist?», fragte Florins Mutter.

Sein Vater sah sie groß an. «Glaubst du denn, Florin hätte diese Geschichte erfinden können? Ich weiß ja, dass er einen klugen Kopf hat, aber so was traue ich ihm denn doch nicht zu. Tiamat, Kal-Schergat, die Drachen, das Drachenschwert, die Ritter, auf einem Drachen fliegen, die Masra … Masa …»

«Mazandar», half ihm Florin.

«Genau, die Mazandar, die großen Wasserdrachen», fuhr sein Vater fort. «Das muss wirklich ein toller Anblick gewesen sein.»

«Du redest ja so, als würdest du den Jungen um dieses … Abenteuer auch noch beneiden», rief seine Mutter entsetzt. «Hans, hast du denn vergessen, in welch großer Gefahr er gewesen ist? Und wenn ihm was zugestoßen wäre?»

«Entschuldige», sagte Florins Vater. «Du hast ja Recht. Aber findest du, dass wir ihm für das, was geschehen ist, böse sein können?»

Seine Mutter sah verwirrt auf Florin. Dann schüttelte sie den Kopf. «Böse, nein», sagte sie, und ihre Stimme zitterte. «Ich bin nur glücklich, ihn wieder heil bei uns zu haben.»

«Darf ich meinen Freunden Bescheid geben?», fragte Florin und sah seine Eltern dankbar an. «Sie warten schon ziemlich lange da draußen.»

«Ja, natürlich», rief seine Mutter. «Und du meinst immer noch, wir sollten sie nicht bitten, zu uns hereinzukommen?»

«Nicht heute», meinte Florin. «Ihr werdet sie aber sicher bald kennen lernen. Das verspreche ich euch!»

«Keine Heimlichkeiten mehr, was?», fragte sein Vater und sah ihm fest in die Augen.

«Nie wieder!», sagte Florin, und seine Eltern spürten seine Aufrichtigkeit.

Gemeinsam gingen sie wieder in den Garten, und Florin winkte den Taraskern zu, die wie drei Standbilder geduldig ausgeharrt hatten. Da stießen sie einen lauten Ruf aus und ließen ihre Pferde auf die Hinterhand hochsteigen. Dann rissen sie ihre Tiere herum und jagten in gestrecktem Galopp über die Felder davon.

«Sonderbare Freunde hast du», meinte sein Vater.

«Aber alles wunderbare Menschen», entgegnete Florin.

Sein Vater sah ihn erstaunt an. Dann sagte er: «Ich hatte Recht, du hast dich wirklich verändert. Ich denke, dass du in Zukunft in der Schule besser zurechtkommen wirst.»

«Bestimmt!», antwortete Florin überzeugt.

Seine Mutter nahm ihn in den Arm und fragte: «Und dieser ... Ulysses, dieser Drache, den hattest du wirklich ... gern.»

«Ja», erwiderte Florin, und er spürte, wie ihm die Erinnerung an den Drachen einen Stich ins Herz versetzte. «Auch wenn es für euch verrückt klingen mag, er war wie ... wie ein Bruder für mich.»

Florin sah, wie seine Mutter zusammenzuckte, unwillkürlich eine Hand auf den Bauch legte und seinem Vater einen

Blick zuwarf. Überrascht betrachtete er sie, dann schlug er sich mit der Hand vor den Kopf, trat einen Schritt zurück und sah sie mit großen Augen an. «Sag bloß … sag bloß …», stammelte er.

«Ja», meinte sein Vater. «So ist es. Du kriegst ein Geschwisterchen.»

«Hurra!», rief Florin und fiel seiner Mutter um den Hals.

«Freust du dich denn?», fragte sie unsicher.

Florin fasste ihre Hände und rief: «Aber klar doch! Und wenn es ein Junge wird, nennen wir ihn Ulli.»

Seine Mutter fasste sich scheinbar erleichtert ans Herz und sagte: «Gott sei Dank! Ich hatte schon befürchtet, du bestehst auf Ulysses.»

«Hmm, Ulrich Ricksdorf … oder Rickstorp? Egal, der Name gefällt mir», dachte sein Vater laut nach.

«Und wenn es ein Mädchen wird?», fragte seine Mutter lachend.

«Dann nennen wir sie Ulrike», sagte Florin prompt. «Ulla ist auch okay.» Er drehte sich einmal um sich selbst und rief: «Ach, es ist doch schön, wieder zu Hause zu sein.»

«So, bist du dir da so sicher?», fragte sein Vater. «Und wenn ich jetzt sage: Ab, marsch ins Bett!»

«Was glaubst du, wie ich mich freue, endlich wieder in einem richtigen Bett zu liegen», sagte Florin und grinste übers ganze Gesicht. Dann machte er einen Spurt in Richtung Haustür.

«Florin!», rief ihn die Stimme seines Vaters noch einmal zurück.

«Ja, was ist?», fragte Florin und blieb stehen.

«Komm doch noch mal her!»

Florin ging zu seinen Eltern zurück. Sie nahmen ihn in die Mitte, und gemeinsam blickten sie auf die Sonne, die langsam versank. Ein paar dunkle Wolken lagen auf dem Horizont und sahen aus wie ferne Berge.

«Kannst du nochmal wiederholen, was dieser Ulysses zu dir gesagt hat?», bat ihn sein Vater. «Ich meine, das von den Bergen von Tiamat.»

Florin blickte lange auf die Wolken und dachte an Ulysses, der so nah und doch so unerreichbar weit weg war. Und leise wiederholte er die Worte des Drachen: «Wenn dir die Wolken am Horizont wie ferne Berge erscheinen, so lasse dein Auge nicht täuschen. Es sind keine Wolken. Es sind die Berge von Tiamat, der Zwillingserde.»

INHALT

Christopher Zimmer wurde 1959 in Aachen geboren und wuchs in Basel auf. Nach dem Studium der Theaterwissenschaften, Kunstgeschichte und Germanistik in Wien und Basel arbeitete er fürs Theater. Nach der ersten Begegnung mit J. R. R. Tolkien begann er 1993 mit seinem ersten Roman, «Die Steine der Wandlung», für den er 1996 mit dem Wolfgang-Hohlbein-Preis ausgezeichnet wurde. Er lebt mit seiner Familie in Basel.

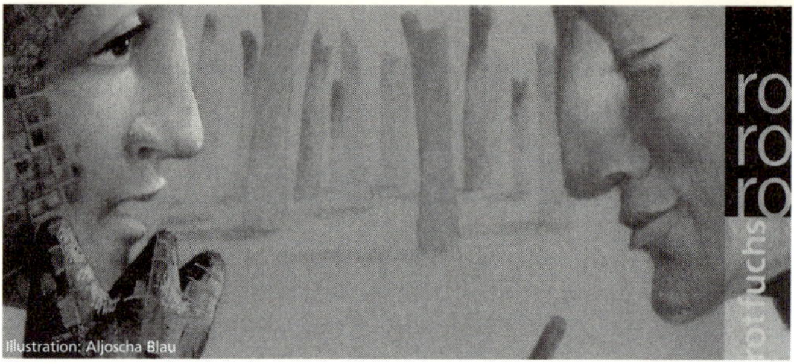

Valentine Ermatinger

Geheimnisvolle Geschichten, spannend bis zur letzten Seite

Die 13. Prophezeiung
3-499-20537-8
An der Burgruine machen Bauarbeiter einen merkwürdigen Fund: ein Buch aus dem Mittelalter mit dreizehn Prophezeiungen, von denen sich zwölf bereits erfüllt haben …

Die letzte Chance
Das Ende der 13. Prophezeiung
3-499-20686-2
Die gesamte Menschheit ist vor der Roten Pest auf den Mond geflüchtet. Nur zwei Kinder sind auf der ausgestorbenen Erde zurückgeblieben. Da tauchen plötzlich die Mumpels auf – hochintelligente Drachenmenschen. Wird es mit ihrer Hilfe gelingen, die Menschheit zu retten? Die spannende Fortsetzung von «Die 13. Prophezeiung» erzählt von einer ungewöhnlichen Freundschaft und einem großen Geheimnis.

Das Rätsel der drei Schläfer
Ein fremder Junge taucht mit seinem seltsamen U-Boot in Mandar auf. Bedeutet er die Rettung vor dem drohenden Krieg? Severin, Tim und Tinka begeben sich gemeinsam mit ihm auf eine gefährliche Reise …

3-499-21232-3